日本汉诗名家研究

菅茶山·赖山阳汉诗研究

李均洋　赵敏俐　〔日〕佐藤利行　主编

商務印書館
创于1897　The Commercial Press

2018年·北京

首都师范大学中国诗歌研究中心

教育部人文社会科学重点研究基地
重大项目
“日本汉诗研究”
（批准号：08JJD 752080 结项证书：14JJD 004）
成果之一

引言　当代中国的日本汉诗研究

日本汉诗是日本人运用中国古诗形式所创作的诗歌，起源于天智天皇（626—671）时代，其皇子大友被认为是日本最早的汉诗人。日本第一部汉诗集《怀风藻》编定于751年。1200多年来，产生了数以千计的诗人和数十万首诗。日本汉诗是日本传统文化的重要组成部分，也是中日两国文化交流的产物，更是世界文化史上的奇迹和艺术瑰宝。

日本汉诗在近代受到中国人的关注，始于清朝末年著名学者俞樾。1883年（光绪九年、明治十六年），日本友人岸田国华携其所搜集的170余家日本人汉诗集给俞樾，请其编选一部诗集。俞樾用5个多月的时间，从中选出150余人的5000多首诗，题为《东瀛诗选》，次年诗集于日本出版。其后由于历史的原因，日本汉诗很少受到中国学者的关注。1972年中日邦交正常化以后，中日文化交流日渐增多，日本汉诗重新受到中国学者的重视，重新被介绍到中国，让中国学者大开眼界。与此同时，相关的研究工作也逐步得到开展。

据笔者目前所知，近几十年来中国出版的日本汉诗选本和研究著作有十几种，比较重要的学术论文已经有了几十篇。以上著作相对于数以千计的日本汉诗人和数十万首日本汉诗来讲，虽然在数量上还很不相称，但是它却说明日本汉诗正在引起中国人的关注，学者们不仅开始了对日本汉诗的介绍，而且进行了初步的研究，取得了一定的成果。现就其中的几部著作略做介绍，以见中国学者对日本汉诗的关注和研究进展。

在20世纪80年代出版的日本汉诗译介书籍中，从出版年份来讲，以黄新铭选注的《日本历代名家七绝百首注》为最早，但是若论影响力，则程千帆、孙望的《日本汉诗选评》更大。之所以如此，是因为这两位著者都是中国古代文学研究方面的著名专家，同时也是著名诗人。他们从日本汉诗中选取了200多位诗人的300多首诗作，时间从8世纪到20世纪初，所选诗歌既有律诗、绝句，也有古体和乐府，所选诗篇每首都有简明的评语和赏析，他们对日本汉诗的选评与介绍因而也具有一定的权威性，显示出中国学者对日本汉诗的评价和认识。当代中国著名学者傅璇琮曾经在《瞭望》1989年第19期上撰文介绍此书。

李寅生的《日本汉诗精品赏析》[①]是近年来出版的一本比较重要的著作。该书从历代日本汉诗人中精选269位诗人的500余首作品，以人系诗，按作者年代排序，前有作者小传，后有简单注释，并且对汉诗的文化内涵、艺术特色、思想内容等给予综合性分析。全书之前还有一篇序言，对日本汉诗的发展情况做了简要的介绍。此书由中华书局出版，这对日本汉诗在中国的宣传也有很好的效果。

---

① 李寅生：《日本汉诗精品赏析》，中华书局2009年版。

广义的日本汉诗不仅包括律诗、绝句、古诗和乐府，也包括词。日本学者作词虽然不多，但是历史同样久远。日本填词开山祖嵯峨天皇于弘仁十四年（823）所作《渔歌子》五阕，乃模仿唐代宗大历九年（774）所作《渔父》词，前后相距不过49年，可见日本填词也与写作汉诗一样有1000多年的历史。在日本词史上也曾出现过一些名家，特别是在明治时期，那曾经是日本学者填词的黄金时期。中国学者对此也有关注。中国著名的词学泰斗夏承焘先生和他的学生张怀珍、胡树森所编《域外词选》，1981年11月由书目文献出版社出版，介绍了日本、韩国、越南等国的词作100余首，里面即收有日本词。这是我所知20世纪后期最早介绍日本汉诗的著作。《文献》1981年第4期刊有《喜读〈域外词选〉》一文，对其进行了宣传。张怀珍同时还写有论文《日本的词学》[①]，全面介绍日本填词写作的情况，其后又完成了《日本三家词笺注》一书，所收日本三家词，指的是明治时代森槐南、高野竹隐、森川竹溪这三位杰出的词人。此书完成于1981年，但是直到2003年才在澳门出版。该书共收槐南词95阕，竹隐词86阕，竹溪词99阕，详加笺注，颇见功力。

在日本汉诗的研究方面，中国学界也出版了几部有分量的学术著作，发表了高水平的论文，涌现出一些著名学者，笔者在这里将略做介绍。

首先是肖瑞峰的《日本汉诗发展史》（第一卷），其由吉林大学

---

① 张怀珍：《日本的词学》，载《词学》编辑委员会编辑：《词学》第二辑，华东师范大学出版社1983年版。

出版社于1992年出版。该书计划出版三卷，此为第一卷，全书共分两编，第一编“绪论：日本汉诗概观”，对日本汉诗做总体观照，探讨日本汉诗的历史地位和形成与发展的原因，日本汉诗的阶段性特征、历史分期、主要流派和代表作家以及日本汉诗的研究状况。第二编“王朝时代：日本汉诗的发轫与演进”，对日本王朝时代的汉诗进行深入的透视，将其概括为三个阶段，并分析每个阶段的特点。此书虽然只写到日本王朝时代，但是却对日本汉诗的整体发展状况有了一个大轮廓的描述。这是中国人所写的第一部日本汉诗发展史，因此其具有重要的学术意义。肖瑞峰教授曾在日本富山大学研修一年，得到日本著名学者山口博教授的指导，并在此期间收集了大量的材料，为以后的研究奠定了坚实的基础。自20世纪90年代后期开始，肖瑞峰先后在《文学评论》、《华文文学》、《浙江大学学报》（人文社会科学版）、《浙江社会科学》、《吉林大学学报》等刊物上发表有关日本汉诗的论文近十篇，如《且向东瀛探骊珠——日本汉诗三论》、《中国文化的东渐与日本汉诗的发轫》、《〈怀风藻〉：日本汉诗发轫的标志》、《从“敕撰三集”看日本汉诗艺术的演进》等，并且承担了一项中国教育部项目“中国古典诗歌在东瀛的衍生与流变研究”，该项目成果为同名专著，已于2012年由浙江大学出版社出版。肖瑞峰教授工作在浙江，因此他特别从浙东文化的角度出发，从一个侧面考察中国文化对日本汉诗的影响，这同样值得关注。

马歌东的《日本汉诗溯源比较研究》也是一部重要的著作。该书由中国社会科学出版社于2004年1月出版。作者马歌东现为陕西师范大学教授，他多年致力于日本汉诗研究，从1987年至1991年，先后在日本福井大学、金泽大学、北陆大学访问讲学，先出版了《日本汉诗三百首》，加以评注，又经数年努力，出版了《日本汉诗溯源比较研究》。该书可分几个部分，首先是对日本汉诗做简要的全面的介绍并概述了日本汉诗的发展命运，还特别对日本人民接受汉诗的津桥——训读法进行了详细的分析。接下来的一个重要内容是以专题的形式，详细讨论了中国古代几位著名诗人如李白、杜甫、王维、白居易等人对日本汉诗的影响，讨论了日本汉诗与中国古诗在造理、意象、秀句方面的共同之处。此外还讨论了日本五山禅僧的汉诗特点、梅墩五七言古诗的特色和日本诗话的结集分类等问题，并对俞樾《东瀛诗选》的编选宗旨及其日本汉诗观进行了分析。要之，此书紧紧抓住了“溯源比较”这一核心，从中国学者的角度，对日本汉诗的发展以及其重要问题进行了较为深入的讨论，无疑是中国人在日本汉诗研究初创时期的一部力作。

另外，蔡毅的《日本汉诗论稿》[①]也是一部专题性论著，该书收入作者关于日本汉诗以及日本汉学的论文18篇，分为3辑。其中前两辑与日本汉诗有关，第一辑为作家作品论，主要从与中国古典诗歌的关联着眼，分别探讨了平安时代至明治时代的日本若干汉诗人及其作品的成败得失。如“空海在唐作诗考”、“只图南海与李白”、“市河宽斋简论”、“明治填词与中国词学”、“超越大海的想象力——日本汉诗中的中国诗歌意象”等。第二辑为典籍论，在评述日本汉籍对《全唐诗》、《全宋诗》补遗作用的同时，兼及日本汉诗对中国的遗流，如赖山阳《日本乐府》的西传始末，俞樾《东瀛诗

① 蔡毅：《日本汉诗论稿》，中华书局2007年版。

选》的编纂详情等。蔡毅至今旅居日本，他对日本汉诗研究有着较深的学术造诣。

严明在日本汉诗研究方面也有较为突出的成就。他先后任教于北京师范大学、苏州大学、日本神奈川大学，现任上海师范大学文学院教授，先后出版过《日本汉诗系列——伊藤仁斋诗选》、《东亚汉诗的选本研究》等著作。其中，《花鸟风月的绝唱：日本汉诗的四季歌咏》[①]一书，从分析日本汉诗中吟诵四季景物、花鸟风月的代表性作品入手，对日本汉诗的描写内容及写作特征进行了广角鸟瞰式的整体观赏和深入浅出的艺术分析，并通过与中国诗歌的逐一对照比较，细腻地展现日本汉诗特有的景观风貌与抒情特色，揭示出日本文化精髓的奥秘。该书从多方汇集并系统分析了日本汉诗中的四季歌咏之作，其中有春之烂漫颂歌、夏之幽静低吟、秋之咏叹伤悲和冬之孤寒情怀。这些诗作表现出了日本山川风光的鲜明特色，也凸现了日本岛国季节变化的丰富色彩，还展现出了日本民族文化中的风俗人情以及独特的审美意识，具有很高的认识价值与审美价值，堪称东亚汉诗宝库中的艺术珍品。该书系中国学者首次对日本汉诗中大量四时节序诗进行的系统的归纳分析，揭示了日本汉诗史上许多有趣的现象，并提出了一些有意思的见解，值得中日两国学者的共同关注。

吴雨平的《橘与枳：日本汉诗的文体学研究》[②]，系作者在其博士学位论文《日本汉诗研究新论》基础上增订而成。该书将日

---

① 严明：《花鸟风月的绝唱：日本汉诗的四季歌咏》，宁夏人民出版社 2006 年版。

② 吴雨平：《橘与枳：日本汉诗的文体学研究》，中国社会科学出版社 2008 年版。

本汉诗置于古代东亚汉文化圈的背景之中，以日本汉诗的“原生态”——中国古典诗歌，以及日本的民族文学样式——和歌作为参照系，围绕日本汉诗创作中无处不在的“文体意识”，从“日本汉诗的起源及其历史分期”、“日本汉诗与古代东亚汉文化圈”、“日本汉诗与执政者的意识形态”、“日本汉诗与其创作主体”、“日本汉诗与中国文学选本、诗文别集”、“日本汉诗与中国古典诗歌传统”、“日本汉诗从‘公’到‘私’的演变”等几个方面，对日本汉诗的源流、发展与通变进行探讨。该书研究视角独特，颇有新意，开辟了一个新的研究领域。

王福祥编著的《日本汉诗与中国历史人物典故》[①]一书别具特色，该书共编选日本诗人创作的汉诗476首，涉及中国人物178位。这些人物，有的是中国各个历史时期的真实人物，有的是神话传说中的人物，还有的是小说中的人物。从这些日本汉诗所涉及的人物中，我们可以看到中国文化对日本的影响之深和日本历代汉诗人对中国文化历史了解之广。只有了解了这些人物，才能弄清日本汉诗中蕴含的内容及作者抒发的思想情感。此书编选角度新颖，对人物考证也颇下功夫，是一部别开生面的著作，体现了中国学者对日本汉诗研究的独特视角。此前，王福祥与汪玉林、吴汉樱还曾合作编写《日本汉诗撷英》，此书由外语教学与研究出版社于1995年出版。

王晓平的《亚洲汉文学》[②]虽然不是研究日本汉诗的专著，但是其中许多章节却仍可视作日本汉诗研究的专论。如《〈怀风藻〉的

① 王福祥编著：《日本汉诗与中国历史人物典故》，外语教学与研究出版社1997年版。

② 王晓平：《亚洲汉文学》，天津人民出版社2001年初版，2009年2版。

山水与玄理》、《日本折中诗派的“论诗诗”》、《日本禅僧对中国文学精神的传习和引申》、《诗化的六朝志怪小说——〈菅家文草〉诗语考释》、《诗魔与鬼神——以〈江谈抄〉为中心》、《日本五山文学对宋明文学的呼应》等文章，分别对日本汉诗的某一方面进行了专门的讨论，颇有新见。王晓平现为天津师范大学教授，旅居日本多年，先后在日本帝冢山学院大学、东京大学讲学和研究，在《万叶集》研究方面的造诣很深。在2010年4月他获得了日本第二届奈良万叶世界奖，可见他在中日文化交流方面所做出的杰出贡献。

在近年来日本汉诗的研究中，首都师范大学中国诗歌研究中心值得关注。该中心现为教育部人文社会科学重点研究基地，自2001年成立以来，其与日本广岛大学文学研究科建立了密切的学术联系。2008年，该中心组织中日两国学者，由李均洋教授牵头，赵敏俐、佐藤利行、曹旭、尹小林等人参加，成功申报了教育部人文社会科学重点研究基地重大项目——“日本汉诗研究”，开展了大规模的日本汉诗整理研究工作。2009年2月16日，赵敏俐、李均洋、佐藤利行三人接受《光明日报》记者梁枢访谈，向中国读者比较全面地介绍了日本汉诗的创作情况，在世界文化交流、文学、艺术与文化等多方面的重要价值以及研究的意义，引起了中国学术界的重视。该项目采取从著名日本汉诗人的个人专集整理研究入手，进而以逐步推进的方式展开，于日本广岛大学和首都师范大学双方同时推进，目前在菅茶山的研究方面已经取得了初步进展。不仅搜集到了大量的资料，发现了数首菅茶山的逸诗，指导中国学生以菅茶山为对象撰写研究论文，而且将菅茶山诗集文本进行了电子化处理，可以实现电子文献的检索、复制等多种功能。此外，由本课题组成员曹旭教授重新整理校点的俞樾的《东瀛诗选》（全三册）在 2016 年 3 月已由中华书局出版。

以上是笔者对日本汉诗目前在中国研究状况的简介，限于自己的目力所及，尚不全面，仅供参考。日本汉诗是日本传统文化的一部分，理应受到日本学者的重视。日本汉诗是日本诗人所写的“中国古典诗歌”，理应受到中国学者的重视。日本汉诗是两国人民共同的文化财富，理应受到两国人民的共同重视。日本汉诗也是展示世界文化交流历史成就的典型范例，理应受到全世界的重视。笔者相信，它的多重文化价值，一定会被越来越多的有识之士所认识。有关日本汉诗的研究，目前在中国才刚刚开始，将来一定会取得辉煌的成就。

下面介绍一下本书写作分工：第一章：宋丽娜；第二章：李均洋；第三章：顾晓雪；第四章：王玉环；第五章：胡聪；第六章：任颖；第七章：佐藤利行；第八章：曾苗苗；第九章：王丽娜；第十章：李均洋；第十一章：孙舒展；第十二章：张凤；第十三章：程媛。全书由李均洋统稿，并且统一编录了参考文献。

首都师范大学中国诗歌研究中心　赵敏俐

2017（丁酉）年初春于北京

目　录

第一章　学术研究史视野中的菅茶山研究

今关天彭在《菅茶山·上》一文中写道："德川前期的诗界以白石[①]、徂徕[②]为首，同时有南海[③]、蜕岩[④]、玉山[⑤]并起，出现了正德、享保（1711—1734）的盛世。后期有茶山、山阳[⑥]、淡窗[⑦]、旭庄[⑧]，到

① 白石：即新井白石（1657—1725），江户中期儒学家、政治家，名君美，字济美，通称传藏、勘解由。著有关于公务的备忘录《新井白石日记》和《藩翰谱》、《读史余论》、《采览异言》、《西洋纪文》、《古史通》、《同文通考》、《东雅》等。

② 徂徕：即荻生徂徕（1666—1728），江户中期儒学家，名双松，字茂卿，通称惣右卫门，本姓物部，称物徂徕，著有《释文筌蹄》、《萱园随笔》、《辩道》、《辩名》、《论语徵》、《南留别志》、《政谈》等。

③ 南海：即祇园南海（1676—1751），江户中期汉诗人、南画家，名瑜，字伯玉，纪舟藩医之子，著有《诗学逢源》、《南海诗诀》等。

④ 蜕岩：即梁田蜕岩（1672—1757），江户中期儒学家，名邦美，江户人。

⑤ 玉山：即秋山玉山（1702—1763），江户中期汉诗人，丰后人。

⑥ 山阳：即赖山阳（1780—1832），江户后期儒学家，名襄，通称久太郎，别号三十六峰外史，大阪人，与父亲春水一同移居广岛。著有《日本外史》、《日本政记》、《日本乐府》、《山阳诗钞》等。

⑦ 淡窗：即广濑淡窗（1782—1856），江户后期儒学家，名简、建，丰后日田人。著有《约言》、《迂言》、《远思楼诗钞》、《淡窗诗话》等。

⑧ 旭庄：即广濑旭庄（1807—1863），江户末期汉诗人，名谦，丰后日田人，广濑淡窗之弟，著有《梅墩诗钞》等。

了星岩[①]的时候东西诗坛合并，完成了诗界的统一。而菅茶山则既继承了前期又开创了后期，其特点是闲居在僻远地区却影响了一代的诗风。”[②]

延享五年（1748），菅茶山出生在日本备后国神边（今日本广岛县福山市神边町）。其父菅波久助经营造酒业并务农，喜欢创作俳句。茶山本姓菅波，名晋帅，幼名喜太郎，后称为百助，字礼卿，通称太中，号茶山。虽为家中长子，但对继承农、商等家业兴趣不大，他更希望能够以医生或者读书人的身份来生活。青年时期的菅茶山共6次前往京都游学，最初在和田东郭门下学习医术，并在市川门下学习古文辞学[③]，后转到那波鲁堂[④]门下学习朱子学[⑤]。安永八年（1779）茶山结束了游学，回到家乡神边，创建了私塾“黄叶夕阳村舍”，开始从事教育弟子的事业。菅茶山的著作有汉诗集《黄叶夕阳村舍诗》三编二十三卷、文稿两卷、《游艺记》一卷、《常游记》一卷、《冬日影》两卷、《福山志料》三十五卷、《大和行日记》一卷等。其中汉诗集《黄叶夕阳村舍诗》三编最为著名，是当时最畅销的著作之一。

日本著名学者神田喜一郎在《岩波讲座日本文学史》第十六

---

① 星岩：即梁川星岩（1789—1858），江户末期汉诗人，名孟纬，美浓人，著有诗集《星岩集》等。其妻红兰（1804—1879）也擅长作诗。

② 〔日〕今关天彭：《菅茶山·上》，《雅友》第30期，1961年。

③ 古文辞学：荻生徂徕倡导的一种学问，反对宋明儒学以及伊藤仁斋的古义学，想通过对古语意义的归纳性研究了解先秦古典的本意，是一种训诂学。代表人物还有服部南郭、太宰春台、山县周南等，又可称为古文辞派、萱园学派或徂徕学派。

④ 那波鲁堂（1727—1789），江户中期儒学家，姬路人，先于京都冈白驹门下学习汉魏的古学，后转而信奉朱子学，晚年为德岛藩儒官，著有《学问源流》等。

⑤ 朱子学：指宋代思想家朱熹的学说及其学派。

卷《“日本汉文学”探究》中把江户时代的汉文学分为三个时期：第一个时期是德川家康开创江户幕府后的长庆八年（1603）前后至第五代将军纲吉殁后的宝永六年（1709）的100余年，为日本汉文学的复兴期，代表人物是藤原惺窝（1561—1619）及门人林罗山（1583—1657）；第二个时期是正德初年（1711）至天明末年（1788）的70余年间，汉文学发展盛况空前，代表人物是新井白石（1657—1725）和荻生徂徕（1666—1728）等；第三个时期是宽政初年至应庆末年的70余年间，为汉文学的全盛期，代表人物是僧六如（1737—1801）、菅茶山、市河宽斋（1749—1820）和山本北山（1752—1812），其特色是受明朝后期公安派[①]袁宏道[②]“性灵说”的影响，主张汉诗创作重在“清新性灵”，从而颠覆了前期的古典主义风格，把日本的汉文学从令人窒息的古典主义重压下解放出来，创造了一个带有近代性质的令人心旷神怡的汉文学氛围，把日本汉文学广泛普及到了一般市民之中，这是不同于以前任何一个时代日本汉文学的最显著的成果。[③]由此可见，菅茶山是日本汉文学全盛时期的代表性汉诗人之一。《菅茶山的世界——从黄叶夕阳文库的

① 公安派：明朝后期出现的一个文学流派。“公安三袁”是公安派的领袖，其中袁宏道声誉最高，成绩最大，其次是袁中道，袁宗道又次之。公安派反对前七子和后七子的拟古风气，主张“独抒性灵，不拘格套”，发前人之所未发。其创作成就主要在散文方面，清新活泼，自然率真，但多局限于书写闲情逸致。

② 袁宏道（1568—1610），明代后期文学流派公安派的领袖之一。

③〔日〕神田喜一郎：《“日本汉文学”探究》，〔日〕久保田淳、栗坪良树、野山嘉正、日野龙夫、藤井贞和编：《岩波讲座日本文学史》第十六卷，岩波书店1995年版，第28—31页。

视点》[①]一书引用龟田鹏斋[②]对菅茶山的评价——“茶山以诗鸣世”和当时的大学头（幕府的最高教育官职）林述斋[③]的评价——“诗数茶山”，对菅茶山的汉诗创作给予了很高的评价。

由此可知，作为江户时代日本汉文学全盛时期的代表性汉诗人之一，菅茶山的汉诗作品不仅受到当时人们的喜爱，而且受到了其他儒学家的高度评价。

就目前收集到的资料来看，有关菅茶山研究的论文共有101篇。笔者根据论文的研究内容和方向，大致将它们分为以下几类：一、总论、书简、日记、访问、版本以及传记研究；二、诗歌的译注和注释；三、游历诗的研究；四、仁政观和政治论及政治批判诗研究；五、“异界”——超越儒教价值观的菅茶山诗歌研究；六、田园风景诗研究；七、诗风、诗论研究；八、比较研究；九、作为教材的菅茶山汉诗研究；十、书评。

除了研究论文之外，目前还收集到有关菅茶山的研究著作共51册。但以上的先行研究中除了西原千代在专著《菅茶山》中有“茶山先行研究”一章外，其余著作均未涉及此类研究，而西原一文也只是简单介绍了22篇相关研究论文的内容，并未从学术研究史的角度对菅茶山的先行研究进行分析和论述。

本章拟从学术研究史的角度，对菅茶山先行研究中有关中日比

---

① 菅茶山关系书籍发行委员会编：《菅茶山的世界——从黄叶夕阳文库的视点》，文艺社2009年版。

② 龟田鹏斋（1752—1826），江户后期的儒学家，著有《论语撮解》、《善身堂诗钞》等。

③ 林述斋（1768—1841），江户后期幕府的儒官，26岁时受幕府之命继承林家，管理圣堂（即孔庙）。

较研究的主要论文及著述进行分析。借他山之石，为我国的菅茶山汉诗研究提供学术借鉴，推进我国的菅茶山汉诗及日本汉诗研究。

一、菅茶山《黄叶夕阳村舍诗》前编卷一汉诗和菅茶山的初期文人特质

小财阳平在《茶山诗风的转换》[①] 一文中使用了日本京都大学日野龙夫教授《技巧诗人 —— 古文辞派诗风》中论述的“初期文人”一词，解释了为何菅茶山《黄叶夕阳村舍诗》前编卷一汉诗多体现出茶山的无力感和孤独感等郁闷心情。

根据日野龙夫教授的论述，“初期文人”是指学习知识，想要以儒者的身份来实践君子政治理想却无法如愿以偿地大显身手的武士、医生、乡士、上层商人等，在他们已经拥有作为士大夫的觉悟而无法再回到过去身份时产生了一种“独孤存在”的感觉。他们希望将自己的这种思想寄托于诗歌之中，但他们在社会地位固定的近世社会没有所属，在作诗之前只好以诗人自居。这时，他们心中的诗人形象只能根据自己所拥有的汉学素养来创造。被称为初期文人的诗人，他们的诗歌无一句不使用典故，他们使用极端的古语模仿古典中的人物，希望自己能够变身为中国古典中的文人。日野龙夫教授论述的“初期文人”最初是用来指代徂徕的门人，特别是服部

---

① 〔日〕小财阳平：《茶山诗风的转换》，《近世文艺 —— 研究和评论》第 69 期，2005 年。

南郭[①]。

前述今关天彭《菅茶山·上》一文称菅茶山汉诗集《黄叶夕阳村舍诗》前编的创作开始于天明二年（1782），即茶山35岁左右的时候。当时，茶山的汉诗就已经体现出他自己的风格，特别是五律中有非常出色的作品。此外，临风兴感富有慷慨悲歌的态度，吐露了菅茶山对时事的情怀，可以想象当时茶山满腔热血的男子汉形象。此外，福岛理子《茶山诗风的形成——混沌社社友和菅茶山》[②]一文也指出菅茶山在那波鲁堂门下与圣护院[③]近侍的儒者们共同学习时，其汉诗常常显现出对颓废世态的忧愤以及抵触社会的焦躁情绪，后来才逐渐开始创作被认为是茶山式的温雅的田园风景诗。由此可见，菅茶山早期的汉诗作品与后期确实存在很大区别。前述小财阳平《茶山诗风的转换》一文以“咏兰诗”、“咏石诗”这两类汉诗为例论述了菅茶山诗风的转换。

所谓“咏兰诗”指咏唱兰、蕙、芷、杜衡、杜若等的汉诗。根据小财阳平的统计，《黄叶夕阳村舍诗》中共收录了“咏兰诗”92首，其中前编卷一有11首。小财文首先分析了前编卷一《寄佐渡中山子干》、《寄肥后薮先生·其一》、《寄肥后薮先生·其二》等汉诗，指出前编卷一中的“咏兰诗”多采用了“先用兰比喻高尚人物或友人，但在每首汉诗最后却用兰来寓指自己未达到高尚人物的

---

① 〔日〕服部南郭（1683—1759），江户中期的儒学家、诗人，名元乔，京都人，在荻生徂徕门下学习古文辞学，擅长作诗。著有《唐诗选国字解》、《南郭先生文集》等。

② 〔日〕福岛理子：《茶山诗风的形成——混沌社社友和菅茶山》，《近世文艺——研究和评论》第51期，1989年。

③ 圣护院：位于京都市左京区的本山修验宗（日本佛教的一派）的总本山，1090年，赠誉（僧名）受白河上皇赏赐所建。

境界”的写法。此外，前编卷一《兰》一诗被认为是模仿孔子琴曲《猗兰操》[1]所作。小财在分析了这两个作品后指出，菅茶山《兰》一诗所表达的主题不同于孔子《猗兰操》。孔子的《猗兰操》主要表现的是不受诸侯器重的士大夫的感叹，但菅茶山厌恶官吏的生活。他曾以生病为由坚决拒绝为官，不过最后还是出任了福山藩的儒官（藩学校的负责人）。从这里我们可以看到菅茶山根本就不存在不被器重的苦恼。他的汉诗《兰》最后两句“谁怜伍非类，一样偃秋风”，采用比喻的表现手法体现了全诗的主题，即由“一样偃秋风（如杂草一样被秋风吹倒）”这种现状而产生的郁闷心情和由“谁怜（没人能怜悯自己这样的状况）”这种境况而产生的孤独感。菅茶山改变了主题，在其《兰》诗中表现了自己的不安和孤独感。另外，《黄叶夕阳村舍诗》前编卷三《画兰二首・其一》、前编卷四《题中山子干遗照三十二韵》、遗稿卷三《梦砚楼吟为龟山伯秀》等汉诗，也同样描写了“兰”。不过这些汉诗都是将“兰”作为单纯的景物来描写，或是使用了“兰交”等词作为交友的美称，并没有像前编卷一这首汉诗一样通过“咏兰”来表现自身未达到高尚人物的境界，以及将“兰”拟人化，表现像“兰”这样高尚的人物混杂在匹夫之中埋没一生等内容。

小财氏指出中国的“咏兰诗”大致可以分为以下三类：一是受《楚辞》影响的作品；二是受孔子琴曲《猗兰操》影响的作品；三是咏唱兰生长在幽谷却默默散发出芳香的高尚品性的作品。小财氏

①《猗兰操》：又名《幽兰操》，相传是孔子所作，琴曲似诉似泣，如怨如愤，把孔子当时的内心世界抒发得淋漓尽致，在兰的身上寄托了自己全部的思想感情，是一首优美的兰诗，也是一首幽怨悱恻的抒情曲。

考证了繁钦[①]《咏蕙诗》，南宋三大诗人范成大《送陈朋元赴溧阳》、《次韵温伯种兰》，杨万里《寄题吴仁杰架阁玩芳亭》，陆游《兰》、《葺小圃及东斋》、《感昔》、《初春书怀》等中国诗歌以及《日本咏物诗》中收录的“咏兰诗”后指出，茶山“咏兰诗”与日本同时代诗人的“咏兰诗”性质完全不同，而与中国诗人繁钦《咏蕙诗》有相同点，与南宋诗人陆游在咏兰的手法上也有微妙的相似之处。繁钦《咏蕙诗》中“托身失所依”一句用兰的高尚品性和兰的脆弱来比喻作者自身遭遇的表现手法与菅茶山的《兰》诗相同。而陆游在其诗歌中咏唱兰散发着芳香却又可能被锄去的命运时，将自身的命运和兰重合在一起，这样的表现手法与茶山《兰》诗有相似之处。但“用兰比喻高尚人物，却在最后将诗歌的焦点放在无助的自己身上”的表现手法，可以说是菅茶山前编卷一汉诗所特有的。

所谓“咏石诗”则是指咏唱石头的汉诗。小财文考证了前编卷一《御领山大石歌》、《三郎路上》、《梅雨忽霁与儿曹山行》等汉诗，指出前编卷一汉诗中，菅茶山采用了“石头等于自己”的表现手法，并把石头所在的地方视为自己的理想乡，将其与难以居住的现实社会相比较，体现了菅茶山对现实社会的批判和希望自己能够像石头一样愚笨生活的愿望。同时，在考察了前编卷六《岚山石》、后编卷八《华岳石》等“咏石诗”后可知，以上两首汉诗均咏唱了“盆石”。所谓“盆石”即指在盆中放入水和石头，水象征着河流，石头象征着山。诗人们通过眺望这些“盆石”，梦想自己游览了没

---

① 繁钦（？—218），字休伯，东汉颍川（今河南禹县）人，曾任丞相曹操主簿，以善写诗、赋、文章知名于世。

机会去的名山，这是当时非常常见的一种表现手法。小财在考察了宋朝苏东坡《咏怪石》、陆游《山头石》、米芾《砚山》等汉诗后指出，茶山青年时代即前编卷一创作的“咏石诗”中将石头比喻成自身的表现手法以及对“石头所在场所”的独特构思是茶山汉诗所特有的。而前编卷一之后的“咏石诗”多将石头作为单纯的景物进行描写，或是受到了常套的“盆石观”的束缚。

由上可知，菅茶山《黄叶夕阳村舍诗》前编卷一汉诗与其他卷的汉诗不同，多体现出了菅茶山的无助感和孤独感。小财氏认为可以用日野龙夫的“初期文人”一词对其进行解释。首先，正如我们所知，菅茶山为了求学一个人前往京都游学，但却因为体弱多病不得不常常回家修养，不能够像自己所期望的那样研究学问，同时家中的田地渐渐地荒废，这都让菅茶山感到焦虑。其次，茶山无法在家乡找到志同道合的朋友，他致力于追求学问却得不到预想的成果和周围人的理解，这种孤独的状况就如同“初期文人”一般。另外，西原千代《菅茶山的田园诗》[①]一文也指出其前编卷一汉诗使用了许多古诗语，山冈万谦、谷本圭司《初期茶山诗受〈文选〉的影响》一文也指出初期茶山的诗歌在很大程度上受到《文选》的影响[②]，这也与日野龙夫所指的初期文人喜欢使用古语的特质相符合。

从以上描述中我们看到，菅茶山早期的汉诗创作具有初期文人特质。其汉诗多使用典故，并使用极端的古语模仿古典中的人物，

---

① 〔日〕西原千代：《菅茶山的田园诗》，《中国学论集》第 31 期，2002 年。

② 〔日〕山冈万谦、谷本圭司：《初期茶山诗受〈文选〉的影响》，《冈山理科大学纪要》第 90 期，1994 年。

希望自己能够化身为中国古典中的文人。《黄叶夕阳村舍诗》前编卷一中的11首“咏兰诗”受到了孔子《猗兰操》的影响，同时也与繁钦《咏蕙诗》、陆游的“咏兰诗”有相同之处。尽管如此，这类汉诗仍然具有日本风土特性，即由菅茶山个人的孤独感和郁闷心情所决定的与孔子《猗兰操》、繁钦《咏蕙诗》等不同的主题。另外，前编卷一“咏石诗”也使用了许多中国古代的典故来表现对现实社会的厌恶，但将石头比喻成自身的表现手法以及对“石头所在场所”的独特构思是菅茶山汉诗所特有的。

二、“文人画”对菅茶山诗风的影响

文人画也称士夫画，指中国封建社会中文人、士大夫的绘画，区别于民间和宫廷画院的绘画。明董其昌[①]始提“文人之画”这一名词，以唐王维为其创始者，并目为南宗[②]之祖。[③]

目前关于“文人画”的范畴还没有明确的界定，一般认为“文人画”始于魏晋时期，这个时期绘画艺术与多种艺术门类一样从政教工具的附属中独立出来，真正在审美领域得到探索研究和发展，中国艺术特有的情景交融的“意境”也慢慢开始形成。到了中晚唐时期水墨大兴，而王维的水墨山水画更是达到了很高的成就，他的

---

① 董其昌（1555—1636），明代后期著名的画家、书法家、书画理论家、书画鉴赏家，“华亭派”的主要代表。

② 南宗：南宗画的略称，中国山水画二大流派之一，明代吴派文人画。

③ 参见罗竹风主编：《汉语大词典》第6卷（下册），汉语大词典出版社2003年版，第1513页。

诗画作品都达到了情景交融、亦诗亦画的境界，但王维没有明确地提出诗画交融的艺术主张。真正在理论上完成对诗画交融论述的人是北宋的苏轼，同时他还首次提出了“士人画”的概念，比较全面地论述了文人画的理论。虽然宋代文人画的发展已经初具规模，但文人画得以大力发展并最终成为画坛的主流是在元、明、清。“文人之画”这一概念也是由晚明的董其昌提出的。从画的题材上来看，中国文人画多以梅、兰、竹、菊、山水、渔隐之类为题材，文人画家们借此表达自身的清高文雅，抒发内心或豪迈或抑郁的情绪，而其中山水是中国“文人画”中最主要的题材。文人亲近自然，渴望归隐田园的素朴生活，所以他们通过描绘山水清高旷远的意境，表达自身的精神情怀，将自然“精神化”、“拟人化”，山水画成为言志抒情、表达人生理想的一种独特方式。

18世纪中期，中国的明清文人画传入日本，掀起了一时的文化时尚。18世纪中后期，在京都、大阪一带日本的文人画达到高峰，代表人物有池大雅、与谢芜村、浦上玉堂、青木木米、田能村竹田等富于个性的文人画家。日本的文人画也同样是以王维为元祖，奉元四家[①]，以沈周和文徵明为楷模。但在选材上，日本人更喜欢以日常生活中的小事入画，使观者从人物日常生活和景致的微妙变化中，

① 元四家：元代山水画的四位代表画家的合称。主要有二说：一是指赵孟頫、吴镇、黄公望、王蒙四人，见明代王世贞《艺苑卮言·附录》；二是指黄公望、王蒙、倪瓒、吴镇四人，见明代董其昌《容台别集·画旨》。第二说流行较广。也有将赵孟頫、高克恭、黄公望、吴镇、倪瓒、王蒙合称为“元六家”。这些人的画风虽各有特点，但主要都从五代董源、北宋巨然的基础上发展而来，重笔墨，尚意趣，并结合书法诗文，是元代山水画的主流，对明清两代影响很大。

慢慢体会浓郁和细腻的人情，体味到生活的惬意和内心的满足感。[①]

青年时期的菅茶山曾经6次前往京都游学，最初于市川门下学习古文辞学，后转投那波鲁堂门下学习宋学。因为求学道路不顺以及周围人的不理解，早期菅茶山汉诗多显露出对颓废世态的忧愤以及抵触社会的焦躁情绪。后来，随着茶山的交友变广，他的才学渐渐地被周围人认可，他的汉诗诗风也逐渐发生了变化。从目前的研究来看，一般认为与六如、西山拙斋的相遇是菅茶山诗风转换的契机。如今关天彭在《菅茶山·上》一文中称茶山的诗风多借助于六如上人。《菅茶山的世界——从黄叶夕阳文库的视点》一书中也指出：明和八年（1771），茶山与备中鸭方（今冈山县浅口市鸭方町）西山拙斋相识，自觉古文辞之非，加入朱子学那波鲁堂门下。但前述福岛理子《茶山诗风的形成——混沌社社友和菅茶山》一文则指出仅从南宋诗风、六如等人的影响来说明菅茶山田园诗风的形成是值得商榷的。福岛文指出，不可否认菅茶山确实创作了一些南宋诗风的田园诗歌，但作为一位声名盖世的一流汉诗人，菅茶山的诗歌世界是丰富多样的，其汉诗除了具有细致的描写实景的表现手法之外，还与绘画般的美的意识相结合，这一点显然不同于六如等其他南宋诗风的诗人。福岛文运用“鸟背”这一诗语，探寻了茶山这种审美意识形成的渊源。

“鸟”是和汉诗歌中常见的素材，咏唱“鸟背”的汉诗很多。福岛文在考证了前编卷七《栗山堂会，同诸君赋，分得盐字》、前

① 参见尹沧海：《从王维到苏轼——论诗画交融及文人画的历史实现》，《天津大学学报》（社会科学版）2003年第2期。

编卷二《赤阪》、后编卷一《三月晦，同士晦子贤诸子赋》、前编卷二《所见》、前编卷三《次藏六山行韵》、前编卷三《同道光上人登黄龙山，分得一字》、后编卷二《甲山路上》以及《同日，分孤舟蓑笠翁，余得孤字》[①]等汉诗中“鸟背”一词的使用方法后指出，菅茶山汉诗中的“鸟背”都采用了将鸟作为前景，实际上则是描写透过鸟背后看到的远景这样的表现手法。同时，在考证了中国唐代诗人温庭筠《春日野行》、明代居节《晚坐》以及日本诗人赖春水《春日同旗峰东蒙上爱宕山》、六如《宕山夏日有时下视雷雨》、葛子琴《寄赠清公续赴越前》等中日汉诗后指出，菅茶山汉诗中“鸟背”的表现手法完全不同于其他中国诗人和六如等日本南宋诗风的代表诗人。福岛认为，菅茶山的这种抓住远近、动静之妙的表现手法，使得菅茶山汉诗中作为前景的鸟和鸟背后的景色形成绘画般的结构，伴随着视觉的延伸和色彩的效果而同诗人的主观情感相隔离，将重点转化为视觉上的美趣，可以说同以前菅茶山汉诗多表现个人忧愤、孤独情感的诗风完全不同。同时，福岛文还指出混沌社葛子琴的诗歌才能和浪华混沌社的文雅情趣引发了菅茶山这种清新的诗风。菅茶山汉诗中“鸟背”一词的独特构思也很有可能是受到了浪华混沌社葛子琴《寄赠清公续赴越前》汉诗中“马蹄水草生秋色，鸦背云风送晚晖”一句的启发。

浪华混沌社成立于明和初年，是以片山北海为中心的汉诗社。该诗社成立初期主要有田中鸣门、葛子琴、冈南山、佐佐木鲁庵等

① 该诗收录在《与乐园丛书》卷二十五《茶山诗抄》中，未收录在《黄叶夕阳村舍诗》中。

人，后来又聚集了赖春水、筱崎三岛、尾藤二洲、古贺精里等人。其中葛子琴、赖春水与菅茶山的关系最为密切。混沌社诗人的诗歌多有写生般的风景描写和不受典故束缚的自由表现风格，所以一直被认为是日本江户时代宋诗风的先驱。但事实上混沌社成立的明和初年，正值元末明清书画广泛地从中国传入日本的时期，反对尊奉唐诗的混沌社诗人开始积极地引入明清文人画和明清文人的诗歌，而他们所向往的明清文人们实现的南宗画的世界，也给予了他们新的创造美的世界的钥匙。“夕阳”、“白云”、“归鸟”等主题频繁地出现在汉诗中。但不同于之前情景交融的表现手法，这些事物不是用于寄托诗人的忧虑和寂寥，而是运用到客观的与绘画相统一的表现手法之中。此外，更重要的是明代文人的影响不仅仅停留在书画中，他们留传下来的诗文也同样受到混沌社诗人们的欢迎。混沌社诗人们广泛地引用明代文人的诗歌，并将它们作为开拓新诗风的资料。明和六年（1769）八月发表的《浪华名流花月吟》就是模仿唐寅《花月吟效连珠体十一首》所作。混沌社诗人们对于明代文人的鉴赏很快影响到了当时的其他汉诗人，菅茶山也曾经带着自己创作的《花月吟二十首》拜访了赖春水。其实，茶山与混沌社的交往可以说是源自于茶山与赖春水的相识。安永二年（1773），菅茶山拜访了当时正寄居在大阪的赖春水，此后便常常与春水一起参加混沌社的诗酒会，这给予了菅茶山接触明清文人画和诗歌的机会，事实上菅茶山汉诗中“夕阳”、“鸟”等主题的增加也大概源于这个时期。另外，晚年菅茶山汉诗中咏唱的对江南风景的缅怀、夕阳辉映下的渔村以及飞过春霭的乌鸦等都是与南宗画的世界相重合的。南宗画柔和的笔法，“夕阳”、“云”、“鸟”等山水画的主题，脱俗的趣味以及具有深度空间感的结构等美学元素都进入了茶山诗心的深处。才气横溢的葛子琴的诗歌创作风格更是提高了菅茶山的诗歌鉴赏力，使他获得了比寄托忧愤情感的作品更进一层的、活用色彩感来描写景物的表现手法。

此外，福岛氏还指出，与池大雅的相识也是菅茶山汉诗受南宗画影响的重要原因。大雅是江户中期的文人画家，也是日本文人画的集大成者，他因景仰唐寅而学习了南宗画，是一位以描写实景为创作中心的画家。而池大雅的这种艺术观也为后期菅茶山新诗风的创立提供了启示。其实，除了大雅之外，茶山还与其他众多画家交往。黑川修一《文人和同时代的绘画——菅茶山和南画·写生画》[①]一文就指出，菅茶山一生与众多画家交往，且他的遗爱品中有许多书画作品。

三、菅茶山汉诗与《文选》

《文选》是我国现存最早的一部诗文总集，收录了中国从周至梁为止上千年间的文章、诗赋等。

很早以前《文选》就已传入日本，芳村弘道《日本江户·明治两代的〈文选〉版本简介和目录》指出，《文选》在日本的流传已经有相当长久的历史。据日本正史的记载，《文选》最初出现在奈良时代（710—784），但日本在江户时代以前没有刊刻版本的《文

① 〔日〕黑川修一：《文人和同时代的绘画——菅茶山和南画·写生画》，《江户文学》第18期，1997年。

选》，传世本皆是唐代古本。进入江户时代，日本开始刊刻《文选》，前期主要有6种版本，即直江版、庆安本以及翻刻明王象乾本的诸本。江户时代后期主要有两种版本，即片山兼山《文选》、秦鼎《李善注文选》。

文化四年（1807）菅茶山的家乡神边发生大火，他早期的汉诗作品几乎都被烧毁。现在对菅茶山汉诗的研究多以《黄叶夕阳村舍诗》为文本。山冈万谦、谷本圭司《初期茶山诗受〈文选〉的影响》一文则以广岛县竹原市赖家收藏的菅茶山汉诗抄本《白沙翠竹村舍集》为文本，对菅茶山早期的汉诗进行了分析。该抄本中收录有《黄叶夕阳村舍诗》前编卷一至卷三、后编卷一中的部分五言、七言汉诗，另外还包括一些《黄叶夕阳村舍诗》未收录的汉诗，共124首。该抄本按诗体进行编排，有五言古诗60首，七言古诗64首，最晚的汉诗创作于天明六年（1786），可以被视为现存最早的菅茶山汉诗资料，也是研究菅茶山早期汉诗的重要资料。福岛理子《有鸟三首——圣护院村塾时代的茶山》[①]一文论述了西山拙斋、白居易的政治批判诗对初期茶山汉诗的影响，并指出初期茶山汉诗中带有明显的政治批判内容。同时，前述《茶山诗风的形成——混沌社社友和菅茶山》一文指出，明和至安永期间，菅茶山在那波鲁堂门下与圣护院近侍的儒者们共同作诗时，其诗多表现出对颓废世态的忧愤和自己理想不被接受的焦躁情绪，且依然保留有古文辞风。另外，黑川洋一《江户诗人选集》第四卷《菅茶山・六如》[②]中

---

① 〔日〕福岛理子：《有鸟三首——圣护院村塾时代的茶山》，《混沌》1988年第12号。

② 〔日〕黑川洋一注：《江户诗人选集——菅茶山・六如》，岩波书店1990年版。

则指出，收录在《黄叶夕阳村舍诗》前编中的茶山50岁之前的汉诗作品，与其说是宋诗风不如说更接近于汉魏诗风。前述山冈、谷本文指出，在以上的观点中黑川洋一的观点最值得我们注意，原因在于《白沙翠竹村舍集》收录的汉诗中，许多作品都使用了《文选》作品的表现手法。山冈、谷本从“政治批判诗”、“自然描写诗”和“情感描写诗”这三个类型的方面，考察了《白沙翠竹村舍集》中菅茶山汉诗所受《文选》作品的影响。

首先，山冈、谷本文从“街谈”、“绕指柔”、“素练”、“言逊”、“豫虑”、“浮云”、“白日”等有关社会的词语和“豺豹”、“夜虫”、“翱翔”、“贪残”、“鸾凤”、“鸱鸮”、“和鸣”、“鸩毒”等比喻恶人猖獗行为的词语这两个部分，对菅茶山的政治批判诗进行了考证，指出初期茶山汉诗的表现有两个倾向：一是用“浮云”和“白日”的关系来表现社会的颓废，二是用“鸟”来比喻奸恶之人，并且这两种表现并不是截然分割的，有时也可共同使用。如“白日不见山，燕雀来相欺”。但因为《文选》之后有许多诗人曾用“白日”、“浮云”来表现社会的颓废，因此仅从这一点，不足以说明茶山汉诗是受到了《文选》影响。不过，山冈、谷本文指出，菅茶山《杂诗六首・其四》中“世态日迁转，豫虑多不违”两句是根据贾谊《鹏鸟赋》和五臣注创作的，故可以认为茶山是直接参考了《文选》中贾谊的《鹏鸟赋》。此外，《古齐讴行》“苞苴白日争丰美，权门黄金耸丘山”两句中“白日”与“黄金”相对的使用方法，也是受到《古诗十九首》表现手法的影响。另外，山冈、谷本氏对福岛理子《有鸟三首——圣护院村塾时代的茶山》一文仅用西山拙斋《义鹘行》和杜甫《义鹘行》为例，说明菅茶山用鸟比喻奸恶之人的表现手法是与西山拙斋有关这一点做了补充，指出菅茶山《杂诗六首·其三》可能是根据《文选》中嵇康《琴赋》、乐府古辞《伤歌行》等作品的表现手法所写成的。

《白沙翠竹村舍集》中收录了许多写景诗或是含有景色描写的汉诗，但这些作品中体现《文选》作品表现手法的例子并不多，而且其中大部分都只是单词的借用，例如“嵯峨”、“长萝”、“丹崖”、“翠屏”、“孤屿”等词。另外，像“清风”、“佳丽地”、“翠屏”、“出岫”、“倦鸟”、“媚晴涟”等词的运用可能是参考了陶渊明《归去来辞》和谢灵运的汉诗作品。因为这些作品很容易在《文选》以外的书中接触到，所以很难判定其是否参考了《文选》。

《白沙翠竹村舍集》抒发情感的汉诗作品中较多采用了《文选》作品的表现手法。山冈、谷本文考察了左思《魏都赋》及其李善注、《佩文韵府》[①]等文献，指出茶山表现自身情感的作品《山行三首》第一首末句中的“暄吹”一词，是参考了《文选》的《魏都赋》及其注释。另外，在表现与他人交往过程中的情感时，菅茶山除了使用“斗酒”、“菅蒯”、“抚琴”、“眼中”、“踟蹰”、“胶漆”、“闲无言”等《文选》作品中原有的词语之外，还积极地赋予《文选》词汇新的语义，如“论心”一词在《文选》中共有两处：一处是陆机《演连珠》“抚臆论心，有时而谬”，意思是“人心难测”；另一处则是见于沈约《谢灵运传论》“若夫敷衽论心，商榷前藻，工拙之数，如有可言”，根据五臣注“言布襟论心，商榷前人文藻之妙”可知，

---

① 《佩文韵府》：类书，清代官修大型辞藻典故辞典之一，专供文人作诗时选取辞藻和寻找典故，以便押韵对句之用的工具书。

“论心”一词在此不仅仅指谈论心中的思绪，而更应该理解为这一词语发自于以充分叙述“前人文藻之妙”为目的的场景，这与菅茶山“几人论心暴肝脾”不同。此外，茶山还根据《文选》作品的语言表现积极地创造了“款言”这一新词。茶山汉诗《丙午闰十月访西山先生得闰字》、《次山先生见寄韵》中所使用的“款言”一词并未在《佩文韵府》以及杜甫等诗人的诗歌中出现。虽然《汉书》中有“款言”一词，但其意思为“空言”，与茶山汉诗中所表现的“亲密、详细地谈论互相的近况”这一意义完全不同。山冈、谷本氏认为茶山汉诗中的“款言”这一用法很有可能是基于谢灵运《酬从弟惠连》的第三章末尾“辛勤风波事，款曲洲诸言”两句而得来的。

山冈、谷本文以菅茶山的汉诗抄本《白沙翠竹村舍集》为基础，考察了初期茶山汉诗和《文选》的关系，指出菅茶山汉诗中描写自然风景的部分并没有太多体现《文选》中作品的表现手法，而其政治批判诗和表现情感的汉诗则多采用了《文选》作品的表现手法。在与政治批判有关的汉诗中，茶山以“鸟”的意象为重点，将《文选》作品的表现手法运用到了自己的汉诗之中。而在表现情感的作品中，茶山除了使用《文选》作品原有的表现手法之外，还积极地赋予“论心”一词新的意义，同时还创造出了“款言”这一新诗语。

四、中国汉诗的日本文学化——菅茶山汉诗的俳谐性

菅茶山虽然没有诗论专著，但是从他为友人、后辈所写的序

和跋中我们可以看到茶山关于汉诗创作的观点。今关天彭《菅茶山·下》[①]一文根据菅茶山对古贺谷堂、竹田器甫的告诫之言和他为六如上人《第二诗钞》写的序文指出，茶山对于汉诗创作的看法如下：诗是发自人内心的创作，所以应当叙述真情，描写事实，而不应该依赖于模仿前人或者是他人的毁誉。此外，西原千代根据《六如庵诗第二抄序》、《复古贺太郎右卫门书》、《霞亭诗集序》、《送竹田器甫序》等菅茶山为友人所写的诗序，总结菅茶山的诗论如下："诗应当论述事实，如实描写实际存在的事物，咏唱自己内心的情感，而不应当仿效前人，追随潮流，模仿他人。只有将各自拥有的兴趣从各自不同的心境表现出来，才称得上是真正的诗歌。另外，如果没有丰富的知识，诗歌题材也不会骤然出现。没有优秀的才智，不能够随心所欲地表达自己的心意时，那么就该多读书籍。"[②]

由此可知，菅茶山在创作汉诗时注重描写实景、咏唱实情，因此他的汉诗多体现出了日本风土特性。

"萤"是和汉诗歌中常见的题材，朱秋而《菅茶山诗论——以咏萤为中心》[③]一文以"萤"的季节性为重点，探讨了菅茶山汉诗脱离原有的汉诗规范，体现出日本传统文艺特色。

朱文指出，世界上"萤"的种类有2000多种，它们出现的季节大致为夏、秋两个季节。日本代表性的"萤"主要出现的时间是5月至6月中旬，而中国六朝、唐代的文化中心地中原地区的"萤"

---

① 〔日〕今关天彭：《菅茶山·下》，《雅友》第31期，1962年。

② 〔日〕西原千代：《菅茶山》，白帝社2010年版，第587页。

③ 朱秋而：《菅茶山诗论——以咏萤为中心》，《国语国文》第64期第11卷，1995年。

则主要出现在9月至11月，“萤”的这种季节性差异体现在了中日文学作品之中。朱文首先运用《礼记》、《诗经》、《晋书》、《文选》、《玉台新咏》等中国文献指出，《礼记》中出现于晚夏的“萤”到了六朝时代就成了秋天的景物，多用于描写空闺中女性的孤独感，而《全唐诗》中有一半以上的“咏萤诗”咏唱的是秋萤。李白、白居易的“咏萤诗”能够判定季节的均描写的是秋萤，而杜甫《舍弟观归蓝田迎新妇示两篇·其一》、《遣闷》两诗虽出现了夏萤，但其代表性的诗歌《萤火》、《倦夜》、《见萤火》等均描写的是秋萤。与此不同，朱文在考察了《古今和歌集》、《新撰万叶集》、《夫木和歌抄》、《后拾遗集》等日本文献之后指出，在和歌、和文世界中出现的“萤”一般带有夏天的季节感，而在中世的连歌和近世的俳谐中，“萤”更成了夏天的季语。同时，朱文还运用《怀风藻》、《凌云集》、《经国集》、《菅家文草》、《菅家后集》等日本文献，考察了日本汉诗中“萤”的季节性，指出截至平安朝的中期，日本汉诗中出现的“萤”以“秋萤”为主，但从院政期[①]开始日本汉诗中“萤”的季节描写就呈现出混乱的局面，这种“秋萤”、“夏萤”同时出现在日本汉诗中的混乱局面从平安后期开始，经过中世的五山文学[②]，到了近世前期更是流传开来。林罗山[③]等人的汉诗作品中都同时出现了“夏萤”和“秋萤”。此后，新井白石、荻生徂徕、服

① 院政期：天皇退位为上皇而执掌国政的时代。

② 五山文学：在镰仓五寺、京都五寺的禅僧中兴盛起来的汉文学，统称为“五山文学”。

③ 林罗山（1583—1657），江户初期的幕府儒官，名忠、信胜，僧号道春，在上野忍冈建学问所和先圣殿，成为昌平校的起源。

部南郭等古文辞派的诗人们提倡模仿唐诗，追随中国“秋萤”的典型表现。但是随着古文辞派的没落，日本汉诗中“萤”的季节性又再度陷入了混乱状态。积极提倡排除古文辞学接受宋诗风的六如，其汉诗中对“萤”的季节描写也未能统一。

菅茶山一生创作有“咏萤诗”十数首，其中除了没有明确季节的3首之外，其余描写的均是“夏萤”，这与六如及其之前的日本汉诗人有很大的区别。一般在谈论近世后期汉诗文特色时，多会认为是受到了写实主义宋诗风的影响。但朱文在考察了《宋诗钞》、《宋百家诗存》、《南宋群贤小集》等中国文献后指出，南宋诗歌中描写“萤”的作品并不多，而描写“夏萤”的作品更是稀少。菅茶山作品中“夏萤”的表现手法与其说是来自宋诗，不如说是来自日本平安时代的和歌、随笔、物语以及近世的俳谐等作品中日本人对“夏萤”的独特感觉。此外，茶山《竹田夜归》、《萤七首·其一》等汉诗中描写的“桥”和“萤”的独特意象组合也是之前汉诗作品中未曾见过的，很可能是来自平安末期俊惠《萤照桥》（《林叶和歌集》）、《桥萤》（《新题林和歌集》）等和歌。

据上可知，菅茶山的“咏萤诗”打破了汉诗中咏唱“秋萤”的格式，根据和歌和俳谐咏唱“夏萤”的日本式表现手法，如实地描写了日本的“夏萤”，并从和歌传统的桥边萤中得到启发，描写了中国诗歌中不存在的桥萤。可以说茶山从长期受日本汉诗人重视的咏唱“秋萤”的模式中解放出来，在表现日本实景和日本人实感上，采用汉诗这一形式，表现的却是日本和歌所咏唱的“夏萤”的内容和情调。

朱秋而在《菅茶山的汉诗和俳谐——以“绵弓”、“栗球”、“菜花”为线索》[①]中称菅茶山是日本近世后期汉诗坛出现的新诗风的代表诗人，所谓新诗风即“驱逐了被斥之为伪唐诗的古文辞末流，代之而起的是受宋诗影响而描写实境、咏唱实感”。同时如富士川英郎所指出的，茶山的汉诗具有日本式的特征，具体地讲，如很多日本汉诗人把俳句翻译成汉诗一样，菅茶山有两三首汉诗是从俳谐翻译而成的。朱文以此为切入点，认为仅从翻译的观点不能完全说明茶山诗歌和俳谐的关联，而应从和汉比较研究的角度去深入探讨。

朱文运用《有关卿塾建造书简》、句集《三月庵集》、《新古今集》、《滑稽杂谈》、《资治通鉴译文》、《中国岁时记》、南宋范成大《四时田园杂诗六十首》、芭蕉《野晒纪行》等日汉文献，详细地考证了茶山汉诗中“绵弓”诗语的意境是中国汉诗中所没有的，而是受到芭蕉“慰藉于绵弓和琵琶，竹林深处”俳句的影响，创作了在前编卷三《赴鸭方途中》、卷二《福山途中》、卷三《所见》、后编卷一《详三宅集分得遥字》、后编卷七《秋日杂咏》等汉诗中与“绵弓”这一诗语有关的具有清新写实诗风的诗句，如“女儿倾筐采新橦，雨后寒生迴野风。知是授衣期已近，村家竹里响绵弓”。

后编卷六《栗树小鸟》(七绝)、《画猴》、卷三《途上》等景物诗中出现的“栗球”这一诗语在中国汉诗中不曾见到，日语辞书上将其写作“球”或“梂”，读作“yiga”，即栗树上结的带刺的果实。与唐代岑参《仙游寺》、中唐陆龟蒙《袭美见题郊居十首因次韵酬之以伸荣谢》、北宋苏轼《次韵黄鲁直戏赠》、南宋程大昌《演繁露》、

---

① 朱秋而：《菅茶山的汉诗和俳谐——以“绵弓”、“栗球”、“菜花”为线索》，《国语国文》第66期第11卷，1997年。

南宋陆游《剑南诗稿》等汉诗中的“栗”、“栗刺”、“栗蓬”等意象不同，菅茶山汉诗中的“栗球”是一个和制汉语词语，其表达的是芭蕉俳句“秋风吹拂青栗刺”这一典型的描写日本秋色的诗歌意象。

中国诗人范成大《晚春田园杂兴》、杨万里《宿新市徐公店》，日本诗人江村北海《三月十九日郊行和子贞》、六如《春晚》、市河宽斋《八日市酒楼眺望田畴菜花盛开以黄金界命之系以一绝》、赖山阳《春日田园》等汉诗中咏唱“菜花”这一春天景物时，多以“菜花”和“蝴蝶”这样固定的形式出现，而茶山在卷一《先阵庵》、后编卷六《兔原道中》、后编卷六《雨下高濑川呈村上金吾》等汉诗中却没有运用这样的固定组合，而将“菜花”与“海”、“船”、“川”等意象组合在一起，这显然是芜村“菜花啊，白昼频传海之音”、“菜花啊，鱼未近海色暮”等典型的“菜花”加“海”的和歌意象。

由此可知，茶山没有使用汉诗原有的固定模式来咏唱“绵弓”、“栗球”、“菜花”，而运用了具有俳谐的感性、细腻之美的新咏唱方法，体现了微妙的季节变化和绘画般的构图。茶山不仅像六如、北海那样将脍炙人口的俳句改写成汉诗，更是用俳谐的感觉创作了汉诗，将芭蕉、芜村的俳句诗情应用到了汉诗里面，可以说汉诗的俳谐化与茶山汉诗的日本文学化有着很深的因缘。

朱秋而在《菅茶山的汉诗和和歌 —— 梅雨诗中描写的水鸡意象》[①] 中开门见山地指出，中国诗歌自古就有咏唱梅雨的传统。“梅

① 朱秋而：《菅茶山的汉诗和和歌 —— 梅雨诗中描写的水鸡意象》，《国语国文》第68期第3卷，1999年。

雨”一词在中国诗歌意象中常被当作恩泽之雨，象征农作物的丰收，如杜甫《梅雨》、南宋范成大《梅雨五绝》、南宋后期江湖派代表诗人戴复古《喜梅雨既晴》等。日本江户后期的诗人也深受其影响，如六如《梅霖开霁喜赋》就咏唱的是梅雨过后的欢乐心情。

菅茶山也特别喜欢咏唱梅雨季节，且他的梅雨诗多咏唱了“水鸡（也称秧鸡、姑恶）”。朱文首先运用卷四《藤伯协来访分得韵东》、卷五《中条归路次文辅韵》、后编卷二《即事》、后编卷四《道光上人见访》、后编卷八《夏日杂诗十二首・其一》、遗稿卷五《偶成》等诗指出，虽然中国有许多咏唱梅雨季节的诗歌，但是像茶山那样将水鸡作为梅雨时期的风景，将梅雨和水鸡两要素组合起来，描写门边柳荫和涨水后沟渠周围水鸡姿态、声音的表现手法在以前的汉诗作品中是很难看到的。

同时，朱文运用宋苏轼《五禽言》，南宋陆游《夏夜舟中闻水鸟声甚哀若曰姑恶感而作诗》、《秋夜自近村妇》、《夜闻姑恶》，清宋长白《柳亭诗话》等汉语文献，详细考证了“姑恶”一词在中国文学中的使用，指出“姑恶”一词始于宋代苏轼的《五禽言》，东坡在该诗的自注中这样写道：“姑恶”是因其叫声命名的一种水鸟，根据当时的世俗说法，这种鸟的叫声听起来像在说“姑恶”，因此被认为是受婆婆虐待而死的媳妇的化身。此后，南宋的范成大、陆游的汉诗中也都沿用了苏东坡的这一表现手法。这与茶山汉诗中描写的梅雨之后，在沟渠、院子里鸣叫的水鸡的轻快可爱形象完全不同。朱文在考察了《蜻蛉日记》、《源氏物语》、《枕草子》、《古今和歌六帖》、《拾遗集》等日本文献后指出，茶山汉诗中在门边柳荫中鸣叫的水鸡、在院子水渠边鸣叫的水鸡等描写意象不是茶山独创的，而很可能是基于日本的传统文学艺术。事实上日本平安时代的女流文学很早就将“水鸡”引用到文章之中。与中国不同，日本人认为水鸡的鸣叫声犹如敲门声，因此平安朝的女性们将其作为恋人来访的声音用于咏唱恋爱的和歌中。另外，由于喜爱水鸡躲在树荫中鸣叫的情景，就将其描绘出来，从中也能够感受到一种特别的情趣。同时在平安时代除了汉诗文以外，在和歌、物语、日记、随笔等之中也写到水鸡。另外，中世的连歌也常常咏唱水鸡，并明确了水鸡鸣叫的地点是在柳树下，柳树种植的地方则明确是在门边，如宗长“水鸡在门前的田中鸣叫，柳树茂密”等。由此可见《黄叶夕阳村舍诗》后编卷二《即事》一诗中“门柳荫中姑恶鸣”的表现手法并不是菅茶山的独创，而是日本歌俳世界中特有的鉴赏方式。同时，朱文在考察了芭蕉《幻住庵记》、《笈日记》、《空豆花卷》、契冲《漫吟集》等日本和歌和俳谐后指出，菅茶山汉诗中将“水鸡的鸣叫声与五月雨水”相结合的表现手法也并非是出自菅茶山的独创，而是来自于“雨中的水鸡，水深岗上松”等。

“姑恶”别名苦恶鸟，是中国诗人常用的诗歌素材之一。在宋诗风风靡的近世后期，日本的汉诗人虽然已经认识到汉语中的“姑恶”、“秧鸡”即日语的“水鸡（发音 kuyina）”，但却很少有诗人咏唱它。汉和文献中对“姑恶”叫声的不同感受使得很多日本诗人感到困惑，进而对这一汉诗题材敬而远之。与此不同，茶山很爱咏唱水鸡（姑恶、秧鸡）。他完全没有受到苏轼《五禽言》的影响，他从平安朝女流文学以来和文学中特有的对水鸡的审美观点出发，描写了柳树下鸣叫的水鸡、五月雨后的水鸡、涨水后在河里奔跑的水鸡、终夜鸣叫的水鸡的形象。

顺便说一句，朱秋而一文称汉语中的“姑恶”、“秧鸡”即日语中的“水鸡”，但笔者在查阅了《宋诗钞》、《全宋词》、《全唐文》等中国文献后发现，在中国的文学作品中并没有出现“秧鸡”这一词语，而多用的是“姑恶”和“水鸡”，并且朱秋而也没在文中列举出关于“秧鸡”的例子，因此笔者认为朱秋而的这一说法还需要做进一步考证。

朱秋而在《菅茶山秋蛰诗——与“铃虫”的关联》[①]一文指出，汉诗中把秋天鸣叫的虫子称为“蟋蟀”、“促织”或者“络纬”，并多以催促女性御寒织布为构思。《楚辞》以后秋天被认为是一个感伤的季节，而宣告秋天到来的虫鸣声也被认为是令人悲伤的。虽然白居易和南宋以后的汉诗作品中也有将虫鸣声单纯地用来表现秋天的季节感，但像芜村“茨野，夜间优美的虫鸣声”句中赞美夜晚原野里虫鸣声音的趣味、优美等这样的审美意识在中国诗歌中是未曾见过的。与芜村一样，日本汉诗人菅茶山也被秋虫悦耳的鸣叫声深深地吸引。朱文详细地考证了菅茶山的十数首秋蛰诗，明确了菅茶山汉诗不同于以往汉诗的构思和趣味，并深入挖掘了这种汉诗表现的背景。

中国诗歌咏唱秋天虫鸣的传统可以追溯到《诗经》的《唐风·蟋蟀》（讽刺君主的过度节俭）和《豳风·七月》（描写了随着季节变化逐渐向村庄周围移动的蟋蟀）。而根据《文选》的记载可以推测出至少在六朝时代，“蟋蟀”已经被作为催促女性准备冬衣

---

① 朱秋而：《菅茶山秋蛰诗——与“铃虫”的关联》，《国语国文》第72期第3卷，2003年。

的象征。此外，朱文通过对《楚辞》、《文选》、杜甫《促织》、欧阳修《秋声赋》、杨万里《蛰声》、范成大《蛰》、陆游《子遣》等中国诗歌的考察指出，中国诗歌对于虫鸣声的描写多数只是纯粹地为了表现诗人的心情，而并不重视虫鸣声本身是否动听。南宋以后，虽然中国诗歌中有关秋虫的鸣叫声与悲秋的联想有所减少，但从悲秋观念中产生的厌恶秋虫的情感仍延续到了元、明、清，而且中国的这种悲秋观在很大程度上影响了日本汉诗。朱文在考察了《文华秀丽集》（818年编成）中《和内史贞主秋月歌一首御制》、菅原道真《重阳夜，感于寒蛬，应制而奉》、月舟寿桂《金笼蟋蟀》、玄圃灵三《蟋蟀竢秋吟》、林罗山的《咏五虫》以及服部南郭《促织》等日本汉诗后指出，菅茶山以前的日本咏虫诗，基本上都是继承了中国的悲秋传统，将虫鸣声作为令人悲伤的景物来咏唱。此后，江户后期新诗风转换的先驱六如将目光转向日本人最喜爱的秋虫“铃虫”上，但其汉诗的表现手法仍未能够脱离杜甫以来悲秋的汉诗规范。

朱文通过分析后编卷五《秋夜梦侄孙》、后编卷八《即事》、后编卷三《病中暑甚忆旧事而作六首·其四》、后编卷六《中元卧病简器甫》、卷三《山村》、后编卷八《十六夜阴诸子来会分得人字》、后编卷七《十七夜分韵》、卷三《十七夜》、后编卷四《十四夜绿萝轩集分得期字》、卷三《即景二首·其二》、遗稿卷一《十五夜草堂饮冈俊卿来会分得韵佳》等茶山的秋蛰诗，指出茶山诗歌中悲伤的色调十分淡薄，相反其是将虫鸣声作为令人愉快的事物，并在表现手法上运用了“故乡和秋虫”、“觅蛰”、“放虫”、“铃虫”、“虫和露”、“庭院和虫声”、“待月虫声”、“月夜听虫声”、“住所和虫声”

等以往汉诗中未曾有过的新构思。朱文运用一条兼良《连歌合璧集》、《俳谐类船集》、谣曲《松虫》、狂言《月见座头》、芦庵《六帖咏草》、《篱下闻虫》、《贞德文集》等日文文献指出，茶山诗歌中的“虫鸣声”与“故乡”、“月”、“露”等的组合并不是茶山的独创，早在平安时代的和歌中就已经存在这样的组合。而被淡窗认为是“异端邪法”的“爱看大月抱松升”[①]等表现手法，也很可能是受到和歌中“待月虫”、“月松虫”等传统手法的启发。

以此可知，菅茶山的“秋蛰诗”完全没有使用汉诗中被定型化的“蟋蟀”、“促织”、“络纬”等诗语的表现手法，这可以说是菅茶山为摆脱中国诗歌中固有的秋天虫鸣的悲哀意境，有意识地选择描写日本情趣。同时，茶山通过“蛰声”、“虫语”、“鸣虫”等表现出了日本传统文艺中已有的“铃虫”、“松虫”的优雅风情。从近世后期汉诗日本化的过程来看，菅茶山超越了六如的秋虫和歌题目汉诗、江村北海俳谐的汉译等中日文化交错的阶段，将和歌的风情、俳谐的趣味自由地使用于汉诗这一表现形式上。在熟知中国诗文传统的基础上，巧妙地采用日本式的素材、趣味、手法，创造出了茶山独特的诗风。

朱秋而《茶山和习的意义——通过与范成大的比较》[②]一文指出，南宋范成大的《四时田园诗杂兴六十首》在很大程度上影响了江户后期的诗人。京都的六如、备后神边的菅茶山都是通过学习范成大、陆游等南宋诗人之后才创造出自己的诗风，并成为关西屈指

---

① 《黄叶夕阳村舍诗》前编卷三《即景二首·其二》中的诗句。

② 朱秋而：《茶山和习的意义——通过与范成大的比较》，《国语国文》第 74 期第 5 卷，2005 年。

可数的汉诗人。但朱文在比较了范成大《秋日田园杂兴十二绝》、《冬日田园杂兴十二绝》和菅茶山《秋日杂咏十二首》、《冬日杂咏十首》两组诗作之后发现，菅茶山与范成大两位诗人的田园诗存在很大的差别。

范成大的秋日连作在初读时觉得只是单纯地、写实地咏唱季节风景，但是如果稍加注意就会发现，其诗歌中随处都隐藏着典故。范诗不仅写实地描述了中国的农村风景，更通过阐述农村与城市之间的差距申述了对农民的不合理的繁重课税，继承了讽刺时事政治的讽喻诗的传统。菅茶山69岁时的诗歌连作《秋日杂咏十二首》，同样以“秋”作为主题，但不同于范成大的是，茶山运用了“瓢、凤仙花、鸡头、朝颜、紫茸、松茸、抚子的残花、荻、秋海棠、芦花、蓼花、杜鹃草”等充满秋日气息的景物，生动地描写了备后神边的秋日田园生活。茶山的诗歌没有范成大田园诗中对权门的批判以及对农民穷困生活的同情等中国社会诗、讽喻诗固有的传统，也没有使用任何典故。茶山的秋日连作抛开了中国诗歌的传统，采用了日本式的素材，是和歌、俳谐等日本式表现手法在汉诗中的一种尝试。

此外，茶山42岁时的诗歌连作《冬日杂诗十首》也体现出了与范成大的区别。自杜甫《客至》“肯与邻翁相对饮，隔篱呼取尽余杯”之后，中国诗歌中邻翁的形象就被固定为心地善良的爷爷，范成大《冬日田园杂兴十二首》中邻翁的形象也源自于此。但菅茶山《冬日杂诗十首》“邻舍喧哗缘底事，村人获鹿鼎掆归”一句中对邻人形象的描写，展现了原来汉诗中未曾见过的趣味和新鲜感。朱文运用《杜少陵诗集》、芭蕉《笈日记》等日汉文献，经过考证后指出，茶山《冬日杂诗十首》中咏唱的邻人形象，是原来中国诗歌中没有的，而是来自于芭蕉“秋深了，邻人是何人”等俳句。

通过比较菅茶山的秋、冬日连作和范成大田园杂兴诗，可以看到两者的不同特点。范成大的连作是以农民和权门、城市和农村为对照，涉及对农民的沉重课税，作者从一个有良知的士大夫的视角观察周围的人而写成。写作方法是运用纤细的感性，将四季中新的感动和发现咏唱到诗歌中，更重要的是运用了有名的古诗和典故，采用了汉诗的典型表现手法，将“邻翁”等已经固定化的诗语用到诗歌之中。而菅茶山的诗歌却没有讽喻性，也没有提到社会政治的任何一个侧面，只是大量地运用了俳谐中的季语来表现季节的微妙变化。菅茶山对“邻人”等的描写也从中国诗歌的模式化中解放了出来，采用了更加自由的构想，产生了中国诗歌中不曾有的崭新的表现手法。

朱秋而《菅茶山汉诗中表现出的俳谐性——通过中日“行商”形象的比较》[①]一文称，作为《诗经》以来的传统，中国诗歌在批判社会等方面起了很大的作用。以“行商”为题材描写官吏的残暴和人民苦于恶政的诗歌作品就是其中典型的例子，如杜甫《负薪行》、白居易《卖炭翁》等。宋代以后，中国出现了市民生活，“卖饴”、“卖花”等新的素材被写进诗歌之中，但其描写多吸取了原有诗歌的批判精神或是沿用了陆游等著名诗人的表现手法。

朱秋而考证了杜甫《负薪行》，白居易《代卖薪女赠诸妓》、《卖炭翁》，宋韩琦《广陵大雪》等中国汉诗后指出，唐朝以前的

① 朱秋而：《菅茶山汉诗中表现出的俳谐性——通过中日“行商”形象的比较》，《和汉比教文学》第25期，2000年。

汉诗中并没有出现“行商”这一诗歌题材，中国汉诗用“行商”来表现对社会不公、生活贫困的愤怒是始于杜甫。同时，朱文又考证了宋祁《寒食假中作》，陆游《寒食省九里大墓》、《春感》、《春晴》等的“卖饴”诗，南宋范成大的“卖药”诗，陆游《临安春雨初霁》、《卖花翁》，明高启《卖花词》，清王士祯《真州绝句》等的“卖花”诗，指出以上“行商”诗中出现的“卖饴”、“卖花”的描写多采用叫卖声和笛声来表现，并没有对商人的形象进行描写。并且“行商”这一诗歌题材在中国汉诗中被使用的频率较低。另外，朱文还考察了菅茶山以前的日本汉诗人，发现“行商”这一诗歌题材在日本汉诗中出现的频率也非常低，且构思多沿用了中国汉诗的惯用手法，如鸟山芝轩《晓雪》、村濑考亭《送花三首》之三等。而标榜新诗风的六如上人的《四月十日登山途中》一诗是茶山以前唯一一首如实描写行商形象的汉诗。

另外，朱文在考证了菅茶山《黄叶夕阳村舍诗》后编卷七《驿夜二首·其一》、遗稿卷六《除日三首·其二》、卷三《即事》、后编卷七《路上》、后编卷二《村居二首·其二》、后编卷五《大野》等“行商”诗后指出，菅茶山的行商诗没有采用杜甫《负薪行》、白居易《卖炭翁》等诗歌中典型的政治批判精神，而是使用了“卖兔的山里孩子”、“炎夏的中午，卖鲇鱼或是卖瓜、卖李子的孩子”、“卖杂鱼的老渔夫”等“行商”和“行商人”之间的巧妙结合，描写出了以往汉诗中未曾有过的“行商”的趣味和风情。朱文在考察了日本近世的俳谐之后指出，菅茶山汉诗中“山童卖兔行”、“瞽僧叫卖按摩行”等汉诗的构思，很有可能是来自于芭蕉“沿街叫卖，种薯和花器”等俳句。

据上可知，菅茶山以前中日汉诗中以“行商”为题材的汉诗并不多，并且中国的行商诗多用于表现对不公平社会的控诉，或是通过叫卖声来展现季节变化。日本江户时代的汉诗也多受到了中国汉诗的影响。但菅茶山却摆脱了中国“行商”诗的两种典型的表现手法，运用芭蕉“沿街叫卖，种薯和花器”以及芜村“茶花哟，出了后门卖豆腐”等俳谐的趣味，创作了具有新趣味的行商诗。

小财阳平《茶山〈道上诗〉考——关于茶山诗的俳谐性和“狂痴”》[①]中称，馆耕之进曾经引用中唐施肩吾《云中道上作》、晚唐欧阳玭《榆溪道上》等唐代诗人的汉诗为例，认为广濑淡窗《筑前道上》等题为《〇〇道上》的一系列诗歌，或许是因为都以平淡无奇的在旅途中的感怀为主题，所以诗歌中并没有强烈的思乡之情，而能够看到作者想要咏唱偶然遇到却吸引人的景色、情景的心情……我们应该领会的不是过多的典故，而是可以被称为俳谐瞩目[②]性，对于对象毫不在意的描写和作者的主观感动。小财在考察了广濑淡窗《远思楼诗钞》之后发现，馆耕之进对“道上诗”的以上评价是正确的，不过小财认为馆耕之进的以上评价可能只限于广濑淡窗一人。因为淡窗虽然抱有三都游学的志向，但由于体弱多病最终也未能离开九州。所谓旅行也只不过是在时间和距离上都较短的行程。虽然菅茶山和淡窗一样，一生都在家乡神边度过，但其青年时代曾

---

① 〔日〕小财阳平：《茶山〈道上诗〉考——关于茶山诗的俳谐性和“狂痴”》，《近世文艺——研究和评论》第71期，2006年。

② 瞩目：不是指俳谐中的兼题（即兼日，指举办和歌会、俳句会等时候，预先出题，另外也指用该题咏唱的歌、句等）和席题（指俳句、和歌等聚会中，在聚会当场提出的题目），而是指即兴咏唱眼前所见到的事物。

多次前往京都、大阪等地游学，还曾两次奉命前往江户，可以说具有较为丰富的长途旅行经验，因此小财试从菅茶山汉诗来确认馆耕之进以上评注的正确性。除了题为《○○道上》的汉诗之外，小财还将诗题为《○○道中》、《○○路上》、《○○途中》、《○○途上》、《○○舟中》等汉诗统称为“道上诗”，对其进行了考察。

小财文首先考察了菅茶山《黄叶夕阳村舍诗》后编卷二《松岛路上所见》、前编卷三《赴鸭方途中》、后编卷二《高屋途中》、后编卷七《路上》、前编卷三《三成途中》、后编卷二《赴鸭方途中口占》、后编卷二《淀水舟中》、前编卷四《播州路上》、后编卷五《摄舟路上》、前编卷三《途中》等汉诗，指出，确实如馆耕之进所说，以上这些“道上诗”中“没有描写强烈的思乡之情，也没有过多地使用典故，多咏唱了旅行途中的所见所闻”[①]。不过，小财文在考察了前编卷一《雨夜还福山途中三首·其一》、前编卷一《三郎路上》等汉诗后指出，菅茶山的“道上诗”不能仅从以上一个方面来论述。以上两诗咏唱了雨中福山、秋日三郎丸等地不经意的风景，突然转而体现出对没有目标的人生道路的挫折感以及对俗人的愤懑等负面的情绪。除了前编卷一中的“道上诗”之外，前编卷四中也有许多不同于一般“道上诗”的“道上诗”。前编卷四收录的“道上诗”多是宽政六年（1794），茶山47岁与妻子宣共同出游时所咏唱的汉诗，其中主要有《河内道上望金刚山怀楠中将》、《大和路上三首·其三》、《玉水路上》、《由小越至关原途中放歌》、《江州

① 转引自〔日〕小财阳平：《茶山〈道上诗〉考——关于茶山诗的俳谐性和“狂痴”》，《近世文艺——研究和评论》第71期，2006年，第56页。

路上》、《浪华二首・其一》、《芳野歌》、《铃鹿山中》、《望野间内海，感源典厩之作》、《播州道中》两首等，多体现了菅茶山对故人的怀念之情。

从以上论述可以看到，菅茶山前编卷一、前编卷四中收录的“道上诗”是无法用馆耕之进对“道上诗”的评论来定性的。菅茶山前编卷一汉诗多表现出了他郁闷的心情，以及对社会的不满，而前编卷四汉诗则多回顾了历史和过去。这是因为在撰写前编卷一的时期菅茶山心中充满了不得志和挫折感等愤懑之情，而撰写前编卷四时则因为游览名胜古迹的直接原因和面对如同过往伟人一般凋零的故友等内在原因，其“道上诗”或体现出愤懑、郁闷，或论述胜者必衰的道理。小财认为“道上诗”首先是用来论述对眼前所见景物的个人情感，而这种情感有时是通过俳谐般轻微的感慨来吐露，有时则成为不得不采用典故的厚重感慨。从数量上来看，写生般的简单的“道上诗”为主流，但采用典故的厚重的“道上诗”也是非常出色的。

由此可见，菅茶山汉诗创作的日本文学化即俳谐性，既有明显的日本风土特性，同样又受到中国文化的影响，如“道上诗”这类题材，也多使用中国典故等。

五、中国国学大师俞樾对菅茶山汉诗的评价及修改

1882 年，俞樾（1821—1907）受日本友人岸田国华所托编纂了日本汉诗选集《东瀛诗选》，其中正编 40 卷，补遗 4 卷，共收录了

日本500多位汉诗人的5200首汉诗。该书第十一卷中收录有菅茶山的汉诗120首。俞樾对菅茶山的评价如下：

> 菅晋帅字礼卿，号茶山，备后人，著有黄叶夕阳村舍诗八卷。礼卿诗各体皆工，而忧时感事之忱，往往流露行间，亦彼中有心人也，其开元琴一首，借题抒愤，可想见其怀抱，七律中如耕牛盘龙等题，皆摘首句二字，为题实非题也，命意所在亦有不可揣测者，然语意悲壮，气骨开张，不失为名作。[①]

俞樾对菅茶山汉诗的评价甚高，但俞樾在编写《东瀛诗选》时或因中国诗歌习惯或其他种种原因对所收录其中的日本汉诗做了许多修改。

郭颖《从〈东瀛诗选〉看俞樾的修改——通过与菅茶山〈黄叶夕阳村舍诗〉比较》[②]一文从“避讳”、“押韵、平仄的订正”、“表现的订正”、“诗句的删除”等四个方面考察了俞樾对茶山汉诗所做的修改。首先，郭文指出俞樾为了避讳清圣祖玄烨的“玄”字，清宣宗旻宁的“宁”字以及清高宗弘历的“弘”字，孔丘的“丘”字，将菅茶山汉诗中原有的这些字用缺少笔画的字或者其他的字来代替。其次，余樾对后编卷七《二月二十六日竹田器甫甲原元寿西归因忆去年与儿子同还自茌都亦以是日发程赋此别》、前编卷一《感事赠拙斋先生·其三》、前编卷二《偶成》、后编卷一《中秋无月

① 〔日〕高岛要编：《东瀛诗选本文和总索引》，勉诚出版社2007年版，第122页。

② 郭颖：《从〈东瀛诗选〉看俞樾的修改——通过与菅茶山〈黄叶夕阳村舍诗〉比较》，《中国中世文学研究》第51期，2007年。

有期不至赋此代柬》等汉诗做了押韵、平仄上的修改。对前编卷一《玉领山大石歌》、前编卷一《春郊》、前编卷一《吉备公庙》、前编卷二《丽礁》、前编卷二《行路难为某生作》、前编卷五《题李溪居士拟古诗卷后应赖千秋需》、前编卷八《元日》、后编卷六《上巳涉大猪水作怀伊势藤子文》、后编卷七《大槻玄沢六十寿言》等诗歌做了表现手法上的修改。此外，俞樾还对茶山《寄肥后薮先生》其一、其二、《有鸟三首有感而作》、《开元琴歌西山先生宅同诸子分赋席上器玩余得此》等诗歌做了大段的删减。对于俞樾对菅茶山汉诗的这种修改，郭文做了以下总结。首先，日本人多根据汉文训读来创作汉诗，所以在平仄上总会有想得不周到的地方，对押韵和下三连等细小的问题考虑不足，特别容易被日本的汉字读音迷惑。例如，日语中的“喜”和“衰”发音比较相近，但实际的平仄却完全不同。另外，就算注意到仄三连，却在诗歌中使用中国人最不喜欢用的平三连。在中国诗歌中有时会出现仄三连，但却没有平三连。对于这类问题，俞樾毫不犹豫地进行了订正。另外，由于中国诗人有习惯的表现方式和惯用的语句组合，如果违反了这些习惯用法，即使没有语法错误但读起来还是会令人产生不协调感，如茶山汉诗中出现的“袖茶”、“牧马群”等。此外，在汉诗中加入“则”字，有时可大大改善汉语节奏感，但在汉文训读时完全无法反映出来，对日本人来说，可能反而会产生节奏不协调的感觉。对于这些不影响诗歌整体意义的地方，俞樾从中国人的视角出发，为了能够更加明确语意，就对这些语句进行了修改。再者，对于诗歌中与其他部分相比表现手法不雅或者与前后诗句的格调不符，降低诗歌氛围，不属于诗歌主题的过分细节描写等部分，为了保持诗歌整体的品质，俞樾果断地对其进行了删除。

郭颖《江户汉诗中的“和习”——关于〈东瀛诗选〉所收汉诗》[①] 一文从“和习”这个角度对国学大师俞樾的修改做了论述。所谓的“和习”就是指中国汉诗中没有的，日本汉诗特有的表现形式。由上文我们可以知道，日本汉诗人多根据汉文训读来创作汉诗，同时他们也会将自己独特的表现手法和感觉加入汉诗之中，而其中有一些是不同于中国人的感觉的。如上文中提到的“袖茶”一词，菅茶山《春郊》一诗中“问字频过杨子宅，袖茶时叩玉川门”一句使用了“袖茶”一词，意思为“送茶”。但郭文在考察了《古诗十九首》等中国诗歌后指出，中国汉诗中用“袖～”来表示隐藏个人物品或是不想让别人看到的物品，如“袖手”、“袖诗”等，而不用作送他人物品。因此，俞樾在收入该诗时将“袖茶”一词改成了“送茶”。

笔者把朱秋而论文中提出的菅茶山的具有日本特色表现的汉诗与俞樾《东瀛诗选》中收录的120首茶山汉诗做了对照，发现两者并无重叠。由此我们也可以推断，俞樾似乎对茶山汉诗中的“和习”或者说日本特色并不喜爱。

以上笔者从学术研究史的视野，对菅茶山汉诗的研究论文进行了梳理，发现在菅茶山的汉诗创作中，中国文化影响和日本风土特性兼而有之，并相辅相成，具体表现在如下五个方面。

第一，菅茶山早期的汉诗创作具有初期文人特质，即多使用典

---

① 郭颖：《江户汉诗中的“和习”——关于〈东瀛诗选〉所收汉诗》，《比较日本文化学研究》2008年创刊号。

故，使用极端的古语模仿古典中的人物，希望自己能够化身为中国古典中的文人。因此，《黄叶夕阳村舍诗》前编卷一中的11首“兰”诗受到了孔子《猗兰操》的影响，同时与繁钦《咏蕙诗》、陆游的“咏兰诗”有相同之处。尽管如此，这类汉诗仍然具有日本风土特性，即由菅茶山个人的孤独感和郁闷心情所决定的与孔子《猗兰操》、繁钦《咏蕙诗》等不同的主题。“咏石诗”使用了许多中国古代的典故来表现菅茶山对现实社会的厌恶，但将石头比喻成自身的创作手法以及对“石头所在场所”的独特构思是菅茶山汉诗特有的。

第二，菅茶山受到中国明清文人画的影响。菅茶山所处的江户时代正值明清文人画由中国传入日本，并且在日本掀起一阵中国画热的时期。同时，当时正值日本的儒者、汉诗人致力于抛弃古文辞学而追求新诗风的时期。为了追求新诗风，浪华混沌社的诗人们积极地引入明清文人画和明清文人的诗歌作品，为他们的诗歌注入新的题材。混沌社盟友木村蒹葭堂是当时著名的收藏家，他收藏了十分丰富的书画名作和唐本，这使得当时混沌社的诗人们能够率先欣赏到明清的文人文化。而与混沌社有着密切交往的菅茶山自然也就有许多机会接触到明清文人画和明清文人的诗歌作品。此外，菅茶山还与当时著名的画家池大雅等有着密切的交往，这都使得菅茶山能够更多地了解到文人画的世界，让他获得了比寄托忧愤情感的汉诗作品更进一层的、活用色彩来描写景物的创作手法。文人画中“夕阳”、“云”、“鸟”等主题也开始出现在菅茶山的汉诗中，给菅茶山带来了新的诗歌创作灵感。

与此同时，菅茶山的汉诗又有不同于中国明清文人画和明清文人诗歌的部分，例如菅茶山汉诗中“鸟背”一词的创作手法就是中国诗歌中未曾出现过的。此外，菅茶山早期的作品《花月吟》虽说是模仿唐伯虎之作，但西原千代《花月吟论》一文在对比了唐伯虎《花月吟效连珠体十一首》和菅茶山《花月吟》之后，指出菅茶山的20首《花月吟》汉诗不仅在内容上采用了故事性和连贯性的构思，在场面设定中也使用了唐伯虎未曾咏唱过的“溪山溪谷的花月”、“池边的花月”等场景。可以认为菅茶山的《花月吟》模仿了唐伯虎却与其有别。

第三，菅茶山早期的汉诗特别是“政治批判诗”和“表现情感的汉诗”多采用了《文选》中《古诗十九首》、贾谊《鹏鸟赋》等作品的表现方式，而“田园风景诗”虽参考了陶渊明《归去来辞》和谢灵运的作品，但这些作品在《文选》以外的著作中也容易接触到，所以很难判定菅茶山早期“田园风景诗”中的表现手法是否参考了《文选》，但至少可以肯定的是，菅茶山早期的“田园风景诗”多参考了陶渊明和谢灵运的作品。在其“政治批判诗”中菅茶山主要采用《文选》中《古诗十九首》、贾谊《鹏鸟赋》作品中的“浮云”、“白日”等词来表现社会的颓废，用“鸟”来比喻奸恶之人。然而，在表现心情的汉诗作品中，菅茶山则不仅采用了《文选》作品的表现手法，同时还积极地赋予《文选》中陆机《演连珠》、沈约《谢灵运传论》作品中“论心”这一词语新的含义，并且根据谢灵运《酬从弟惠连》“辛勤风波事，款曲洲诸言”这两句诗创造出“款言”这一新的诗语，语意为“亲密、详细地谈论互相近况”。这同样说明菅茶山早期的汉诗，特别是“政治批判诗”和“表现情感的汉诗”，既受到了《文选》等中国文化的影响，又具有日本风土特性的创新性。

第四，朱秋而的6篇论文通过对菅茶山“咏萤诗”、“梅雨诗”、“秋蛰诗”、“行商诗”等汉诗的分析，以及对“绵弓”、“栗球”、“菜花”等诗语的探讨，对菅茶山汉诗和日本的和歌、俳谐进行了比较研究。由此我们看到，菅茶山采用汉诗这一表现形式，描写的却是日本社会的实景和实情。同时，菅茶山的汉诗还受到日本传统文艺，特别是和歌和俳谐的影响，可以说汉诗的日本文学化与菅茶山是分不开的。小财阳平《茶山道上诗考——茶山诗的俳谐性和“狂痴”》[①]以馆耕之进所认为的日本“道上诗”不使用过多的典故，多采用俳谐瞩目性的描写方式这一观点为切入点，通过对菅茶山“道上诗”的分析指出，菅茶山的“道上诗”中有像馆耕之进所说的那一类“道上诗”，但是茶山《黄叶夕阳村舍诗》前编卷一和卷四中也收录了许多使用典故，表现茶山郁闷心情或是回顾历史的作品。所以，小财氏认为菅茶山的“道上诗”首先是用来表达自己由所见所闻而产生的情感，但这种情感有时确实是通过俳谐般轻微的感慨来吐露的，有时则使用很多的典故来表现。根据小财文所指，虽然从数量上来看菅茶山“道上诗”以带有俳谐特性的简单的“道上诗”为主，但是其使用许多典故来表现自己情感的“道上诗”也是非常出色的作品。也就是说，菅茶山汉诗创作中具有日本文学化即俳谐性的汉诗，同样也有使用“出典”这一中国汉诗的表现手法的汉诗。

---

① 〔日〕小财阳平:《茶山道上诗考——茶山诗的俳谐性和“狂痴”》,《近世文艺——研究和评论》第71期，2006年。

第五，所谓“和习”，正是我们所说的菅茶山汉诗创作中的日本风土特性。俞樾尽管对菅茶山汉诗中的“和习”进行了一些修改，但却对菅茶山的汉诗创作给予了很高的评价。这说明，具有“和习”即日本风土特性的菅茶山的汉诗创作，仍然受到中国国学大师的认可，即具有汉诗普遍的审美价值。

第二章　菅茶山汉诗选注本研究

笔者收集到的菅茶山汉诗注本主要有以下 4 种：

（1）重政黄山讲述，岛谷真三编著《茶山诗三百首》，广岛县深安郡神边町川南茶山会发行，昭和三十三年（1958）。

（2）岛谷真三、北川勇编著《茶山诗五百首》，儿岛书店，昭和五十七年（1982）。

（3）黑川洋一注《江户诗人选集》第四卷《菅茶山・六如》（以下简称《菅茶山・六如》），岩波书店，1990 年。

（4）水田纪久、赖惟勤、直井文子校注《新日本古典文学大系 66——菅茶山・赖山阳诗集》（以下简称《菅茶山・赖山阳诗集》），岩波书店，1996 年。

对这四个注本所收录诗的统计结果如本文附录表所示。从中可知，《菅茶山・六如》收录诗歌 111 首，《菅茶山・赖山阳诗集》收录诗歌 200 首，以《茶山诗五百首》所收诗歌为最多。另外，《茶山诗三百首》和《茶山诗五百首》中还选录了一些《黄叶夕阳村舍诗》集以外的诗作，其中《茶山诗三百首》中收录集外诗作 36 首，《茶山诗五百首》中收录集外诗作 30 首。尽管各个注本收录诗篇的侧重点不同，但大致集中在前编卷一、卷二、卷五、卷七及后编卷

五、卷七、卷八这几卷。

相互对照这几个新旧注本便可发现其特点：这四个注本的体例大体相同，都包括原诗和汉文训读解说文、字词注释。不同的是，《菅茶山·赖山阳诗集》在字词注释末尾，还附有山阳、鲁堂、六如、霞亭、北林、耻庵[①]等人所做的评语，这些评语皆出自《黄叶夕阳村舍诗》全集。美中不足的一点是该注本没有全诗译文，而其他三个注本都附有译文。在这四个注本中，以黑川洋一的《菅茶山·六如》注本最为详细，不仅如此，字词注释后还附有全诗的韵脚。相对《茶山诗三百首》和《茶山诗五百首》这两个旧注本而言，《菅茶山·六如》和《菅茶山·赖山阳诗集》注本较新，注释也更为严谨，考证更为翔实。具体地说，主要体现在对茶山作诗时间、创作背景、典章故籍的考证方面。更为重要的一点是，《菅茶山·六如》和《菅茶山·赖山阳诗集》注本对《茶山诗五百首》中注释的更正，体现了注释学实事求是的原则。

一、新注本对《茶山诗五百首》误注的更正

关于《茶山诗五百首》中存在的注释错误，新注本《菅茶

---

① 五人与茶山来往甚密，山阳即赖山阳；鲁堂即那波鲁堂（1727—1789）；六如（1734—1801）为江户中期的诗僧；霞亭即北条霞亭（1780—1823），江户时代的汉学者；北林即武元君立（1770—1820），江户后期的闲谷学校教授；耻庵（1768—1800），菅茶山最小的弟弟，字信卿，号耻庵，后称三闸先生，其诗集收于《黄叶夕阳村舍诗》遗稿附录上卷中。

山·六如》和《菅茶山·赖山阳诗集》对其进行了部分更正，具体举例如下：

《感事赠拙斋先生》之四

枳棘塞庄逵，条干日棣矗。
出门理轻策，何地托吾足。
（后略）

《茶山诗五百首》对“庄逵”一词的注释为：“庄，即热闹之意，逵，指大道。”[①] 另外，在译文中的表述为“过往行人较多的大道”。《菅茶山·赖山阳诗集》解释为：“庄逵，即大道。庄，直通六方的道路；逵，四通八达的道路。”[②] 后者的解释正确。“庄逵”也写作“庄馗”，“馗”同“逵”。“庄”和“逵”都指四通八达的道路。《文选·王粲〈从军诗〉之五》：“馆宅充廛里，士女满庄馗。”[③] 菅茶山诗里的“赛庄逵”和王粲诗中的“满庄馗”同属动宾结构，“庄逵”即“庄馗”已成为互文名词，表示四通八达道路的意思。可见《茶山诗五百首》把“庄”和“逵”分开当作两个词的解释是不准确的。《菅茶山·赖山阳诗集》更正了这一注释错误。

① 〔日〕岛谷真三、北川勇编著：《茶山诗五百首》，儿岛书店昭和五十七年（1982）版，第19页。

② 〔日〕水田纪久、赖惟勤、直井文子校注：《新日本古典文学大系66——菅茶山·赖山阳诗集》，岩波书店1996年版，第6页。

③ 〔日〕花房英树注：《文选》（诗骚篇）四，集英社1974年版，第56页。

《送家弟信卿从西山先生读书》

（前略）

赠言不用摘春华，拙词漫配表微谱。

义重在三勿背遗，才无知十但勤苦。

《茶山诗五百首》对“表微谱”一词的注释为：“表微谱——刘表微师弟作谱。”①

“表微”：“谓表明微细的事。《礼记·檀弓下》：‘君子表微。’郑玄注：‘表，犹明也。’孔颖达疏：‘若失礼微细，唯君子乃能表明之。’”②

显然，《茶山诗五百首》中对“表微谱”的注释是不正确的。这首诗是茶山于天明二年（1782）十月，送其弟耻庵从西山先生③读书时所作。茶山为耻庵能从西山先生读书而感到由衷的高兴，在耻庵临行之际，通过这首诗表达了对弟弟的叮嘱，并对其学成归来寄予了厚望。“赠言不用摘春华，拙词漫配表微谱。义重在三勿背遗，才无知十但勤苦。”这正是茶山对耻庵的勉励和叮嘱之词。其中“赠言不用摘春华，拙词漫配表微谱”这两句的意思可理解为“我并不会用华丽的辞藻相赠，而只是（在这里）用拙笨的语句记下你要注意的一些细节之处”。因此，“表微谱”的意思指的是“记

---

① 〔日〕岛谷真三、北川勇编著：《茶山诗五百首》，第36页。

② 罗竹风主编：《汉语大词典》第1卷，第538页。

③ 西山先生：即西山拙斋，字士雅，号拙斋，曾入那波鲁堂门下学习朱子学，在故乡开设了钦塾，与茶山是同门师兄弟。

下一些微细的事（细节之处）”，而非“刘表微师弟作谱”之意。

《冬日杂诗》之六

寒星灿灿带林扉，杉顶孤云冻不飞。
邻舍喧哗缘底事，村人获鹿鼎搁归。

《茶山诗五百首》中并未对“林扉”一词单独做出注释，但参照该句的译文便可知，此处将“林扉”理解成了“树林上空”的意思。《菅茶山・六如》中的解释为：“林扉，即树林中的人家。”[①] 后者的解释正确。

《子成随母而来有诗》（依韵以呈，日值中亥）

糍糕祭亥市童喧，只祝乡邻产育繁。
恰有潘郎陪母至，霜深黄叶夕阳村。

《茶山诗五百首》对“潘郎”一词的注释是：“‘潘’意为淘米水，‘潘郎’指的是在母亲疼爱中长大的儿子。”[②]《菅茶山・六如》中的解释为：“潘郎，即晋朝的潘岳。潘岳以《悼亡诗》和《秋声赋》而广为人知，是一位颇有名气的文学家。不仅如此，潘岳还是

① 〔日〕黑川洋一注：《江户诗人选集——菅茶山・六如》，第 48 页。
② 〔日〕岛谷真三、北川勇编著：《茶山诗五百首》，第 444 页。

一位众所周知的美男子，他出游时，洛阳的女子围成一圈抛果子给他，人气空前，类似于日本在原业平式[①]的人物。”[②]

《全唐诗大辞典》中解释道：“潘郎，指晋代潘岳。岳少时妙有姿容，文才超群，人称‘潘郎’。后亦美称才貌俱佳之士。刘商《赋得射雉歌送杨协律表弟赴婚期》：‘杨生词赋比潘郎，不似前贤貌不扬。’杨巨源《见薛侍御戴不损裹帽子因赠》：‘潘郎对青镜，乌帽似新裁。’”[③]由此可知，潘郎应取“晋代潘岳”之意，在诗中茶山借潘郎暗指子成。茶山诗中有多处这样的典故，由交友联想到中国古代历史上的人物，借古喻今。例如，在《读旧诗卷》中有“叉手温生捷，露顶张旭颠”一句，其中温生指的是唐末大诗人温庭筠，而张旭是盛唐时的大书法家。茶山在这里借“温生捷”暗指才思敏捷的葛子琴[④]，借“张旭”暗指擅长草书的仓成善卿[⑤]。

二、新注本未更正的误注

如上文所示，虽然部分注释错误在新注本中得到了更正，然而仍存在新注本未选注和更正的注释错误，现举出两例如下：

---

① 在原业平（825—880）：日本平安时代的歌人。其人才华横溢，风流倜傥，被称为日本的绝世美男子，是《伊势物语》的主人公。

② 〔日〕黑川洋一注：《江户诗人选集 —— 菅茶山·六如》，第185页。

③ 张忠纲主编：《全唐诗大辞典》，北京语文出版社2000年版，第703页。

④ 葛子琴（1739—1784）：江户时代中期的汉诗人。

⑤ 仓成善卿（1748—1813）：又名仓成龙渚，江户时代中后期的儒者。其著作有《周易守翼》、《仪礼纲》等。茶山在该诗中自注道：“仓成善卿作草书于长府候座。”

《人日雪》（壬午）

沽酒酬人日，搘筇步鹿场。
初春逢置闰，四野未浮阳。
桥路枯荄没，溪庄乱住僵。
谁家挑菜女，载雪满倾筐。

《茶山诗五百首》对“倾筐”的解释为：“破旧的变形的筐（存疑）。”[①] 这一注释不当。柳宗元《游南亭夜还叙志七十韵》诗曰：“野蔬盈顷筐，颇杂池沼芼。”在《柳宗元诗笺释》中，王国安对“倾筐”一词的笺释为：“顷筐，诗周南卷耳：‘采采卷耳，不盈顷筐’。毛传：‘顷筐，畚属，易盈之器也。’”[②]

“顷筐”本指一种斜口的筐子。后亦以“倾筐”指倾倒筐子。唐代杜甫《园人送瓜》诗曰：“倾筐蒲鸽青，满眼颜色好。”唐代钱起《酬长孙绎蓝溪寄杏》诗云：“懿此倾筐赠，想知怀橘年。”[③]

从《茶山诗五百首》的汉文训读表记和解说文来看，“倾筐”应理解为偏正短语，而非动宾短语，意为“一种斜口的筐子”。

① 〔日〕岛谷真三、北川勇编著：《茶山诗五百首》，第420页。

② （唐）柳宗元著，王国安笺释：《柳宗元诗笺释》，上海古籍出版社1993年版，第75页。

③ 罗竹风主编：《汉语大词典》第1卷，第1650页。

《所见》

暑雨今年匝月余，林栖午暗懒摊书。
新晴数日才闲步，出处村谣见踏车。

《茶山诗五百首》中对“匝”的注释为“匝——环绕（连续）”[①]，并未对“匝月”一词做出注释。但是在该诗的译文中，很明显，误将“匝月”解释为“两个月”。“匝月”是“满一个月”，而且只有这一层意思。《汉语大字典》中的解释为：

匝月：满一个月。明·沈德符《野获编·列朝二·斋宫》：“自世宗升遐未匝月，先撤各宫殿及门所悬匾额。”清·曹寅《西轩》诗：“匝月阴蒙始放晴，柳条乙乙草纵横。”[②]

显然，《茶山诗五百首》中的解释是错误的，正确的解释应为“一个月”。

三、《茶山诗五百首》因误字引起的误注

《春阴》

相携女伴探花行，尽日春郊不放晴。

① 〔日〕岛谷真三、北川勇编著：《茶山诗五百首》，第423页。
② 罗竹风主编：《汉语大词典》第1卷，第958页。

归袖匆匆偏怯雨，暗愁寄有画眉声。[①]

据文化九年（1812）皇都书林·汲古堂梓刻本《黄叶夕阳村舍诗》前编，“暗愁寄有画眉声”应为“暗愁寄在画眉声”。若按照《茶山诗五百首》中的解释，将“画眉”释义为“描眉”，笔者认为是不恰当的。若为“描眉”，那“画眉声”又该作何解释呢？另外，《菅茶山·赖山阳诗集》中《和六如上人十春词——春阴》这首诗，解释“画眉”为“化妆的女子”，并指出该典故出自《汉书·张敞传》。[②]

《全唐诗大辞典》对“画眉”一词解释如下：“《汉书·张敞传》载：张敞为京兆尹，无威仪，为妻子画眉，长安中盛传张敞所画之眉好看，有人奏于皇帝，敞答曰：‘臣闻闺房之内，夫妇之私，有过于画眉者。’后因以‘画眉’喻夫妻感情融洽。杜牧《题木兰庙》：‘弯弓征战作男儿，梦里曾经与画眉。’”[③]

由此可知，《汉书·张敞传》中画眉的典故用来比喻夫妻感情融洽，因此《菅茶山·赖山阳诗集》中将其理解为“化妆的女子”也是不恰当的。

《茶山诗五百首》对该诗的译文如下：

今天与女伴一起去赏花了，一整天都阴沉沉的，让人感觉一点都不舒畅。归来的时候突然下起雨来，女伴担心雨淋湿了衣裳，颦

---

① 〔日〕岛谷真三、北川勇编著：《茶山诗五百首》，第213页。

② 〔日〕水田纪久、赖惟勤、直井文子校注：《新日本古典文学大系66——菅茶山·赖山阳诗集》，第80页。

③ 张忠纲主编：《全唐诗大辞典》，第628页。

蹙着那张好不容易才化妆好的漂亮脸蛋儿，时不时抱怨着这鬼天气。

译文中对“画眉”一词好像并没有做出解释，这一处的译文很含糊。笔者认为此处“画眉”指的应该是“画眉鸟”（《汉语大词典》解释为：“鸟名。眼圈白色，向后延伸呈蛾眉状，故名。鸣声婉转悦耳。”①）。“画眉声”，即“画眉鸟婉转悦耳的声音”，这里茶山将女伴的声音比作了“画眉声”。而对于原诗，笔者试译如下，以作参考：

今天与女伴一起去赏花了，一整天都阴沉沉的，让人感觉一点都不舒畅。归来的时候突然下起雨来，女伴担心雨淋湿了衣裳，画眉般婉转的谈话声中透着一股暗愁。

《松风馆即事》

箱藏古画案堆书，却是寻常百姓庐。
爨婢摘芋呼病鹿，园奴激水引游鱼。
（后略）

《茶山诗五百首》误将第三句“爨婢摘苹呼病鹿”中的“苹”当作“芋”字，导致对该句的理解出现了偏误。②“苹”是“草名，白蒿类。《诗经·小雅·鹿鸣》：‘呦呦鹿鸣，食野之苹。’郑玄笺：‘苹，藾萧。’陆玑疏：‘藾蒿，叶青白色，茎似箸而轻脆，始

① 罗竹风主编：《汉语大词典》第7卷，第1372页。
② 〔日〕岛谷真三、北川勇编著：《茶山诗五百首》，第265页。

生香，可生食。'唐·韩愈《答张彻》诗：'苹甘谢鸣鹿，罍满慚罄缾。'"[①]。

"爨婢摘芋呼病鹿"的意思是女仆用摘来的艾蒿召唤生病的鹿，若理解为"芋头"就难免牵强附会，文意不通了。

《萤》之三

风收荷沼气初香，云压茅檐夜未凉。
萤火亦知明日雨，两三相逐入山房。

原诗的首句应为"风收荷沼气逾香"，《茶山诗五百首》中误将"逾"记作了"初"。因此，其对首句的理解也存在一定的偏差。《茶山诗五百首》中对首句的解释为"风停了，（荷花的）芳香刚从莲池处传来"[②]，而准确的解释应为"风停了，从莲池处传来的（荷花的）芳香更浓了"。同时，《茶山诗三百首》中也误将"逾"记为了"初"，对首句的解释与《茶山诗五百首》完全一样，都欠准确。然而，《菅茶山·六如》中对该句的解释——"风吹过来了，从莲池处传来的（荷花的）芳香更浓了"[③]也不准确，"逾"字是解释对了，却误将"风收"解释为"风吹过来了"。联系全诗可知，诗中所写的是一个闷热的夏夜，风停后云压茅檐，像是要下雨的天气。所以，"风收"应是"风停"的意思。

---

① 罗竹风主编：《汉语大词典》第7卷，第335页。
② 〔日〕岛谷真三、北川勇编著：《茶山诗五百首》，第369页。
③ 〔日〕黑川洋一注：《江户诗人选集——菅茶山·六如》，第106页。

以上分析表明，日本的菅茶山选注本在注释译文上存在一定的问题，需要改进。

附　录

表 1　注本统计表

		《黄叶夕阳村舍诗》	《茶山诗三百首》	《茶山诗五百首》	《菅茶山·六如》	《菅茶山·赖山阳诗集》
前篇	卷一	111（首）	13	84	6	30
	卷二	150	6	57	3	20
	卷三	142	9	18	2	18
	卷四	112	14	20	6	9
	卷五	129	28	30	0	13
	卷六	79	7	10	1	6
	卷七	89	12	18	9	12
	卷八	111	5	8	2	10
后篇	卷一	105	1	6	1	1
	卷二	151	18	23	1	0
	卷三	97	14	22	1	12
	卷四	133	10	19	2	13
	卷五	104	35	39	11	6
	卷六	94	20	24	3	5
	卷七	138	19	27	19	11
	卷八	186	27	33	15	12

续表

		《黄叶夕阳村舍诗》	《茶山诗三百首》	《茶山诗五百首》	《菅茶山·六如》	《菅茶山·赖山阳诗集》
遗稿	卷一	47	2	6	2	3
	卷二	69	8	10	3	5
	卷三	64	2	6	7	5
	卷四	84	5	9	7	3
	卷五	82	9	14	2	3
	卷六	72	4	9	4	0
	卷七	64	0	8	4	3
合计		2413	268	500	111	200

说明：《茶山诗三百首》中另收录《黄叶夕阳村舍诗》集外诗作36首，《茶山诗五百首》中收录集外诗作30首。《菅茶山·六如》中选注《茶山诗五百首》中诗作62首，《菅茶山·赖山阳诗集》中选注《茶山诗五百首》中诗作达80首。

第三章《新日本古典文学大系66——菅茶山·赖山阳诗集》中的菅茶山汉诗注释研究

一、《吉备公庙》一诗中的“荐将苹藻泪先垂”

《吉备公庙》这首诗收录于《黄叶夕阳村舍诗》前编卷一，是天明二年（1782）以前，也就是菅茶山35岁以前的作品。吉备公庙位于冈山县吉备郡真备町箭田，是为了纪念吉备真备而修建的。本诗为菅茶山来到吉备公庙，悼念吉备真备时所作。作者回忆了吉备真备的怀才不遇及他在唐朝留学归国后对日本的贡献，并批评了当时日本学界的风气。

全诗如下：

公曾怀璧泣京师，主圣连城早见知。
北学亲传周礼乐，东归更制汉朝仪。
为能血食经千岁，转信和羹美一时。
近日书生委樗散，荐将苹藻泪先垂。[①]

---

① 李均洋、〔日〕佐藤利行主编：《菅茶山汉诗研究·全编》，东京·白帝社2016年版，第591页。

在日本颇负盛名的《新日本古典文学大系66——菅茶山・赖山阳诗集》中将“荐将苹藻泪先垂”一句注释为：将一首诗供上的时候已经泪流满面。[①] 也就是说，注释者将“苹藻”解释为“诗篇”，这值得商榷。

《左氏・襄公二十八》载：“济泽之阿，行潦之苹藻，置诸宗室，季兰尸之，敬也。敬可弃乎？”[②] 庾信《西门豹庙诗》云：“苹藻由斯荐，樵苏幸未侵。”[③]

由以上“苹藻”的词源可以知道，早在《左传》中，“苹藻”一词已经表达了“祭品”的意思。而在庾信的《西门豹庙诗》中已经出现了动词“荐”与“苹藻”的搭配。

“苹藻”在《全唐诗》中有如下语言表现：如《唐明堂乐章・羽音》中的“葭律肇启隆冬，苹藻攸陈飨祭”[④]，《郊庙歌辞・武后享清庙乐章十首・第四迎神》中的“敬奠苹藻，式罄虔襟”[⑤]，《郊庙歌辞・武后崇先庙乐章》（载《本集》）中的“大礼虔申典册，苹藻敬荐翘襟”[⑥]，韩愈《湘中》中的“苹藻满盘无处奠，空闻渔父扣舷歌”[⑦]，姚合《题贞女祠》中的“精灵閟何处，苹藻奠空祠”[⑧]，刘沧

---

① 〔日〕水田纪久、赖惟勤、直井文子校注：《新日本古典文学大系66——菅茶山・赖山阳诗集》，岩波书店1996年版。

② 杨伯峻编著：《春秋左传注》，中华书局1990年版，第1151页。

③ （北周）庾信撰，（清）倪璠注、许逸民校点：《庾子山集注》卷之四・诗，中华书局1980年版，第305页。

④ （清）彭定求等主编：《全唐诗》卷13，中华书局1979年版，第53页。

⑤ （清）彭定求等主编：《全唐诗》卷13，第126页。

⑥ （清）彭定求等主编：《全唐诗》卷15，第147页。

⑦ （清）彭定求等主编：《全唐诗》卷343，第3841页。

⑧ （清）彭定求等主编：《全唐诗》卷499，第5678页。

《长洲怀古》中的“停车日晚荐苹藻，风静寒塘花正开”[①]。

其中《唐明堂乐章·羽音》、《郊庙歌辞·武后享清庙乐章十首·第四迎神》、《郊庙歌辞·武后崇先庙乐章》为武则天所作的乐府诗，皆描写祭祀的场面。

韩愈《湘中》写的是贞元末年，韩愈官监察御史，因关中旱饥，上疏请免徭役赋税，遭谗言被贬为阳山令。政治上的不如意，在诗人心底激起了层层波澜，诗人来到汨罗江本是为凭吊屈原而一泄心中的苦闷之情，然而就是在这里他也得不到感情上的慰藉。江边到处飘浮着祭祀用的绿苹和水藻，可是屈原投江的遗迹已经荡然无存。当初贾谊尚能投书凭吊，今日却连祭奠的地方都无从找寻，唯有江上渔父的舷歌依旧。可见诗中的“苹藻满盘无处奠”发生的背景是诗人欲在汨罗江上祭奠屈原。

《题贞女祠》中，“贞女祠”即孟姜女庙，本诗为姚合题孟姜女庙诗，描写的对象是孟姜女庙，诗中“苹藻荐空祠”一句中“苹藻”指的是“祭品”。

唐代诗人刘沧的《长洲怀古》描写的是诗人参拜吴王庙时的情景和心情。诗人伫立于吴王阖闾的庭苑[②]故址，抚今追昔。在永恒自然的比照下感伤往事，并通过对眼前景物的描写表达心情。最后写到了参拜吴王庙时“荐苹藻”，并描写了周围的景物。考虑到此诗创作的背景是参拜吴王庙，所以这里的“苹藻”是“祭品”的意思。而菅茶山《吉备公庙》一诗的“荐将苹藻泪先垂”与刘诗“停

---

① （清）彭定求等主编：《全唐诗》卷586，第6787页。

② 长洲苑：春秋吴王阖闾游猎场所，在今苏州市西南，太湖北，唐以长洲为县名。

车日晚荐苹藻”发生的地点都是庙宇，而且“荐苹藻”的用法十分相似。

在这几首诗中与“苹藻”搭配的动词大多为“荐”或“奠”，“荐”和“奠”都有将供品祭祀的意思，如“荐新（果菜米谷刚熟，先到神主先人前设供祭祀）、荐享（祭献，祭祀）、荐奠（祭奠，祭祀的仪式，即向鬼神敬献祭品）、荐羞（奉献的祭品）”[①]。

可以发现，这六首诗中出现的地点背景即“庙宇”、“祠堂”，同“苹藻”一词在语义上是先后呼应、互相结合而构成诗歌意象的。也就是说，“苹藻”这一诗语指祭品，并且是有着悠久历史的中国传统文化词语。

《吉备公庙》这首诗的地点背景是吉备公庙，“荐将苹藻泪先垂”一句同唐代诗人刘沧《长洲怀古》中的“停车日晚荐苹藻”一句在诗意上是相通的，即向尊敬的祭拜对象敬献祭品。

从句式结构上看，“停车日晚荐苹藻”中的“荐苹藻”和“荐将苹藻泪先垂”中的“荐将苹藻”同属动宾结构，不同的是“荐将苹藻”中加了一个“将”字，用以调节语气，使之同整个诗篇的韵律相协调统一。换句话说，菅茶山《吉备公庙》中的“荐将苹藻泪先垂”一句显然是受到了刘沧“停车日晚荐苹藻”句式结构和语义的影响。因此，可以肯定，菅茶山此首诗中的“苹藻”一定是“祭品、供品”的意思，而非《菅茶山·赖山阳诗集》中注释的“诗篇”。

---

① 〔日〕诸桥辙次编：《大汉和辞典》第12卷，大修馆书店2007年版，第874页。

二、《偶成》一诗中的"占断鹪枝栖息安"

《偶成》这首诗收录于《黄叶夕阳村舍诗》前编卷二，由茶山于天明四年（1784），即茶山37岁时创作。诗人由于疾病缠身，一些抱负和理想在岁月的流逝中渐渐淡去了。遥想当年刘邦和项羽在广武城对峙的情景，不由得慨叹道：短暂的人生就如大海一样潮起潮落，自己拙才无能，像鷦鷯般弱小，栖身于自己的一块小天地，与庄子笔下的"大鹏"形成鲜明对比。

全诗如下：

匣里芙蓉留客看，病来斯志渐摧残。
一时广武英雄叹，十岁高阳饮博欢。
人生须臾有兴废，海潮昏旦自波澜。
那知蹇劣非天幸，占断鹪枝栖息安。①

《菅茶山·赖山阳诗集》中将"占断鹪枝栖息安"一句注释为"大苇莺安逸地栖息在枝头"。

"鷦鷯"为鸟名，也称巧妇鸟。"鷦鷯巢森林不过一枝"是指鷦鷯在森林筑巢只占一枝，比喻人安守本分。《庄子·逍遥游》载："鷦鷯巢森林不过一枝，偃鼠饮河不过满腹。"②

① 李均洋、〔日〕佐藤利行主编：《菅茶山汉诗研究·全编》，第599页。
② （战国）庄子著，曹础基注：《庄子浅注》，中华书局2000年版，第8页。

“鷦鷯”这一词语在《全唐诗》中屡屡出现，如高适《淇上酬薛三据兼寄郭少府微》中的“且欲同鷦鷯，焉能志鸿鹄”[①]，白居易《我身》中的“通当为大鹏，举翅摩苍穹。穷则为鷦鷯，一枝足自容”[②]，白居易《自题小草亭》中的“蝼蚁谋深穴，鷦鷯占小枝”[③]。

《淇上酬薛三据兼寄郭少府微》是高适自述生平和抱负的诗。高适年轻气盛，傲岸自许，以为建功立业是很容易的事。可是他没有想到在长安求官遇到挫折，在无奈中转向边塞寻求新的入仕途径。此时他恃才自傲的情绪没有完全消退，未赴边塞而想象在边塞立功也是轻而易举的事。当他到了边疆，才知道以前想象的建功立业很难成为现实，昂扬的精神受到了打击，高涨的情绪跌到了谷底，反思人生，清醒地面对生活。“自从别京华，我心乃萧索。十年守章句，万事空寥落。北上登蓟门，茫茫见沙漠。倚剑对风尘，慨然思卫霍。拂衣去燕赵，驱马怅不乐……且欲同鷦鷯，焉能志鸿鹄。”[④]他重新审视自我，对于前途的信心完全被严峻的、现实的生活化解了，没有能力展抱负、图宏业，即成了鷦鷯。这里的“鷦鷯”与“鸿鹄”形成了鲜明的对比。

《我身》是白居易由江州司马赴四川上任忠州刺史时创作的。虽然被贬，但是他委命从时，认为人生际遇时好时坏，对于超越自己能力之外的改变不如随遇而安——他以此宽慰自己，忠县虽小，但也足以让自己有所作为。在此又将“大鹏”和“鷦鷯”加以对比。

---

① （清）彭定求等主编：《全唐诗》卷211，第2197页。
② （清）彭定求等主编：《全唐诗》卷434，第6787页。
③ （清）彭定求等主编：《全唐诗》卷456，第5164页。
④ （清）彭定求等主编：《全唐诗》卷456，第5164页。

《自题小草亭》是诗人白居易在土山上自己建了一个茅茨，可以饮酒作乐，可以吟咏自得其乐。诗人认为，只要像“蝼蚁”和“鷦鷯”一样安分守己就好，无须有太大作为，不必太强求世事。这里的“蝼蚁”和“鷦鷯”是类比，都比喻安分守己、不求作为之意。

《大汉和辞典》中没有“鷯枝”一词。菅茶山诗中的“鷯枝”是“鷦鷯一枝”的略语。首先，成语“鷦鷯一枝”是先秦成语，出典庄子，是一个文学词语，比喻“只求一个安身之所或一个工作位子，不求进取”，具有丰富的文化内涵和哲学内涵。其次，“鷦鷯一枝”从结构上看是四字成语，但是它有分开来运用的先例，符合诗语的表现，比如高适《淇上酬薛三据兼寄郭少府微》中的“且欲同鷦鷯，焉能志鸿鹄”，这是被改造了的成语，在历代诗作中都被引用过。再次，菅茶山对庄子的著作和典故特别熟悉，在其诗集《黄叶夕阳村舍诗》中经常可以看到庄子的典故。他对这个成语的改造丰富了诗的语言。最后，也是最为重要的是，把“鷯枝”按照“鷦鷯一枝”来解释的话，整个诗的主题跃然纸上。

综上所述，《偶成》这首诗旨在表明诗人不像当年那样意气风发，那样有理想、有抱负，而把自己比作鷦鷯，用以表达自己拙才和无能，只能安于现状，“占断鷯枝栖息安”为此诗诗眼。然而，《菅茶山·赖山阳诗集》中只注释为“大苇莺安逸地栖息在枝头”，没有联系到庄子《逍遥游》中“鷦鷯”的形象以及“鷦鷯一枝”这个成语，读者就不能知道“鷯枝”的来源，无法知道这一诗语的深层意象，也就无法深刻理解这首诗的内涵及诗人的心绪。

三、《画猿》一诗中的“下有南迁万里人”

《画猿》这首诗收录于《黄叶夕阳村舍诗》前编卷三，是天明七年（1787）菅茶山40岁时创作的。这是一首题画诗（原画根据李白《早发白帝城》诗意而创作），菅茶山的题画诗写道：“何人写此断肠声，使我西想白帝城。一声啼破巫山云，下有南迁万里人。”这几句是全诗的中心，菅茶山由这幅画联想到了李白被流放夜郎的遭遇，表达了对李白怀才不遇的同情及惋惜。

对李白的《早发白帝城》，一般认为这首诗是乾元二年（759）诗人流放夜郎（今贵州省遵义县附近），途中遇赦，从白帝城返回江陵时所作。诗人马上就要回到江陵，美丽的沿途景色，愉快的心情，使全诗显得分外和谐、美妙、轻松。

菅茶山的题画诗《画猿》，是菅茶山对李白《早发白帝城》一诗背景所做的注释，菅茶山认为，李白创作《早发白帝城》时的心情并不是欢快的，从“咽”、“愁”、“暮”、“暗”可以看出他为人世间充满迫害和暗算而伤心，菅茶山为李白鸣冤式地写下了这首题画诗：

急滩日夜咽且流，两岸青山相对愁。
三峡多雨天易暮，旗头柁尾暗烟雾。

何人写此断肠声，使我西想白帝城。
一声啼破巫山云，下有南迁万里人。[①]

《菅茶山·赖山阳诗集》中将“下有南迁万里人”一句简单地注释为“画的下方描画了一位去往遥远南方的旅人的形象”。这一注释是不全面的。关于“南迁”一词，在李白的《江上赠窦长史》中曾出现过，全诗如下：

汉求季布鲁朱家，楚逐伍胥去章华。
万里南迁夜郎国，三年归及长风沙。
闻道青云贵公子，锦帆游戏西江水。
人疑天上坐楼船，水净霞明两重绮。
相约相期何太深，棹歌摇艇月中寻。
不同珠履三千客，别欲论交一片心。[②]

这首诗可以说是李白交友诗歌作品中的佳作。“相约相期何太深，棹歌摇艇月中寻。不同珠履三千客，别欲论交一片心。”诗人不以荣华富贵为交友的标准，他流放夜郎3年，归来后与旧友仍然是好朋友。“棹歌摇艇月中寻”表现了他们的同气相求、他们的淡泊相守，是月亮这一优美的意象赋予了他们共同的生活内涵、思想内涵和高尚的人格内涵。

---

① 李均洋、〔日〕佐藤利行主编：《菅茶山汉诗研究·全编》，第607页。
② （清）彭定求等主编：《全唐诗》卷170，第1753页。

而其中的“万里南迁夜郎国，三年归及长风沙”写的正是李白对自身经历中一段被流放的历史的描述。公元755年爆发了震撼唐帝国的“安史之乱”，在这次战乱中，当时的皇帝唐玄宗被迫逃往四川。后来，唐玄宗便把皇位传给了他的儿子李亨，即后来的唐肃宗。不久，唐肃宗的弟弟永王李璘也起兵东下，想和唐肃宗争夺帝位。当时李白在庐山隐居避乱，对内情并不明白，出于报国的热情，便加入了永王的幕府。公元758年永王遭到了镇压，李白也受到了牵连，在浔阳（今江西九江市）入狱，而且被判长期流放夜郎（今贵州桐梓一带）。次年西行至巫山时遇赦，他立即从白帝城乘舟返回江陵，在途中写了《江上赠窦长史》一诗，来抒发诗人遇赦后无比欢快的心情。

所以，菅茶山题画诗中的“下有南迁万里人”是李白，而这个“南迁”正是取自李白的《江上赠窦长史》。如果单单解释成“穿过异域到南方去的旅人”，不易于使读者联想到李白经历的那段历史，也不易于使读者理解菅茶山的情感。

四、《影戏行》一诗中的“汉帝招魂恨无言”

这首诗收录于《黄叶夕阳村舍诗》前编卷二，是天明五年（1785）菅茶山38岁时创作的。这首诗通过看皮影戏而联想到了汉帝招魂等中国的历史典故，抒发了“君不见汉室唐业无踪迹，人间今古几影戏”的情感，以及对人生的思考。

全诗如下：

纸障笼烛光辉邃，有物森立含百媚。
鬼邪人邪人莫识，疑看艳妆凝珠翠。
谁家妖童美风姿，定从乌衣巷边至。
双去双来皆应节，舞袖翩跹轻蝶翅。
汉帝招魂恨无言，任郎顾影如有意。
妙技暗写世上情，造物不知指端秘。
须臾弄罢寂四筵，乾达婆城更何地。
观者怅然惜更阑，一笑制诗传相示。
君不见汉室唐业无踪迹，人间今古几影戏。[①]

《菅茶山·赖山阳诗集》中将"汉帝招魂恨无言"中"汉帝招魂"的典故注释为"沿袭长恨歌的表现"，与"临邛道士鸿都客，能以精诚致魂魄"中的"招魂"典故相同。[②]《长恨歌》中的"临邛道士鸿都客，能以精诚致魂魄"讲的是唐玄宗回到长安后，日夜思念贵妃而不能得，蜀中临邛地方上有一个道士自称是鸿都客人，说自己有能找到死人的魂魄来和生人相见的法术。唐玄宗高兴不已，于是派他去寻找贵妃的亡魂。鸿都即传说中之仙府，临邛即蜀中地名。可是分析这首诗就可以发现，这首诗的前四句写的是皮影戏演出时的样子，是对人物姿态和故事的描写。第五句写的是诗人由皮影戏想到了它的由来，第六句是诗人对皮影戏发出的感慨，第七句和第八句描写的是皮影戏散去后的情景，最后一句是作者从皮

① 李均洋、〔日〕佐藤利行主编:《菅茶山汉诗研究·全编》，第601页。

② 〔日〕水田纪久、赖惟勤、直井文子校注:《新日本古典文学大系66——菅茶山·赖山阳诗集》，第45页

影戏生发的历史观。整个诗中没有写唐玄宗的事情，所以这个注释有误。

“汉帝招魂”在《史记》中记载如下：

齐人少翁以鬼神方见上。上有所幸王夫人（李夫人），夫人卒，少翁以方术盖夜致王夫人及灶鬼之貌云，天子自帷中望见焉。于是乃拜少翁为文成将军，赏赐甚多，以客礼礼之。文成言曰：“上即欲与神通，宫室被服不象神，神物不至。”乃作画云气车，及各以胜日驾车辟恶鬼。又作甘泉宫，中为台室，画天、地、泰一诸神，而置祭具以致天神。居岁余，其方益衰，神不至。乃为帛书以饭牛，详弗知也，言此牛腹中有奇。杀而视之，得书，书言甚怪，天子疑之。有识其手书，问之人，果书。于是诛文成将军而隐之。①

另外，东晋王嘉《拾遗记》卷五中对此典故也有记载：

初，帝深嬖李夫人，死后常思梦之，或欲见夫人。帝貌憔悴，嫔御不宁。诏李少君，与之语曰：“朕思李夫人，其可得见乎？”少君曰：“可遥见，不可同于帷幄。暗海有潜英之石，其色青，轻如毛羽。寒盛则石温，暑盛则石冷。刻之为人像，神悟不异真人。使此石像往，则夫人至矣。此石人能传译人言语，有声无气，故知神异也。”帝曰：“此石像可得否？”少君

---

① （西汉）司马迁：《史记》，商务印书馆2004年版，第197页。

> 曰："愿得楼船百艘，巨力千人，能浮水登木者，皆使明于道术，赍不死之药。"乃至暗海，经十年而还。昔之去人，或升云不归，或托形假死，获反者四五人。得此石，即命工人依先图刻作夫人形。刻成，置于轻纱幕里，宛若生时。帝大悦，问少君曰："可得近乎？"少君曰："譬如中宵忽梦，而昼可得近观乎？此石毒，宜远望，不可逼也。勿轻万乘之尊，惑此精魅之物！"帝乃从其谏。①

宋代高承编撰的《事物纪原・博弈嬉戏・影戏》记载了皮影戏的起源："少翁夜方帷，张灯烛。帝坐他帐，自帷中望见之，仿佛夫人像也，盖不得就视之。由是世间有影戏。"② 这段关于皮影戏起源的记录恰恰印证了"汉帝招魂"这个典故。

并且，"汉帝"一词有三个释义：一指"汉朝皇帝"，二指"汉武帝"，三指"汉成帝"，并没有指"唐玄宗"的意思。

这首诗是文化交流的佳话，诗人引经据典，记录了由皮影戏引发的思考。从史书的记载和宋代高承编撰的《事物纪原・博弈嬉戏・影戏》可以了解到汉帝招魂恰好是皮影戏的由来。"汉帝招魂恨无言，任郎顾影如有意"一句的意思是：汉武帝为李夫人招魂，只恨帐中李夫人的影子不能跟武帝对话。此诗中的"汉帝招魂"指的是"汉武帝为李夫人招魂"，而并非《菅茶山・赖山阳诗集》中注释的那样。

---

① （晋）王嘉撰：《拾遗记》，中华书局1988年版，第116页。

② （宋）高承撰：《事物纪原》，中华书局1989年版，第495页。

通过以上论述可以得出以下结论：

第一，《吉备公庙》中“荐将苹藻泪先垂”的“苹藻”一词的正确意思为“祭品，供品”，而并非《菅茶山·赖山阳诗集》中注释的“诗篇”。这个注释属于错误注释。

第二，《偶成》中“占断鹩枝栖息安”一句出自庄子的成语典故“鷦鷯一枝”，《菅茶山·赖山阳诗集》中简单地注释为“大苇莺安逸地栖息在枝头”是不全面的，应该交代清楚此典故，以便读者更好地理解诗意。

第三，《菅茶山·赖山阳诗集》将《画猿》一诗中“下有南迁万里人”注释为“画的下方描画了一位去往遥远南方的旅人的形象”是不正确的。“南迁”并不是“去往南方”而是“被贬斥”的意思。此句正是取自李白《江上赠窦长史》的“万里南迁夜郎国”。

第四，《菅茶山·赖山阳诗集》将《影戏行》一诗中“汉帝招魂恨无言”注释为“沿袭长恨歌的表现”是错误的。此诗中的“汉帝招魂”典故指的是汉武帝为李夫人招魂，即皮影戏的起源，而《长恨歌》中讲的是唐玄宗为杨贵妃招魂。所以此注释是错误的。

第四章　菅茶山汉诗的出典意象研究

一、菅茶山的中国史观

《黄叶夕阳村舍诗》前编卷二中有一个值得注意的现象，即以中国历史为诗题的几首“咏史”诗，如《题李白真》、《咏史》四首、《楚台》、《王右丞鼓琴图》[①]等，皆未被清末大儒俞樾选入其编选的《东瀛诗选》。不仅如此，日本的选注本中也仅有《茶山诗五百首》选入了《咏史》第一首和《王右丞鼓琴图》一首。这是为何？

“沈香亭北百花明，一枝浓艳倾人城。谁知花间笑语响，中含渔阳鼙鼓声。”《题李白真》这首题画排律的前四句采用的是叙述和设问的手法，用“沈香亭”这一历史名胜道出李白应邀出席唐玄宗和杨贵妃在唐都长安兴庆宫中的沈香亭举办的赏花诗宴，席间赋诗《清平调词》三首，赞美杨贵妃倾国倾城之美丽容貌，设问：“谁知”——哪一个知道——在这花天酒地的升平欢乐中，却隐含着叛

① 本章菅茶山汉诗均出自《黄叶夕阳村舍诗》，皇都书林·汲古堂梓，文化九年（1812）镌。

乱之臣安禄山要起兵推翻唐朝政权的杀戮声？

“凤鸟欲集无珍木，蝘蜓嘲龙鸡聚族。力士只知脱靴耻，大家宁虑蒙尘辱。”这四句采用了借喻和设问的手法，用“无珍木”比喻唐明皇昏庸，堵塞才路，栋梁之材非但不被重用，还受到奸佞小人的嘲讽，大诗人李白乘酒兴让唐明皇的大红人宦官首领高力士为之脱靴[①]，表示对这一现状的不满，接着设问：“大家宁虑”——唐明皇考虑没考虑过——遭受安禄山叛乱从长安城出逃的羞辱呢？

“卢岳云松镇长春，曲江蒲柳为谁绿。人世几回悲沧桑，空凭绘事想清狂。”这四句的前两句采用的是兴的手法，即用随着唐代的灭亡已废弃的唐朝皇帝行宫长春宫里高耸入云的庐山云松和长安城曲江池畔秋枯春绿的蒲柳做引言，进而感叹“人世几回悲沧桑”——世间的人事和自然一样，就是如此沧桑变换、朝代更迭、周而复始，但“空凭绘事想清狂”——在这无奈的人事和自然变幻中，看着李白的画像，让人不得不钦佩李白那不畏权贵、放逸不羁的难能可贵的大诗人品格。

“休道诗人无所用，醉眸看破郭汾阳。”这两句是全诗的收束，也可看作是全诗的结论，即回答这首诗前半部的两个设问——“谁知”和“大家宁虑”：再不要说诗人无用这样的话了，在我看来，李白让高力士脱靴的行动表明，正是这位浪漫而不泯灭个性的大诗

---

① 据唐代李肇《唐国史补》卷上《李白脱靴事》：“李白在翰林多沉饮，玄宗令撰乐词，醉不可待，以水沃之，白稍能动，索笔一挥十数章，文不加点。后对御引足令高力士脱靴，上命小阉排出之。”（唐）李肇撰：《唐国史补》，上海古籍出版社 1979 年版，第 16 页。力士脱靴指狂傲不羁、蔑视权贵。唐代贯休《古意》曰：“一朝力士脱靴后，玉上青蝇生一个。”

人，在醉眼蒙胧中却看到剿灭安禄山叛军、拯救大唐王朝、威武一世的大将军郭子仪。也就是说，这首诗在赞颂大诗人李白浪漫品格的同时，严厉批判了唐明皇李隆基宠爱杨贵妃，为高力士等佞臣遮蔽了耳目，远离了忠臣良才，从而导致安史之乱。而唐明皇也因此蒙受逃离唐长安国都的羞耻。

《咏史》(一)

无须类官者，多须似羯胡。
奇祸应有自，不关须有无。

这首五言绝句中的“无须类官者”和“多须似羯胡”两句，巧妙地运用两个历史典故构成对仗，即“无须”对“多须”，“类”对“似”，“官者”——宫内对“羯胡”——外族胡人，叙述了以下两个历史典故：一是东汉末年，汉灵帝驾崩后宫廷混乱，外戚与宦官争权，袁绍命令兵士冲进宫里，不分青红皂白，见了宦官就杀。有的人不是宦官，只是因没长胡须，也被错认为宦官杀了。[①]二是永宁[②]元年（350），后赵皇族养孙石闵（也称冉闵）称帝，灭后赵而建立冉魏政权，下达“杀胡令”，即屠杀外族胡人的命令。他率领军队见到高鼻、多胡须的人，不问男女贵贱一律屠杀，死者达二十

---

① 许嘉璐主编：《二十四史全译・三国志・袁绍传》第6卷，汉语大词典出版社2004年版，第93页。

② 东晋十六国时期后赵政权第七任君主石祗的年号。

几万，其中不是胡人但因鼻梁高、胡须多者达半数。[①]

后两句“奇祸应有自，不关须有无”中运用了倒装和谐音的修辞手法，“应有自”即“自应有”，“须有无”即“无须有”，意思是：如此滥杀无辜的“奇祸”意想不到地从天而降，死者到哪里去讨公道呢——因为一切罪名都是“无须有”。整首诗共四句，有三句中使用了胡须的“须”字，即运用了重复的表现手法，加之前面提到的倒装和谐音的手法，使这首绝句似一首打油诗，诙谐幽默，但读者却从“奇祸”这一雷霆万钧、骇人听闻的警语中，目睹并领悟到了“无须有”这一社会战乱期间的无秩序和血淋淋的杀人现实，让读者思索不已。

《咏史》(二)

漫劝降王走传车，当时独笑读何书。
炎精四百余年业，石上刀瘢愤恨余。

这首七言绝句的首句叙述了三国之一蜀国君主刘禅向魏国投降的历史典故。魏元帝（曹璜）景元四年（263），魏国将领邓艾攻入蜀中，后主刘禅出降，乘坐“传车”即当时驿站的车辆全家东迁洛阳。[②]这一典故在唐代李商隐的《筹笔驿》一诗中也出现过：“猿鸟犹疑畏简书，风云常为护储胥。徒令上将挥神笔，终见降王走传

---

① 许嘉璐主编：《二十四史全译·晋书·石鉴传》第107卷，第2397页。

② 许嘉璐主编：《二十四史全译·三国志·后主刘禅传》第33卷，第576页。

车。管乐有才终不忝，关张无命欲何如。他年锦里经祠庙，梁父吟成恨有余。”[①]

第二句中的“独笑”是叙述东晋习凿齿撰《汉晋春秋》[②]中的历史典故，即蜀国灭亡后，刘禅被带到魏国，一天，晋王司马昭和刘禅喝酒，故意让人在他面前表演“蜀技”——蜀国的传统技艺，一旁的人都为刘禅感到难过，而刘禅却嬉笑自若。[③]

结局中的“石上刀瘢”是《三国志·蜀书·姜维传》中的历史典故：“后主请降于艾，艾前据成都。维等初闻瞻破，或闻后主欲固守成都，或闻欲东入吴，或闻欲南入建宁，于是引军由广汉、郪道以审虚实。寻被后主敕令，乃投戈放甲，诣会于涪军前，将士咸怒，拔刀砍石。”[④]

第三句“炎精四百余年业”是这首诗的灵魂，围绕这一诗魂，诗人展开了跳跃式的叙事和对比抒情，即蜀国后主刘禅投降后屈辱地乘坐着驿站车辆去洛阳了，“炎精”——大汉王朝属五行中的火精，这里用来借指大汉王朝——就此彻底灭亡了，可阿斗刘禅却在“独笑”，与此形成对比的是姜维等将士一腔忠于大汉王朝的热血，在接到后主刘禅投降的敕命后，拔刀砍向石头，以泄心头的屈辱和愤恨。实际上这首诗刻画了两个截然不同的历史人物形象——浑浑噩噩的后主刘禅和为保大汉王朝战斗到最后而遗恨不已的姜维等将

---

① 刘学锴、余恕诚：《李商隐诗歌集解》，中华书局 1988 年版，第 1318 页。

② 参见《丛书集成》辑本，商务印书馆 1937 年版。

③ （晋）陈寿撰：《三国志·蜀书·后主传注》第 33 卷，中华书局 1959 年版，第 902 页。

④ 许嘉璐主编：《二十四史全译·三国志·姜维传》第 44 卷，第 696 页。

士形象。

《咏史》（三）

王谢江南柱石臣，勤劳功业略堪伦。
我怜携妓东山傅，不见幽冥负故人。

这首诗基本上是以《晋书·列传第四十九》中谢安的传记为题材而写成的。

首句中的“王谢”是指谢安和王坦之。谢安（320—385），字安石，东晋名士，官至宰相，卒后追赠太傅。对内成功挫败大司马桓温政变篡位图谋，对外取得举世闻名的“淝水之战”的胜利，这是军事史上以少胜多的著名战例，为东晋赢得数十年的安定和平。王坦之（330—375）曾任大司马桓温参军，后与谢安共同辅佐幼主孝武帝司马曜，后升任中书令，卒后追赠尚书。“勤劳功业略堪伦”这一对句是评价，认为谢王两人对东晋王朝所建的功劳几乎相当。

这首七绝的第二联出句“我怜携妓东山傅”中的“怜”是赏识的意思，“东山傅”是指“东山携妓”历史典故和谢安被追赠为“太傅”的荣耀，实际上是对谢安一生的总结，即起初“寓居会稽，与王羲之及高阳许询、桑门支遁游处，出则渔弋山水，入则言咏属文，无处世意”，“然每游赏，必以妓女从”。[①] 后虽官位显赫，功勋

① （唐）房玄龄等撰：《晋书》，中华书局1974年版，第2072页。

卓著，“然东山之志始末不渝”[①]。也就是说，“东山傅”这一诗语具有双重含义，既指谢安起初隐居山水、清淡逍遥，无意做官，也指他后来官居高位、名传后世。

第二联对句“不见幽冥负故人”是对彪炳史册的“淝水之战”这一历史典故的菅茶山式的追忆和对谢安“东山之志”的由衷敬慕。据《晋书·列传第四十九》记载，淝水之战时，谢安一边运筹帷幄，一边与侄子谢玄在山间别墅下围棋，由于棋艺不及谢玄，加之牵挂淝水战事，输了棋。接着又同外甥羊昙对弈，直到前方以数万兵力打败前秦苻坚（338—385）号称百万之师的捷报传来。菅茶山在这首咏史诗的结句用了“幽冥”这一诗语，把这首诗的意境从第一联对“王谢”两位东晋柱石大臣功业评价的“入世”时空转换到了去世后的“出世”时空，不仅使这首诗的构思显得新颖别致，而且使其思想意义也格外深邃。具体地说，诗人菅茶山在把谢安与王坦之在功业上相提并论后，别出心裁地把淝水之战的胜利同谢安的输棋相对照，祝愿他在“冥世”棋艺提高而不输给对手。这是谢安人格中最显著的“东山之志”——放情山水、淡定超然的美德。在这方面大为逊色的王坦之是不可与他相比的啊！菅茶山对谢王这两个历史人物品格的评价也是依据《晋书·列传第四十九》中谢王两人在挫败桓温企图篡位时前者镇定自若、后者惊慌失措的描述。

总而言之，这首七绝的哲学含义在于：寄情山水、超然于世是与谢安临危不惧、气吞山河的精气神相辅相成的，这正是谢安人品

① （唐）房玄龄等撰：《晋书》，第 2076 页。

的高尚之处。

《咏史》(四)

百升明月失辉光，不桼盲公势焰长。
终使宫嫔行卖烛，无愁天子素昏狂。

这首七绝的特色是以光亮的对比来创造诗的意境。“百升明月”是指北齐高车族名将斛律光（515—572），因他的字为明月，名字中的“斛”相当于百升的容量，所以被称为“百升明月”。[①] 他初任都督，善骑射，号称“落雕都督”，后升任大将军、太傅、右丞相、左丞相，封咸阳王。在与北周近20年的争战中，多次指挥作战，均获胜。他治军严明，身先士卒，不营私利，为部下所敬重。

与“明月”对仗的是“盲公”，即祖珽。此人初任秘书郎等北齐官职，曾被陷害入狱导致双目失明，被称作“盲公”。他聚敛贪财，骄纵淫逸，后升任秘书丞，凭借手中权力大肆陷害忠臣良将。

“失辉光”同“势焰长”对仗，意指斛律光一族被北齐后主高纬杀害，而祖珽却小人得志。

“卖烛”与“昏狂”形成明暗对比，把北齐皇后和妃子因国家穷困而卖蜡烛的历史典故和北齐后主生活荒淫、无心朝政，附庸风雅作《无愁曲》的历史典故联系在了一起。诗人批判的力点在结句的“素昏狂”三字上，因为北齐后主高纬本身是一个臭名昭

① 许嘉璐主编：《二十四史全译·周书·韦孝宽传》第31卷，第385页。

著的丧失人性的狂暴之徒。据《北齐书》载，他“或剥人面皮而视之”[①]。

“楚台”是一个带有神话故事的文化遗事，中国诗词中这一诗语都同男女情爱相关，菅茶山的《楚台》诗写道：

莫笑君臣说梦痴，真梦真觉有谁知。
怀王不返疆日蹙，方城汉水亦何为。
前梦才觉后梦随，晋楚交见彼一时。
真梦岂独巫山雨，兴废千年几城池。[②]

这首诗形式上承袭了“楚台”神话故事中“梦”这一非现实的虚象，在8句诗中反复使用了5个“梦”字，但这一反复表现手法所映现出来的却是与“梦”这一虚象形成鲜明对比的中国历史真实存在的实象。

“莫笑君臣说梦痴，真梦真觉有谁知。”首联两句诗人一反“梦台”神话故事的“虚象”而质疑：楚怀王在早朝上向大臣们讲述的“楚台”，即“巫山之雨”梦象，难道不是真实的事象感觉吗？

“怀王不返疆日蹙，方城汉水亦何为。”颔联两句承接首联，对其疑问进行了回答。据《左传》、《史记》等史书记载，楚怀王于公元前329年继承王位，由于屡中秦国宰相张仪之计，加之在内政上不重用屈原等良臣而偏信昏庸之臣的意见，在外交及军事上接连失

---

① 许嘉璐主编：《二十四史全译·北齐书·幼主高恒传》第8卷，第91页。
② 李均洋、〔日〕佐藤利行主编：《菅茶山汉诗研究·全编》，第600页。

利，终被秦国在公元前 299 年“武关之会”时扣留了下来，3 年后，即公元前 296 年客死在秦国。从此楚国江河日下，最终楚王负刍于公元前 223 年被秦国俘虏，楚国于当年彻底灭亡。“方城汉水”这一历史典故出于《左传》(僖公四年)，意思是楚国以北部边境的长城(从今河南省方城县起，北至今邓县)为城，以汉水为池，是多么坚固的城池。菅茶山在自问自答中用了“亦何为”这一诗语，意思是这也不能使楚国免于灭亡。

颈联“前梦才觉后梦随，晋楚交见彼一时”是说“晋楚交见”的历史典故。《左传》襄公二十七年，即公元前 546 年，“子木谓向戌：‘请晋、楚之从交相见也。’庚午，向戌复于赵孟。赵孟曰：‘晋、楚、齐、秦，匹也。晋之不能于齐，犹楚之不能于秦也。楚君若能使秦君辱于敝邑，寡君敢不固请于齐？’……”[①] 即晋国、楚国、齐国和秦国同样强大而雄峙天下的时代，就像楚怀王的楚台之梦一样，已是数百年前春秋时代的历史了，楚怀王也只能在梦里见到了。

尾联“真梦岂独巫山雨，兴废千年几城池”中的“岂独”是反语表现手法，意思是说，对于楚怀王来说，除“巫山雨”这男女相会之梦以外，还有楚国由强变弱，最后亡国只留下历史遗迹的现实“真梦”。

这首七言诗的魅力和神韵尽在一个“梦”字，诗意隽永，给人颇多历史兴衰的启迪。

《王右丞鼓琴图》是一首题画诗，画的内容是号称“诗佛”的

---

① (晋)杜预注:《春秋左传正义》第 38 卷，中华书局 1980 年版，第 293 页。

唐代大诗人王维在弹琴。诗的前四句写道：

孤馆爽籁和君琴，深林明月照君心。
喜见百官再朝天，西庄松筠了夙绿。

这四句是写安史之乱后，王维在孤舍和着清风弹琴，深林明月映照着他那一片对唐王朝的忠心，就如同客舍西庄的松竹般一如既往地坚贞守节。

诗的后四句写道：

秋风野烟生万户，谁怜一病缘明主。
曲终空山夜转清，忽亿凝碧池头声。

后四句诗情来了一个一百八十度大回转，由“喜”徒变为“悲”。请看《旧唐书・列传第一百四十》“王维传”中的史实：

禄山陷两都，玄宗出幸，维扈从不及。为贼所得。维服药取痢，伪称瘖病。禄山素怜之，遣人迎置洛阳，拘于普施寺，迫以伪署。禄山宴其徒于凝碧宫，其乐工皆梨园弟子、教坊工人。维闻之悲恻，潜为诗曰：“万户伤心生野烟，百官何日再朝天？秋槐叶落空宫里，凝碧池头奏管弦。”贼平，陷贼官三等定罪。维以《凝碧诗》闻于行在，肃宗嘉之，会缙请削己刑部侍郎以赎兄罪，特宥之，责授太子中允。乾元中，迁太子中庶子、中书舍人，复拜给事中，转尚书右丞。[①]

这段正史中的“悲恻”、“伤心”字眼正是菅茶山这首诗后两联四句的情感氛围。“秋风野烟生万户”一句是正史中提到的王维《菩提寺禁裴迪来相看说逆贼等凝碧池上作音乐供奉人等举声便一时泪下私成口号诵示裴迪》一诗中“万户伤心生野烟”的翻版，安史之乱，两都陷落，国人无不伤心悲痛。“一病”是指王维服药致病以躲避安禄山的传唤，期待平息叛贼后再朝见唐天子。“曲终空山夜转清”是说王维弹琴终了，本来幽深的山林更加清净了，可在菅茶山看来，这时王维的内心却翻江倒海般地悲痛到了极点，因为他一下子回忆起了“凝碧池头奏管弦”的悲惨一幕：

天宝末，群贼陷两京，大掠文武朝臣及黄门宫嫔、乐工、骑士，每获数百人，以兵仗严卫，送于洛阳。至有逃于山谷者，而卒能罗捕追胁，授以冠带。禄山尤致意乐工，求访颇切，于旬日获梨园弟子数百人。群贼因相与大会于凝碧池，宴伪官数十人，大陈御库珍宝，罗列于前后。乐既作，梨园旧人不觉歔欷，相对泣下，群逆皆露刃持满以胁之，而悲不能已。有乐工雷海青者，投乐器于地，西向恸哭。逆党乃缚海清于戏马殿，支解以示众，闻之者莫不伤痛。王维时为贼拘于菩提寺中，闻之赋诗曰：“万户伤心生野烟，百官何日更朝天。秋槐

① （后晋）刘昫等撰：《旧唐书》，中华书局 1975 年版，第 5052 页

落叶空宫里，凝碧池头奏管弦。”①

把这首诗同前述《题李白真》一诗中对唐明皇的批判结合起来看，“谁怜一病缘明主”一句可以说是这首诗的灵魂，即给千千万万唐朝子民带来战祸灾难，让雷海青这样忠心耿耿的子民悲惨丧生的“病缘”是唐明皇的昏庸。

以上对《题李白真》和《王右丞鼓琴图》两首题画诗及《咏史》四首、《楚台》等历史题材的汉诗进行了论述。从中可以看出，在这七首诗中，菅茶山首先分别对唐明皇李隆基、十六国时代冉魏君主冉闵、三国时代蜀君刘禅、南北朝时期北齐后主高纬、春秋战国时期楚国君主怀王等的非仁政、昏庸、残暴，即背离儒家仁爱、民本精神的倒行逆施进行了批判。其次对谢安的“东山之志”，即放情大自然的率真品格和李白浪漫高逸的文人精神进行了赞颂。

在中国文人俞樾看来，这类以中国历史题材创作的汉诗，对中国读者来说并非新颖，尤其是对中国历史阴暗面的揭露和批判，大有“家丑”不可外扬之嫌，加之其对谢安和李白的赞颂也是在揭露阴暗面的前提之下，可能这些就是《东瀛诗选》未选这些诗的主要原因吧。而在日本选注者看来，纯粹吟诵中国历史题材的汉诗，未必能引起日本读者多大兴趣。

在我们看来，菅茶山这些中国历史题材的汉诗，首先是他在长期教学实践中思考中国历史问题的产物，也不排除他创造了这些中

① （清）纪昀、永瑢等编：《景印文渊阁四库全书·明皇杂录补遗》，台湾商务印书馆1986年版，第520—521页。

国历史题材汉诗后拿去当教材使用的可能性。因为汉诗易背诵，吟诵起来朗朗上口，容易活跃课堂气氛。

从汉诗创作上讲，这些中国历史题材的汉诗从日本文人的视角无所顾忌地直抒胸臆，是异域诗人看中国历史的历史题材汉诗中的一个新品种，有着不可替代的思想和艺术价值。

二、菅茶山的儒家思想

俞樾编《东瀛诗选》时选入了《行路难三首为某生作》三首中的后二首，为了分析的方便，笔者暂且把三首全列举如下。

《行路难三首为某生作》(一)

衣裳一绽裂，即能弥缝难再全。
与君相知三十岁，君心自能辨媸妍。
口角风波君莫信，能覆君家万斛船。
北园海棠看渐衰，南轩梨花已满枝。
重新忘故妾何怪，且思海棠未开时。

(二)

江汉之水犹可泳，世上波涛不可航。
日月之食犹可推，君心阴晴不可量。

古井百年誓不澜，荆棘塞路无人看。
谁把秦时照脏镜，照见妾心方寸丹。

（三）

神龙能变化，跃在渊，飞在天。
欲知君心所在处，仰天俯地两无缘。
我绝玄海踰苏山，轮摧柁析犹生还。
坐上褒斜何太险，咫尺自能凋朱颜。

菅茶山的这三首汉诗显然是模仿李白闻名于世的《行路难》三首而作。“行路难”是乐府旧题，在形式上不像律诗严格。

菅茶山的这三首诗中前两首出现了“妾”向“君”、第三首中出现了“我”向“君”表白心思的人称形式。

第一首中的“北园海棠”与“南轩梨花”两个典故相对仗，前者指妻子即诗中的第一人称谦辞“妾”，后者指妻子以外的美貌女子。结尾两句意思是说，“君”喜新厌旧，“妾”无所怨言，只是希望“君”想想“妾”青春时的形象和对“君”的心意。

第二首中的“照脏镜”与“方寸丹”两个典故相对仗。东晋葛洪《西京杂记》卷三记述道：“有方镜，广四尺，高五尺九寸，表里洞明。人宜来照之，影则倒见，以手扪心而来，即见肠胃五脏，历然无碍。人有疾病在内，掩心而照之，则知病之所在。女子有邪心，则胆张心动。秦始皇常以照宫人，胆张心动者则杀之。”[①] 诗人

---

① 张元济辑：《四部丛刊初编》第79册《西京杂记》，上海书店1989年版，第131页。

借用这一典故表明诗中的“妾”对“君”忠贞不贰。

第三首中的“神龙能变化，跃在渊，飞在天”诗句是源于《周易·乾传第一》“或跃在渊，无咎”和“飞龙在天，利见大人”[①]的典故，以飞龙富于变化而比拟“君心”所在。接着用了“摧轮”（路途艰险而折毁车轮）、“褒斜”（即褒斜谷，古代从长安到蜀地的必经之险地）等典故，尤其是结局中采用了李白的名篇《蜀道难》中“凋朱颜”的典故，描绘诗中人物“我”对变化莫测的“君心”的接近，简直就如同诗仙李白《蜀道难》中的名句“蜀道之难，难于上青天，使人听此凋朱颜”[②]。

俞樾编《东瀛诗选》中之所以选入这三首诗中的第二首和第三首，在我们看来，首先是诗中的儒家精神。“江汉之水犹可泳，世上波涛不可航。日月之食犹可推，君心阴晴不可量。古井百年誓不澜，荆棘塞路无人看。”世道就是这样艰难而充满挫折，但即使如此，“妾”对“君”却是“丹心”不渝。“我绝玄海踰苏山，轮摧柁析犹生还。坐上褒斜何太险，咫尺自能凋朱颜。”诗中人物“我”为了接近“君心”，渡过玄界滩（今福冈县北部的海滩），穿越阿苏山（今熊本县东北部的火山群），即使攀登“褒斜”险谷、“凋朱颜”，也毅然前行。如同屈原《湘君》中湘夫人对湘君的一片忠情，诗人把儒家思想中的“忠贞”精神借诗中人物“妾”、“我”之口而抒发得淋漓尽致。所以说，这二首诗的艺术价值就在于深沉地、形象化地抒发了儒家不管身处何等险境，都要不屈不挠地坚守“忠

① 古籍编辑室：《白文十三经》，中国国学出版社 2007 年版，第 1 页。

② （清）彭定求等主编：《全唐诗》卷 162，第 1680 页。

贞”的儒家哲学理念。菅茶山把这一具有普遍性的思想精神情感化地如泣如诉地道了出来。

“福禄寿”即人们常说的“五福临门”——富贵安乐、长命百岁、子孙满堂。菅茶山的《题寿星像》汉诗，回答了儒家追求的“福禄寿”到底是什么这一问题。

《题寿星像》

王莽如蚤死，封爵相伝永终誉。
石崇能散财，绿珠不碎且全躯。
悠悠之徒眼皆肉，漫描黄发小侏儒。
颜子陋巷一瓢酒，中贮多少福禄寿。
借问遥礼南极星，何如近学东鲁叟。

这首汉诗约作于天明三年（1783）至五年（1785）之间，被选入《茶山诗五百首》。

其大意如下：王莽如果早死的话，封土授爵会得到永世的荣誉。石崇如果能散家财的话，爱妾绿珠也不至于坠楼而死。世俗之人只能看到事物的表面，把南极星描画成一个个子矮小的老人。孔子的弟子颜回虽居陋室，却能饮酒品尝人生中真正的福禄寿。我想问你，这样遥拜南极星，还不如学习东鲁的孔子呢。

这首诗中有“王莽”、“石崇”、“绿珠坠楼”、“颜子陋巷”和“东鲁叟”等中国出典。王莽（公元前45—公元23），字巨君，公元9年，王莽代汉建新，宣布推行新政，史称“王莽改制”。王莽统治的末期，天下大乱，新莽地皇四年，更始军攻入长安，王莽死于乱军之中。王莽在位共15年，死时69岁，而新朝也成了中国历史上最短命的朝代之一。王莽自古以来就被视作非道之臣的典型而留下恶名。石崇（249—300），字季伦，西晋文学家，祖籍渤海南皮（今属河北省沧州市南皮县），生于青州，小名齐奴。元康初年，出任南中郎将、荆州刺史。在荆州"劫远使商客，致富不赀"。永康元年，淮南王司马允政变失败，因旧与赵王司马伦心腹孙秀有隙，石崇被诬为司马允同党，与潘岳、欧阳建一同被族诛，并没收其家产。石崇与绿珠的爱情更是后代评论的焦点。[①] 绿珠坠楼的典故如下：绿珠是晋代石崇的爱妾，妩媚动人。孙秀向石崇讨要绿珠，石崇不答应。使者回报后孙秀大怒，劝赵王伦诛石崇。赵王伦于是派兵杀石崇。石崇对绿珠叹息说："我现在因为你而获罪。"绿珠流泪说："愿效死于君前。"[②] 颜子陋巷典出《论语·雍也》："子曰：'贤哉，回也！一箪食，一瓢饮，在陋巷，人不堪其忧，回也不改其乐。贤哉，回也。'"[③] 本指颜回所居的陋巷，后用以指简陋的居处，也称颜子巷。东鲁叟指孔子。

这首诗中王莽、石崇过于追求权力和财产，结果丢失了名誉和生命。与之相反，"颜子陋巷"中的颜回、"东鲁叟"孔子虽然居住在简陋狭窄的地方，却被后世称为贤人、圣人，这才是真正的"福禄寿"。

---

① 〔日〕诸桥辙次主编：《大汉和辞典》卷8，大修馆书店1955年版，第319页。

② 罗竹风主编：《汉语大词典》第9卷（下册），第919页。

③ （宋）朱熹集注，金良年导读，胡真集评：《论语》，上海世纪出版集团2007年版，第52页。

总而言之，菅茶山以颜回和孔子等儒家圣贤之人为模范，解答了“福禄寿”到底是什么的人生哲学问题。

《题画隼暖足》是一首题画诗：

寒从巧借握中春，饿吻不尝盘上珍。
鸷鸟也知恩义重，世间无限饱飞人。

“恩义”、“饱飞”这两个诗语分别在唐代戴叔伦的《夫妇怨》和高适的《睢阳酬别畅大判官》诗中出现过，这首诗中的“恩义重”典故是诗的灵魂。前两句用“寒”和“春”、“饿”和“珍”形成饥寒交迫和温暖足食的反差对比，后两句抨击人世间竟有不少人连鸷鸟也不如，忘记儒教伦理纲常中的“恩义”，受人恩惠后就把一切都忘了。

《寄怀赖千秋四首》（三）

东都华丽胜西都，将第侯家几百区。
楚国为谁能设醴，齐王旧自好吹竽。

（四）

才美世机皆贝锦，心平官路岂羊肠。
不须狡兔为三窟，且学灵龟解六藏。

赖千秋（1746—1816），名惟完，字千秋，号春水、拙巢等，赖山阳之父，出身于安芸国（今广岛县）竹原。1780年，菅茶山拜访赖春水，开始了二人之间的友谊，二人的友好交往一直持续到赖千秋去世。

第三首诗中的转句和结句“楚国为谁能设醴，齐王旧自好吹竽”，典出《汉书·楚元王刘交传》和《韩非子·内储说上·七术》。

前者说的是，汉高祖刘邦的同父弟楚元王刘交即王位后，聘请少年时的同窗鲁穆生、白生和申公为大夫。起初，元王敬重申公等，鲁穆生不喜欢喝酒，元王每次摆酒，都为他专门准备甜酒。后来刘戊即楚王位，也按照前元王刘交惯例，但不久便忘记这件事。穆生从这件事上感觉到楚王刘戊故意在轻慢自己，担心用不了多久，楚国人就会把他绑起来游市，于是称病卧床。申公、白生劝他说：“你难道不想想先王对咱们的恩德吗？不就是区区一壶甜酒吗？”穆生回答说：“《易经》中说道：‘知几其神乎！几者动之微，吉凶之先见者也。君子见几而作，不俟终日。’（大意是：事情的先兆神知道。先兆是行动的隐象，吉凶的预告。君子觉察先兆就应采取行动，不要等到最后成为现实。）先王之所以礼遇我们三人，是因为大道存在，可现在的楚王忽视道，忘了道。忘了道的人，怎么可以与之久处？我可不是为了一杯甜酒这区区小礼！”穆生称病辞职归乡，申公和白生两人继续留任。[①]

后者是人们耳熟能详的“滥竽充数”的历史典故：战国时，齐

① （东汉）班固撰：《汉书》卷三十六，中华书局1964年版，第1923页。

宣王喜听竽声，且每听必以三百人。中有南郭先生，不善吹竽，然杂于其中，装模作样而吹，享尽优厚待遇。宣王死后，愍王继位，喜听独奏，南郭先生遂逃逸无踪。

菅茶山引用这两个历史典故，明显有着影射江户幕府政治的意图，即这首诗的起句和承句中已通过“东都”江户与“西都”京都的对比，描述了江户幕府的权势已远远盖过了天皇王权。在这一背景下，“楚国”——代指江户幕府——值得贤能之士去为之效劳吗？赖千秋兄您就做一名南郭先生罢了。

第四首诗的转句和结句中也有两个典故。

第一个典故“狡兔三窟”出自《战国策・齐策四》：“狡兔有三窟，仅得免其死耳；今君有一窟，未得高枕而卧也；请为君复凿二窟。”①

第二个典故“灵龟解六藏”出自《杂阿含经》：“过去时世，有河中草，有龟于中住止。时有野干饥行觅食，遥见龟虫，疾来捉取，龟虫见来，即便藏六。野干守伺，冀出头足，欲取食之。久守，龟虫永不出头，亦不出足。野干饥乏，瞋恚而去。诸比丘，汝等今日，亦复如是。”意思是龟遇到危险便将头尾和四足缩入甲壳中以逃过祸害。这一典故后常用来比喻人的才智不外露或深居简出，以免招致灾祸。②

这首诗的起句和承句的大意是，纵使您才能谋略横溢，纵使您心怀坦荡，但官场就不像羊肠小道般崎岖了吗？后两句是这首诗的主

① （汉）刘向编订，明洁辑评：《战国策》，上海古籍出版社 2008 年版，第 178 页。

② 《大正新修大藏经・杂阿含经》，大藏出版株式会社出版，大正十三年（1924）9 月 15 日发行，第 311 页。

题，即承接前一句汉诗，奉劝友人赖千秋深居简出，不必为江户幕府效力。因为在菅茶山看来，江户幕府政权“挟天皇以令诸侯”，有悖日本皇室执掌天下的王朝传统（这一思想即“尊王”、“政权归还皇室”的主张，在菅茶山的《开元琴歌》等汉诗中表现得更加明显）。

从以上论述可以看出，俞樾《东瀛诗选》中选入的《行路难三首为某生作》中的（二）、（三）两首，大有屈原的“离骚”诗情，集中表现了菅茶山思想中儒家提倡的“忠贞”哲学理念；《题寿星像》则表现了儒家的“福禄寿”理念是以颜回和孔子等儒家圣贤之人为模范，提倡修身养性，道德高尚；《题画隼暖足》表现的是儒家的“恩义观”，即君子以“恩义”为重，不可忘恩负义；《寄怀赖千秋四首》中的（三）、（四）两首，则隐含了《黄叶夕阳村舍诗》中贯穿到底的“普天之下，莫非王土”的“尊王”思想。

三、菅茶山汉诗中的道家诗情

原东京大学教授，以研究专著《江户后期的诗人们》而获得“第十九回读卖文学奖”等奖项的富士川英郎指出：菅茶山的“风景诗感觉新鲜、表现平明，一幅幅情景仿佛活灵活现般地呈现在读者眼前”。[①] 以下将分析《黄叶夕阳村舍诗》前编卷二中有关道家诗情的几首风景诗。

---

① 〔日〕富士川英郎：《江户后期的诗人们》，麦书房 1966 年版，第 29 页。

《了推子重空公见访分得韵寒》（癸卯）

雨后西畴泥未干，好将农隙逐清欢。
鸟语炉鸣呼睡醒，孤云流水与心宽。
留客山堂怜昼永，惜梅村酒贺春寒。
此中自有真游在，不羡吹笙驾彩鸾。

这首诗作于天明三年（1783），被选入《茶山诗五百首》（儿岛书店1982年版）。

其大意如下：大雨过后西边的田地还未干，那就在农闲的时候享受一下恬适之乐吧。屋外鸟儿在鸣叫，屋里茶壶盖的响声吵醒了我。看着孤云流水，心境也开阔起来。把客人留在我家里一起享受春天里漫长的白昼，怜惜着散落一地的梅花，喝着当地的酒，祝贺春天的到来。在这大自然怀抱中才有真正的欢乐，神仙有什么可羡慕的呢。

这首诗中有“真游”、“吹笙”和“彩鸾”三个中国出典。“真游”在诗中的意境为道教胜地或道观之游。“吹笙”典出《列仙传》：“王子乔者，周灵王太子晋也。好吹笙作凤凰鸣，游伊洛间，道士浮丘公接以上嵩高山上。三十年后，求之于山上，见桓良，曰：‘告我家，七月七日，待我于缑氏山头。’至时，果乘白鹤驻山头。望之不得见，举手谢时人，数日而去。”[①] 讲的是周灵王的太子

① 王叔珉撰：《列仙传校笺》，中华书局2007年版，第65页。

晋是吹笙名流，其吹笙声如凤凰鸣叫般动听，仙人浮丘生下凡带他登上嵩高山，脱俗成了仙人的故事。“彩鸾”典出《诚斋杂记》：“钟陵西山有游帷观，每至中秋，车马喧阗十里。若阛阓豪杰，多召名姝善讴者，夜与丈夫间立握臂，连踏而唱，惟对答敏捷者胜。太和末，有书生文箫往观，睹一姝甚妙，其词曰：‘若能相伴陟仙坛，应得文箫驾彩鸾。自有绣襦并甲帐，琼台不怕雪霜寒。’生意其神仙，植足不去。姝亦相盼，歌罢，独秉烛穿大松径，将尽，陟山扣石，冒险而升。生蹑其踪。姝曰：‘莫是文箫耶？’相引至绝顶，坦然之地。后忽风雨，裂帷覆机。俄有仙童持天判曰：‘吴彩鸾以私欲泄天机，谪为民妻一纪。’姝乃与生下山，归钟陵，为夫妇。”[①] 讲的是吴国美女和才子文箫结为夫妇，骑虎去仙界化为仙人的传说。

《茶山诗五百首》中将“真游”一词译为“真正的游玩”，不太准确。“真游”指道教胜地或道观之游。

茶山在诗中咏道“此中自有真游在，不羡吹笙驾彩鸾”，在这大自然怀抱中有真正的欢乐，神仙有什么可羡慕的呢，表明了茶山尊重老子的自然观，崇尚人与自然融为一体的思想。

《山行》

绝岭分疆场，群嶂限东南。细路蟠脩蟒，乱石簇惊骖。

---

① 四库全书存目丛书编纂委员会编：《四库全书存目丛书》（子 120 · 诚斋杂记），齐鲁书社 1995 年版，第 40 页。

云霞迎还送，冈巘吐互含。熊馆昏白日，鹿柴罩翠岚。
村落多柹栗，崖山耸松楠。民风思羲轩，地形想鱼蚕。
幽境常自慕，遐览副所耽。乃著谢公屐，而却陶令篮。
历日过百五，风景余重三。仙桃红的的，药草绿毵毵。
春禽响虚谷，晴照澹澄潭。迷岐问饷妇，植杖避樵担。
世态悲艰险，胜事喜纵探。益知巢由绝，无无簪缨贪。
荣宠人相逐，菽水我能甘。显要即可求，跼蹐竟不堪。
发兴忽绝叫，此意共谁谈。愿言招兰友，长此结茅庵。
涧流为茶井，岩洞作书龛。暄吹长薇蕨，何必石与甔。

这首汉诗作于天明三年（1783），六如对此诗有“有景有情，句句奇丽，笔力纵横，不觉韵险”[①]的评价。此诗被选入《菅茶山・赖山阳诗集》（岩波书店1996年版），但《菅茶山・赖山阳诗集》对此诗的注释有不完整的地方，没有总结此诗的大意，也没有对此诗中的中国出典进行分析。

诗中“地形想鱼蚕”一句，《菅茶山・赖山阳诗集》注释为“这里的风土适合渔业和养蚕”[②]，不够完整。“鱼蚕”指的是蜀国先王鱼凫、蚕丛的并称，这里指地形与蜀国相似。另外，诗中“何必石与甔”一句，《菅茶山・赖山阳诗集》注释为“全是煞风景的石头和

---

①〔日〕菅茶山：《黄叶夕阳村舍诗》前编卷二，皇都书林・汲古堂梓，文化九年（1812）镌，第69页。

②〔日〕水田纪久、赖惟勤、直井文子校注：《新日本古典文学大系66——菅茶山・赖山阳诗集》，第31页。

装粮食的大瓮和小瓮”[1]，不准确。“甑石”一词是指少量的粮食，结合全诗来看，“何必石与甑”应译为“不需要什么粮食了吧”。

这首诗中有“羲轩”、“鱼蚕”、“谢公屐”、“陶令”、“巢由”、“菽水”等中国出典。“羲轩”是伏羲氏和轩辕氏（黄帝）的并称，伏羲教人们捕鱼、牧畜、八卦等，轩辕创造了音乐、文字、医药等，他们是传说中民众文化的祖神和受至高仰慕的黄帝。“鱼蚕”是蜀国先王鱼凫、蚕丛的并称，这里指地形与蜀国相似。“谢公屐”是一种前后齿可装卸的木屐，原为南朝宋诗人谢灵运游山时所穿，故得此称。“陶令”指晋陶潜，陶潜曾任彭泽令，故得此称。“巢由”是巢父和许由的并称，相传此二人皆为尧时隐士，尧让位于二人，皆不受，因用以指隐居不仕者。“菽水”指豆与水，也指所食唯豆和水，形容生活清苦。语出《礼记·檀弓下》：“子路曰：‘伤哉！贫也！生无以为养，死无以为礼也。’孔子曰：‘啜菽饮水尽其欢，斯之谓孝。’”[2]

通过以上中国出典的分析，可以把《山行》这首汉诗分为三个章节解读。

第一章，从“绝岭分疆场”到“地形想鱼蚕”。大意如下：艰险的山峰把疆土分为两半，像一座屏风从东延伸至南。狭小的路径犹如一条蟒蛇蜿蜒盘旋在山上，乱石像受了惊吓的群马一般聚集在一起。山里的云霞来了又去，形状不一的山峰错落有致。熊栖息的地方白天也很昏暗，鹿居住的地方被山林中的雾气笼罩着。村落里有

① 〔日〕水田纪久、赖惟勤、直井文子校注：《新日本古典文学大系 66——菅茶山·赖山阳诗集》，第 32 页。

② 陈成国撰：《四书五经校注本》，岳麓书社 2006 年版，第 400 页。

很多柿树和栗树，深谷里高高耸立着松树和楠树。民风像伏羲和轩辕帝那个时代一样淳朴，地形像蜀国那样，渔业和养蚕业都很发达。

这一章主要表达了民风的淳厚和鱼蚕业的发达，引用“羲轩”和“鱼蚕”这两个中国出典加深了《山行》一诗的意境。

第二章从“幽境常自慕”到“绝无簪缨贪”。大意如下：在这样幽雅的胜境中我常常羡慕自己，望着远处便可以渐渐忘掉自己。于是我穿着登山的木屐，也变成像陶渊明那样的隐者。寒食节快到了，这期间还有一个上巳节。桃树上开着鲜红的桃花，药草伸展着绿莹莹的枝条。春天的鸟儿在山谷里歌唱，晴天的阳光照射在清澈的深潭里。向田间送饭的农妇寻问路向，拄着拐杖避开樵夫的柴担子。我虽悲叹这世态的艰险，但也喜欢探究美好的事情。渐渐知道尧时代的隐者巢父和许由都是淡泊名利的高节之士。

这一章引用“谢公屐”、“陶令”和“巢由”等中国出典，表达了作者对淡泊名利的隐者的赞赏之情。

第三章从“荣宠人相逐”到“何必石与甑”。大意如下：人们争相追逐君王的恩宠，但我能过只食豆与水的清苦生活。人们热衷于追求显要的地位，却不肯忍受困窘挫折。不由大声呼叫，有谁能和我共同谈论这淡泊名利呢？我想招揽心性相合的朋友，和我一起长期在此修建茅庐而居。山间的水流当作茶井水，岩洞当作书龛。春风一吹薇菜和蕨菜便长起来，根本用不着其他的粮食了啊。

这一章引用“菽水”这一中国出典，表达了菅茶山对陶渊明那样的隐逸生活的向往和他的决心。总而言之，《山行》一诗通过以上中国出典，把诗的意境变得更深更广了。

《元夜西福寺即事》

佳辰寂莫古僧房，豆粥留人兴也长。
开岁忽经十五日，看棋聊尽两三觞。
子声断续春园静，佛画昏朦夜壁荒。
归路梅花枝上月，喜无灯市夺清光。

这首诗约写作于天明三年（1783）至五年（1785）间，大意是：元宵佳节西福寺的古旧僧房寂静无声，可喝一碗让人留恋的豆粥也满有兴趣。新年不经意间已到了元宵，观看下棋不知不觉喝完了两三壶酒。只有棋子声时断时续，更衬得庭院里安静无比，墙壁上的佛画随着夜幕降临也变得昏朦起来。回家的路上我看到了梅花枝头上的月亮，庆幸这清亮的月光没有被元宵灯市夺走。

元宵节这天，诗人在西福寺的古旧僧房里喝豆粥，边观看下棋边喝酒，直到夜幕降临，寺院墙壁上的佛画变得昏朦起来。这种身在佛地又充满儒家注重世俗生活的温馨气息，使读者完全分不清佛家与儒家的界限了。接着，诗人用“归路梅花枝上月，喜无灯市夺清光”两句收束全诗，这里的“梅花”、“月”、“清光”意象，又把读者带进了道家的诗情中。至此，在这首诗的意境中儒、道、佛三者水乳交融起来。

《幽讨》

幽讨宜山路，微醺不惮劳。

一乡人共井，并舍马同槽。
鸟影寒塘净，樵风暮岭高。
世间无限事，至味在村醪。

“幽讨宜山路，微醺不惮劳。”《幽讨》首联起句中的“幽讨”诗语在杜甫的《赠李白》诗中出现过：“李侯金闺彦，脱身事幽讨。”意思是寻讨幽隐之情。菅茶山这首诗首联两句描述的是喝点小酒，在乡间山野漫步而不怕劳累，尽情享受幽隐之情。

“一乡人共井，并舍马同槽。”颔联起句中用了李白《陈情赠友人》“卜居乃此地，共井为比邻”中“共井”这一诗语，烘托出了一乡人和睦共处、其乐融融的气氛。

“鸟影寒塘净，樵风暮岭高。”颈联对句中使用了唐代宋之问《游禹穴回出若邪》“归舟何虑晚，日暮使樵风”[①]中“樵风”这一诗语，在时间上延续着诗中人物的漫步。已远离村舍，“寒塘”即池塘边冷清清的，夜幕已降临，鸟儿在归巢，但“樵风”，即顺风，吹拂着在山路上继续攀高的诗中人物。

“世间无限事，至味在村醪。”尾联对句中采用了陆游《今年立冬后菊方盛开小饮》“野实似丹仍似漆，村醪如蜜复如齑”[②]中“村醪”这一诗语，同首联对句中的“微醺”诗语构成呼应，把《幽讨》这首诗的情韵表现得恰如其分，打个比方，菅茶山的“幽讨”即追求幽隐在山野自然中的道家情怀，就如同诗中首尾呼应表现的

---

① （清）彭定求等主编：《全唐诗》卷53，第653页。

② （南宋）陆游著，钱仲联校注：《剑南诗稿校注》卷二十五，上海古籍出版社2005年版，第1817页。

一村"村醪"——唯有乡村出产的浊酒，散发着酒香，让人心往且沉醉其中。可以说，这首诗简直就是道家隐士生活的代名词——东晋陶渊明《桃花源记》的日本汉诗翻版。

以上论述了菅茶山《黄叶夕阳村舍诗》前编卷二中有关黄老道家情怀的汉诗，能否说这仅是菅茶山个人的爱好趣味呢？回答是否定的。我们先来看《黄叶夕阳村舍诗》前编卷二中的另一首诗：

《呈大肇上人兼寄林元隆》

诗社凋零六七年，逢君话旧一凄然。
归来为问林希逸，注到南华第几篇。

如诗题所示，这首诗是写给福山鞆町地藏院住持大肇上人及福山市鞆町的医师林元隆的，首句中提到的"诗社"指明和二年（1765）在大坂结成的汉诗社"混沌社"，盟主为越后出身的儒学者片山北海。诗中采用了两个中国典故，即"林希逸"和"南华"。

"林希逸"是南宋福清（今属福建）人，字肃翁，号竹溪、鬳斋，端平二年（1235）的进士。官至考功员外郎，著有《易讲》、《春秋正附篇》、《老庄列三子口义》、《考工记解》、《竹溪稿》等。[①]"南华"是《南华真经》的简称，别称《庄子》。

那么，地藏院的佛教僧人同道家《庄子》又有何关系呢？

日本学者池田知久认为，江户时代的"正统思想是儒教，主要

① 〔日〕诸桥辙次主编：《大汉和辞典》第6卷，大修馆书店1955年版，第235页。

是朱子学派”，“朱子学派的开创者是林罗山（1583—1657），他生活在江户时代初期，最重视的是朱熹的哲学。不过，林罗山原来是个僧人，非常喜欢老子、庄子和列子，最喜欢庄子，他读庄子一开始依据的文本就是南宋林希逸的《庄子鬳斋口义》。林希逸是宋代的理学家，一方面他非常注重佛教，另一方面他非常喜爱老子、庄子和列子，他对庄子的看法基本上在朱子的框架内。大约在室町时代（1392—1573），林希逸的这本书传到日本，日本的知识分子正式开始研究老庄。林罗山是最早继承其研究方法的僧人之一。那个时候，日本的高等教育基本上都在寺庙，像京都的五山、镰仓的五山，都是寺庙，也是学习的主要场所。有为的年轻人在十三到十五岁的时候进入寺庙，一面学习佛教，一面学习朱子，一面学习老庄。但是，一般学习老庄的人不喜欢儒教。林罗山当时在幕府中担任儒官，于是就以林希逸的《三子鬳斋口义》为课本，从江户推广至全国，展开对庄子的学习和研究”①。“知识分子对庄子的研究主要从镰仓时代（1192—1333）开始，最初对庄子的理解水平还很低，利用的都是郭象的注本，对郭象注和郭象思想也缺少准确的理解。《三子鬳斋口义》流行于日本后，日本的知识分子对老子、庄子和列子产生了浓厚的兴趣，开始进入广泛的研究。一直到了18世纪30年代到40年代间，林希逸的《三子鬳斋口义》在日本已经非常盛行。”“林希逸的思想其实是儒、道、佛三教合一的思想。”②

---

① 国学访谈录：《庄子的世界与世界的庄子》，载梁枢主编：《国学访谈录》，商务印书馆2011年版，第126—127页。

② 国学访谈录：《庄子的世界与世界的庄子》，载梁枢主编：《国学访谈录》，第126—127页。

原来菅茶山在诗中把“混沌诗社”同“林希逸”和“南华”经的中国出典联系在一起，真实地反映了这个时期日本思想界的一个动向，即“儒、道、佛”三教互相影响、互相吸收融合。所以说，本章中论述的菅茶山汉诗中的道家情怀不是偶然的一时兴起，而是同日本从室町时代开始流行林希逸注释的道家著作《庄子鬳斋口义》的道家文化传统息息相关。这首诗理所当然地被俞樾的《东瀛诗选》选入。

结论如下：

首先，菅茶山的中国史观——《题李白真》、《王右丞鼓琴图》、《咏史》四首、《楚台》等7首汉诗，从正反两方面表现了菅茶山的中国史观。诗中既有对唐明皇李隆基、三国时代蜀君刘禅等非仁政、昏庸君王的批判，也有对李白、谢安等不畏权贵、放情大自然的文人精神的颂扬。这些历史题材的汉诗，都没有被俞樾的《东瀛诗选》选入，但这些汉诗是异域诗人看中国历史的历史题材汉诗中的一个新品种，因此有着不可替代的思想和艺术价值。

其次，菅茶山的儒家思想——《行路难三首为某生作》中的后两首，集中表现了菅茶山思想中儒家提倡的君子“忠贞”理念；《题寿星像》一诗提倡应以颜回、孔子等儒家圣贤之人为典范，修身养性，保持道德高尚；《题画隼暖足》表现了君子不可忘恩负义的儒家“恩义观”；《寄怀赖千秋四首》中的后两首表达的是儒家思想中极其重要的“尊王”意识。

再次，菅茶山的道家诗情——江户时代儒家思想虽然是日本社会的主导思想，但也有很多文人学者在研究学习道家思想，特别是林希逸《庄子鬳斋口义》的传入，给日本学者学习道家思想提供了重要的文本材料，菅茶山的诗中就可以看到这一点。《呈大肇诗人兼寄林元隆》一诗中引用“林希逸”、“南华”两个典故，真实地反映了江户时期日本思想界的一个动向，即“儒、道、佛”三者相互影响、相互吸收融合。这首诗理所当然被俞樾的《东瀛诗选》选入。另外，《了推子重空公见访分得韵寒》、《山行》、《元夜西福寺即事》等诗表达了菅茶山对老子自然观的崇拜，体现了他崇尚大自然，向往陶渊明那样的隐逸生活的情怀。

表2　诸选注本所选《黄叶夕阳村舍诗》前编卷二汉诗统计表

《黄叶夕阳村舍诗》	《东瀛诗选》	《茶山诗五百首》	《菅茶山·赖山阳诗集》	《菅茶山·六如》
1. 了推子重空公见访分得韵寒（癸卯）		入选		
2. 山行（一）			入选	
3. 山行（二）			入选	
4. 山行（三）				
5. 月夜看花		入选		
6. 前峰		入选		
7. 姜公		入选		
8. 丽谯	入选	入选	入选	
9. 幽讨		入选	入选	
10. 赤阪			入选	
11. 璇玑	入选		入选	
12. 村亭	入选		入选	
13. 七月十六日同道光上人登遍照寺途中		入选		

续表

《黄叶夕阳村舍诗》	《东瀛诗选》	《茶山诗五百首》	《菅茶山·赖山阳诗集》	《菅茶山·六如》
14. 送大空上人之高野山		入选		
15. 夜坐似海道士		入选		
16. 呈大肇上人兼寄林元隆	入选	入选		
17. 赠熊野祠官小中季范		入选		
18. 寄怀赖千秋四首（一）		入选		
19. 寄怀赖千秋四首（二）		入选		
20. 寄怀赖千秋四首（三）		入选		
21. 寄怀赖千秋四首（四）		入选		
22. 赖千秋寄怪石二枚（一得诸观音阪，一得诸甲州路上）菊花一枝赋此为谢		入选		
23. 农功		入选	入选	
24. 还自笠冈		入选		
25. 西山先生寄梅花一朵赋此谢				
26. 元日（甲辰）				
27. 题钟馗图			入选	
28. 题李白真				
29. 雪日还自中条		入选		
30. 杂诗三首（一）		入选		入选
31. 杂诗三首（二）		入选	入选	入选

续表

《黄叶夕阳村舍诗》	《东瀛诗选》	《茶山诗五百首》	《菅茶山·赖山阳诗集》	《菅茶山·六如》
32. 杂诗三首（三）		入选	入选	入选
33. 所见		入选		
34. 行路难三首为某生作（一）		入选		
35. 行路难三首为某生作（二）	入选	入选		
36. 行路难三首为某生作（三）	入选	入选		
37. 赋得花契多春寿小寺奉祠令堂八十		入选		
38. 途中		入选		
39. 笠冈途中（虎白归京，以是日开猫）		入选		
40. 龙泉寺樱（寺有亡友兰水墓）		入选		
41. 笠冈途中		入选	入选	
42. 幽斋	入选	入选	入选	
43. 横尾送道光上人		入选	入选	
44. 联句戏赠如实上人		入选		
45. 咏史（一）		入选		
46. 咏史（二）				
47. 咏史（三）				
48. 咏史（四）				
49. 夏日田家同士信子发子晦赋（一）				

续表

《黄叶夕阳村舍诗》	《东瀛诗选》	《茶山诗五百首》	《菅茶山·赖山阳诗集》	《菅茶山·六如》
50. 夏日田家同士信子发子晦赋（二）				
51. 福山途上				
52. 重阳托冈岷山寄书赖千秋附以菊花				
53. 登高同空充二上人赋				
54. 备中途上记路人话三首（一）				
55. 备中途上记路人话三首（二）				
56. 备中途上记路人话三首（三）				
57. 寄予葛子琴			入选	
58. 夜坐示某生		入选		
59. 偶成	入选		入选	
60. 次韵子龄冬至		入选		
61. 僻处		入选		
62. 幽讨		入选		
63. 所见		入选		
64. 元旦和藤二郎除夕作（乙巳）		入选		
65. 雪日至自桃谷		入选		
66. 元夜西福寺即事		入选		
67. 福盛寺		入选		
68. 柏谷途中	入选	入选	入选	

续表

《黄叶夕阳村舍诗》	《东瀛诗选》	《茶山诗五百首》	《菅茶山·赖山阳诗集》	《菅茶山·六如》
69. 夜坐再示伯协		入选		
70. 楚台				
71. 王右丞鼓琴图		入选		
72. 河相君推宅即事分得雨字呈西山先生姬井仲明赖千祺		入选		
73. 同西山先生姬井仲明赖千祺近藤伯协游父石村		入选		
74. 三月晦日雨分得花字		入选		
75. 首夏		入选		
76. 晚行限韵二首(一)		入选		
77. 晚行限韵二首(二)		入选		
78. 题寿星像		入选		
79. 田家	入选	入选	入选	
80. 题画隼暖足		入选		
81. 题画		入选		
82. 途中口占				
83. 七月十五夜同友人赋分得韵歌				
84. 十六夜似海道士				
85. 画猿人				
86. 题杂画三首(一)				

续表

《黄叶夕阳村舍诗》	《东瀛诗选》	《茶山诗五百首》	《菅茶山・赖山阳诗集》	《菅茶山・六如》
87. 题杂画三首（二）				
88. 题杂画三首（三）				
89. 影戏行			入选	
90. 所见				
91. 中秋饮河相君推宅				
92. 赤阪途中				
93. 分画题诗寿北湖老人七十余得子猷剡雪（应中山子干需，子干老人侄）				
94. 郊行				
95. 周子看莲图得林字				
96. 江夜二首（九言课题）（一）				
97. 江夜二首（九言课题）（二）				
98. 十咏物（并序）			入选	
99. 右盆山				
100. 右灯火				
101. 右池鱼				
102. 右剑				
103. 右笔				
104 右药				

续表

《黄叶夕阳村舍诗》	《东瀛诗选》	《茶山诗五百首》	《菅茶山·赖山阳诗集》	《菅茶山·六如》
105 右折竹杖			入选	
106 右丝				
107 右帚				
108 右酒瓢				
109 即事				

说明:《黄叶夕阳村舍诗》前编卷二共计 109 首诗,《东瀛诗选》选入前编卷二诗 10 首,《茶山诗五百首》选入前编卷二诗 57 首,《菅茶山·赖山阳》选入前编卷二诗 20 首,《菅茶山·六如》选入前编卷二诗 3 首。

第五章　菅茶山咏楠诗研究

一、楠公及咏楠诗的产生及先行研究

《太平记》是日本南北朝时期代表性的军事物语，全书共分为40卷。《太平记》记载的是日本南北朝时代以后醍醐天皇[①]为中心的皇子皇孙及忠臣义士试图推行皇权复古，拥护国体的一部皇朝血泪史。从《太平记》第三卷后醍醐天皇被童子托梦召见楠木正成入宫，到第十六卷凑川合战中楠木正成英勇就义，前后才仅仅短短的6年时间，但是楠木正成却在日本精神史上留下了不可磨灭的印迹，乃至对幕府统治末期的明治维新仍具有积极的推动作用。

《太平记》中刻画的大楠公，究竟是一个怎样的人物形象呢？楠木正成的个人功绩可简单地总结如下：

（1）永仁二年（1294）

楠木正成，又名大楠公，出生于河内国赤阪（现在大阪府南河

---

① 后醍醐天皇（1288—1339）：大觉寺统后宇多天皇第二皇子，在足利尊氏于1332年拥立持明院统的光严天皇后，作为大觉寺统代表的后醍醐天皇逃至奈良吉野，从此开始了日本的南北朝时代。1339年后醍醐天皇因病倒下，并让位给义良亲王，享年52岁。

内郡千早赤阪村），幼名多闻。为人正直，从师观心寺泷觉坊[1]钻研学问，拜师大江时亲[2]学习兵法，精通文武两道。

（2）元弘元年（1331）九月

镰仓幕府的大军直逼京都，后醍醐天皇转移至笠置山（位于京都府南部笠置山脉北端）。因童子托梦，后醍醐天皇召大楠公进宫，恳请楠公为国效力，楠公应允。

（3）元弘元年（1331）十月

楠公从笠置山回到河内后，立马在赤阪举兵建城。镰仓幕府（北条氏）闻风率大军攻城，大楠公指挥作战出奇制胜，给幕府势力予以重击。然而赤阪城只不过是区区一小山城，当镰仓军队大队人马卷土重来时，赤阪城瞬间陷落，楠公施以巧计幸免于难。

（4）元弘二年（1332）

金刚山千早城再次挂起菊水旗，楠公势力得以重振。幕府军队始终难逃楠公掌心，迟迟无法攻城。幕府军的败退引起了人们对楠公势力的关注，各地武士纷纷站出来对抗幕府势力，保护天皇，推翻幕府统治势在必行。

（5）元弘三年（1333）二月

自大楠公千早城大捷之后，关东地区的新田义贞[3]、中国地区的

① 泷觉坊：天皇侍僧文观的弟子，相传为和田义盛的后裔，于观心寺为楠木正成讲学授业。

② 大江时亲（1267—1323）：精通大江家祖传兵法，相传为楠木正成兵学之父。

③ 新田义贞（1301—1338）：为镰仓幕府末期至南北朝时期之名将，正式名为源义贞。河内源氏一族，父为新田朝氏，母亲不明，新田氏第八代当主。

赤松则村[①]、九州岛地区的菊池武时[②]等举兵讨伐镰仓幕府。后醍醐天皇在名和长年[③]的守护下，平安转移到船上山[④]。

（6）元弘三年（1333）五月

新田义贞联合足利尊氏[⑤]势力，于1332年举兵攻入镰仓，北条氏惨败，镰仓幕府灭亡。后醍醐天皇从船上山返回京都，大楠公在兵库迎接天皇顺利返京。

（7）元弘三年（1333）六月

后醍醐天皇即位后建立建武中兴政权，实行了政治改革。然而足利尊氏一直图谋不轨，试图夺权篡位。延元元年（1336）足利尊氏从九州岛举兵谋反。大楠公于是提议将敌军引入京都，伺机进行反击，然而却遭到众公卿反对，无奈待命。

（8）延元元年（1336）五月

大楠公奉命带兵前往兵库，与足利尊氏势力决一死战。途中，楠公在樱井站（现位于大阪府三岛郡岛本町）与长子正行告别，并嘱咐正行继承父亲的志向，尽忠天皇。

足利尊氏、足利直义兄弟率军从海陆两面围攻会下山，楠木军以七百军力与敌军展开了激战，由于两方军力悬殊，寡不敌众，楠

---

① 赤松则村（1277—1350）：本姓源氏，赤松茂则之子，赤松氏第四代当主。

② 菊池武时（1292—1333）：镰仓时代末期的武将，菊池氏第十二代当主。

③ 名和长年（？—1336）：南北朝时代武将。元弘之乱后后醍醐天皇被流放到隐岐岛，名和长年于1333年帮助后醍醐天皇逃亡，安全转移到船上山。

④ 船上山：今鸟取县东伯郡琴浦町。

⑤ 足利尊氏（1305—1358）：室町幕府初代征夷大将军。元弘三年足利尊氏率幕府军队镇压后醍醐天皇倒幕势力时发生叛变，投奔后醍醐天皇。镰仓幕府灭亡后，后醍醐天皇建立了建武中兴政权，足利尊氏成为建武中兴的一大功臣。其后，尊氏扶持光严天皇建立北朝，并封为北朝征夷大将军，南北两朝开始对立。

公失守，与其弟正季对刺双亡。

随着《太平记》的普及，以智勇双全著称的楠木正成开始为人所知；另外，《增镜》、《神皇正统记》、《梅松论》等也从不同历史角度记录了楠氏精忠报国的英勇事迹，楠公很快成了当时国民崇拜的风云人物。室町幕府期间，《太平记评判秘传理尽抄》一书重点从楠公兵法的角度对《太平记》进行了分析和评判，使得楠公兵法在武士之间迅速传播开来，因此楠公的军神形象更加根深蒂固。继《太平记评判秘传理尽抄》之后的《古传记》、《楠兵库记》等都是同期之作，集中反映了当时的大楠氏观，即楠公是建武中兴的第一功臣，是集智、仁、勇三者于一身的国民英雄，正因为楠公的国民英雄形象，楠公在江户时代受到诸多文人墨客的崇拜，进一步确立了楠公在江户文学史上的地位。

江户时代日本汉诗的创作达到了前所未有的繁荣，“江户时代的文学概括地说，是儒者的文学”[①]。德川家康建立江户幕府并执政后，为了确立自身的正统性，更加大力提倡汉学，并将主张“君臣上下，尊卑大小，各尽其分”的朱子学立为官学，强调朱子学的正统地位。德川家康为实现思想上的统治，推崇和奖励儒学尤其是朱子学，招藤原惺窝[②]讲授《贞观政要》，登用林罗山[③]掌管教育和文化，儒学教育成为江户时代的文化重心。

---

① 〔日〕猪口笃志：《日本汉文学史》，角川书店 1984 年版，第 231 页。

② 藤原惺窝（1561—1619）：名肃，字敛夫，号惺窝，生于播磨国（今兵库县），日本德川幕府初期的唯心主义哲学家，日本近世儒学的开创者，著有《文章达德纲领》、《寸铁录》、《千代茂登草》等。

③ 林罗山（1583—1657）：江户时代初期儒学家，林家学派创始人。

江户时期的儒学堪称百家争鸣、百花齐放，加之楠公崇拜风潮在儒学家中的盛行，这一时期涌现出了诸多以歌咏楠公为题材的汉文学作品。其中，林罗山（又名林道春）首次将《太平记》中的大楠公纪事翻译为汉文，并起草了《楠木正成传》，这是有关楠木正成自《太平记》登场后的第一篇汉文学传记。此外，罗山还以楠公为主题创作了汉诗，并成为咏楠诗的首创者。《楠公精神研究》[①]中收录林罗山的咏楠诗两首如下：

《楠木正成于樱井宿教谕正行图》

菊水旗辉樱井云，忠臣孝子合还分。
最思遣虎击搏贼，唯愿养雏扶翼君。

《金刚初雪》

（前略）
想昔橘姓楠木氏，忠肝义气据险城。
水泼铁衣寒彻骨，一片菊水正正旗。
巨寇环攻不克拔，即墨王壁莫问谁。
军谋密策鸣今古，东兵辎重皆与死。
建武天子中兴日，功与山肩高相差。
英雄一去不复返，此山岩岩屹在兹。

---

① 〔日〕土桥真吉：《楠公精神研究》，大日本皇道奉赞会1933年版，第521页。

只今阖国承平久，雪为丰年复何疑。

自林罗山之后，林家子孙林鹅峰与林凤冈也创作了大量的咏楠诗，与此同时，江户初期和中期的儒学家也相继创作了咏楠诗，比较著名的有山崎暗斋、伊藤仁斋、服部南郭、朱舜水、龟田鹏斋、赖春水、菅茶山、赖山阳等人。在江户时期，咏楠的相关文学作品除了咏楠诗歌以外，汉文和和歌也是比较常见的体裁，可以说，咏楠成了当时文人间的一种社会风潮。

截至目前，以前的汉诗研究都未对咏楠诗做过系统的分析和研究，因此我们可以说咏楠诗的出现是日本江户时代汉诗的一个新特征，而有关它的研究才刚刚起步。

《楠公遗芳》于昭和十五年（1940）出版，中村孝也博士为纪念大楠公殉节600周年编纂了此作品集。该书收录了大量的咏楠诗、咏楠汉文和和歌、杂纂等各种文学体裁的作品。中村博士按照笠置山、赤阪城、天王寺未来记、金刚山、樱井驿、凑川、楠公一般、杂题等对咏楠诗进行了分类。其中题为樱井驿和凑川的咏楠诗明显多于其他诗题，因此楠公殉节的场景也是咏楠诗的中心和重点。《楠公遗芳》中收录有山崎暗斋、伊藤仁斋、服部南郭、朱舜水、古贺精里、柴野栗山、龟田鹏斋、西山拙斋、赖春水、菅茶山、赖山阳、广濑淡窗、日柳燕石等江户时代诸多文人的咏楠诗，其中包括菅茶山咏楠诗4首，分别是《河内道上望金刚山有怀楠中将》、《楠公樱井图》、《凑川》、《楠中将持杯图》。

另外，土桥真吉在《楠公精神研究》中也提到了菅茶山的咏楠诗，并在文中列举了7首咏楠诗，分别是《楠公墓下作》、《河内道上望金刚山有怀楠中将》、《楠公樱井图》、《湊川》、《宿生田》、《楠中将持杯图》、《河内道中》。土桥认为，“菅茶山作为赖山阳的前辈，是给予山阳感化的师友，同时也是敬慕楠公，颂扬楠公精神的儒者。楠公不仅是南朝的忠臣，皇统的忠臣，而且足利氏之所以拥立北朝，楠公之力居于首位。江户时代兴起的‘楠公北忠说’中，茶山就是主要的发起者”①。

滨本鹤宾在《菅茶山尊皇思想和汉诗》一文中列举了菅茶山的《楠公墓下作》，并论述道：“赖山阳尊皇贱霸的思想的形成，多少受到了被山阳视如己父的菅茶山先生的影响。楠公崇拜、对皇室衰亡的感叹、对武门跋扈的不快等等，菅茶山应该算是山阳的先辈了……在茶山看来，尊氏是源氏的嫡系，所以他夺取天下也是情理之中的事，所以说若没有楠公诸将等忠勤之士，便没有后来的北朝，而皇室很可能早就被尊氏肆意颠覆。”②

综上所述，在菅茶山咏楠诗的先行研究中，《楠公遗芳》一书只是对菅茶山咏楠诗进行了收录，并未做进一步分析。而土桥的《楠公精神研究》与滨本的《菅茶山尊皇思想和汉诗》研究只是从尊皇思想这一角度去看茶山的咏楠之意，所以对菅茶山咏楠诗的研究仍存在很大的片面性。笔者通过考察《黄叶夕阳村舍诗》发现，菅茶山的咏楠诗有 12 首，颇具茶山汉诗风格和特色，更为重要的是，菅茶山咏楠诗的创作与当时的时代背景又有着密不可分的关联。

---

① 〔日〕土桥真吉：《楠公精神研究》，第 660 页。

② 〔日〕滨本鹤宾：《菅茶山的尊皇思想和汉诗》，《西薇杂俎》第 1 辑，河合二一郎出版 1939 年版，第 29 页。

二、菅茶山咏楠诗的背景

宋学于镰仓时代中叶开始传入日本，最初是因宋朝与日本的交流及禅学东传，经由日本的入宋僧及东渡的宋朝禅僧而传入。“日本学者所说的镰仓前后传入的宋学，是指包括濂、洛、关、闽、心、蜀诸派在内的宋代理学，其中闽学则是指以朱熹为代表的理学学派。”[①] 圆尔辨圆[②] 于嘉祯元年（1235）四月来宋师事佛鉴禅师。圆尔归日时，所带内外典籍数千卷，其中包括《大学》、《中庸或问》、《论语精义》、《孟子集注》等儒家经典，被认为是日本传入宋学之第一人。[③] 随着宋学在日本社会影响范围的扩大，禅宗的宋学也开始被汉唐文学的日本继承者——天皇、公卿及武士等接受，宋学逐渐成为一种社会思想体系。到了南北朝时期，后醍醐天皇邀请五山禅师玄惠法印在朝廷讲授程朱之学，门下知名弟子有北畠亲房、菅原公时、日野资朝、日野俊基及楠木正成等。关于玄惠在宫廷教授宋学的史实在《花园院御记》、《尺素往来》、《太平记》中都有相关记载，“近代独清轩玄惠法印、宋朝濂洛之义为正，开讲席于朝廷以来，程朱二公之新释，可为肝心候也，次纪传者，史记并两汉书

---

① 汤勤福：《日本朱子学的起源问题》，《南开学报》（哲学社会科学版）1994 年第 4 期，第 65 页。

② 圆尔辨圆（1202—1280）：镰仓时代禅僧，临济宗圣一派派祖，出生于静冈县，5 岁时入久能山学习教典，22 岁立志禅门，34 岁时入宋，谒于无准师范，嗣其法，归国后成为京都东福寺的开山鼻祖。

③ 〔日〕西村时彦：《日本宋学史》，梁江堂书店 1909 年版，第 23—24 页。

等。南、式、菅、江之数家，被传其说乎，是又当世付玄惠之议，资治通鉴宋朝通鉴等。人人传授之，特北畠入道准后被得蕴奥”[①]。藤田精一在专著《楠氏研究》中，根据大楠氏的书风与玄惠相似，从书道上证明了两者之师弟关系。因此楠公的正统思想和忠孝精神被认为源于宋学思想，受之于玄惠法印是有根据可寻的。

室町幕府期间，玄惠法印等五山禅僧开始接受宋学，并开始了对朱子学的研究。从镰仓幕府到江户幕府时期之前，日本的禅僧成了诗歌、艺术和儒学学问的承载者和开创者。进入江户时代以后，德川家康为实现思想上的统治，推崇和奖励儒学尤其是朱子学，宽政二年（1790）德川家康针对幕府直辖学校昌平黉，以及官吏录用考试，实施“异学之禁”[②]，并任命柴野栗山、冈田寒泉等改革学政，弹压、禁止程朱学以外的学派，同时将其立为官学，朱子学因此成为维护封建身份制度的文化力量。

伴随着江户时期朱子学的兴盛，日本社会涌现了一大批朱子学学者。“儒学派别之多，儒者人数之广，为任何时代所无法企及。仅从大的方面来说，就有以藤原惺窝为首的朱子学派、中江藤树的阴阳学派、山崎暗斋和浅见絅斋的敬义学派、伊藤仁斋的古学派（古义学派）、荻生徂徕的古文辞学派（复古学派）、榊原篁州和山本北山的折中学派（考证学派）、猪饲敬所和宇野明霞的古注学派、德川光国的水户学派以及三浦梅园和二宫尊德的独立学派这九大派

① 〔日〕藤田精一：《楠氏研究》，积善馆1933年版，第248页。

② 异学之禁，1790年宽政改革时期，德川幕府发布的关于禁止在昌平黉讲授朱子学以外的学问的禁令，力图复兴正学——朱子学。

别，其门人弟子更是多不胜数。”①

菅茶山于明和三年（1766）首次赴京都求学，在市川鹤鸣门下学习古文辞学，其后在那波鲁堂门下学习濂洛之学，即朱子学。那波鲁堂，享保十二年出生于播磨国姬路（今兵库县姬路市），先祖是藤原惺窝的弟子，即祖父那波活所。鲁堂17岁上大阪求学，师从冈白驹门下学习徂徕学，其后转为朱子学。菅茶山在《拙斋先生行状》中写道：“鲁堂学初信萱园，后颇觉其语多矛盾，文字亦多败阙，幡然猛醒，更取程朱诸公书，从容潜玩，有会于心。”②《笔墨逍遥》卷二中还提到，“鲁堂先生之言，至今仍回响在耳边。道可谓唯一，行亦无二，仁义礼智，至善中庸，克己慎独等，为使民众广知广取之名教。人心合一，岂有诸多歧路？”③

那波鲁堂对菅茶山的儒学思想及诗风影响颇深，同时也是菅茶山的良师益友。京都游学期间菅茶山潜心治学之余，结交了许多朱子学学者，诸如西山拙斋、龟田鹏斋、赖春水、赖杏坪、柴野栗山、尾藤二州、古贺精里及混沌社④的诗友等，其交情伴随菅茶山一生。菅茶山与楠木正成的历史渊源虽源于宋学，然而菅茶山创作咏楠诗的真正原因还应归根于江户时代的楠公崇拜思潮。

自林罗山首次用汉文撰写《楠木正成传》，开创咏楠诗的先河之后，松永尺五及其门下弟子——安东省庵相继撰写了《楠公父子

---

① 吴雨平：《橘与枳：日本汉诗的文体学研究》，中国社会科学出版社2008年版，第133页。

② 〔日〕菅茶山：《黄叶夕阳村舍诗》，儿岛书店1981年版，第978页。

③ 〔日〕菅茶山：《笔墨逍遥》，菅茶山遗芳显彰会2003年版，第57页。

④ 混沌社：江户时代中期（1764）在大阪结成的汉诗诗社，前身为蒹葭堂会，片山北海是第一代盟主。

传》，明朝渡日学者朱舜水又作《楠公传》，楠公崇拜开始在江户文人当中迅速传播开来。另外，贝原益轩、前田纲纪、浅见䌹斋、德川光国等人亦极力推崇楠公，水户藩德川光国于元禄五年（1692）八月，为楠公墓建立楠公碑，并亲笔刻字“呜呼忠臣楠公之墓”，墓碑后附有朱舜水写的《湊川碑文》。随着楠公礼赞论、楠公复古运动的兴起，《楠判官传》、《楠木志》等楠公传记及《恩地左近太郎闻书》、《楠兵记》、《楠军书》、《楠木武经》等楠公兵书的大量出版，江户时代顿时兴起了楠公崇拜之风。在楠公崇拜思想的风潮中，楠公遗训[①]和楠公壁书[②]在民间迅速传播，成了日本武士阶层的精神食粮。

在楠公碑建成之前，浅见䌹斋先生门人——若林强斋因有感于楠公之言[③]，将书斋改名为望楠轩，大力宣扬楠公精神，鼓吹尊皇爱国思想。继若林强斋之后，江户中后期开始涌现众多勤王家，其中，与菅茶山、赖春水、西山拙斋等来往密切的高山彦九郎就是典型代表人物。高山彦九郎（1747—1793），又名高山正之，自 13 岁时读《太平记》后便抱有勤王之志，18 岁后开始游历各地演说“大

① 楠公遗训：楠木正成在樱井站与长子正行告别时的遗言，其内容为：这次合战是关系天下安危的关键时刻，也许这是父亲最后一次看你了。如果我战死了，那么这世界必定成为足利尊氏的天下。倘若大事无成，也要不惜毕生精力，效忠君王。要珍惜自己的性命，不可丧失忠义之心。这是为父的志向，你继承为父之志便是最大的孝道。切不可忘记为父刚才所说的话。

② 楠公壁书：楠公壁书并非楠公所作，各种版本内容不一。《楠公精神研究》中提到的主要有龟田鹏斋版本的《楠木正成千早城壁书》及荻生徂徕版本的《楠木正成金刚山城居间壁书十三条》。

③ 〔日〕河野辰三：《思慕楠公的人们——望楠轩精神》，京极书店 1944 年版，第 10 页。

义名分”及勤王论。因勤王事件彦九郎曾受到幕府的警戒，1791年彦九郎在游历九州途中被捕，两年后在福冈县久留米市森嘉膳家中自杀身亡，享年46岁。“彦九郎与菅茶山同门师兄——西山拙斋交情甚厚，所以可以推断菅茶山对彦九郎本人及其思想是非常了解的，特别是对其自杀事件的寥寥数语，道出了彦九郎的真实面目。”①

菅茶山在《黄叶夕阳村舍诗》后编卷一中有关于彦九郎的汉诗一首如下：

《或话高山彦九郎事戏赋》

与诵纷纭乱似丝，何妨行独受人疑。
周游空使英雄老，胥靡徒嗟鹰犬滋。
九鼎不关秦社稷，八厨还管汉安危。
狂愚自信平生志，但有腰间匕首知。

另外，菅茶山还在《笔墨逍遥》卷三中为彦九郎立传，其中提到了彦九郎早年来黄叶夕阳村舍一事，“彦九郎是上野新田人，我20岁时他曾来我处寄宿一宿。其谈话中不时感叹王道早已衰亡之事，甚至激动得泪流满面。彦九郎对历代天子的讳称及陵墓倒背如流，乱世时曾自称武者修行而周游天下，当今太平之世他之所以追寻当今德义学问兼备之人，是因为彦九郎少年时代曾立志周游六十

① 〔日〕今关天彭：《菅茶山・上》，《雅友》第30期，1961年，第19—20页。

余国的想法。他还曾试过大冬天光穿一件带里子的和服在野外露宿，因未感风寒，所以便开始出游了”[1]。除了彦九郎之外，作为菅茶山同时代好友的赖春水、龟田鹏斋、西山拙斋等也都是楠公的崇拜者，《楠公遗芳》及《楠公精神研究》中收录三人的咏楠诗分别如下：

《谒楠公墓》

龟田鹏斋

横天义气贯虹霓，一剑浩然马使西。
庭训犹存报邦国，庙谋唯疑扫鲸鲵。
无情江流沉铁戟，吞恨松风震鼓鼙。
千载耿光悬日月，呜呼碑面照新题。

《楠公》

龟田鹏斋

南木为发明王梦，将勤王师复神统。
金刚山上营孤城，防术百方寡摧众。
东军百万虽桀骜，丧气仰守不敢哄。
神算奇计千载无，常山睢阳比有余。
人言本邦诸葛亮，终迎金銮归帝都。

---

① 〔日〕菅茶山：《笔墨逍遥》，第 107 页。

但恨寇陷再腾日，天上军议纷不一。
披膈无由纳至忠，才帅五百辞帝阙。
菊水旌旗杀气缠，决死浩然向西出。
庭训三世遗忠诫，英爽不磨今如世。
呜呼楠子虽逝矣，凑川长传忠臣名。

《题楠公遗命其子正行图》

西山拙斋

将星将陨阵云垂，授命贻谋不自私。
千古孤忠三世后，回天筹策复传谁。

《千早》

赖春水

草唤愁生剿剑城，登临词客岂无情。
干戈迹绝人何处，夜雨时闻啼血声。

《凑川》

赖春水

当此小春候，如何雨若雾。
栖栖行旅客，拜过楠公墓。

《楠公墓下作》

赖春水

径路一条人不迷，忠臣碑外草萋萋。
春风无数告天子，谁为殷勤云里啼。

《凑川》

赖春水

凑川谁不吊楠公，直向碑亭小径通。
临死言同睢阳烈，出师谋比武侯忠。
倘无哲妇倾城惑，夙有良臣补究功。
皇天不识是何意，遂使当年梦眯空。

菅茶山的咏楠诗与当时江户时代的楠公崇拜思潮有着必然的联系，其中又受到了高山彦九郎、赖春水、西山拙斋、龟田鹏斋等楠公崇拜者的影响。继菅茶山之后，赖山阳的咏楠诗及《日本外史》中的《楠子论》更是一发不可收拾，其咏楠作品的艺术性大大超越了菅茶山，并成了家喻户晓的咏楠思想家和大诗人。而继赖山阳之后的勤王义士也纷纷创作咏楠诗，以至咏楠思潮再度膨胀，并在明治维新时期达到又一顶峰。因此，菅茶山咏楠诗的创作有着承前启后的历史作用，它既是咏楠诗发展的必然阶段，又对赖山阳及勤王家的咏楠诗及楠公礼赞产生了一定的影响。

三、菅茶山咏楠诗的深意

《黄叶夕阳村舍诗》中共收录咏楠诗12首，经过考察各个选本及注本，咏楠诗的收录及成诗年代如下表所示：

咏楠诗作	所在篇卷	成诗年代	收录版本
《宿生田》	前篇卷四	宽政六年（1794）	《茶山诗五百首》 《茶山诗三百首》 《菅茶山·赖山阳诗集》
《河内道上望金刚山有怀楠中将》	同上	宽政六年（1794）	《茶山诗五百首》
《芳野歌》	同上	宽政六年（1794）	《菅茶山·赖山阳诗集》
《兵库道中》	前篇卷七	文化元年（1804）	《菅茶山·赖山阳诗集》
《湊川》	同上	文化元年（1804）	
《阿弥陀驿儿岛范长陈没之所》	后篇卷一	文化元年（1804）	
《义经像》	卷三	文化八年（1811）	
《兔原道中》	卷六	文化十二年（1815）	《东瀛诗选》（第十一卷）
《河内道中》	卷八	文政元年（1818）	
《楠公墓下作》	卷八	文政元年（1818）	《菅茶山·六如》 《东瀛诗选》（第十一卷）
《楠公樱井图》	遗稿卷三	文政六年（1823）	《菅茶山·赖山阳诗集》
《楠中将持杯图》	卷五	文政八年（1825）	

纵观这12首咏楠诗，成诗年代最早的是《宿生田》，最后一首是《楠中将持杯图》，菅茶山的咏楠诗前后跨越近30年，尽管咏楠

诗题各异，却几乎囊括咏楠诗的主要诗题，是咏楠诗诗人中比较全面的。其中，菅茶山咏楠诗的代表作——《楠公墓下作》震惊了当时江户儒学界，被誉为是尊皇思想的代表性作品。另外，咏楠诗的另一佳作《宿生田》现已编入日本中学国语教材——《新编汉文读本》中，并与赖山阳的《楠氏论》相辅相成，被誉为明治大正时期忠君爱国教育的典范。菅茶山的咏楠诗别具一格，既体现了菅茶山借景抒怀的一面，又体现了其咏史言志的一面。同时，因为菅茶山身为日本汉诗人，其咏楠诗又带有日本风土人情及文化特征，即我们所说的“和习”。下面对菅茶山的咏楠诗做一个分析。

菅茶山田园诗的一大特征是“诗中有画”，菅茶山以写实手法见长，作诗欲求佳境，强调真诗非虚构之境。菅茶山在《六如庵诗第二钞序》中对真诗解释道：“唐人之哀乐悲欢，不异我之哀乐悲欢。而我邦今时治平优游，与开元天宝奢侈丧乱不同。况人心如面，吹万不同。所遇虽同，所发有异。今若牵而合之，袭而取之，则兴与境乖，名与实离。譬如画家写生。生物在前，舍而求之古图，形貌彩色，一依原本。而眼前所见，邈然不顾。此岂真照也，此岂真诗也哉。”①

门生小寺廉之②还提到，所谓真诗者，不在彼而在菅茶山先生也。“予亦尝怪先生讲说之暇，莳花听鸟以为娱，而未尝见其捻须耸肩，因质诸先生。曰：‘吾三十岁前，颇用意雕镌。’鲁堂先生

① 〔日〕西原千代：《菅茶山的田园诗》，《中国学论集》（安田女子大学中国文学研会）第31期，2002年，第84页。

② 小寺廉之（1787—1843）：字光海，名监物，咏歌诗人、国学家、教育家，著有《备中名胜考》、《备中志》等。

曰：'子思作佳诗，不得求佳境；欲求佳境，不得不虚构竞奇，是役于诗也。随境寄兴，可以取娱，可以遣忧，勿他求焉。'吾服其言，不复刻苦。予因以谓其诗之不多，为不为虚构也；其语之平易，为不为竞奇也。世之以此徼名、汲汲孜孜者，亦多矣！然人特属意于先生，何也？乃知所谓真诗者，不在彼而在此也。"[①]

在菅茶山的咏楠诗中，《兔原道中》可以说是田园诗的代表作，清代学者俞樾将《兔原道中》选编入《东瀛诗选》，可见该诗非同一般。

《兔原道中》

六甲山南三冢边，舆窗怀古思茫然。
波涛湾曲千帆影，邑里东西万户烟。
残垒清泉分野碓，故宫黄菜满沙田。
今时自作今时盛，空感楠公战没年。[②]

六甲山，又名武库山，主峰位于兵库县东南部及神户市北部，秋里篱岛在《摄津名所图会》[③]中记录了武库山的来历，据说是先帝仲哀天皇与大仲姬的二皇子笼阪在忍熊父皇驾崩之后，因痛恨神功皇后而起兵叛乱。不料神功皇后早已觉察到笼阪的居心不轨，于是

① 〔日〕菅茶山：《黄叶夕阳村舍诗》"跋文"，第357—358页。
② 李均洋、〔日〕佐藤利行主编：《菅茶山汉诗研究·全编》，第680页。
③ 〔日〕秋里篱岛编：《摄津名所图会》，大日本名所图会刊行会1919年版，第183页。

派武内宿弥带兵前往，抓获笼阪及其逆臣5人，并将6人首级葬入此山，因此得名六甲山。三冢，即神户东滩区和滩区的3座古坟，分别是处女冢、东求女冢、西求女冢。三冢修建于公元3世纪后期，传说为当地豪族的坟墓。

“六甲山三冢”与“楠公”都已成为旧都逸事，又带有浓重的日本乡土气息，是日本汉诗中所说的“和习”的体现。而“怀古”、“空感”这两个诗语，表达了诗人无限的惆怅之情。“千帆影”、“万户烟”，愈加衬托出“野碓”、“沙田”的寂寥。写景最终归于抒怀，王国维曾云：“昔人论诗词，有景语、情语之别，不知一切景语，皆情语也。”[1] 这首诗实为咏楠诗中的佳作，田园诗般的风景与历史时空的跨越，营造了这首田园诗的美好意境。这一点非其他咏楠诗人力所能及，是菅茶山咏楠诗的一大特色。

菅茶山咏楠诗中有两首为题画诗——《楠公樱井图》和《楠中将持杯图》。

《楠公樱井图》

留者难居去难前，谁能仰看别时颜。
济美人存于我足，满朝舌击自古然。
诸公如用避锋策，銮舆未必再南迁。
数言遗训悬日月，一时胜败瞥云烟。

---

① 王国维著，徐调孚校注：《校注人间词话》，中华书局2004年版，第36页。

志士犹恨生已晚，不得同时共闲关。[①]

《楠中将持杯图》

决志无怨还诫子，陈谋不听转忧君。
黄云满地山河暗，杯酒从容迟贼军。[②]

《楠公樱井诀别图》画的是楠木正成奉命带兵前往兵库县与足利尊氏贼军决战前，途径樱井驿站与长子楠木正行告别的场景。樱井驿站，位于大阪府三岛郡岛本町樱井市，据《续日本纪》中关于和铜四年（711）的相关记载，当年曾在摄津国岛上郡设立大原驿站，即当今的樱井站。“（和铜）四年春正月丁未。始置都亭驿。山背国相乐郡冈田驿。缀喜郡山本驿。河内国交野郡楠叶驿。摄津国岛上郡大原驿。岛下郡殖村驿。伊贺国阿闭郡新家驿。”[③]樱井驿站作为楠公父子诀别之地被指定为历史古迹，源于《太平记》第十六卷中关于建武三年（1336）楠木正成讨伐足利尊氏途中，在樱井驿与长子楠木正行生死离别一幕的记载。楠木正成告诫正行说道：“这次合战是关系天下安危的关键时刻，也许这是父亲最后一次看你了。如果我战死了，那么这世界必定成为足利尊氏的天下。倘若大事无成，也要不惜毕生精力，效忠君王。要珍惜自己的性命，不可丧失忠义之心。这是为父的志向，你继承为父之志便是最大的孝

① 李均洋、〔日〕佐藤利行主编：《菅茶山汉诗研究·全编》，第709页。
② 李均洋、〔日〕佐藤利行主编：《菅茶山汉诗研究·全编》，第718页。
③ 〔日〕菅野真道：《续日本记》，刻本，1883年版，第21页。

道。切不可忘记为父刚才所说的话。”说完，楠木正成便将带有菊花印记的短刀交给了正行，父子俩匆匆告别。果然不出楠木正成所料，这次告别竟成了父子永别，只留数言遗训，引后人无限沉思。

《楠公父子诀别图》曾一度在汉学家当中流传开来，从江户时代初期开始有许多学者就此写了赞歌，如林鹅峰作《楠木正成遗言正行图》、林凤冈作《正成遗训正行图》、山崎暗斋作《楠木正成庭训图赞》、西山拙斋作《题楠公遗命其子正行图》、赖山阳作《楠公别子图》等。“满朝舌击自古然”反映了菅茶山对朝廷奸臣的不满，“诸公如用避锋策，銮舆未必再南迁”两句，表明当时若听取楠木正成的提议，避开与足利尊氏的正面冲突，那么后醍醐天皇便不用再迁往南都，而楠木正成或许可以幸免一难。“志士犹恨生已晚，不得同时共闲关”两句语气悲壮，菅茶山的愤慨之情跃然纸上。山阳评该诗道：“志士两句，热肠侠气，洞贯千古。”[①]

1824 年 10 月 30 日，赖山阳携母亲梅飔访问福山蕃菅茶山的廉塾，期间观看了菅茶山藏画《楠中将持杯图》，赖山阳即兴作诗《观楠廷尉把杯图》。茶山的《楠中将持杯图》一诗用语平实，其“黄云满地山河暗”一句为全诗点睛之笔，“黄云”不同于汉语中的原意，这里用“黄云”代表金黄色的稻田，是“和习”在咏楠诗中的又一体现。菅茶山看完赖山阳所作《观楠廷尉把杯图》，赞扬道：“此在余座上所制，咄嗟成篇。余同题诗，仅仅二十八字，犹费数日推敲。今见此卷赧然。”[②] 赖山阳所作《楠公别子图》和《观楠廷

---

① 〔日〕菅茶山：《黄叶夕阳村舍诗》，第 789 页。

② 〔日〕水田纪久、赖惟勤、直井文子校注：《新日本古典文学大系 66——菅茶山・赖山阳诗集》，第 253 页。

尉把杯图》如下：

《楠公别子图》

海甸阴风草木腥，史编特笔姓名馨。
一腔热血存余沥，分与儿曹洒贼庭。[①]

《观楠廷尉把杯图》

苍袍乌帽持酒匜，匜中泥金描菊水。
和肃里含神勇姿，不问知吾楠廷尉。
独怪画手何所传，燕安宁有肉生髀。
或在千窟受井初，谈笑坐当万虎貙。
吾甲在心缓吾带，聊浇心里龙虎书。
或在双阙拜爵夕，退击恩波金光凸。
芳醇沦澈肺肝胆，添得陆离满胸赤。
否则樱井诀饮杯，压营战鼓如万雷。
一杯擘断生死路，玉山未颓长城摧。
君不见三世骨肉传醇液，贾勇犹与北风敌。[②]

---

① 〔日〕水田纪久、赖惟勤、直井文子校注：《新日本古典文学大系66——菅茶山·赖山阳诗集》，第176页。

② 〔日〕水田纪久、赖惟勤、直井文子校注：《新日本古典文学大系66——菅茶山·赖山阳诗集》，第252页。

《楠公父子诀别图》及《楠中将持杯图》均为菅茶山自藏书画，在笔者所见咏楠诗中，就《楠中将持杯图》题诗的仅菅茶山和山阳师徒两人。在《楠公樱井图》一诗中菅茶山表达了对朝政现状的不满及愤慨之情。菅茶山的诗作与赖山阳所作题画诗相比，虽在气势和用词上略输一筹，然其平实之处犹如叙事，与赖山阳形成明显的对比。

《阿弥陀驿儿岛范长陈没之所》和《义经像》这两首诗并非正面“咏楠”，但在对比中仍歌颂着楠木正成。

《阿弥陀驿儿岛范长陈没之所》

碧血谁埋葬，残碑问野翁。
流芳春草绿，遗恨夕阳红。
桥梓勤王志，锄耰首事功。
身歼知大节，世远仰英风。
复祚嗟星坠，悬军奈矢穷。
如论忠愤切，未必让楠公。[①]

《义经像》

曾闻学剑白猿公，一卷还传圯上翁。

① 李均洋、〔日〕佐藤利行主编：《菅茶山汉诗研究·全编》，第648页。

将略从称楠子守，金刚恨不使君攻。[①]

该诗中所提到的儿岛范长（？—1336），是南北朝时代的武将。建武三年（1336），为牵制足利尊氏对赤松则村的进攻，儿岛范长父子在备前熊山一带举兵，不幸惨败，同年五月自尽。儿岛范长这一勤王勇者的高风亮节，与同时代忠臣楠公不分上下，空留遗恨，耐人寻思。“桥梓勤王志”指的是儿岛范长及其子儿岛高德。儿岛高德（生卒年不详），通称备后三郎，与楠木正成、新田义贞同是南朝忠臣，儿岛范长父子的忠君勤王、“大节”、“英风”毫不逊色于楠公。

这两首都是咏史之作，与儿岛范长相比，源义经（1159—1189）更广为人知，他是日本镰仓幕府时代人所皆知的英雄人物。他是日本平安时代末期出身于河内源氏的武士，源义朝的第九子，幼名牛若丸。义经自幼善读诗书，同时又接受了佛教及儒教教育。父亲源义朝在平治之乱中为平清盛所败之后，源义经在7岁时被送往京都鞍马寺，改名遮那王。义经在鞍马寺跟武功盖世的阴阳师——鬼一法眼学习武术和兵法，练就了一身好武艺。义经跟随师父所学的武术流派也被称为鞍马八流、鞍马流，被认为是日本武术的起源。义经因精通兵法，在与兄长源赖朝一起举兵讨伐平氏的战役中连连取胜，并在一谷、屋岛、坛浦战争中战胜平氏，成为开创镰仓幕府的首位功臣。然而最后仍难逃被源赖朝所猜忌的命运，源义经在走投无路之下再度投靠奥州的藤原秀衡，却遭藤原秀衡之

① 李均洋、〔日〕佐藤利行主编：《菅茶山汉诗研究·全编》，第663页。

子——藤原泰衡围攻，被迫在衣川馆自尽。

菅茶山在随笔《笔墨逍遥》中记录了读《曾我物语义经记》及《平家物语盛衰记》的感想，并指出读史书时要看懂写实与虚构之处，不可全信以为真。例如，他在《笔墨逍遥》中写道："小野本太郎说过，《曾我物语义经记》一改过往物语的风格，并讲述了许多故事，其中二三分属于写实，七八分纯属虚构，大多为取悦男女之言，并非世间真事，自作和歌插入文中更是屡见不鲜"。[①]

从菅茶山通读《曾我物语义经记》可推断，菅茶山对源义经这一人物形象是相当熟悉的，并通过"学剑白猿公"、"还传圯上翁"两句，重点强调了源义经精通兵法，是一名善于带兵作战的武将。在该诗中"白猿公"、"圯上翁"指的便是其师——鬼一法眼。"白猿公"传说为古代善剑术的人，典出《吴越春秋·句践阴谋外传》："处女将北见于王，道逢一翁，自称曰袁公，问于处女：'吾闻子善剑，愿一见之。'女曰：'妾不敢有所隐，惟公试之。'于是袁公即杖箖箊竹，竹枝上颉桥未堕地，女即捷末，袁公则飞上树变为白猿。"[②]"圯上翁"即圯上老人，出自"张良受书圯上老人"这一历史典故，《史记·留侯世家》中记道："良尝闲，从容步游下邳圯上。有一老父，衣褐，至良所，直堕其履圯下，顾谓良曰：'孺子，下取履！'良愕然，欲殴之。为其老，强忍，下取履。父曰：'履我！'良业为取履，因长跪履之。父以足受，笑而去。良殊大惊，随目之。父去里所，复还，曰：'孺子可教矣。后五日平明，与我

---

① 〔日〕菅茶山：《笔墨逍遥》，第53页。

② 罗竹风主编：《汉语大词典》第8卷，第203页。

会此。'良因怪之，跪曰：'诺。'五日平明，良往，父已先在，怒曰：'与老人期，后，何也？'去，曰：'后五日早会。'五日鸡鸣，良往，父又先在，复怒曰：'后，何也？'去，曰：'后五日复早来。'五日，良夜未半往。有顷，父亦来，喜曰：'当如是。'出一编书，曰：'读此则为王者师矣。后十年兴。十三年孺子见我济北，谷城山下黄石即我矣。'遂去，无他言，不复见。旦日视其书，乃《太公兵法》也。良因异之，常习诵读之。"①

通过"学剑白猿公"、"还传圯上翁"的典故，菅茶山正面刻画了源义经兵法精湛，武艺非凡的武将形象。"将略从称楠子守，金刚恨不使君攻"一句将源义经与楠木正成做比较，暗示源义经的用兵之道可与当年金刚山上千早城之战中大破敌军的楠木正成不相上下。在这两首咏楠诗中，菅茶山将儿岛范长与楠木正成进行了对比，从侧面咏唱了楠木正成的忠义，又通过《义经像》，将源义经与楠木正成的军事谋略进行比较，侧面歌颂了楠木正成的军事才能。

在菅茶山咏楠诗中，正如六如评《芳野诗》中所说，"借异邦事近似者，贴本邦之事，凑合虽巧，不熟于史者，乍读难了"②，其中不乏引用中国历史典故之处。菅茶山母亲佐藤半氏精通国史，对菅茶山兄妹的教育循循善诱，菅茶山通读国史同母亲的言传身教不无关系。赖山阳在《茶山先生行状》中写道"佐藤氏又喜读国史，能训导其子，先生少小善病，而喜读书作诗"③。

① （西汉）司马迁：《史记》卷55，中华书局1963年版，第2034—2035页。

② 〔日〕菅茶山：《黄叶夕阳村舍诗》，第185页。

③ 〔日〕赖祺一：《菅茶山行状》，《内海文化研究纪要》第29期，2001年。

《黄叶夕阳村舍诗》中不乏颂豪侠义士之作，诸如《武侯像》、《屈原行吟图》、《张桓侯像》、《郭令公像赞》、《鲁肃》、《关帝》、《八幡太郎逾名古曾关图》、《备后三郎题诗樱树图》等。菅茶山炉火纯青的汉学及史学修养，为其创作咏史汉诗增色不少。引用中国历史典故的手法在《太平记》中颇为常见，如《太平记》卷二中将南北朝时代的精忠武将与汉朝的功臣进行了对比，并称楠木正成等的忠义堪比汉朝的韩信、彭越、张良、萧何、曹参；其贤能堪比唐朝魏征、玄龄、世南、如晦、李绩。

《太平记》原文写道："当今平定天下、稳定君心的当属足利高氏、新田义贞、楠木正成、赤松圆心、伯耆（今鸟取县）守名和长年了。他们的忠义，可比汉朝的功臣韩信、彭越、张良、萧何、曹参，其贤能堪比唐朝贤士魏征、玄龄、世南、如晦、李绩。其志在关键时刻深明大义、尽忠尽力这点上，无所谓孰先孰后。"①

菅茶山在其咏楠诗中，就有多处属于典型的春秋笔法的例子，在模仿《太平记》引用中国典故创作汉诗的同时，又避免了与《太平记》的重复，体现了菅茶山力求新意的创作态度。

《河内道上望金刚山有怀楠中将》

缥缈仙云绕翠微，金刚峰色蔼斜晖。
中兴偏藉睢阳守，大举徒劳玉璧围。

---

① 〔日〕长谷川端：《新编日本古典文学全集54——太平记》（第2册），小学馆1994年版，第93页。

海树郁葱分甸服，郊田衍沃入皇几。
山河长载英雄恨，怅望荒营想指挥。[①]

在该诗中，菅茶山一方面借“睢阳守”暗指楠木正成死守金刚山要塞之地，在千早城战役中打败六波罗势力，以致北条氏政权垮台、镰仓幕府灭亡的功臣事迹；另一方面又借高欢玉壁之战暗指六波罗等镰仓幕府势力围攻金刚山。

睢阳守的典故详见《旧唐书》（列传第一百三十七下忠义下）：

张巡，蒲州河东人。兄晓，开元中监察御史。兄弟皆以文行知名。巡聪悟有才干，举进士，三以书判拔萃入等。天宝中，调授清河令。有能名，重义尚气节，人以危窘告者，必倾财以恤之。禄山之乱，巡为真源令。说谯郡太守，令完城，募市人，为拒贼之势。时吴王祗为灵昌太守，奉诏纠率河南诸郡，练兵以拒逆党，济南太守李随副之。巡与单父尉贾贲各召募豪杰，同为义举。

（中略）

时许远为睢阳守，与城父令姚訚同守睢阳城，贼攻之不下。初禄山陷河洛，许叔冀守灵昌，薛愿守颍川，许远守睢阳，皆城孤无援。愿守一年而城陷，叔冀一年而自拔，独睢阳坚守。贼将尹子奇攻围经年。巡以雍丘小邑，储备不足，大寇临之，必难保守，乃列卒结阵诈降，至德二年正月也。玄

① 李均洋、〔日〕佐藤利行主编：《菅茶山汉诗研究·全编》，第615、616页。

宗闻而壮之，授巡主客郎中、兼御史中丞。尹子奇攻围既久，城中粮尽，易子而食，析骸而爨，人心危恐，虑将有变。巡乃出其妾，对三军杀之，以飨军士。曰："诸公为国家戮力守城，一心无二，经年乏食，忠义不衰。巡不能自割肌肤，以啖将士，岂可惜此妇人，坐视危迫。"将士皆泣下，不忍食，巡强令食之。乃括城中妇人；既尽，以男夫老小继之，所食人口二三万，人心终不离变。

时贺兰进明以重兵守临淮，巡遣帐下之士南霁云夜缒出城，求援于进明。进明日与诸将张乐高会，无出师意。霁云泣告之曰："本州岛强寇凌逼，重围半年，食尽兵穷，计无从出。初围城之日，城中数万口，今妇人老幼，相食殆尽，张中丞杀爱妾以啖军人，今见存之数，不过数千，城中之人，分当饵贼。但睢阳既拔，即及临淮，皮毛相依，理须援助。霁云所以冒贼锋刃，匍匐乞师，谓大夫深念危亡，言发响应，何得宴安自处，殊无救恤之心？夫忠臣义士之所为，岂宜如此！霁云既不能达主将之意，请啮一指，留于大夫，示之以信，归报本州。"霁云自临淮还睢阳，绳城而入。城中将吏知救不至，恸哭累日。

十月，城陷。巡与姚訚、南霁云、许远，皆为贼所执。巡神气慷慨，每与贼战，大呼誓师，眦裂血流，齿牙皆碎。城将陷，西向再拜，曰："臣智勇俱竭，不能式遏强寇，保守孤城。臣虽为鬼，誓与贼为厉，以答明恩。"及城陷，尹子奇谓巡曰："闻君每战眦裂，嚼齿皆碎，何至此耶？"巡曰："吾欲气吞逆贼，但力不遂耳！"子奇以大刀剔巡口，视其齿，存者不过三数。巡大骂曰："我为君父义死。尔附逆贼，犬彘也，安能久哉！"子奇义其言，将礼之，左右曰："此人守义，必不为我用。素得士心，不可久留。"是日，与姚訚、霁云同被害，唯许远执送洛阳。①

然而，在之前的咏楠作品当中，早已有张巡与楠木正成对照论一说。德川光国在《大日本史论赞》之《楠木正成传赞》中写道："正成之用兵，决机制胜仿佛孙吴，而忠勇壮烈，殆与唐张巡相似也，巡出雍邱守睢阳，正成去赤阪据千剑破，皆婴孤墉，鲠贼喉牙，韩愈所谓以千百就尽之卒，战百万日滋之师者也，以寡击众，出奇无穷，至蒿人诱敌姑不论可也。巡城陷而死，正成奉迎銮舆，首蒙推奖，斯则为异，而庙谟不藏，元凶接踵，主骄臣谀，不用老成持重之计，自坏万里长城以成强敌之势，中兴之业自此去矣。可胜叹哉，凑川之战，正成将自杀，闻正季欲托生灭敌之语，含笑入地，其视巡之临死誓为厉鬼以杀贼，又何相似也。此其忠义之心，穷天地亘万古，而不可灭身，虽死而不死者，固自若也。"②

前文所述的咏楠诗中，赖春水《凑川》诗中写道："凑川谁不吊楠公，直向碑亭小径通。临死言同睢阳烈，出师谋比武侯忠。"另外，前引龟田鹏斋《楠公》诗中道："南木为发明王梦，将勤王师复神统。金刚山上营孤城，防术百方寡摧众。东军百万虽桀骜，丧气仰守不敢哄。神算奇计千载无，常山睢阳比有余。"两者都提

① （后晋）刘昫：《旧唐书》，中华书局1975年版，第4899—4902页。

② 〔日〕德川光国著，井川作之助译：《汉和两文大日本史论赞集》，大正书院1916年版，第257页。

到了睢阳与楠公义勇守城的相似之处，尽管菅茶山将楠公比作睢阳已经失去新意，然而菅茶山该诗中的“睢阳守”与“玉璧围”两处典故前后呼应，是菅茶山咏楠诗中的创新之处。

玉璧乃城名，兴建于后魏，位于山西省稷山县西南部。玉璧在南北朝时是极为显要的军事重镇，是东魏和西魏扩展势力，向对方进发的咽喉要道。《元和郡县图志》中记道：“玉璧故城在县南十二里。后魏文帝大统四年，东道行台王思政表筑玉璧城，因自镇之。八年高欢寇玉璧，思政有备，政不克。周初于此置玉璧总管，武帝建德六年废总管。城周围八千里，四面并临深谷。”①

高欢（496—547）即北齐神武帝，又名贺六浑。此前曾掌东魏兵权，称大丞相。他以晋阳为基地，东征西讨，首次玉璧之战发生于公元542年初冬，《资治通鉴》中记道：“东魏丞相欢击魏，入自汾、绛，连营四十里，丞相泰使王思政守玉璧以断其道。欢以书招思政曰：‘若降，当授以并州。’思政复书曰：‘可朱浑道元降，何以不得？’冬，十月己亥，欢围玉璧，凡九日，遇大雪，士卒饥冻，多死者，遂解围去。”②

公元546年，高欢倾山东之众西伐，志图关中，玉璧首当其冲。“魏徙并州刺史王思政为荆州刺史，使之举诸将可代镇玉璧者。思政举晋州刺史韦孝宽，丞相泰从之。东魏丞相欢悉举山东之众，将伐魏；癸巳，自邺会兵于晋阳；九月，至玉璧，围之。以挑西师，西师不出。”③

① （唐）李吉甫：《元和郡县图志》（上），中华书局1983年版，第335页。
② （宋）司马光：《资治通鉴》，中华书局2007年版，第1898页。
③ （宋）司马光：《资治通鉴》，第1909页。

“东魏丞相欢攻玉壁，昼夜不息，魏韦孝宽随机拒之。城中无水，汲于汾，欢使移汾，一夕而毕……东魏苦攻凡五十日，士卒战及病死者共七万人，共为一冢。欢智力皆困，因而发疾。有星坠欢营中，士卒惊惧。十一月庚子，解围去。”[①] 高欢苦战六旬，将士伤亡病灭严重，加之高欢智力俱困，继而发病，于是乘夜逃遁，不久忿怨死于晋阳。

菅茶山将足利尊氏比作高欢，其在拥立君王另辟王朝这一点上是相同的，借此暗讽朝廷逆臣的卑劣行径。菅茶山除在咏楠诗中将楠公与睢阳对比之外，还另为张巡作诗一首如下：《张睢阳》——“食尽沉城屠妾时，宁期他日至尊知。犹怜南内淋铃夜，不问睢阳横笛诗。”[②] 关于高欢讨伐尔朱氏，废尔朱氏另立孝武帝的这一历史事件在《芳野歌》和《楠公墓下作》中也被同时引用，即下文中的“前门拒虎后门狼，尔朱才除又高欢”，“贺六奉君惮敌兵”。这些都属于借高欢（即贺六）暗指足利高氏的手法，是菅茶山咏楠诗的一大创新。

菅茶山“借异邦之事，贴本邦之事”的手法在《芳野歌》中也可见，如“枭鸠巫蛊事已去，况乃忠良频摧残”、“顾望难掩田李罪，宠异翻辱浑马班”[③] 等都是借中国历史典故叙述南北朝往事的例子。“欢者不知忧者心，清时谁问乱时艰，余今对花独怀古，夕阳又下花林端”[④] 四句道出了菅茶山忧国忧民的情怀，当目睹唐王朝的

---

① （宋）司马光：《资治通鉴》，第 1910 页。

② 李均洋、〔日〕佐藤利行主编：《菅茶山汉诗研究・全编》，第 593 页。

③ 李均洋、〔日〕佐藤利行主编：《菅茶山汉诗研究・全编》，第 616 页。

④ 李均洋、〔日〕佐藤利行主编：《菅茶山汉诗研究・全编》，第 616 页。

悲剧在日本历史上重演的时候，菅茶山作为一位思想家和教育家其心情是无比沉重的。然而通过咏楠诗这一主题，恰好寄托了他的尊皇思想及对幕府统治的不满，而《楠公墓下作》便是直接反映菅茶山教育思想的一首咏楠诗。

《楠公墓下作》（并引）

高氏之立光明帝，楠公诸将成之也。高氏败衄西奔，士卒日离，自谓："负反逆之名，人终不服从。别立新主，挟令更始，则众心可收，私事可济。"乃遣人劝进，盖迫于不得已，而非其本志也。楠公既殉难，诸将相继战没，官军日就衰，而贼势亦不太振。高氏父子内乱相寻，志愿不终。义满佯和，义教渝盟，坐而收功，翻扇动余烬，续以应仁之乱。二百余年，率无宁日，终至废亡，而高氏本志亦既泯乎，靡有问者。则后之人，概以为赖朝、泰时之流而已。然观其造先祖义家言，云"使子孙必取天下"，其所包藏，固非一日，兆于六波罗观望之时，见于谮太塔王，而后暴于行路。则在当时，业已不可掩。及兵威方炽，时势可乘，断然无复顾虑，况既杀亲王，又幽天子！孤恩负宠，有如遗芥。设使其及其身，掌握海内，虽其所立固弗可保，犹且阳为貌敬，以示敌与，以掩反逆之志者，惩于其败焉耳？期官军寝歼焉耳？是岂可比赖朝、泰时才奉院宣，以约束诸雄长乎？要之当初，破其奸胆，沮其逆图，使其不得逞凶虐者，谁也？非楠公诸将之力欤？余故曰：高氏之立光明帝，楠公诸将成之也。由是观之，皇统之绵绵，诸将实有致此焉。则诸将不独南朝之节臣，亦皇统之忠臣也。是过楠公墓下，感于所见，慨然作此。

致身所事是臣道，别有大忠知者少。
国倾身歼吾事终，谁信皇统暗有绍。
贺六奉君惮敌兵，阿瞒称臣掩恶名。
勤王赖有诸将在，就中南木久芬荣。
能使楚国无问鼎，何论和议非真情。
南风不竞本支残，北风其凉雨雪繁。
瓜分四海二百岁，茫茫天意欲问难。
龟跃俨然临大路，翠秧田拥青松树。
如今朝野敦操持，传家忠义谁不慕。
征徒相指论废兴，犹觉辞气凄含怒。
幽帝杀王如折枝，我家门生何有哉！
当时若无公辈出，乾坤亦岂有今日。[①]

《楠公墓下作》是文政元年（1818）三月菅茶山与好友牧周藏、林新九郎、臼杵直记、渡边铁藏同游奈良、京都一带时所作。这次游历历时约两个月，五月菅茶山从大阪回到了神边町，并完成了著作——《大和行日记》。《楠公墓下作》最早见于菅茶山的《大和行日记》，然而《大和行日记》中的《楠公墓下作》与《黄叶夕阳村舍诗》中用字不全吻合，由此可知菅茶山后来又对该诗作了修改。以下是《大和行日记》中的原文：

① 李均洋、〔日〕佐藤利行主编：《菅茶山汉诗研究·全编》，第692页。

高氏之立光明帝，楠公诸将成之也。高氏败衄西奔，士卒日离，自谓负反逆之名，人终不服从。别立新主，挟令更始，则众心可收，私事可济。乃遣人劝进，盖迫于不得已，而非其本志也。楠公既殉难，诸将相继战没，官军日就衰，而贼势亦不太振。高氏父子内乱相寻，志愿不终。义满佯和，义教渝盟，坐而收功，翻扇动余烬，续以应仁之乱。二百余年，率无宁日，终至废亡，高氏本志亦既泯乎，靡有问者。则后之人，概以为赖朝、泰时之流而已。然观其造先祖义家言，云“使子孙必取天下”，其所包藏，固非一日，兆于六波罗观望之时，见于谮太塔王，而后暴于行路。则在当时，业已不可知。然及兵威方炽，时势可乘，断然无复顾虑，况既杀亲王，又幽天子！孤恩负宠，有如遗芥。设使其及其身，掌握海内，虽其所立固弗可保，犹且阳为貌敬，以示敌与，以掩反逆之志者，惩于其败焉耳？期官军寝歼焉耳？是岂可比赖朝、泰时才奉院宣，以约束诸雄长乎？要之当初，破其奸胆，沮其逆图，使其不得逞逆心者，谁也？非楠公诸将之力欤？余故曰：高氏之立光明帝，楠公诸将成之也。由是观之，皇统之绵绵，诸将实有致此焉。则诸将不独南朝之节臣，亦皇统之忠臣也。晋帅是日过楠公墓下，感于所见，慨然作此诗。

致身所事是臣道，别有大忠知者少。
国倾身歼能事终，谁信皇统暗有绍。
六王奉君惮敌兵，曹瞒称臣掩恶名。
勤王赖有诸将在，就中南木久芬荣。

能使楚国无问鼎，何论和议非真情。
南风不竞本支残，北风其凉雨雪繁。
瓜分四海二百岁，茫茫天意欲问难。
龟趺俨然临大路，翠秧田拥青松树。
如今朝野孰操持，传家忠义谁不慕。
征徒相指论废兴，犹觉辞气凄含怒。
幽帝杀王如折枝，我家门生何有哉！
当时若无公辈出，乾坤亦岂有今日。[①]

楠公墓碑位于神户市内的凑川神社内，其墓碑正面刻有德川光国亲笔题名的“呜呼忠臣楠子之墓”，背面题有明朝学者朱舜水[②]所作《凑川碑文》，碑文内容如下：

忠孝著于天下，日月丽于天。天地无日月，则晦蒙否塞；人心废忠孝，则乱贼相寻，乾坤反复。余闻楠公讳正成者，忠勇节烈，国士无双，搜其行事，不可概见。大抵公之用兵，审强弱之势于几先，决成败之机于呼吸。知人善任，体士推诚。是以谋无不中，而战无不克，誓心天地，金石不渝，不为利回，不为害怵。故能兴复王室，还于旧都。谚云：“前门拒狼，

① 〔日〕池田四郎、次郎等编：《大和行日记》，载《日本艺林丛书》第4卷，东京六合馆1927—1929年版，第41—43页。

② 朱舜水（1600—1682）：字楚屿，又作鲁屿，号舜水，汉族，浙江余姚人，明清之际的学者和教育家。南明亡后，以日本请援使的身份东渡，定居日本，1665年6月应德川光国之邀前往江户授徒讲学，传播儒学思想，对日本近世儒学产生了很大影响。其著作有《舜水先生文集》二十八卷。

后门进虎。”庙谟不臧，元凶接踵。构杀国储，倾移钟虡。功垂成而震主，策虽善而弗庸。自古未有元师妒前，庸臣专断，而大将能立功于外者。卒之以身许国，之死靡佗。观其临终训子，从容就义，托孤寄命，言不及私。自非精忠贯日，能如是整而暇乎！父子兄弟，世笃忠贞，节孝萃于一门，盛矣哉！至今王公大人以及里巷之士，交口而诵说不衰，其必有大过人者。惜乎载笔者无所考信，不能发扬其盛美大德耳。[①]

前文中已提到，土桥和滨本也列举了该诗，土桥指出“菅茶山同时也是敬慕楠公，颂扬楠公精神的儒者”，滨本指出“楠公崇拜、对皇室衰亡的感叹、对武门跋扈的不快等等，菅茶山应该算是山阳的先辈了”。除此之外，森鸥外在《北条霞亭》一书中提到“菅茶山认为足利高氏的非分之想不同于源赖朝、北条泰时之辈。源赖朝、北条泰时只不过是奉旨约束诸侯而已，而高氏却是杀害亲王，幽禁天子的不顾后果之流。他之所以拥立光明天皇，是因受制于楠木正成的兵力迫不得已罢了。‘设使其及其身，掌握海内，虽其所立固弗可保’一句中，菅茶山视高氏有如王莽，认为极力阻止了这一切的正成等人不仅仅只是南朝的忠臣。从‘皇统之绵绵，诸将实有致此焉’可看出，菅茶山认为南北合一后天皇帝系的延续也与正成等人的作用有关”[②]。

菅茶山在《笔墨逍遥》卷二中写道：“楠公父子并非南朝的忠

① 据笔者摄影照片整理记述。

② 〔日〕森鸥外《北条霞亭》，载《鸥外选集》第九卷，岩波书店1979年版，第403页。

臣，而是我国的忠臣。尊氏谋反后先诛杀大塔公，以及这之后的伎俩，结合先前传言八幡太郎义家子孙必取天下之事一想，如果没有数次战败的经历，是不可能下这样的结论的。倘若按照尊氏的初衷，今日之天下将变成什么样呢，这是无法预测的。所以很显然的一点是，关于北朝的建立，楠公诸将功不可没。”①

从菅茶山对足利尊氏“犹觉辞气凄含怒”及对楠公“传家忠义谁不慕”可知，他对南北两朝所持的褒贬态度是显而易见的。菅茶山从今人的立场，充分肯定了楠公诸将的勤王精神及其在历史前进中所起的积极作用。诗中通过“臣道”、“大忠”、“勤王”、“忠义”等关键词，满腔热情地歌颂了楠木正成的忠君爱国形象，是一篇正气浩然的敦促江户幕府把大政奉还皇室的史诗。

在上文中，笔者以菅茶山《黄叶夕阳村舍诗》中的咏楠诗为研究对象，考察了江户时代咏楠诗产生的时代背景，其一是近世儒学的兴盛，菅茶山与楠木正成有着共同的宋学渊源；其二是江户时代的楠公崇拜思潮，菅茶山创作咏楠诗与当时的楠公崇拜思潮有着必然的联系，其中又受到了高山彦九郎、赖春水、西山拙斋、亀田鹏斋等楠公崇拜者的影响。

菅茶山的咏楠诗——《兔原道中》呈现了菅茶山田园诗“诗中有画”的意境，是以写实手法兼清新风格见长的菅茶山区别于其他咏楠诗人的一大标志。

菅茶山的《楠中将持杯图》在咏楠题画诗中独树一帜，为菅茶山的原创之作。菅茶山的诗作虽在气势和用词上略输一筹，然其平

① 〔日〕菅茶山：《笔墨逍遥》，第79页。

实之处犹如叙事，与赖山阳形成明显的对比。

在菅茶山的侧面咏楠诗中，将儿岛范长与楠木正成进行了对比，从侧面咏唱了楠木正成的忠义，又通过《义经像》将源义经与楠木正成的军事谋略进行比较，侧面高歌了楠木正成的军事才能。

菅茶山的史诗式“咏楠诗”运用历史典故，精辟到位，恰到好处，体现了菅茶山良好的汉学及史学修养，更重要的一点是，通过这些史诗式诗作，菅茶山表露了对楠公的崇拜及其尊皇思想。

菅茶山的咏楠诗大都为感时伤怀的诗作，同时其又不可避免地带上了日本本土文化的特性，即受到了“和习”的影响。在咏楠诗中，菅茶山高歌了楠公作为一代武将精忠报国的忠臣形象。其诗歌中的楠木正成形象与《太平记》虽无太大出入，但是菅茶山以春秋之笔，从汉诗的角度诠释了楠木正成，使咏楠诗达到了空前绝后的艺术高度。菅茶山咏楠诗的创作有着承前启后的历史作用，它既是咏楠诗发展的必然阶段，又对赖山阳及勤王家的咏楠诗产生了深刻的影响。

第六章　菅茶山咏物诗研究

在众多中日学者研究菅茶山的论文中，涉及菅茶山咏物诗的有朱秋而的《菅茶山的诗论——以咏萤火虫为中心》和日本学者西原千代的《菅茶山的田园诗》等，其中山口旬的《〈梅花七首〉菅茶山绝句连作的尝试》[①]一篇以《梅花七首》为分析案例，对菅茶山绝句连作手法予以精妙的分析。

菅茶山的咏物诗，绝句居多，其中有七言绝句 76 首，五言绝句 46 首，除此之外还有七言律诗 14 首和五言律诗 13 首。[②]其涉及内容丰富，题材广泛，既有专主描绘的，又有借物抒情、托物言志的。

其内容丰富和题材广泛主要体现在选取各种题材入诗，有歌咏花木的如《梅花七首》、《画兰》、《十日菊》等；有描绘动物的如《猫》、《萤》七首、《蝶》七首等；还有吟诵风物的如《蚕豆》、《岚山石》等。可以看出诗人的兴趣广泛，诗学功底深厚和对大自然的无限热爱之情。

---

① 〔日〕山口旬：《〈梅花七首〉菅茶山绝句连作的尝试》，《成蹊国文》第 39 号，2006 年，第 31—33 页。

② 参见〔日〕菅茶山：《黄叶夕阳村舍诗》，皇都书林 · 汲古堂梓，文化九年（1812）镌，本章菅茶山诗均引用于此。

菅茶山的咏物诗中歌咏花木的有56首，描绘动物的有50首，吟诵风物的有20首。

菅茶山吟咏日常风物的诗，可谓题材广泛，很多日常的东西物件也来入诗，比如《蚕豆》。这首诗从小小的蚕豆开始起笔，日常司空见惯的零食也成了诗人歌咏的对象，诗人意外地发现“京城”也有卖家乡的野味蚕豆，而剥开蚕豆之时，看着粒粒蚕豆在盘中跳来跳去，不禁回想到家乡的麦事。这首看似平淡无奇的吟咏蚕豆的诗歌，以淡淡的对小小蚕豆味道的怀念，牵出诗人对于家乡的思念之情。诗人此刻看着盘里的蚕豆，联想到了家乡的农闲情景，平白的感情流露正是这首《蚕豆》独特的魅力所在。由此可见，菅茶山吟咏日常风物类的诗歌，多是从小物件起笔，如《蚕豆》、《右笔》、《右丝》、《右酒瓢》等，然后从这些小物件当中引发诗人无限的思绪。从诗人的日常生活到历史典故，平实自然，毫无生硬之感，让读者如临其境。

一、菅茶山咏物诗之花木（梅、樱、兰、竹、菊等）

菅茶山的咏物诗主要分为歌咏花木、描绘动物和吟诵风物三大类。下面笔者就先从菅茶山歌咏花木的诗歌入手，来分析菅茶山是怎样传承已有的咏物风格，并且同时开发独自的清新诗风的。

在菅茶山众多的咏物的诗篇中，通过统计和对比可以发现，其中描写梅花的诗篇占了很大比重。在149首咏物诗中，写梅花的就有35首之多，其次分别是咏蝶和萤的，各有7首。

《梅》之二

暗里寻香折一枝，林头路滑雪消时。
人间何处无娱乐，恐使花神笑许痴。

《梅》之三

春立韶光及我家，雪晴晴照照银沙。
今年第一快心事，手接庭梅将著花。

在七言组诗《梅》中，第二首写得最是传神。以“暗里寻香折一枝”开头，即写梅花的香气宜人却又不事张扬，只是暗暗传递香气，而在雪刚刚消融，路面还很湿滑的时候，诗人却折了这一枝梅，心满意足地回家而不顾路途坎坷了。这时“花神”的形象出现了，“笑许痴”生动地写出了一位美丽的花神躲在花丛中偷看诗人折梅欢喜而归的情景。好像如果被花神发现的话，她也会偷笑诗人“人间何处无娱乐”，而偏偏折这一枝梅了。全诗生动形象地描绘出了一幅诗人访梅折梅图，而躲在一边暗笑的花神无疑给这幅图景添加了额外的色彩，连花神都笑诗人爱梅的执着呢。

紧承第二首的《梅》之三，写到了在阳光明媚的冬日清晨，诗人在庭院中赏梅，看到自己栽种嫁接的梅花将要开花的喜悦。诗人爱梅，更喜爱栽梅养梅，不管是瓶养的梅花，还是自家庭院里栽种的梅花，诗人都是那么精心地呵护着它们，仿佛是以梅为友，与梅为伴。

这两首咏梅诗体现了菅茶山观察细致入微，想象力丰富而且描写生动的特点。“恐使花神笑许痴”这一句体现出诗人独特的创造力和丰富的想象力。而“今年第一快心事，手接庭梅将著花”这句诗又好似平日里诗人的自说自话，于平淡中透露出诗人对于梅花的喜爱和怜惜。

梅花是在唐代鼎盛时期由大唐传入日本的，受到中日诗人的喜爱和歌咏，一度占领了咏花木诗的主导地位，数量也相对较多。同时，在江户时代后期，樱花作为日本本土的花卉，也逐渐得到了日本诗人的重视。菅茶山咏花木诗中就有这类诗。

《樱》二首

题道光上人诗后，其下半云：“如使唐山生此树，牡丹不敢谮花王。”

一

西土伪王原姓姚，天香国色专骄傲。
一从归化拜樱花，羞愧曾来称谮号。

二

吾国樱桃别样春，姚黄魏紫尽称臣。
如何骄子甘卑屈，应识花王自有真。

这两首描写樱花的诗歌，以“天香国色”和“姚黄魏紫”代指花王牡丹，而如第一首所写，自从拜见了樱花，就算是“天香国色”的牡丹也愧称花王。

《樱》二首用对比衬托的手法，以姚黄魏紫的牡丹雍容华贵之貌，衬托出樱花的出世之姿。诗序中说“如使唐山生此树，牡丹不敢谮花王”一句，暗指樱花美丽非常，假使大唐有这样的樱树，那么牡丹也不敢称作花中之王了。在江户时代后期，虽然由大唐传入的梅花仍然地位稳固，但是出自日本本土的樱花也以其曼妙飘零吸引了不少诗人的目光。而且正是由于樱花为本土花卉，日本汉诗诗人们才倍加怜爱和赞颂。

在菅茶山歌咏花木诗中，吟咏梅花的35首，咏樱花仅3首。其余还有咏兰、竹、菊的，其中也不乏优美动人的篇章。

《兰》

独抱幽人操，闲依众草丛。
谁怜伍非类，一样偃秋风。

这首《兰》以拟人的手法写出了兰花的独特气质，同时也为兰花幽怨，在“众草丛”中无人问津垂怜。独自怀抱高尚的节操，在秋风中瑟瑟拂动，兰花的幽怨高洁跃然纸上，生动形象而又不落尘俗。

《咏新竹》

新干清堪爱，雨过粉始消。
感雷缠昨日，栖凤忽今朝。
月砌疏阴净，风帘嫩叶摇。
可知淇澳种，早晚拂云霄。

这首《咏新竹》写在前一日惊雷密雨之后，月色清净明亮，微风吹动竹叶。值得关注的是最后两句“可知淇澳种，早晚拂云霄”。“淇澳”二字语出儒家经典《诗经》，《淇奥》是《诗经·卫风》中的一首诗，赞美的是德才兼备、宽和幽默的君子，体现真正吸引人们的是君子的气质品格，表达令人信服、难以忘怀的情感。

《诗经·卫风·淇奥》

瞻彼淇奥，绿珠猗猗。
有匪君子，如切如磋，如琢如磨。
瑟兮僩兮，赫兮咺兮，
有匪君子，终不可谖兮！[①]

“淇澳”二字用来隐喻竹是君子，充分展示了竹子真正的美在于气质品格，有此等高洁之品的竹子，终归有一日会冲上云霄。诗

---

① 王秀梅译注：《诗经》，中华书局2006年版，第55页。

人借竹子的品质不同于其他花木，其本身就蕴含着高尚的道德和“如切如磋，如琢如磨”的气质，来赞美新竹在狂风暴雨之后，仍然能出世独立的姿态。同样是描写竹子，菅茶山善于引用经典来丰富诗歌的意境，于细节见功夫，可见他在热爱中国古典诗歌的同时，对中国古代经典著作也是烂熟于心的。

《十日菊》

酩酊酬佳节，醒来已曙光。
插头前日菊，犹在枕边香。

菅茶山是一位崇尚清丽诗风的诗人，咏物诗中也多是借描写自然的花木、动物来抒发自己的情感，毫无牵强附会之嫌，却是一片生机活泼之景。这首《十日菊》可谓是菅茶山清丽诗风的集中体现。前两句交代时间和事件，即在佳节之日，与朋友饮酒酩酊大醉，一觉醒来发现自己昨日与友人嬉戏插在头上的菊花，还在枕边散发着淡淡的幽香。虽然是平实朴素的描写，但在字里行间可以透出诗人对于菊花的喜爱之情。

菅茶山这种对于菊花的喜好，可以追溯到他喜爱的诗人身上。要知道，魏晋名士陶渊明是菅茶山最喜爱的诗人之一。

正如《饮酒》中“采菊东篱下，悠然见南山”的诗境一样，陶渊明的诗最突出的特点便是平淡自然与深厚醇美的统一。他的田园诗写的是平淡的田园风光和日常的农村生活，反映的是归隐后恬淡的心境与情趣。在表现方法上，这些诗歌多用白描手法，语言朴素自然，少见华丽。在田园诗平淡的描写中蕴含着陶渊明对生活和自然的热爱。

在对生活和自然的热爱这点上，菅茶山和陶渊明无疑是十分契合的。一个是在归隐之后，享受恬淡舒适的田园生活。一个是生性热爱自然，在日常生活中独具慧眼，能够发掘自然的真美。正是由于两位诗人理想的共通，才造就了师承陶潜、以清丽平淡诗风展现大自然之景的菅茶山。

《牡丹》

李喜桃坞已成尘，何处风光慰藉人。
独有牡丹尤解事，艳妆缓缓向残春。

牡丹成为名贵的观赏花卉，始于隋朝盛于唐朝。在唐代牡丹就已被推崇到“国花”的地位，以其国色天香赢得唐代人的喜爱。据不完全统计，仅《全唐诗》中就收录了五十多位作家的一百多首吟咏牡丹的诗歌。而吸收了唐诗精华的日本诗，其中也不乏歌咏牡丹的诗篇。菅茶山的这首《牡丹》便是日本诗人咏牡丹的代表作，诗中写道在桃花和李花纷纷开尽归去成尘的时节，牡丹毅然决然担当起慰藉人们的重任，以一抹“艳妆”雍容华贵之姿，“缓缓”优雅之态来点亮这一片“残春”之景。

《买盆海棠联句》

市桥灯火照春衣，（茶山）
素艳红娇锦作围。（拙斋）
何必章台买花去，（茶山）
瓦盆栽得睡妃归。（拙斋）

联句是古代作诗的方式之一，即由两人或多人共作一诗，联结成篇。唐代用联句作诗的最多，赵翼《瓯北诗话》："又如联句一种，韩、孟多用古体；惟香山与裴度、李绛、李绅、杨嗣复、刘禹锡、王起、张籍皆用五言排律，此亦创体。"①

这首《买盆海棠联句》是一首平淡的描写诗人们去买海棠的诗，随意的一句"瓦盆栽得睡妃归"，可谓是此诗的佳笔所在。把海棠拟作睡妃，而前句的"何必章台买花去"则侧面体现出海棠的优雅美丽，不用去"章台"特意寻访，而就能抱得"睡妃归"了。

这首简单惬意的联句诗，在继承了联句的诗格规范的同时，也把联句所体现出的清新自然、信手拈来的感觉表达得淋漓尽致，体现出了日本诗人在继承中国古典诗歌的同时，也有着自己独特的创造。

以上可以看出："四君子"梅、兰、竹、菊的题材是中日诗人们主要吟咏的对象，此外日本本土的樱花也逐渐受到菅茶山以及江户后期诗人们的重视，而其他的有如《芳野》、《雨中看莲》等也是菅茶山咏花木诗中的佳作。

---

① （清）赵翼：《瓯北诗话》，人民出版社 2005 年版，第 245 页。

二、菅茶山咏物诗之动物（以猫、萤火虫、蝶为例）

在菅茶山的笔下，众多花木活灵活现，仿佛大自然中的一切皆有性灵。然而，菅茶山咏物诗中最能体现大自然之美的是那些生机勃勃的花木，而最能体现大自然之真的，莫过于这些或狡黠可爱，或憨态轻盈的小动物们了。

《猫》

惠养日优游，宁同羊豕俦。
頫颜珠箔曲，砺爪锦茵头。
暗室眼光徹，明窗毛彩稠。
黠心能示怯，媚态或含羞。
驱鼠身何儇，驯人性似柔。
纷纷笑刀者，侧见自堪忧。

这首《猫》将小猫的种种特点和动态的美展现到读者的眼前。首先是小猫每日养尊处优四处游荡，有时甚至和猪羊一起玩耍。然后诗人带领读者去仔细地观察这只小猫，仿佛将小猫揽入怀中：可爱的小脸、尖利的爪子，即使是在黑暗中也明亮透彻的眸子，加之一身亮丽如彩绸的皮毛。一只活泼、可爱、伶俐的小猫，仿佛跳到了读者的眼前。接下来诗人又写到了这只小猫的性格：狡黠得可以在主人面前表现出自己的胆怯，憨厚可爱的样子好像是有些害羞，但是遇到了老鼠却能显示出自己的威力，在主人面前又回复那温柔驯服的模样。

这首诗将一只小猫写活，虽然“日优游”却是“驱鼠”勇士，小猫的双面性格借此显露了出来。诗人不仅能抓住小猫外形上的特征，更能用“透视”的眼光，在每日与小猫的相处之中，对小猫的性格进行贴切的描写。正是因为这些正面和侧面的描写相结合，才使得这首《猫》更加招人喜欢。

如前文所述，在菅茶山的咏物诗歌中，占最大比例的是35首咏梅诗，而紧跟其后的便是笔者接下来要分析的《萤》七首和《蝶》七首了。

《萤》之二

双影荧荧出队翔，爱看开阖近吾傍。
忽然入柳无踪迹，风约垂条复露光。

在《萤》七首中，这首《萤》之二最为著名，在《菅茶山·六如》和《菅茶山·赖山阳诗集》这两本选集中都有收录。

“双影荧荧出队翔”形象地描绘了两只离队的萤火虫，带着点点光亮随意飞舞，诗人置身于山谷之中，这些可爱的萤火虫仿佛注意到诗人的存在，因为诗人喜爱观看它们点点光亮闪烁的样子，特地来到诗人的身边。接着写到诗人正与萤火虫嬉戏之际，它们忽然飞入柳荫中躲藏起来，而那习习的夜风吹动柳条，隐隐约约透出了它们的光亮。

这首《萤》之二不仅单纯描写了萤火虫的动态，更写出了诗人与萤火虫的感情交流。诗人把萤火虫拟人化，它们仿佛是一群调皮的孩子，正在和诗人捉迷藏，而那习习的夜风更是点睛之笔，“风约垂条复露光”一句写出了夜晚凉风吹动柳枝，摇曳中露出了萤火虫光亮的情景。整首诗富有童趣，将小小的萤火虫写得轻盈可人，体现了诗人热爱大自然，希望同这美丽的大自然融为一体的思想感情。

《蝶》之七

冲风触花树，花落扑吟榻。
一片忽还枝，知它是蝴蝶。

诗中首句一个“触”字，写出了和煦的暖风轻轻吹动的景象，在这明媚舒适的春风中，点点花落铺满了诗人的床榻。突然诗人惊奇地发现有一片花瓣又回到了枝头，慢慢看去才知道那是一只美丽的蝴蝶。

整首诗妙趣横生，首先是一片广阔的景象：和煦的春风轻轻吹动绽放繁花的树木，使得片片花瓣飘零而下。然后是一个锁定的近景：一片花瓣飞回枝头，镜头跟进，发现这片以假乱真的“花瓣”竟是一只美丽的蝴蝶。诗人没有正面描写蝴蝶的身姿绰约、美艳动人，而是侧面写蝴蝶如真的花瓣一般，飘舞落下又飞跃而上，用“还”字写出了蝴蝶的身姿轻盈，后面尾句点出“知它是蝴蝶”也进一步写出了蝴蝶如花一般的美丽。

总的来说，菅茶山的咏物诗歌中，虽然歌咏花木的篇章较多，但是这些描写自然界中的小动物的诗篇也是十分精彩的。诗人将正面描写和侧面描写相结合，不仅刻画出了栩栩如生的各种动物形象，更写出了它们的气质和性格。诗人的观察功力可见一斑，而其丰富的想象力也无时无刻不渗透在描绘动物的诗篇之中。

三、菅茶山咏物诗常见艺术表现手法

1. 拟人

在菅茶山的咏物诗中，拟人这种表现手法屡见不鲜，它赋予植物和动物人的情感，使之生动可感，富于灵气。

《梅》之七

肌冰肤雪古时妆，影入窗棂月也香。
倒醉还非待君意，孤斟不敢过三觞。

这首《梅》之七，少有的不是直接描写梅花的美和香，而是将梅花比喻为一位亭亭玉立的少女，首句先写少女的肤若凝脂、淡妆可人，后面运用移觉的修辞手法写少女的影子映入窗棂，使夜月也散发出点点幽香。真正能够散发出香气的并不是少女的影子和月亮，而是梅花本身。在这里，诗人没有继续从正面描写开来，而是运用了侧面描写，用倩影映入窗棂给人的感受，即使得月亮也发出幽香，来烘托出少女的天生丽质。后面两句是承上文而来，写少女有些微醉，独自借酒消思念之苦而又不敢“过三觞”。整首诗没有一个“梅”字，而是用拟人的手法写出了梅花的美和香。仿佛梅花化身为一位身姿曼妙的少女，正孤盏少饮等待自己的心上人，散发出一种幽香宁静之气。

《孤雁》

一骇弦声失旧行，连宵抱影傍寒塘。
哀鸣但欲寻兄弟，孤宿何谋饱稻粱。
南亩西湾空片月，荻花枫叶有微霜。
枕衾秋冷江亭晓，我亦单身久异乡。

上一首《梅》是拟人手法在植物身上的体现，而在这首《孤雁》中菅茶山更是把拟人手法发挥得淋漓尽致。诗中写一只离群的孤雁独自在寒冷的池塘边声声鸣叫，想要寻找到自己的“兄弟”，但却一无所获。“荻花”和“枫叶”这两个意象都暗指秋天已经来临，在这晚秋时刻，孤雁在秋夜的“江亭”之上发出了“我亦单身久异乡”的感慨。离群孤雁的落寞孤寂之情和饱含风霜之泪，在这首七律之中尽显，此诗赋予了孤雁人之孤寂，同时也体现出诗人此刻的凄凉之感。

菅茶山就是利用这种拟人手法，不仅使笔下的植物和动物成为寄托思想感情的对象，同时赋予他们灵性，使这些形象在诗中活灵活现，也使得诗歌更加生动而有趣味。

2. 用典

诗歌中常常引用古书中现成的故事或词句，即用典。菅茶山的咏物诗歌中，用典抒情的诗句可谓屡见不鲜。作为日本诗人，菅茶山将中国古代的诗词和故事运用得如此挥洒自如，可见他的诗功之深。

《老马》

生前无一顾，身后尚千金。
萎软追风足，飞腾伏枥心。

这首《老马》化用了曹操的《龟虽寿》中“老骥伏枥，志在千里。烈士暮年，壮心不已”这首诗，诗中描写老马的生活态度亦是和《龟虽寿》所表达出的老当益壮、积极进取的人生态度有所契合。这不仅体现了菅茶山咏物诗歌中化用典故诗句的功力深厚，又体现出了中日诗人在深层的灵魂精神层面的不谋而合。在咏物诗歌中往往体现了诗人对于自己生平际遇的感慨，而老马这一意象，无疑寄托着仁人志士已近暮年，却心怀慷慨激昂之情。

《鲤鱼》

骤雨倾盆溢稻塍，此时鲫子亦能腾。
鲤鱼非是常鳞匹，莫怪龙门一攀登。

古代传说黄河鲤鱼只要跳过龙门，就会变化成龙。《埤雅·释鱼》载："俗说鱼跃龙门，过而为龙，唯鲤或然。"[①]清李元《蠕范·物体》云："鲤，黄者每岁季春逆流登龙门山，天火自后烧其尾，则化为龙。"[②]后以"鲤鱼跳龙门"比喻中举、升官等飞黄腾达之事。后来又用作比喻逆流前进，奋发向上。

这里诗人化用的是一个民间典故，这个典故也是许多唐诗宋词里面常用的语典"鲤鱼跃龙门"。诗中写在骤雨倾盆之时，水中的鱼儿也不安分起来，而鲤鱼并非是一般的鱼儿，它敢于在此时"攀登"龙门，此处表现出诗人寄托在鲤鱼这一动物意象上的不屈不挠、敢于迎接挑战的精神。

《子规啼》

春过江天哭杜鹃，声声偏近旅人船。
宿云影暗巴山月，晓树阴迷楚塞烟。

这首《子规啼》运用了唐诗宋词中的经典意象"子规"，诗中描写在春天刚过之时，杜鹃鸟声似啼哭一般地啼叫着，而这鸟儿的叫声貌似一声声逼近了客居他乡的旅人的泊船。此时天空有宿云遮月，拂晓时刻江边的树木仿佛罩上了一层似烟的迷雾。全诗意境安静宁谧，同时又散发出一种刻骨铭心的凄凉孤寂之感。诗中不仅运

---

① （宋）陆佃：《埤雅》，浙江大学出版社 2008 年版，第 126 页。
② （清）李元：《蠕范·物体》，商务印书馆 1927 年版，第 79 页。

用象征离别孤寂的“子规”，还运用了“巴山”和“楚塞”两处地名，虽然是化用成“巴山月”和“楚塞烟”，但是其中不难看出是化用了唐代诗人刘禹锡的《酬乐天扬州初逢席上见赠》这首诗中的“巴山楚水凄凉地，二十三年弃置身”一句。

“巴山楚水”在《酬乐天扬州初逢席上见赠》中的意思是：古时四川东部属于巴国，湖南北部和湖北等地属于楚国。刘禹锡曾被贬到这些地方做官，所以用巴山楚水指诗人被贬至之地。菅茶山化用在自己的诗中，表达的亦是在远离家乡的遥远之地的旅人思乡之情。

然而与菅茶山的《子规啼》一诗意境契合的还有一首著名的唐诗。

《枫桥夜泊》

月落乌啼霜满天，江枫渔火对愁眠。
姑苏城外寒山寺，夜半钟声到客船。

唐代诗人张继的这首《枫桥夜泊》可谓是唐代经典的羁旅诗。诗中的意境优美哀怨，特别是那“江枫”和“渔火”的点点呼应和那传到客船上的“夜半钟声”，无一不体现出诗人此时此刻客居他乡的落寞寂寥之感。

典故分为事典和语典，事典是借用历史故事来表达作者的思想感情，属于借古抒怀；语典是引用或化用前人诗句，目的在于加深诗词的意境，使人产生联想而寻诗意于言外。这两种用典方式，在菅茶山的诗歌中都有体现，如上文论述的《老马》、《鲤鱼》等。但是，在菅茶山这里，笔者还发现了一种堪称功力深厚的用典方式，即综合化用几首不同的诗中的诗境为典，潜移默化地吸收其他诗歌中的精髓，而在自己作诗之时释放出来，这首《子规啼》就是很好的例子。

仔细对比吟诵这两首诗歌不难发现，《子规啼》中的杜鹃“声声偏近旅人船”与《枫桥夜泊》中那寒山寺的“夜半钟声”有着惊人的契合，虽然不是同一种声音，但是却描摹出了同一种诗境。其次，“宿云影暗巴山月，晓树阴迷楚塞烟”一句，又和“月落乌啼霜满天，江枫渔火对愁眠”有着深层的共鸣，虽然诗中描绘的景物不同，但是用这种夜近深更，拂晓之前的迷蒙之态来烘托渲染出羁旅的凄凉孤寂之感却是不谋而合了。

3. 对比

《樱》之二

吾国樱桃别样春，姚黄魏紫尽称臣。
如何骄子甘升屈，应识花王自有真。

《樱》二首用对比衬托的手法，以姚黄魏紫的牡丹的雍容华贵之貌，衬托出樱花的出世之姿。“如何骄子甘升屈，应识花王自有真”一句更进一层指出，真正的花王非樱花莫属。

诗序中“如使唐山生此树，牡丹不敢僭花王”一句，暗指樱花美丽非常，假使大唐有这样的樱树，那么牡丹也不敢称这花中之王了。如前所述，这是菅茶山在江户时代后期所作的歌咏樱花的诗歌，这时虽然由大唐传入的梅花仍然地位稳固，但是出自日本本土的樱花也以其曼妙飘零吸引了不少诗人的目光。而且正是由于樱花为本土花卉，日本汉诗诗人们才倍加怜爱和赞颂。

4. 烘托

《雨中看莲》

莲沼微风雨洒初，花撩叶乱锦纷如。
钓童未省跳珠闹，漫道东西有戏鱼。

烘托本是中国国画的一种绘画技法，用水墨或色彩在物象的轮廓外面烘托，使物象的特点更加鲜明突出。这首《雨中看莲》就是这样的一幅水墨画。首先，重点描绘的应该是莲花之美，而在这首诗中，却浓墨重彩地描绘了雨景和戏鱼，这就是运用了烘托这一手法。首句写到微风卷着细雨，慢慢飘洒在荷塘之上，接着描写了雨打莲花，使花叶缭乱纷纷的样子。后面出场的是仍然昏睡的钓童和在荷塘中嬉戏的鱼。将戏鱼比作“跳珠”，一个“闹”字绘出了水墨画中的灵动之笔，使得这幅雨打莲花跳鱼图中有了无尽的生机。

从诗名中可以看出，诗人是“雨中看莲”，既然是欣赏莲花，为何却顾左右而言他呢？这就是这首诗的精彩之处，以着重描绘莲花池塘之景来烘托出亭亭玉立、出淤泥而不染的莲花之气，仿佛在一幅极其生动的雨打跳鱼的灵动之景中，一位宠辱不惊、幽然独立的出世美人。

5. 反复叠词

《梅林即事三绝》之二

一丛丛接一行行，花照归途夜亦光。
微雨未知吟袖湿，笠檐点点滴滴香。

菅茶山咏物诗中多用反复和叠词，这首《梅林即事三绝》之二是菅茶山运用反复叠词的代表作。诗中多次运用叠词，“一丛丛”、“一行行”、“点点”、“滴滴”这四个叠词的运用，不显累赘反添情趣，以“丛丛”、“行行”写梅林花团锦簇，仿佛有花在旁归家途中也平添几分光亮和色彩。在微雨中赏花漫步之时，居然忘却了衣袖已经淋湿，却能感受到顺着斗笠流下的那“点点”、“滴滴”的清香。此处运用通感的艺术手法，清香是不能滴下的，而这里诗人把梅花的清香物化，化为这融合着花香的细细春雨，流动之中散逸出迷人的幽香。

诗人通过反复叠词的表现手法，描绘出一幅充满生活情趣、生机盎然的梅林微雨漫步图。而正是由于这些叠词，读者才能够更加深刻地体验这幅图中的流动之美。

四、菅茶山咏物诗艺术特色

菅茶山的咏物诗中大多是描写日常生活中所见之物，大到满目的梅林，小到夜晚点点飞过的萤火虫，抑或是日常用来清洁的扫帚，都是他笔下的“诗材”。菅茶山的咏物诗中多见平实地咏物，即对事物本身形状、特质的描写，忠实于大自然中的“物”，例如描摹梅花，便写梅花之香、梅花之美，“肌冰肤雪古时妆，影入窗棂月也香”，仿佛一位冰雪美人于夜色中透出幽幽的香气；描写猫咪，便从猫咪的外形、毛色、性格展开为诗，“黠心能示怯，媚态或含羞”一句使得一只生动活泼的小猫跃然纸上；叙述风物，例如看见市集上叫卖家乡的蚕豆，也就写“京城也自卖村味，剥荚青珠盘里跳”，把那一粒粒蚕豆在盘里的姿态写得生动可人。

下面笔者就以占菅茶山咏物诗数量第一位的咏梅诗为例予以分析。

《丁谷寻梅》

树树香风逐步深，斗逢生境好荒寻。
从前愧我称梅癖，未识邻村有此林。

《梅花》七首之五

人道山村梅已飘，直冲泥路不辞遥。

奈何昨夜三更雨，漂去前溪独木桥。

这两首诗可以说是诗人不辞风雨寻访梅花所在的真实写照，体现了诗人的爱梅之心。第一首诗《丁谷寻梅》写诗人在浓郁的香气中寻找梅花，偶然间发现了一片崭新的梅林的喜悦之情。“从前愧我称梅癖，未识邻村有此林”一句写出诗人探寻到这片梅林的惊喜，并且说自己自称“梅癖”有愧，更加反衬出了诗人的爱梅成“癖”。在平淡无奇的日常生活中，诗人因喜爱梅花，于是到处寻找梅花的“踪迹”，全诗描写的是诗人寻梅的经过，而尾联更是把诗人爱梅成“癖”的心性展现得淋漓尽致。

第二首探梅诗是写诗人听到“山村梅已飘”的喜讯，怕误了时机想要马上赶去，但却偏逢夜间骤雨，独木桥漂走了，没能看到开得灿烂的梅花的遗憾之情，从而反衬出了诗人由于爱梅心切，故而求梅不得时的失望之情。与前一首相同，这首诗也没有华丽的章句，但是正是这直白的诗语，显现给读者的却是诗人那颗不加粉饰的纯真之心。

诗写人生，诗写自然，诗更写性灵，在菅茶山这里，平实朴素地诉说，可谓更有一番恬淡的滋味。

总的来说，在菅茶山的咏梅诗中，最常看见的是对于梅花本身的描绘和吟咏，还有许多诗人自己探梅、养梅的记录。比起以梅互赠和借以自喻的诗篇，诗人的爱梅主要体现在众多的描写梅花自身的“香”和“美”的诗篇中。同时这也从一个侧面体现出了日本诗人的特色，即注重自然本真的表现，向往人与自然的和谐融合，突出热爱大自然的感情。他们能细致入微地体会自然的美，用独特的诗歌手法来呈现，给读者以美的享受。

相比较而言，中国的诗人们咏梅大多是有所寄托的。虽然吟咏梅花自身的美丽的诗篇也传世不少，但是纵观中国诗人的咏梅诗歌，多是赋予梅花高洁的品质和坚贞不屈的精神，借以自喻。这也体现了中国诗人们托物言志的传统，从《诗经》的“赋、比、兴”以来，描绘景物中有所寄托、托物言志已成为咏物诗歌中的重要方面。尤其在掀起咏梅高潮的宋代，诗人们托物言志的风习也与当时独特的社会背景分不开。在这里笔者选取了梅花诗数量最多的爱梅诗人陆游来作为范例。

《城南王氏庄寻梅》

涸池积槁叶，茆屋围疏篱。
可怜庭中梅，开尽无人知。
寂寞终自香，孤贞见幽姿。
雪点满绿苔，零落尚尔奇。
我来不须晴，微雨正相宜。
临风两愁绝，日暮倚筇枝。[①]

陆游字务观，号放翁，南宋爱国诗人，著有《剑南诗稿》、《渭南文集》等存世。陆游一生钟情于梅花。他写了160多首咏梅诗，

① （南宋）陆游著，钱仲联校注：《剑南诗稿》，上海古籍出版社2005年版，第276页。

其中大多是托物言志的诗篇，是诗人高洁品格的写照。陆游诗风豪放且有强烈的爱国之情，在咏梅诗中这些都化为他对梅花的热爱和吟诵。《城南王氏庄寻梅》就是写梅花的遭遇借以自况，“可怜庭中梅，开尽无人知”，写出诗人虽有梅花的坚贞品质，却受到朝廷的权贵排挤，而“寂寞终自香，孤贞见幽姿”，抒发了诗人即将终老乡野而壮志未酬的感慨。

由此可见，作为日本本土的汉诗诗人，菅茶山不仅吸收了中国古代诗歌的艺术精髓，更是在自己的诗中，发挥出了日本诗人特有的注重自然本真描写的特性，同时也体现出诗人热爱大自然的情感，想要达到人与自然和谐融合的心境。这种心境展现到诗歌当中，便是于日常生活中体现出的诗性描写、诗性感悟。

正是由于菅茶山这种直写性情的诗风，读者才得以通过其诗歌来领悟诗人的思想感情和体会诗人心灵与外物相融合的境界。

《梅花》七首之四

自爱孤根抱暗香，宁随百卉竞时妆。
多年恶雨狂风里，独立寒云冷石傍。

《梅》之四

遥认鸡声穿竹来，数间茅屋一株梅。
定知高士眠方熟，日转西窗门未开。

这两首咏梅诗中，诗人更多地写到了梅花的精神品质，即不与百花争艳却在“恶雨狂风里”，在“寒云冷石”边绽放出自己的光彩。梅花的高洁不屈、独立出世在这首诗中有着突出的体现。而在《梅》组诗的第四首中，梅花意象直接与高士连接到了一起，以在茅屋间的“一株梅”来隐喻高士居住在其间，也就是间接点出了梅花与高士有着共同的特点——即清高雅致、坚贞独立的精神。

由此可见，诗人喜爱梅花，在爱其香、爱其美的同时，更加赞赏梅花的高尚品质，也正是由于诗人本身的性格与梅花本身的平静淡泊相契合，所以诗人对梅花便是一如友人的情感，菅茶山很自然地把这种情感倾泻到诗歌当中，给咏梅诗附上了真正的灵性。

《石》

已成吾貌丑，又作此心顽。
时被吏人问，何由栖碧山。

这首《石》看似是诗人在叙述丑石的遭遇，但实际上可以看作是诗人自况。诗中写石头虽然样貌丑陋，但是内心却十分坚定。有“吏人”经常过问，为何隐居在碧山？这首诗虽然没有给出明确的答案，但是隐喻诗中的丑石的隐士气节却令人不难推断出，丑石是选择出世之道，隐居在碧山的。丑石的“貌丑心顽”可以说是一种反衬的手法。丑石并没有因为世人的美丑评判标准而动摇，仍然坚持自己的想法，而热爱自然的天性使丑石栖息在碧山之中。

实际上诗人又何尝不是这样一块“心顽”出世之石呢？这首

《石》是诗人自身性格的真实写照。向往隐居、宁静淡泊的生活，诗中的“碧山”正是诗人向往之地。这首诗充分体现了诗人和外物，即丑石的精神相融合，“石即是我，我即是石”。

综上所述，诗人在这几首诗中描写的外物——梅花和丑石，看似在单纯写物，但是透过外物表达出的情感却是十分真切的诗人自己的情感。菅茶山的咏物诗，不同于中国古代诗人的“托物言志”，而是更深层次地达到了诗人的心灵与外物相融合的境界。

《蝶》七首之二

一花香几阵，已觉两边通。
一蝶自西至，一蝶来自东。

这首《蝶》七首之二，开篇是写一阵花香，引来两边的蝴蝶，接下来两句看似呆板和重复，但如此铺陈可以使全诗的节奏显得活泼、紧凑、极富动感。诗歌可以分为两个部分，上半部分写到花香恣肆，下半部分写到两只蝴蝶，蝶恋花来，蝴蝶翩翩从两个方向飘舞而至，使得诗歌极富动感。

这首简单明快的咏蝶诗，不禁让人想到中国古代汉乐府的民歌风格。下面是汉乐府的著名歌谣《江南》，从中不难看出这两首诗的异曲同工之妙。

《江南》

江南可采莲，莲叶何田田！
鱼戏莲叶间；鱼戏莲叶东，鱼戏莲叶西，
鱼戏莲叶南，鱼戏莲叶北。

王国维说："一切景语，皆情语也。"[①] 描写鱼儿的欢快嬉戏，正是为了衬托出采莲人心情愉快及丰收的喜悦之情。此诗虽然是写景之作，但是能够达到情景相生的境界，语言简洁朴素，尤其是下半部分的"鱼戏莲叶间；鱼戏莲叶东，鱼戏莲叶西，鱼戏莲叶南，鱼戏莲叶北"更是并列方向，但是丝毫不显拖沓，以平实朴素之语道出采莲人的欢快之情。

《蝶》七首之二也正是这样一首清纯明丽、宛如童谣的诗歌，运用平实朴素的语言，没有华丽的修饰点缀其间，更多的是来自菅茶山特有的对于自然万物的喜爱，向往大自然的真实体悟。将这些表达出来，显然不用繁复累赘的词句，轻描淡写如水墨一般展现在读者眼前的便是这样一幅花香引蝶翩飞图。

总的来说，菅茶山的咏物诗中既吸收了中国诗歌托物言志的精神，又有自己独特的创造。从菅茶山众多的咏物诗中可以看出他作为日本汉诗人的独特个性，即对于事物本身的姿态形象的描绘，注重自然本真的描写，同时也体现出诗人热爱大自然的情感，想要达到人与自然和谐融合的心境，这更能体现汉诗在日本的发展。

① 王国维著，徐调孚校注：《校注人间词话》，第 36 页。

第七章　菅茶山东游诗研究

菅茶山所在的福山藩主阿部正精（1774—1826）享和三年（1803）十月五日袭封福山藩第五代藩主，按照江户幕府的“参勤交代”制度（江户幕府的大名即各诸侯藩主的统治政策之一，原则上一年一轮换，命令各大名藩主在江户幕府所在地江户即现在的东京居住），于文化元年（1804）正月至十月上旬在江户府邸奉公。菅茶山的弟子，以《日本外史》（1827 年写成，1829 年刊行）和多才多艺而闻名于江户晚期的赖山阳（1780—1832）在《茶山先生行状》中写道：“文化元年甲子，公袭封。正月召之东。遂告暇游常州。命修福山地志。十一月扈驾归国。”[①] 这段话是说，文化元年（1804），阿部正精世袭福山藩主后，当年正月召菅茶山去江户。在江户期间，菅茶山抽空游览了常州即常陆国（今茨城县大部，又称“常州”）。在这期间他受阿部正精指示撰写《福山地志》。当年十一月随从阿部正精藩主离开江户，踏上返福山藩的旅途。

---

① 李均洋、赵敏俐、尹小林、〔日〕佐藤利行校点重排：《黄叶夕阳村舍文》（遗稿），中国国学出版社 2011 年版，第 158—159 页。

所谓“东游诗”，即菅茶山受藩主阿部正精之召，于1804年一月离开故乡，一月二十五日抵达今兵库写下汉诗《兵库道中》，十一月五日从江户回到故乡创作汉诗《入境》，在来去途中及在江户居住期间游览常州所创作的84首汉诗。

日本的菅茶山汉诗选注本里收录了一些东游诗，但关于东游诗的研究论文，在日本及我国还不曾见。

一、“楠子碑”意象的历史风土及政治学深意

《兵库道中》是菅茶山一行于旧历1804年1月21日离开故乡福山，于1月25日抵达现今的兵库县时所写：

晓雾帆樯露，残星岛树垂。
潮声含雨意，人语带春熙。
疏磬松王寺，荒田楠子碑。
旧都多逸事，或有老渔知。[①]

这首诗前四句描绘的景象是：朝雾中呈现出停泊船只的帆柱，天空中的残星沉入岛上的树木间。波涛的轰鸣声中仿佛含着雨气，人们的谈话声中包含着春天般的舒畅心情。

---

① 李均洋、〔日〕佐藤利行主编：《菅茶山汉诗研究·全编》，东京·白帝社2016年版，第633页。本章所引用的菅茶山东游诗，均出自此本，以下不再一一注明。

与前四句不同，后四句形似写景，但实际上却连续用了三个历史典故。

“疏磬松王寺”一句的诗境是，松王寺断断续续地响着钟声。松王寺也叫作筑岛寺，相传日本平安时代末期的武将相国平清盛（1118—1181）建造同中国宋朝的贸易据点“大轮田港口”（位于今神户市兵库区沿岸）人工岛时，风大浪急，工程难以进行，侍童松王小儿自愿甘当“人柱”，即作为牺牲沉入海里，以求神灵庇护工程顺利完成。松王寺就是为了祭奠松王小儿的菩提而建的隶属净土宗西山禅林寺派的寺院。

尽管松王寺的来历多少有些传说色彩，但其中的历史人物平清盛，却是同平安末期至日本第一个武士政权镰仓幕府（于 1192 年建立）期间的日本历史息息相关的关键人物之一。平清盛的家族源于桓武天皇的皇子一系，其母是受到白河上皇（1086—1128 年在位）宠幸的祇园女御（艺人），其父平忠盛（1096—1153）娶已有身孕的祇园女御为妻。天承二年（1132）三月，平忠盛以备前守（地方行政长官）的身份被崇德天皇赐予“内升殿”资格名誉，可以自由出入皇宫正殿“清凉殿”，这是除朝廷公卿以外，地方长官享受的最高特殊待遇。保元元年（1156）七月十日，受后白河天皇之命，平清盛等武士率骑兵深夜袭击了崇德上皇及左大臣藤原赖长（1120—1156）所在的白河御所，这就是揭开日本中世（一般指镰仓幕府成立至灭亡的 1192—1333 年）社会前夜战乱序幕的著名历史事件——“保元之乱”。再就是“平治之乱”，即平治元年（1159）十二月，平清盛等起兵袭击了前一年刚让位于二条天皇的后白河上皇的三条殿御所，清除了上皇身边的权力人物信西（其出家前名字为藤原通宪）等。永历元年（1160）六月，平清盛升为公卿，继之任“检非违使别当”一职，掌握了都城京都的军事和警察指挥权，仁安二年（1167）升任从一位太政大臣，位极人臣之首，左右政治体制。接下来是“治承之乱”，即治承四年（1180）二月，高仓天皇让位，3 岁的安德天皇（其母后是平清盛的女儿德子）继承皇位，后白河天皇的第三皇子、安德天皇的皇叔以仁王看到继承皇位无望，于是秘密联络诸国的源氏势力，企图起兵讨伐平氏（即平清盛势力），事情败露逃亡途中战死。

日本天台座主慈元（1155—1225）在其史论著作《愚管抄》中称“保元之乱”后的日本社会为“武者之世”，即武士主宰世道的社会。历史学家五味文彦对此论述道：“慈元写此书时，正是承久之乱[①]的前夜，慈元称作‘武者之世’的保元之乱至承久之乱的 60 余年间，还有1159 年的平治之乱和‘源平之战’[②]，实在是内乱的时代。约一百年后，又进入了南北朝[③]动乱，接着以‘应仁之乱’[④]为开端，日本进入了持续动乱的战国时代（1467—1573）。”[⑤]

“荒田楠子碑”一句的诗意是，荒野里竖立着楠木正成的墓碑。

---

① 1221 年后鸟羽上皇计划讨伐镰仓幕府而引发的战乱。——引者注

② 以源赖朝为代表的武士集团和以平清盛为代表的武士集团间的战争，以平清盛势力的灭亡和外孙安德天皇的投海自尽及源赖朝创立日本史上第一个武士政权镰仓幕府而告终。——引者注

③ 1333 年镰仓幕府灭亡后，以足利尊氏为代表的武士集团攻入京都拥立光明天皇，而出走吉野的后醍醐天皇组成吉野朝廷，形成吉野南朝与京都北朝两个天皇朝廷的对立，一直到 1392 年，史称“南北朝时代”。——引者注

④ 应仁元年至文明九年 ——1467—1477 年发生的室町幕府与守护大名之间、守护大名与守护大名之间的内讧战争。——引者注

⑤〔日〕五味文彦：《日本历史大系·镰仓和京都》，小学馆 1988 年版，第 19 页。

“楠子”是菅茶山对楠木正成的敬称；“楠子碑”是指水户藩（国）主德川光国（1628—1700）元禄五年（1692）八月为楠木正成墓所立的石碑，石碑正面是其亲笔题字——“呜呼忠臣楠子之墓”，背面是明末儒者，后亡命日本成为德川光国座上客的朱舜水（1600—1682）撰写的著名的赞颂楠木正成的《湊川碑文》。

楠木正成是何许人也？“楠子碑”意象的深意何在？

楠木正成（？—1336）是日本南北朝时代的武将，1331年在河内（今大阪府东部）赤坂城举兵参加后醍醐天皇讨伐镰仓幕府的军事行动而登上历史舞台。这次讨幕行动失败，后醍醐天皇被流放到隐岐岛。1333年6月，镰仓幕府倒台后一个月，后醍醐天皇返回京都，布告天下否认此前武家北条仲时拥立的光严天皇，重返天皇位，这就是史称的“建武新政”，楠木正成被任命为河内守。建武二年（1335）十一月，建武政权内部即皇室和武士集团的矛盾白热化，翌年一月十一日，足利尊氏率兵攻入京都，后醍醐天皇逃往比睿山，后逃往吉野建立南朝，同足利尊氏拥立的京都的光明天皇即北朝对峙。建武三年（1336）四月，楠木正成在湊川狙击足利尊氏军队的战斗中因势力悬殊兵败，同其弟楠木正季对刺自杀。

“旧都多逸事”的“旧都”是指迁都福原。治承四年（1180）平清盛奉安德天皇之诏，实际上是平清盛出于把都城从京都迁往平氏的根据地福原（今神户市兵库区）的目的而从京都迁到福原，因为遭到朝廷上下的反对，半年后又返回京都。①

① 日本著名的随笔文学、鸭长明的《方丈记》（1212年写成）中有一章名为“迁都福原”，其中议论道：“世间乱，凶象现。这话一点不假。日复一日，世态动摇，人心不安，民众的忧愁谁也不能否认。鉴于此，同年冬天，天皇又回到了平安京。”〔日〕鸭长明、吉田兼好著，李均洋译：《方丈记·徒然草》，法律出版社2012年版，第7—8页。

“楠子碑”是这首诗的诗眼。“楠子碑”是水户藩主德川光国于晚年为楠木正成所建。提到德川光国，人们自然把“水户学”和他主持编纂的《大日本史》历史巨著联系在一起。也可以说，“水户学”和《大日本史》是德川光国的代名词。德川光国的父亲德川赖房是江户幕府第一代将军德川家康的第十一子，是水户藩（国）首任藩主，德川光国为第二任藩主。《大日本史》的编纂始于1657年，一直持续到德川光国去世200年后的1906年才告完成。贯穿《大日本史》的思想纲领是“朱子学”的“大义名分论”，尤其是1665年，朱舜水被召为水户藩宾客，让其在彰考馆（《大日本史》编纂所）讲授朱子学，培养儒学者以后，更加强化了这一思想纲领。具体地说，《大日本史》以朱子学的“理”——仁义礼智信这“五常”来审视日本历史中的君臣父子的秩序关系，从而弘扬其中的节义和名分，这一历史观的具体体现，就是为大友皇子和后醍醐天皇的南朝正名。

大友皇子（约648—672）是天智天皇的长子，天智天皇671年12月在近江大津宫病死后，遗诏大友皇子继承皇位。翌年6月，天智天皇的胞弟大海人举兵进攻近江，经过一个月激战，攻下近江宫，还未正式登基的大友皇子自杀，获胜的大海人皇弟于673年2月在飞鸟净御原宫即天皇位，名天武天皇。720年成书的日本第一部正史《日本书纪》中只记载了天武天皇的即位却没有承认大友皇子的皇位。德川光国主持编纂的《大日本史》为大友皇子正名，追记为弘文天皇。再就是为以后醍醐天皇为肇始的南朝正名，宣扬南朝为南北朝时代的正统朝廷。

从中可以看出，菅茶山在这首汉诗中通过“松王寺”、“楠子碑”和“旧都”这三个历史典故，是要唤醒“或有老渔知”——当时的人们已淡忘的、不去正视平安朝末期以来战乱不已、武家政权一直持续至今、不去思考大义名分——的历史麻木意识。尽管“人语带春熙”一句像和歌的季语一样，传达出了春天和煦的气息，但整首诗却是沉重的“荒田楠子碑”的悲壮咏叹。诗人对历史人物的褒贬一目了然，即“水户学”的领袖人物德川光国所树碑立传加以颂扬的楠木正成，是“大义名分”的模板人物，而与此形成对比的却是在“保元之乱”等一连串的内乱中粉墨登场，甚至不顾朝野反对，挟年幼的安德天皇，发出迁都福原诏令的武士势力的代表人物之一平清盛。

菅茶山的这一历史人物是非观，实际上是用汉诗这一艺术形式唱和“水户学”的“大义名分论”，倡导尊王（尊重皇室）抑霸[①]。这一思想有着积极的历史进步意义，为后期“水户学”的“尊王攘夷”，把政权归还皇室而实行“明治维新”这一重大社会改革起到了思想理论奠基作用。

诗人菅茶山的这一“水户学”即“大义名分”拥护论的汉诗意象，在《常游杂诗十九首》中的《水户》和《舜水堂》中得以延伸和重唱：

《水户》

笙声数处市西东，百岁弦歌见旧风。
晚出城门寻胜概，仙坡湖上雨空濛。

① 抑制武家政权即自平安时代末期以来武士集团主宰社会、挟持皇室甚至建立武家政权与皇室分庭抗礼的武士势力。

《舜水堂》

延秋龙种散何之，绝海求援信可悲。
谁料孤棺葬殊域，数家茅屋护荒祠。

“常游杂诗”即菅茶山文化元年（1804）一月二十一日离开故乡福山藩来到江户，于当年五月从江户去常陆国（也称常州，今茨城县大部）旅行时所创作的汉诗。

《水户》一诗的大意是：街东街西笙歌可闻，这平和的生活中让人感到百年前光国公遗留下来的儒家传统风习。傍晚出了街市寻访胜景之地，站在仙坡湖畔，看到仙坡湖一片烟雨蒙蒙。“百岁弦歌见旧风”一句运用了《论语·阳货》中“子之武城，闻弦歌之声”[①]的典故，这一典故的核心是强调礼乐文化建设在治国安邦中的教化作用，同时强调“大义名分”。孔子来到鲁国小镇武城，听到讲习仪礼和雅乐的琴声和歌唱声，说道：“这么一个小镇，竟然如此排场地讲习仪礼和雅乐。”在武城任地方长官的他的学生子游答道：“以前先生教导我们说，君子（执政者）学习仪礼和雅乐，就会成为仁者而爱人，小人（老百姓）学习仪礼和雅乐，就会安分守己，为国效力。”孔子听后说：“诸君，偃（子游的名）说得对，刚才我说的是玩笑话。”[②]诗人菅茶山以此典故入诗，一方面深深地缅怀自己尊崇的“水户学”的领袖人物德川光国，同时《兵库道中》

① 〔日〕金谷治译注：《论语》，株式会社 1963 年版，第 237 页。
② 〔日〕金谷治译注：《论语》，岩波书店 1996 年版，第 237 页。

的“大义名分”拥护论的诗情在这里自然而然地歌唱了出来。

《舜水堂》一诗的大意是：明朝灭亡，天子的子孙朱舜水散落何方？他东渡大海来到日本求援光复大明，实在令人悲怜。谁能料想到他客死异国他乡，孤独地葬在远离祖国故乡的地方，只有数间茅屋守护着荒凉的祠堂。

如前文所述，朱舜水受德川光国之邀来水户藩（国），在编纂《大日本史》的彰考馆讲授朱子学，培养儒学者，逝世后德川光国下令为其修建了祠堂名“舜水堂”，供人祭祀。

值得注意的是《舜水堂》诗中“荒祠”这一诗语。我们说《兵库道中》的诗眼是“荒田楠子碑”一句，而《舜水堂》的诗眼则是“数家茅屋护荒祠”。也就是说，“荒田楠子碑”和“数家茅屋护荒祠”的诗歌意象所表达的情感是相通的：“水户学”领袖德川光国为楠木正成所建立的纪念碑树立在“荒野”中；为座上宾客、彰考馆导师朱舜水建立的“舜水堂”，在诗人眼里成了“荒祠”。诗人所要渲染的是“楠子碑”和“舜水堂”的荒凉寂寞，加上《水户》一诗中的“仙坡湖上雨空濛”的“空濛”诗语，这三首诗的情感意境融通了起来，即“荒野中的楠子碑”、“朦朦胧胧的胜概”——德川光国“水户学”的胜地和“荒祠”——舜水堂。诗人的情感是苦涩的，是不敞亮的，因为江户幕府所继承的“武者之世”的平安末期以来的社会风习依然延续着，武士政权即幕府将军政体依然存续着，这是有悖“水户学”所倡导的“大义名分”的，是与“尊王”（尊重皇室）背道而驰的。菅茶山的弟子赖山阳继承了这一思想，在1827年写成的《日本外史》中加以淋漓尽致地发挥，鼓舞了江户晚期至明治维新尊王改革志士的士气。

二、东游诗的艺术特色

汉诗终归是一门艺术，是靠诗化的艺术来打动读者的。以上所论述的三首东游诗，从创作的角度看，其诗品来源于“积蓄”和“深厚”之结晶。

菅茶山一行1804年1月21日从福山藩（国）出发，马不停蹄地向东北方向行走，第五天，即1月25日到达今兵库县，《兵库道中》的三个历史风土典故“松王寺”、“楠子碑”和“旧都”恰好都在兵库道沿线，诗人的诗兴大发，于是写下五天旅途中的第一首汉诗，也是后来诗人亲自编辑的《黄叶夕阳村舍诗》前编中84首东游诗的第一首。纵观84首东游诗，《兵库道中》、《常游杂诗》之《水户》和《舜水堂》这三首，可以说是历史风土题材中政治历史容量最大、最感人、最能使人产生诗意联想的三首杰作。

江户时代晚期的著名历史学家、思想家赖山阳在《茶山先生行状》中有这么几句话：“其说经，一循传注，不自立异教。”[①] 菅茶山饱读儒家经典，在教育弟子中又坚守“一循传注，不自立异教”的教育方针，可见是位传统的儒学者。其诗名被江户后期的朱子学者、江户幕府的最高教育长官林述斋评价为“诗当数茶山”[②]。正是

① 李均洋、赵敏俐、尹小林、〔日〕佐藤利行校点重排：《黄叶夕阳村舍文》（遗稿），第164页。

② 菅茶山关系书籍发行委员会编：《菅茶山的世界——从黄叶夕阳文库的观点》，文艺社2009年版，第15页。

基于菅茶山深厚的儒学修养和他江户后期数一数二大诗人的艺术修养，加上兵库道上所见的历史风土遗迹，诗人日常所思所忧一下子凝聚成诗情迸发了出来。

《兵库道中》等三首历史风土题材汉诗的诗意盎然之处，就是用妇孺皆知的历史典故和历史风土遗胜，给读者创造了广阔、丰富的联想空间，如“松王寺”、“舜水堂”等本身就是名胜古迹，而与松王寺有关的平清盛这一历史人物，则更是被写进《平家物语》（约成书于13世纪中叶）在世间广为流传；“楠子碑”的主人公楠木正成也被写进历史演义《太平记》（约成书于1370年前后）而家喻户晓。也就是说，对于与这三首诗同时代的日本读者而言，其中的历史典故既熟悉又富有现实启迪意义，也就是俞樾评价菅茶山汉诗所说的，有一种“忧时感事”的诗品，让读者合着诗中的意象，共同鸣“忧”，共同“感事”（感怀于时政）。用赖山阳的话说，其诗作“淡隽稳秀，不见艰苦之态”，“而风格高逸，有一唱三叹之意”。[①]

综上所述，菅茶山的东游诗，给我们展现了日本历史风土的画卷，让我们在汉诗的鉴赏中去追寻日本历史，去观察日本江户后期的社会变迁，去同诗人一起品评历史人物，去把握日本社会发展的真谛，从而为我们提供了一面认知日本江户后期历史文化的立体的、有深度的镜子。

---

① 李均洋、赵敏俐、尹小林、〔日〕佐藤利行校点重排：《黄叶夕阳村舍文》（遗稿），第165页。

第八章　菅茶山汉诗诗语研究

《黄叶夕阳村舍诗》前编卷五共计 129 首诗，写作于宽政十年（1798）至宽政十二年（1800）间。卷六共 79 首诗，写作于享和一年（1801）至享和三年（1803）间。也就是说，卷五和卷六收录的是菅茶山 51 岁到 56 岁期间写作的汉诗。《东瀛诗选》选入卷五诗 6 首，卷六诗 10 首；《茶山诗五百首》选入卷五诗 30 首，卷六诗 10 首，共选注了 40 首；《菅茶山・赖山阳诗集》选入卷五诗 10 首，卷六诗 6 首，共选注了 16 首；《菅茶山・六如》选入卷六诗 1 首。

本章采用词汇语源的统计方法和中日词汇语义的比较研究方法，围绕诗语进行个案性的研究。主要问题点有：中国汉诗文对菅茶山汉诗诗语的影响，菅茶山汉诗中诗语的独创性表现等。

一、中国汉诗文对菅茶山汉诗诗语的影响

1. “万树春”

“万树春”这一诗语出自《春雨》一诗：

欲访芳山万树春，首途捡历拣良辰。
奈何水郭连朝雨，打尽残红漾满津。[①]

诗的大意是：诗人打算去芳山观赏正在盛开的樱花，出发前看皇历选了一个好季节。然而，水乡连日朝雨，打落注定要散落的花朵，整个河岸边翻动着花波。[②]

这首诗中诗人着重描写了河边的樱花凋零的景象，似乎可以听到诗人内心一种对人世间美景易逝的感慨。

诗中“万树春”的原义是“树木茂盛，形容春暖花开”，在这里引申为“春天盛开的花卉”，这一诗语在唐诗中出现过：

《赠王山人》

许浑

贳酒携琴访我频，始知城市有闲人。
君臣药在宁忧病，子母钱成岂患贫。
年长每劳推甲子，夜寒初共守庚申。
近来闻说烧丹处，玉洞桃花万树春。[③]

---

① 作于宽政十年（1798）至十二年（1800）间，载〔日〕菅茶山：《黄叶夕阳村舍诗》前编卷五，皇都书林·汲古堂梓，文化九年（1812）镌，第 278 页。本章菅茶山汉诗均引自出版本。

② 〔日〕岛谷真三、北川勇编著：《茶山诗五百首——黄叶夕阳村舍诗抄解》，儿岛书店 1975 年版，第 214 页。

③ （清）彭定求等主编：《全唐诗》卷 535，第 6103 页。

这首唐诗中的“万树春”是借桃花盛开的一派春天景象来烘托出王山人医术高超，治好了很多人的疾病，可以说此处“万树春”的引申义为“医术高超”。

尽管“万树春”在《春雨》和《赠王山人》中的语义不同，但菅茶山诗中“万树春”这一诗语受到中国诗歌的影响是显而易见的。

2. “千山雨”、“列仙都”

“千山雨”和“列仙都”这两个诗语均出自《富士图》：

缥缈列仙都，玲珑群玉圃。
峰腰一片云，散作千山雨。[1]

在这个无限空间里高高耸立着的富士山中居住着许多仙人，这座如同玉一般晶莹剔透的山中还有着西王母所居住的群玉山上的花田。在半山腰上云雾缭绕，不一会儿云朵便化为万千雨水。[2]

富士山的那种迷蒙中的幻奇之美引发了诗人奇特的想象力，写出“缥缈列仙都，玲珑群玉圃”一句。紧接着用“散作千山雨”一句写出了富士山的瞬息万变。诗人将富士山的神圣、庄严和艳丽都表现得细致入微，栩栩如生，描绘出了一幅极其壮美的天然丹青。

---

① 作于享和元年（1801），时年作者 54 岁，载〔日〕菅茶山：《黄叶夕阳村舍诗》前编卷六，第 266 页。

② 〔日〕黑川洋一注：《江户诗人选集 ——菅茶山·六如》，第 56 页。

在这首诗中有两处诗语是直接借鉴了中国的古典诗词。其一是“列仙都”这一诗语。菅茶山诗中“列仙都”诗语的意思是“仙人们聚集的地方”。据笔者查考，最早出现这一诗语的应属梁简文帝的《江南思二首》。其诗曰：

江南有妙妓，时则应璿枢。
月晕芦灰缺，秋还悬炭枯。
含丹和九转，芳树荫千株。
何辞天后诮，终是列仙都。①

这首诗描写歌女的歌声十分美妙，让人有身临仙境的感觉。梁简文帝是宫体艳情诗的先驱，他的诗文总有些浮华之感②，这首诗也不例外。诗中“列仙都”这一诗语正是体现了这样一种感觉。菅茶山也使用了“列仙都”这一诗语，赋予了富士山虚无缥缈的特征，强调了富士山神奇的氛围。

其二是“千山雨”这一诗语。菅茶山此诗中“千山雨”的意思是“延绵群山上的云朵化为万千雨水”，这一诗语源出中国汉诗，如：

韦庄《南昌晚眺》诗曰：“霏霏阁上千山雨，嘒嘒云中万树蝉。”③

---

① （北宋）郭茂倩编：《乐府诗集》卷二十六，中华书局1998年版，第385页。

② 林大志：《再论萧纲的宫体诗》，《安徽教育学院学报》2002年第20卷第2期，第51页。

③ （清）彭定求等主编：《全唐诗》卷698，第8035页。

孙舣《菩萨蛮》诗曰："落日千山雨。一点著枝酸。"[①]

韦庄诗中"千山雨"形容细雨之密，运用的是其本意；孙舣诗中的"千山雨"虽然也使用了原意，形容雨点的细密，但同时形容夕阳的万丈光芒。菅茶山诗中的"千山雨"借鉴了以上两首诗中的原意，用在诗的结句以烘托富士山的仙境氛围。前三句实写画中的景色，最后一句是虚写，将画中没有的景象清晰地展现在读者面前，升华了全诗的神奇意境。

3. "侧枕听"

"侧枕听"这一诗语出自《西山翁小祥前一夕宿至乐居》一诗：

> 三十余年梦一醒，更惊永诀又周星。
> 风囱叶落空斋晓，忆昔同君侧枕听。[②]

诗的大意是：与君之诀别，使三十年充实愉悦的交情之梦顿时醒来，而跌入了悲境之中。想到马上就到了你的一周年忌日，我更是感到不可思议。清晨随风而落的枯叶落在已无人居住的书房窗户边上，可是再也不能与君并枕聆听这落叶声了。[③]

这首诗是菅茶山为悼念好友西山拙斋而作，诗人感叹人生如

---

① 唐圭璋编：《全宋词》卷151，中华书局1965年版，第1038页。

② 作于宽政十年（1798）至十二年（1800）间，载〔日〕菅茶山：《黄叶夕阳村舍诗》前编卷五，第239页。

③ 〔日〕岛谷真三、北川勇编著：《茶山诗五百首——黄叶夕阳村舍诗抄解》，第211页。

梦，曾经的一切已经成为遥远的旧梦，内心的悲苦之情溢于言表。诗的后两句情调悲凄，尤其是当诗人回忆起“侧枕听”的场景时，其内心的悲绪是难以言表的。

“侧枕听”的意思是“（与君）并枕聆听（落叶声）”，这一诗语在宋朝范成大《藻侄比课五言诗已有意趣老怀甚喜因吟病中十二首示之可率昆季赓和胜终日饱闲也》[①]诗中出现过：“霁月钻窗看，鸣禽侧枕听。”范成大的“侧枕听”是听“鸣禽声”，“鸣禽声”在中国汉诗中一般都出现在描写春天的诗句中，用来形容鸟叫声的婉转动听，范成大“侧枕”听见的就是这种美妙的声音。菅茶山的“侧枕听”是听“落叶声”，诗人从眼前“风卤叶落空斋晓”的景色，不禁触景生情，引起了他睹物思人的幽绪，怀念起了昔日与这位挚友一起彻夜长谈、聆听落叶声的场景。落叶本无声，但诗人用落叶声烘托出了一种寂静而悲伤的情调。菅茶山虽然仿学了范成大诗中“侧枕听”这一诗语，但并不是照搬诗语和诗意，而是赋予了其“悲情”这一新意。

4. “长复长”

“长复长”这一诗语出自《寄慰胜岛敬仲悼亡》一诗：

秋深虫语近空房，转觉残更长复长。
稚子悲啼衾褥冷，晓灯孤照合欢林。[②]

① （南宋）范成大：《范石湖集》，上海古籍出版社 1981 年版，第 338—339 页。

② 作于宽政十年（1798）至十二年（1800）间，载〔日〕菅茶山：《黄叶夕阳村舍诗》前编卷五，第 265 页。

诗的大意是：在这个更深夜阑的秋夜，秋虫的鸣叫声传入这个已无人居住的空房，让这漫漫长夜变得更让人辗转反侧，难以入眠。被褥非常冰凉，冻醒了孩子，传来了哭啼的声音，一盏微弱的灯照着这片黎明下的合欢林。

这首诗写得言浅而情深，词淡却味浓。首句交代了诗人无眠的客观原因：秋气萧瑟凄清，连秋虫也被冻得整夜哀号，这就更使诗人觉得这个秋天的夜晚是如此的“长复长”了。第三句的“冷”字又照应了首句的“秋深”一词，而“稚子”的“悲啼”声又为这个秋夜更添上了一层愁苦。最后一句是景物描写，“晓灯”烘染出了一种朦胧幽静的氛围，“合欢林”委婉含蓄地表达了诗人思念已故友人之情。

诗语“长复长”借鉴于中国汉诗《玉台新咏·秋夜》：“秋夜长复长，夜长乐未央。舞袖拂明烛，歌声绕凤梁。”[①]《秋夜》一诗中的“长复长”指的是“快乐无边无尽”，突出地表达了一种享受与期待秋夜漫长的情感。同样是用来描写秋夜漫漫，菅茶山诗中的“长复长”表达的却是诗人对孤独寂寞的忍受与煎熬之苦，与《玉台新咏·秋夜》中的意境相比，是反其意而用之。

5. “眉黛”、“足羞态”

“眉黛”、“足羞态”这两个诗语均出自《春山》一诗：

① （南朝·陈）徐陵编，（清）吴兆宜注，（清）程琰删补，穆克宏点校：《玉台新咏笺注》卷十，中华书局1999年版，第487页。

雨时烟雾霁时尘，眉黛模糊妆未匀。
至竟春山足羞态，不将淡扫面游人。[1]

诗的大意是：下雨时，烟雾弥漫，晴天时，彩霞缭绕，这春天的山就如同还没化好妆的美人一般。这春山如此害羞，总是不肯以淡妆见来访的游客。[2]

这首是诗人访春山时所写的七绝纪行诗，诗人借用春天烟雨雾气的特点从远观的角度描写了春天山峦的景色，并用了细腻的笔触把在春雾笼罩之下的山峦比作美丽的女子，既栩栩如生又诗意浓郁，令人回味不已。

诗中“眉黛”这一诗语，原意为古代女子用黛画眉，眉黛即眉毛。中国汉诗中多用来比喻远处的山脉，指山为人修饰打扮，山多情多义。如罗隐《江南行》中“江烟湿雨蛟绡软，漠漠小山眉黛浅”，[3]卢绛《梦白衣妇人歌词》中“眉黛小山攒，芭蕉生暮寒”[4]等等。

罗隐诗中的“眉黛”这一诗语使用比喻的手法来形容雨中小山的景色，卢绛诗中的“眉黛”这一诗语描写的是秋日暮气下的山景。菅茶山诗中正是用这一诗语来比喻远处的山脉，把山拟人化，

---

① 作于宽政十年（1798）至十二年（1800）间，载〔日〕菅茶山：《黄叶夕阳村舍诗》前编卷五，第 279 页。

② 〔日〕岛谷真三、北川勇编著：《茶山诗五百首——黄叶夕阳村舍诗抄解》，第 216 页。

③ （清）彭定求等主编：《全唐诗》卷 665，第 7611 页。

④ （清）彭定求等主编：《全唐诗》卷 868，第 9834 页。

写出了山的多情，使山也富有了情意。这一表现手法把静止的山峦比拟得生动多情，开拓了诗的意境。

“足羞态”这一诗语在菅茶山诗中的意思是难为情，怕羞。唐代韩愈《师说》中有“位卑则足羞，官盛则近谀”[①]的句子。汉诗中也多次出现这一诗语，如李觏《读史》中有“仁义谓足羞，货殖比君王”[②]，元好问《赠答刘御史云卿四首》中“真是未可必，自私有足羞”[③]，等等。

以上三首诗文中“足羞”的“羞”都是“羞耻”的意思，而菅茶山这首诗中的“足羞态”的“羞”则是“害羞，难为情”的意思。也就是说菅茶山借鉴了中国汉诗中的“足羞”诗语，但却赋予其“害羞”这一新意。

6. “伏枥心”

“伏枥心”这一诗语出自《老马》一诗：

生前无一顾，身后尚千金。
萎软追风足，飞腾伏枥心。[④]

---

① （唐）韩愈著，马其昶校点：《韩昌黎文集校注》第一卷，上海古籍出版社 1986 年版，第 43 页。

② 北京大学古文献研究所主编：《全宋诗》卷 348，北京大学出版社 1999 年版，第 4303 页。

③ （金）元好问：《元好问全集》第一卷，山西人民出版社 1990 年版，第 15 页。

④ 作于宽政十年（1798）至十二年（1800）间，载〔日〕菅茶山：《黄叶夕阳村舍诗》前编卷五，第 290 页。

这首诗的大意是：老马生前没有人注意到，死了以后还可以值很高的价钱。跑得飞快的腿如今已经年迈无力，但还有一颗想要飞腾的伏枥之心。

“伏枥心”是指年老而有壮志。它源自曹操《步出夏门行·龟虽寿》[①]中的“老骥伏枥，志在千里”诗句中的“伏枥”这一诗语。

有很多汉诗人借用曹操诗中的“伏枥”这一诗语，将其慢慢地演化成“伏枥心”这一诗语。如刘时中《代马诉冤》诗曰：“世无伯乐怨他谁？干送了挽盐车骐骥。空怀伏枥心，徒负化龙威。”[②]

刘时中的“伏枥心”表达了诗人心怀壮志的情感，却苦于英雄无用武之地，实际上也是源自曹操诗中“伏枥”这一诗语的原意。

菅茶山诗中的“伏枥心”这个诗语，是对汉诗中相同诗语的借鉴，其意义与曹操诗中的“伏枥”相通，表达了诗人想要做一番事业的强烈欲望。虽然已是“萎软追风足”，但内心却还有“老骥伏枥，志在千里”的壮志。这是一种积极入世、争求进取的人生态度，其中暗藏了一种儒家有为于天下的思想。

7. “天道”

“天道”这一诗语出自《画虎》一诗：

麋鹿不加少，豺狼不加多。

---

① （三国·魏）曹操：《曹操集》，中华书局1974年版，第21页。

② 隋树森编：《全元散曲》，中华书局1964年版，第680页。

弱肉供强食，得丧竟如何。
乘除有天道，山君莫骄夸。[1]

这首诗的大意是：麋鹿不会变得更少，豺狼也不会变得更多。永远都是弱者被强者吞噬，这是循环往复的过程，所以老虎你也没有什么可以夸口和骄傲的。

“天道”一词源自《老子》第25章：“人法地，地法天，天法道，道法自然。”[2]道家主张顺其自然，无为无适，自然而然。在本体层面上，“自然”是指“道”。何晏曾对此明确解释道：“夏侯玄曰：‘天地以自然运，圣人以自然用。’自然者，道也。”（何晏：《无名论》）“道”有普遍规律的意义，具有客观性。因此，自然也就具有了客观规律的含义。[3]

菅茶山诗中的“天道”这一诗语也正是基于这一思想。“天道”这一诗语在应用中有多重含义：指“神意”；指决定人间吉凶的天象；指天象运行的规律；指必然之理，类似于“天命”。[4]

菅茶山诗中的“天道”应理解为第三种意思，意思是自然界弱肉强食，一切生命都有其存在和发展的规律，逆自然规律而行是永远行不通的。这首诗表面写虎，却借用了道家的“天道”思想诗意地表述了一个深刻的哲学理念。

---

① 作于宽政十年（1798）至十二年（1800）间，载〔日〕菅茶山：《黄叶夕阳村舍诗》前编卷五，第269页。

② 〔日〕福永光司注：《老子》（上），朝日文库1978年版，第185页。

③ 陈天林：《严复进化论与老庄天道自然观》，《江西社会科学》2002年第5期。

④ 冯禹：《“天道”考释》，《管子学刊》（齐文化研究院出版）1990年第4期。

二、诗语错位与摹造

1.“碧弯环”

“碧弯环”这一诗语出自《书所见限韵》（一）：

野塘风定碧弯环，路绕悬崖乱石间。
一幅冰绡平似熨，丹青倒浸郭熙山。[①]

诗的大意是：风停了下来，池塘一角碧绿的池水清澈见底。陡峭的悬崖和乱石间夹着一条蜿蜒的山路，水面如同被熨过的画绢一般连一个褶子也没有。倒映在水面中的树木和美丽的青山如同郭熙的山水画一般美丽。[②]

诗中“碧弯环”的意思是指“池塘一角碧绿的池水”。中国诗歌中“弯环”这一诗语多次出现，例如：

李贺《杂曲歌辞·十二月乐辞·十月》：“珠帷怨卧不成眠，金凤刺衣著体寒，长眉对月斗弯环。”[③]

李益《过马嵬山》：“南内宫人悲帐殿，东溟方士问蓬莱。唯馀

---

① 作于宽政十年（1798）至十二年（1800）间，载〔日〕菅茶山：《黄叶夕阳村舍诗》前编卷五，第 247 页。

② 〔日〕岛谷真三、北川勇编著：《茶山诗五百首——黄叶夕阳村舍诗抄解》，第 202 页。

③ （清）彭定求等主编：《全唐诗》卷 28，第 395 页。

坡上弯环月，时送残蛾入帝台。”①

李绅《灵蛇见少林寺》：“琐文结绶灵蛇降，蠖屈螭盘顾视闲。鳞甃翠光抽璀璨，腹连金彩动弯环。”②

王令《寄孙莘老》：“溪流渺弯环，山势屹抱临。”③

其中李贺与李益诗中的“弯环”都是形容月亮，这是这一诗语应用最广泛的含义。除此之外这一诗语也被引申为其他语义，如李绅诗中的“弯环”将蛇运动时身上花纹的变化表达得淋漓尽致。再如王令诗中的“弯环”是形容溪流，写出了溪流的蜿蜒多姿。

《全宋词》中有“弯环碧”这一诗语：

《采桑子》

谢逸

冰霜林里争先发，独压群花。
风送清笳。更引轻烟淡淡遮。
抱墙溪水弯环碧，月色清华。
疏影横斜。恰似林逋处士④家。⑤

---

① （清）彭定求等主编：《全唐诗》卷519，第5934页。

② （清）彭定求等主编：《全唐诗》卷482，第5489页。

③ 北京大学古文献研究所主编：《全宋诗》卷698，第8122页。

④ 林逋（967—1028），北宋初著名处士、诗人，字君复，钱塘（今浙江省杭州市）人，隐居于西湖孤山，种梅养鹤，终身不仕，也不婚娶，人们称其为“梅妻鹤子”，卒谥“和靖先生”。其诗风格淡远，格调清新，内容大都反映他的隐逸生活和闲适心情，有很多名句为后世传诵。有《林和靖诗集》传世。

⑤ 唐圭璋编：《全宋词》（第二册），中华书局1965年版，第644页。

这首诗的大意是：覆盖着冰雪的树林冰柱林立，冰霜积压着花木。微风传送着优美的胡笳声，也吹来阵阵轻烟，隐隐地遮掩着这一派冬日美景。墙外碧绿的溪水蜿蜒流淌，月光显得清澈而又明亮，疏朗的影子横斜在水面上，这景色就如同林逋处士的家院一般。这首诗描绘了一幅冬日的美丽画卷，将诗人的情感寄寓在所描绘的景物当中，所谓有景无情而情自在景中，表达了作者对隐士生活的向往、喜爱以及对世俗、官场生活的批判。诗中的“弯环碧”用来形容溪水蜿蜒的形态，表现了溪水的色彩和动态等多方面。菅茶山受这一诗语影响，在形式上将其错位，在意义上也有所改变，用“碧弯环”来形容池塘，使这一诗语既与谢逸《采桑子》中的“弯环碧”有异曲同工之处，又成为前人没有尝试过的具有菅茶山个人风格的比喻方式。

2. “绿抽空”

“绿抽空”这一诗语出自《画竹》一诗：

晚笋攒生几稚龙，春篁早已绿抽空。
四明狂客归家日，惊杀儿孙别作从。[①]

诗的大意是：晚笋长得郁郁葱葱，长得快的笋已经变成竹子，

---

① 作于宽政十年（1798）至十二年（1800）间，载〔日〕菅茶山：《黄叶夕阳村舍诗》前编卷五，第249页。

长长地伸向天空之中。四明狂客（贺知章的号）辞官回家的时候，惊讶地发现家中原有的竹子已经繁衍出又一片竹林。[①]

“绿抽空”这一诗语的意思是“笋在春光里已变成了中空的竹子”。这一诗语同李贺《竹》一诗中的“抽空绿影春”有渊源：

《竹》

李贺

入水文光动，抽空绿影春。
露华生笋径，苔色拂霜根。
织可承香汗，裁堪钓锦鳞。
三梁曾入用，一节奉王孙。[②]

这首诗的大意是：竹子倒映在波光粼粼的水面上，空竹的绿色倒影给水面增添一分春色。竹笋上点缀着滴滴露珠，青苔的痕迹布满了湿润的竹根。竹可以用来编织席子供人们使用，也可以制作成鱼竿，让渔人们来钓大鱼。竹子也曾被用来制作进贤冠，为王侯将相所用。

菅茶山把李贺诗中的“抽空绿影春”中的“抽空绿”诗语加以错位，改成了“绿抽空”这一新诗语。李贺《竹》诗中的“抽空绿影春”是指“竹子倒映在波光粼粼的水面上，空竹的绿色倒影给水

① 〔日〕岛谷真三、北川勇编著：《茶山诗五百首——黄叶夕阳村舍诗抄解》，第202页。

② （清）彭定求等主编：《全唐诗》卷390，第4393页。

面增添一分春色”，诗中的“抽空”是形容“空心的竹子”。

李贺用“抽空绿影春”来形容竹子的美丽与生机，菅茶山同样用“绿抽空”这一诗语形容竹子，但所表达的诗意则截然不同。李贺以竹的靓影比喻自己的才学，进而引申到为公侯王孙所用，从中透漏出李贺急欲有用于世的心愿。与此相反，菅茶山喜好竹的幽深清雅，并以此来借喻自己对田园幽静生活的喜爱。

需要指出的是，日本选注本《茶山诗五百首》中将“春篁早已绿抽空”抄解为“新篁已见擢晴空”，不难发现“绿抽空”变成了“擢晴空”，而注释本对此句诗的解释是“一天一个样的竹林里的竹笋，已成为竹子，奋力向天空伸长”①。这不能不说是选注者没有理解菅茶山诗中“绿抽空”这一诗语是由李贺的“抽空绿影春”中的“抽空绿”错位而成，而将其改成“擢晴空”了，其诗意就完全不同了。

3. “人境远”

“人境远”这一诗语出自《书所见限韵》（二）一诗：

夜深乘醉入林行，衣袂飘飘步屧轻。
路转忽知人境远，天风吹落万松声。②

诗的大意是：深夜趁着醉意进入丛林中，微风轻拂着衣袖，脚

① 作于宽政十年（1798）至十二年（1800）间，载〔日〕菅茶山：《黄叶夕阳村舍诗》前编卷五，第249页。

② 作于宽政十年（1798）至十二年（1800）间，载〔日〕菅茶山：《黄叶夕阳村舍诗》前编卷五，第247页。

下步履轻盈。道路蜿蜒曲折，突然发现自己已来到了远离人烟的地方。风吹松树林的声音如同天籁之音一般。

这首诗诗人写得飘逸洒脱，表现了一种想远离尘嚣的精神境界。时至深夜，万籁俱静，发现自己已远离尘世，远处传来风吹松林的声音，这个夜晚如此宁静而又悠远。

在清代之前，中国诗歌中没有“人境远”这一诗语，但有“人境外”、“人境近”、“人境寂”等诗语，如：

祖咏《苏氏别业》：“寥寥人境外，闲坐听春禽。”[①]

范成大《蛇倒退》：“心知人境近，颦末百忧散。”[②]

朱希晦《客邸中秋对月》：“烟霏灭尽人境寂，仰看明月悬中天。”[③]

范成大的诗句的意思是说，心中知道距有人烟的地方近了，于是眉宇展开，觉得没有了任何的忧虑。此句中“人境近”的意思是接近有人烟的地方。菅茶山诗中的“人境”也是这一意思，但菅茶山反范成大“人境近”其意而用之，把“近”改为“远”，表达了完全相反的诗语意境。

4. “岳岳谈经”

“岳岳谈经”这一诗语出自《画鹿》一诗：

---

① （清）彭定求等主编：《全唐诗》卷131，第1333页。

② （南宋）范成大：《范石湖集》卷十五，上海古籍出版社1981年版，第207页。

③ （清）张景星、姚培谦、王永祺编选：《元诗别裁集》卷三，中华书局1975年版，第48页。

野心高貌是谁俦，涧月岩烟好共游。
岳岳谈经非我事，不如从汝老林邱。[①]

这首诗的大意是：野心很大的人与谁作伴呢，我只与山谷中的月亮和岩石中的轻烟为伴。再多的学问也与我不相干，还不如跟你一起去过隐居的生活。

诗题中的“鹿”其实暗指西汉经学家五鹿充宗。“岳岳”，意指五鹿的学问如高山一样巍峨。诗中的“岳岳谈经”源出《先秦汉魏晋南北朝诗·诸儒为朱云语》中“五鹿岳岳，朱云折其角”一句，全文如下：

《汉书》曰：少府五鹿充宗贵幸。为梁丘易。元帝好之。欲考其异同。令与诸易家论。充宗辨口。诸儒莫能抗。有荐朱云者。召入摄齐登堂。抗首而请。音动左右。故诸儒为之语曰：五鹿岳岳，朱云折其角。[②]

这则典故是说西汉经学家五鹿充宗依仗自己少府的官职和势力同诸儒辩论易经，只有非常精通易经的朱云不惧其势，在辩论中连连击中五鹿的要害，所以诸儒称之为“五鹿岳岳，朱云折其角”。

菅茶山借鉴了这一典故并加以改造，使之成为“岳岳谈经”这

① 作于享和一年（1801）至享和三年（1803）间，载〔日〕菅茶山：《黄叶夕阳村舍诗》前编卷六，第300页。

② 逯钦立辑校：《先秦汉魏晋南北朝诗·汉诗》卷三，中华书局1988年版，第136页。

一诗语。“非我事”这一诗语实际上是对这一典故的全面否定。“老林邱”是“隐居”的意思。整合这两句诗的含义，诗人是要表明自己与其“岳岳谈经”，不如“从汝老林邱”，与其争论是非名利，不如不问世事隐居山林。清净无为，远离尘世才是诗人所向往的。

5. “尚千金”

“尚千金”这一诗语出自《老马》一诗：

生前无一顾，身后尚千金。
萎软追风足，飞腾伏枥心。①

“尚千金”在这首诗中的意思是“仍然值千金”。在这一诗语中隐含了《战国策・燕策一》中“千金买骨”这一典故：

（前略）

昭王曰：“寡人将谁朝而可？”郭隗先生曰：“臣闻古之君人有以千金求千里马者，三年不能得。涓人言于君曰：‘请求之。’君遣之，三月，得千里马，马已死，买其首五百金，反以报君。君大怒曰：‘所求者生马，安事死马而捐五百金？’涓人对曰：‘死马且买之五百金，况生马乎？天下必以王为能市马，马今至矣！’于是不能期年，千里之马至者三。今王诚欲致士，

① 作于宽政十年（1798）至十二年（1800）间，载〔日〕菅茶山：《黄叶夕阳村舍诗》前编卷五，第290页。

先从隗始。隗且见事，况贤于隗者乎？岂远千里哉！”[①]

说的是古代一位侍臣为君王买千里马，却只买了死马的骨头回来，君王大怒，侍臣解释说，如果大家看见君王连千里马的骨头都肯用重金买回来，就会自然而然把千里马送上门来。后来果真如侍臣所言，不到一年就有几匹千里马被呈送上来。

中国的诗歌文中有许多用“千金”形容马的诗句，如：

陈凝《马》：“未明龙骨骏，幸得到神州。自有千金价，宁忘伯乐酬。”[②]

李白《襄阳歌》：“千金骏马换小妾，笑坐雕鞍歌落梅。”[③]

在这些诗中，除了直接运用“千金”一词之外，还有与其他字词相组合构成新诗语的情况，如《奚官牧马图》中的“空千金”。

“空千金”与“尚千金”这两个诗语只有一字之差，却都是对马骨值千金的感叹，只是反映出两个诗人不同的感情色彩。一个“空”字反映出诗人对死马都可以值千金的消极理解，而菅茶山对这一诗语进行摹造，使用一个“尚”字，突出地表现了千里马的不菲价值。

“尚千金”在这首诗中用作对老马价值的一种体现，实际上也是表达年老体弱的千里马仍然壮志未泯，暗含了一种积极向上的思想感情。

① （西汉）刘向集录：《战国策·燕策一》卷二十九，上海古籍出版社1985年版，第1065页。

② （清）彭定求等主编：《全唐诗》卷776，第8792页。

③ （清）彭定求等主编：《全唐诗》卷166，第1715页。

三、菅茶山汉诗中诗语的独创性表现

1. 同形异义

菅茶山往往借用中国汉诗中的熟词，并赋旧词以新意。如《卖花声》① 一诗：

遥听余韵散晴空，渐近狂香迸午风。
数檐（担）春光价多少，一声声入软尘红。

这首诗的意思是：远处传来的卖花声的余音回响在晴空下。随着卖花声的临近，一阵强烈的芳香也随着午风扑鼻而来。这数担的鲜花是如此的美丽，售价多少呢？卖花声渐渐变小，传入花柳巷中。②

“春光”这一诗语在中国诗歌中的意思大致有以下几种：(1) 春天的风光、景致。如吴孜《春闺怨》：“春光太无意，窥窗来见参。”③ 刘禹锡《杨柳枝》：“迎得春光先到来，浅黄轻绿映楼台。”④ 郎士元《春宴张舍人宅》：“地与东城接，春光醉目前。”⑤ 王之涣《凉

① 作于享和一年（1801）至享和三年（1803）间，《黄叶夕阳村舍诗》前编卷六，第 313 页。

② 〔日〕岛谷真三、北川勇编著：《茶山诗五百首——黄叶夕阳村舍诗抄解》，第 224 页。

③ （南朝·陈）徐陵编，（清）吴兆宜注，（清）程琰删补，穆克宏点校：《玉台新咏笺注》卷八，中华书局 1999 年版，第 358 页。

④ （清）彭定求等主编：《全唐诗》卷 28，第 397 页。

⑤ （清）彭定求等主编：《全唐诗》卷 248，第 2787 页。

州词二首》：“羌笛何须怨杨柳，春光不度玉门关。”[①]（2）“春光”指岁月，青春。如鲍溶《秋思》：“燕国有佳丽，蛾眉富春光。”[②]

在这首诗中，菅茶山基于“春光”的第一种意思引出鲜花这一语义，实际上是基于第一种词意的发散性创造。

同样是写卖花，来鹄《卖花谣》曰：“紫艳红苞价不同，匝街罗列起香风。无言无语呈颜色，知落谁家池馆中。”[③]蒋捷《卖花人》曰：“担子挑春虽小。白白红红都好。卖过巷东家。巷西家。”[④]

这两首诗中分别用了“紫艳红苞”和“白白红红”来形容花朵，同样是代指，一个以形态为主，一个以颜色为主，各有特色。

菅茶山用“春光”这一诗语来比喻鲜艳的花朵，同时来衬托春天美丽的景色。并且菅茶山使用“春光”这一诗语隐指“软尘红”，即花柳巷，“价多少”的设问写出了花柳巷的悲哀，寄寓着诗人对花柳巷女子的深切同情。“春光”诗语的这一意境是中国诗歌中所没有的。

再看菅茶山汉诗中“红事”这一诗语的创新。

《春夜》

微风淡月弄芳妍，正是千金一刻天。

---

① （清）彭定求等主编：《全唐诗》卷253，第2849页。

② （清）彭定求等主编：《全唐诗》卷23，第298页。

③ （清）彭定求等主编：《全唐诗》卷642，第7360页。

④ （宋）蒋捷撰，杨景龙校注：《蒋捷词校注》卷二，中华书局2010年版，第203页。

直置春来愁夜短，奔忙红事动疲眠。[1]

这首诗的意思是：春夜，娇艳的花儿在徐徐微风和朦胧月色的映衬下显得格外美丽。正如古人所说的“春宵一刻值千金”。愁的是入春以来，夜晚变得越来越短。由于经常奔波于赏花，累得人总想睡觉。[2]

这首诗的前两句描写了一幅花前月下的春夜美景，其中“千金一刻天”显然是袭用宋代苏轼《春夜》中“春宵一刻值千金，花有清香月有阴”[3]的诗意，感叹春光易逝。

值得注意的是菅茶山《春夜》中“红事”这一诗语。汉语中有“红白喜事”的说法，“红”即喜事，但并没有赏花的意思，而菅茶山汉诗中的“红事”是指赏樱花。中国诗歌中有许多以“红”字指代“红花”的诗语，如唐代杜甫《春夜喜雨》中的“晓看红湿处，花重锦官城”[4]又如戴叔伦《送人游岭南》中“红芳绿笋是行路，纵有啼猿听却幽”[5]等等，菅茶山《春夜》中“红事”诗语的“赏花”之意，有可能是受此启发而创造的。

---

① 作于宽政戊午年（1798）至庚申年（1800）间，《黄叶夕阳村舍诗》前编卷五，皇都书林·汲古堂，文化壬申年（1812）刻本，第278页。

② 〔日〕岛谷真三、北川勇编著：《茶山诗五百首——黄叶夕阳村舍诗抄解》，第215页。

③ （北宋）苏轼撰，（清）王文诰辑注，孔凡礼点校：《苏轼诗集》，中华书局1982年版，第2592页。

④ （清）彭定求等主编：《全唐诗》卷226，第2439页。

⑤ （清）彭定求等主编：《全唐诗》卷274，第3109页。

2. 自铸词形

《题画》

狂风瞋雨暗前滩，不那高帆卸得难。
犹幸寒宵晴霁早，隔林有寺鼓声干。[①]

这首诗的大意是：狂风暴雨来临之际，帆船不能卸帆靠岸。但幸运的是没多久天空就放晴了，渐渐地从远处树林里传来了寺庙的鼓声。

诗中“瞋雨”一词意指“暴雨”，在中国诗歌中未出现过这一诗语。“瞋”的原意有很多，主要有以下两种意思：（1）张目，睁大眼睛；（2）怒，生气。菅茶山汉诗中的意思应为后者。中国汉诗中与“瞋”有关的诗语其实并不少见，如：

刘禹锡《游桃源一百韵》：“适逢修蛇见，瞋目光激射。”[②]

无可《赠王将军》：“急兔投深草，瞋鹰下半天。”[③]

刘一止《踏莎行》：“有期无定却瞋人，索强我早谙伊性。”[④]

柳永《少年游》其五：“当初为倚深深宠，无个事、爱娇瞋。”[⑤]

这些诗语中的“瞋”字大多可解释为“张目”或“生气、发

---

① 作于宽政十年（1798）至十二年（1800）间，《黄叶夕阳村舍诗》前编卷五，第287页。

② （清）彭定求等主编：《全唐诗》卷355，第3980页。

③ （清）彭定求等主编：《全唐诗》卷814，第9166页。

④ 唐圭璋编：《全宋词》卷106，中华书局1965年版，第800页。

⑤ 唐圭璋编：《全宋词》卷7，第33页。

怒”的意思，一般多用来形容人或动物的情态。菅茶山用“瞋雨”一词来形容大雨，是用比喻的方式来写雨的“狂”、“急”、“猛”，非常富有象征意义。

中国古典诗文中形容大雨的诗语很多，如：

杜甫《寄柏学士林居》：“青山万里静散地，白雨一洗空垂萝。”①

卢照邻《乐府杂曲・鼓吹曲辞・巫山高》：“惊涛乱水脉，骤雨暗峰文。”②

但却没有用“瞋雨”这一诗语形容雨的例子。可以说这一诗语是菅茶山的一种独创。

《雨后即事》

远岫横霞彩翠开，溪村仍在乱云堆。
起行林外量晴雨，稀点如丸逐北来。③

这首诗的大意是：远处山峦之间横跨着色彩鲜艳的云霞，云雾笼罩着小小的山村。从树林中走出，观察天气晴雨，发现从北而来的雨点淅淅沥沥但又大又圆。

诗中“稀点”这一诗语是指“稀疏的雨点”。中国诗词中形容

① （清）彭定求等主编：《全唐诗》卷222，第2366页。

② （清）彭定求等主编：《全唐诗》卷17，第167页。

③ 作于宽政十年（1798）至十二年（1800）间，载〔日〕菅茶山：《黄叶夕阳村舍诗》前编卷五，第284页。

“雨点”的例子很多，如：

褚无量《止水赋》：“……雨来而圆点乱生……”[①]

毛滂《河满子》：“……急雨初收珠点……”[②]

周邦彦《虞美人》：“廉纤小雨池塘遍，细点看萍面”[③]

其中褚无量和毛滂诗中的“圆点”与“珠点”都是描写雨滴圆润的外形，但“珠点”更突出表现了急雨骤降时的景象，体现出了雨点急、骤、大的特点。周邦彦词中的“细点”写出了雨点如万千的细线，划过长空，点破了萍面的场景，在这里体现了词人在此时此境一种无可奈何的情状。同样是描写“雨点”，却是各有千秋。

与以上中国诗人注重描写雨点形状的诗语相比，菅茶山汉诗中的“稀点”这一诗语则更偏重描写雨量，即写出了雨初来时的缓态，又表达出了诗人观疏雨、沐清林时怡然自得的心情。这完全是菅茶山独创的诗语意境。

《之甲山路上》

石上流泉几股分，人声空响两崖云。
黄溪诸记谁能续，呼取柳州柳使君。[④]

① （清）董诰、阮元、徐松等主编：《全唐文》卷294，中华书局1983年版，第2979页。

② 唐圭璋编：《全宋词》卷82，第680页。

③ 唐圭璋编：《全宋词》卷72，第610页。

④ 作于享和一年（1801）至享和三年（1803）间，载〔日〕菅茶山：《黄叶夕阳村舍诗》前编卷六，第310页。

这首诗的大意是：石头上流淌着几股泉水，人声回响在山崖间，两边的悬崖上空飘着白云。谁能再续写黄溪诸记呢？恐怕只有柳州的柳宗元了吧。

诗中“两崖云”的意思是“云雾缭绕的山崖”。中国诗歌中形容两座山崖的诗语也有很多，如：

李白《游泰山六首》：“日观东北倾，两崖夹双石。”①

李涉《题招隐寺即戴颙旧宅》：“两崖古树千般色，一井寒泉数丈冰。”②

这些诗通过对“两崖”的描写，或是突显山崖的高耸，或是呈现山崖上的人或物，而菅茶山所使用的“两崖云”诗语，却是将两个分离的物体融合成了一幅景色，使之成为一种山在云中、云山雾绕的意象。

《美人持扇图》

秋风一夕入罗帷，恐怕齐纨行见遗。
忆扑流萤随女伴，人间愁恨不曾知。③

这首诗的大意是：秋风一时间吹入了帷帘，扇子这就要收起来

① （清）彭定求等主编：《全唐诗》卷179，第1823页。

② （清）彭定求等主编：《全唐诗》卷477，第5431页。

③ 作于宽政十年（1798）至十二年（1800）间，载〔日〕菅茶山：《黄叶夕阳村舍诗》前编卷五，第291页。

了。回想当时跟随着女伴一起扑流萤的场景，美人何曾知道人间还有什么愁恨。

这首诗借用“秋扇见捐”的典故来比喻女子年老色衰之后被抛弃的悲情。诗人感慨地说“人间愁恨不曾知”，表达了美人内心的一种惆怅与忧伤之情。

诗中“行见遗”这一诗语的意思是“不见了行踪”。“见遗”即被遗弃。李颀《不调归东川别业》里“寸禄言可取，托身将见遗”[①]一句中“见遗”的意思是“安身将被抛弃”。菅茶山诗中的“行见遗”诗语借鉴了“见遗”的本意，又赋予了新意。“行”是指扇子的行踪，与“见遗”相结合形成了一个全新的诗语。前两句以“秋风”起兴自然地引出“扇子”，即隐喻美人被遗弃，把美人“行见遗”的愁伤心境描写得细致入微。

在中国诗学中有“炼字”一说。《文心雕龙》[②]中专有《炼字篇》，其中说：“缀字属篇，必须炼择。”所谓炼字，用最简单的话来说，就是要精心选择最恰当最贴切最富美感的字。笔者通过考察，发现菅茶山同许多汉诗人一样，也多喜雕琢，在借鉴中国诗语的同时，又创造出许多与中国古代诗语相近似但又在中国古代诗歌典籍中找不到的新诗语，从而避免诗句平淡无奇。这些诗语如“弄芳妍”、“坐斜阳”等在中国诗歌里是找不到的，可以说是诗人独创的诗语。

又如前文提及的《春夜》一诗中将花拟人的“弄芳妍”诗语，

---

① （清）彭定求等主编：《全唐诗》卷 132，第 1345 页。

② （南朝·梁）刘勰著，詹锳义证：《文心雕龙义证》，上海古籍出版社 1989 年版，第 1463 页。

诗语的意思是“（微风淡月）映衬得花儿更加娇艳美丽”。诗人使用“弄”这一字，运用了拟人、比喻等艺术修辞手法对微风月色与娇艳花朵进行了互为映衬的描写。花朵在微风的轻拂与月色的照映下显得更为娇艳动人，加之微风中又有着沁人的花香，使得月色在红花的映衬下显得更加静美。这些美丽的事物交相辉映，组成了一幅和谐的画面。可以说菅茶山巧妙地运用了“弄”这一动词将月色下的美景写得惟妙惟肖。

在中国诗歌中有很多关于“芳妍”的诗语，如：

刘克庄《去春》：“尚有惜花情味在，铜瓶终日玩芳妍。”[①]

与刘克庄的诗句相比，菅茶山使用的“弄”这一动词，词义更为广泛，赋予了“芳妍”更多的含义。

在形容时间方面，诗人也用了很多特殊的诗语，使诗歌更富有表现力，如“坐斜阳”这一诗语：

《西福寺赏梅》

品茶琢句坐斜阳，闲事偏知春日长。
暮鸟还栖惊有客，梅花花底小僧房。[②]

这首诗的大意是：一边品茶，一边作诗，一直到太阳西下。唯有这漫长的春日，才能够享受到这样的余暇时光。小鸟回到庭院，

---

① 北京大学古文献研究所主编：《全宋诗》卷 2034，第 36152 页。

② 作于享和一年（1801）至享和三年（1803）间，载〔日〕菅茶山：《黄叶夕阳村舍诗》前编卷六，第 293 页。

看见客人还在，觉得非常惊讶。在这被梅花包围着的小僧房里度过了一整天，感到很是知足。[①]

“坐斜阳”的意思是（边品茶边作诗）一直坐到了夕阳西下。“斜阳”岂能被“坐”？显然诗人在这里运用了比喻、通感等手法使“斜阳”具体形象化了，而“坐”这一动词又非常巧妙而简洁地形容了诗人一整天都在同一个地方品茶作诗，同时又刻画出了暮春景色的特点和诗人悠然自得的心境。王维《终南别业》中有“行到水穷处，坐看云起时”[②]的诗句，其中的“坐”是指诗人“坐着观看”。还有很多诗句里也经常出现“坐读”、“坐感”、“坐食”一类的诗语，如：

刘得仁《访曲江胡处士》：“静还林石下，坐读养生篇。”[③]

韩愈《朝归》：“坐食取其肥，无堪等聋聩。”[④]

这些诗语基本上都是复合动词，以形成新的连贯性动作。菅茶山的“坐斜阳”则是动词与名词相结合，只用“斜阳”一词便将一天之中太阳的变化都包括在了诗语之中。前加一个“坐”字，看似简单，却将一个较长的动作写得富有了变化。

再看前文提及的《卖花声》一诗中“迸午风”诗语，这一诗语的亮点在一个“迸”字，“迸”是“爆开，溅射”。中国诗歌中有关“迸”的诗语很多，如：

---

① 〔日〕岛谷真三、北川勇编著：《茶山诗五百首 —— 黄叶夕阳村舍诗抄解》，第224页。

② （清）彭定求等主编：《全唐诗》卷126，第1277页。

③ （清）彭定求等主编：《全唐诗》卷544，第6296页。

④ （清）彭定求等主编：《全唐诗》卷342，第3834页。

白居易《琵琶引》："银瓶乍破水浆迸，铁骑突出刀枪鸣。"[①]

杨衡《宿陟岵寺云律师院》："宿禽讵相保，迸火烟欲失。"[②]

李颀《听董大弹胡笳声兼寄语弄房给事》："迸泉飒飒飞木末，野鹿呦呦走堂下。"[③]

但其中没有"迸午风"这一诗语。菅茶山创造的这一诗语生动地描写出了春天正午小巷中充满醉人花香的景象，尤其是其中的"迸"这一动词，写出了花香的浓郁以及芳香四溢，也只有在这春色盎然的季节里，花香气才会这样迸发开来。

中国诗歌中常与"狂香"这一诗语互为修饰的是"浩态"一词，如韩愈《芍药》："浩态狂香惜未逢，红灯烁烁绿盘龙。"[④]

韩愈诗句中的"浩态"是指"芍药"，而菅茶山用"迸午风"来形容"狂香"，这种用法是没有先例的。

在形容人物的动作方面，也可以体现出作者的高超炼字技巧。如前文提及的《雨后即事》一诗中"量晴雨"一词，意思是"看看天气情况"，在中国的诗词中类似的诗语相对少见，尤其是修饰探测天气动作的诗语更是少之又少，比较常见的有"探晴"、"天难测"等诗语。如戴昺《夏初郊行》："晴雨天难测，寒暄气未齐。"[⑤]"探"表示试探，"测"主要是"预测，预料"的意思，没有"量"这一动词来得丰富多彩。菅茶山使用的"量"这一动词其含

① （清）彭定求等主编：《全唐诗》卷 435，第 4821 页。
② （清）彭定求等主编：《全唐诗》卷 465，第 5282 页。
③ （清）彭定求等主编：《全唐诗》卷 133，第 1357 页。
④ （清）彭定求等主编：《全唐诗》卷 343，第 3847 页。
⑤ 北京大学古文献研究所主编：《全宋诗》卷 3096，第 36978 页。

义之所以丰富多彩，是因为这一动词的意义非常具体地形容了“探雨”这样一个貌似简单而又不具体的行为，不仅将这一动作描写得细致入微，而且在这首诗中还隐藏了其他更多细腻的内容，即给了读者无限的想象空间，仿佛看见诗人走出房间，张开手臂，将身体融入大自然中，用身体探量晴雨的意象。

《闲行》

废书逃午热，出巷爱晴风。
牧路旄邱近，耘歌纠笠丛。
遥雷群岭外，归鹤断虹中。
偶与山僧值，无言荫碧桐。[1]

《闲行》一诗描写的是一个酷暑的正午，诗人放下正在看的书，出去透了一会儿气，途中偶然遇见一位僧人，这位僧人不一会儿便无声地消失在青桐树中。整首诗写得节奏舒缓，语气平静，显示出诗人的朴素情怀。诗中的“废书”、“牧路”、“耘歌”、“归鹤”、“断虹”、“山僧”等诗语均自然而然地表达出诗人的一种忘世情怀，对进入得道悟空境界的一种追求与向往。

诗中的“逃午热”这一诗语是诗人的独创，这一诗语十分含蓄，其中的“逃”这一动词蕴含着丰富的含义，既表达了诗人难耐

① 作于享和一年（1801）至享和三年（1803）间，载〔日〕菅茶山：《黄叶夕阳村舍诗》前编卷六，第317页。

酷暑，想去外面透透空气，换换心情，也暗示了诗人想要逃离世俗，追求空灵的精神境界。中国诗歌中与“逃午热”有相似诗意的诗语有“避热”一词，如杜甫《催宗文树鸡栅》：“避热时来归，问儿所为迹。”[①]“避”与“逃”有相似的含义却又强调着不同的侧面，“避”主要表示一种消极的避开，有着一种被迫性的含义，而“逃”有着一种积极的意义，突出表现了诗人急于逃出这种环境的迫切心情。所以说，菅茶山创新的这一诗语有着更深的含义。

3. 和制诗语

有论者指出，和制汉语词汇是指由日语的训读读音而引发词义，在日语中特有的和制的汉字词汇。[②]《竹枝词》中的“忙装”就是这一类型的和制诗语：

大帆朝出浪华城，直到仙炊日始倾。
倡家遥认船头号，鸭嘴忙装雏妓行。[③]

诗的大意是：清晨坐着大船离开浪华城，顺风直达鞆浦，看见了仙醉岛。对岸的歌舞伎们听见船老大的号声，便知道船到了，于是年轻的妓女们赶忙装扮一番，朝海滩跑去。[④]

---

① （清）彭定求等主编：《全唐诗》卷221，第2343页。

② 朱京伟：《和制汉语的结构分析和语义分析》，《日语学习与研究》1999年第4期。

③ 作于宽政十年（1798）至十二年（1800）间，载〔日〕菅茶山：《黄叶夕阳村舍诗》前编卷五，第284页。

④ 〔日〕岛谷真三、北川勇编著：《茶山诗五百首——黄叶夕阳村舍诗抄解》，第214页。

这首诗中出现的“忙装”诗语，日语训读为“yisaogaxiyi”，意思是“忙着装扮”，由形容词和动词组合而成的。这一诗语在中国诗歌中未曾出现过，属于和制汉语词汇。

《又（芭蕉蜗牛）》

追凉日向园林步，早起偏惊天易曙。
攀蕉欲写一联诗，蜗牛犹在昨宵处。[①]

这首诗是在前一首题为《题画》的诗后创作的，也是一首题画诗，所以诗题省略为《又》，画的名称为括号内的“芭蕉蜗牛”。“攀蕉”这一诗语在中国诗文中未曾见到，它由松尾芭蕉（1644—1694）一首题为《蜗牛》的俳句诗意衍化而成，是典型的和制诗语。松尾芭蕉的俳句内容为“かたつぶり角ふりわけよ須磨明石”。日本学者云英末雄把这首俳句译成现代语为“かたつむりよ、二つの角を振り分け、多くの歴史に彩られた須磨と明石を示してくれ”[②]。蜗牛啊，你把两个触角分开，让我们看看这有着多彩历史的须磨和明石[③]。实际上这首俳句中有《庄子·则阳》中“蜗角之争”

① 作于享和一年（1801）至享和三年（1803）间，载〔日〕菅茶山：《黄叶夕阳村舍诗》前编卷六，第304页。

② 〔日〕松尾芭蕉著，云英末雄等译：《芭蕉全句集》，角川索菲亚（睿智）文库2011年版，第198页。

③ “须磨”和“明石”这两个地方均位于神户地区，日本文学名著《源氏物语》中的源氏公子曾被发配到“须磨”这个地方，“明石”是明石姬的家乡，俳句中用“须磨”和“明石”分别指代源氏和明石姬。明石姬后来成为源氏的侧室。在源氏的众多女人中，几乎个个命运多舛，唯有明石姬最是福寿绵长，关键是因为她性格谦卑，从不居功自傲，对其他的女人不妒忌，一切顺其自然。

这一典故的影子，庄子写道："有国于蜗之左角者，曰'触氏'；有国于蜗之右角者，曰'蛮氏'，时相与争地而战。"①

这一典故告诫人们要心胸宽阔，不要因微小的利益而引起争斗。

菅茶山《又（芭蕉蜗牛）》这首汉诗，正是由于"攀蕉"这一源自松尾芭蕉《蜗牛》俳句的和制诗语而变得诗意盎然且深邃起来。这首诗的大意是：一大早去园林散步纳凉，起得挺早却惊得太阳要露出地面。题画诗就取"攀蕉"，即松尾芭蕉《蜗牛》的诗意好了，你看，蜗牛还在昨夜的位置上呢。

再如《赤马关怀古（二）》中的"秋草唱"诗语，也来自一首俳句。

镰仓城雉亦敷菑，岂独南征事可悲。
却有阖门齐殉节，不如二弟急燃箕。
于今彼此成千古，自昔豪奢能几时。
一阕妓王秋草唱，奈何芳臭并枯萎。②

这首诗的大意是：无论是平家的盛衰还是源氏的兴亡，现在看来都是很遥远的事情了。这些正如妓（又作"祇"）王所唱的那首歌一样。无论是芳草或是杂草都是要枯萎的，人的一生诸事无常，终究是抵抗不过宿命的。

这是一首历史怀古诗，诗人引用平家军灭亡的历史事件，感叹

① （战国）庄子著，孙通海译注：《庄子》，中华书局2007年版，第86页。

② 作于宽政十年（1798）至十二年（1800）间，载〔日〕菅茶山：《黄叶夕阳村舍诗》前编卷五，第267页。

时光不待，沧海桑田，抒发富贵无常、人生幻灭的感慨。

诗中的“秋草唱”源自妓（祇）王写的一首俳句，这其中还有一个典故：平清盛非常宠爱妓（祇）王，几年后有个叫佛御前的女子自动前来，寄身于平清盛，平清盛见其舞姿优美，妙舌芳音，遂将她留下，而把妓（祇）王逐出。妓（祇）王衔恨而去，隐居在嵯峨往生院，临行前在隔扇上写下一首俳句：萌えいづるも枯るるも同じ野辺の草、いずれか秋にあわではつべき。或荣或枯皆野草，夏去秋来魂自消。[①]

其实无论诗人引用平家军惨败的历史事件，还是妓（祇）王的凄美爱情故事，都流露出了诗人一切顺应自然的老庄思想。

《古神岛》中的“啸老”诗语则是源自日本历史典故。

二千余岁几沧桑，只见寒川入海长。
田垦武皇停鹢处，村荒啸老踢球场。[②]

这首诗的大意是：两千年来，笠冈古神岛发生了翻天覆地的变化，眼前看到的是条长长注入大海的小河。神武天皇曾经停龙船的地方变成了垦田，丰臣秀吉的外孙木下长啸子的踢球场就别提了，当年的大片家宅也已变得荒废不堪了。[③]

诗中的“啸老”这一诗语是双关语，实指丰臣秀吉妻子北政所的外孙木下长啸子，此人在关原战役之后隐居于京都东山，喻指在

---

① 陈德文：《嵯峨野漫步》，《译林》2005 年第 2 期。

② 作于宽政十年（1798）至十二年（1800）间，载〔日〕菅茶山：《黄叶夕阳村舍诗》前编卷五，第 289 页。

③ 〔日〕岛谷真三、北川勇编著：《茶山诗五百首 —— 黄叶夕阳村舍诗抄解》，第 218 页。

历史的长河里人和物就如同浪花一闪，稍纵即逝。

本章结论如下。菅茶山是汉诗日本化的标志性人物，他的汉诗被选入日本中小学教材，被誉为日本汉诗大家。本文对其汉诗的诗语进行了研究，发现菅茶山汉诗中的诗语有一部分直接引用了中国汉诗，如："万树春"、"列仙都"等；有一部分是以中国诗语为蓝本，利用中国诗歌的"错位"表现手法加以包装而成，如"碧弯环"等，或直接摹写中国诗歌中的诗语而成，如"人境远"等。

同时菅茶山还创造了许多在中国汉诗文中没有的新诗语，有以下几种：（1）同形异义。所谓同形异义，即借用中国汉诗中的熟语，并赋旧词以新意。如"春光"这一诗语隐指"软尘红"，即花柳巷，"红事"这一诗语指赏樱花等。（2）自铸词形。所谓自铸词形是指中国汉诗中没有的菅茶山创造的诗语。如"瞋雨"这一诗语为"暴雨"的意象；"两崖云"这一诗语是两座山崖合而为一、山在云中、云山雾绕的意象；"行见遗"这一诗语是喻指美人被遗弃后的愁伤心境；"弄芳妍"是微风淡月映衬得花儿更加娇艳美丽的意象；"坐斜阳"是悠适享受春日漫长时光的意象；"迸午风"是春日花香迸发的意象；"量晴雨"是融入大自然中，用身体探量晴雨的意象；"逃午热"是逃离世俗，追求空灵的精神境界的意象。（3）和制诗语。所谓和制诗语是指由日语语言文化元素而生成的汉语诗语。如"忙装"是由汉诗日语训读"いそがしくよそおう"生成的诗语，有忙着装扮的诗意；"攀蕉"是由日本江户时代的俳句大家松尾芭蕉的一首俳句生成的诗语，是庄子"蜗角之争"典故的俳句式抒情表现；"秋草唱"则是源自日本历史故事的诗语，是一切顺应自然的老庄思想的诗意表现；"啸老"这一诗语源自丰臣秀吉的外孙的名字，喻指沧海桑田、世事无常。

第九章　菅茶山东游诗的中国诗语影响及日本“风土记”意象

关于菅茶山东游诗的先行研究论文并不多，富士川英郎有《菅茶山的东游》和《菅茶山的东游（二）》，第七章中已经指出，这两篇文中所写的“东游”是文化十一年（1814）的茶山东游之旅，并非本章的研究对象即文化元年（1804）的“东游诗”。

在目前收集到的102篇茶山诗先行研究论文中，如下论文引用了卷七“东游诗”中的部分汉诗：

黄叶会译注《菅茶山诗读解报告（二）》（《中国文史论丛》[年刊]2010年3月）中引用东游诗3首（分别为《兵库道中》、《赠中山言伦》和《湖上》）。

黄叶会译注《菅茶山诗读解报告（三）》（《中国文史论丛》（年刊）2011年3月）中引用东游诗3首（分别为《磨针岭》、《美浓》和《美浓（又）》）。

黄叶会的读解报告主要从语意解释和中日汉诗出典用例的角度对东游诗中的前六首进行了注解。

一、东游诗的诗语分析及意象表现

《磨针岭》

岳雪湖霞斗丽奇，望湖堂上夕阳时。
春霖数日京畿路，马首云烟排不披。[①]

磨针岭位于滋贺县彦根市西南，鸟居本站（旧鸟居本宿）附近。鸟居本宿为中山道第六十三宿[②]，距京都约七十公里，从这里北上便是北陆道的交通要塞。官道与官道交叉的地方，自古以来就成为诗咏的对象。磨针岭这一名称的由来始于弘法大师空海[③]。相传空海经过此处时，遇见一位正在磨斧头的老妪，在听了老妪“由于折断了一根缝衣针，用斧头磨一根针”的话之后，顿觉自己修行尚浅，羞愧难当。可见，最迟在江户时代初期就已经有此名称了。可

① 本章所引菅茶山“东游诗”，均出自〔日〕菅茶山：《黄叶夕阳村舍诗》，皇都书林·汲古堂梓，文化九年（1812）镌。

② “中山道”是日本江户时代的五大官道之一。分别有东海道、日光街道、奥州街道、中山道和甲州街道。日文中将这五大官道统称为“五街道”。中山道从江户日本桥出发，出板桥，经上野、信浓、美浓，在近江草津与东海道汇合，经大津到达京都，途中共有六十九宿。

③ 空海（774—835），平安时代初期僧人，日本真言宗的开祖，谥号弘法大师，赞岐人。804年入唐并学习密教，806年回国后开基建高野山金刚峰寺。由嵯峨天皇赐东寺（教王护国寺），任命为大僧都。设立日本最早的平民学校综艺种智院。擅书法，被誉为“三笔”之一，留有《风信帖》等。此外著有《三教指归》、《性灵集》、《文镜秘府论》等。

以推断，茶山一行是在东海道从草津宿进入中山道，为了向美浓、关原进发而翻越磨针岭的。因为，相比于经由东海道东上，从中山道的垂井宿[①]经美浓路到东海道的宫宿（热田宫宿）更近一些。

富士川英郎著《菅茶山》对这首诗的相关背景做了介绍：这首诗写的是在途中下起了冷雨，一时不会放晴，茶山一行骑马翻越磨针岭的情景。[②]此外，《菅茶山诗读解报告（二）》中将本诗的大意总结如下：山上的白雪和被晚霞染红的湖面似乎在比美，这是在磨针岭山顶的望湖堂上看到的夕阳景色。从京城而来的旅途中春雨连绵数日，马头怎么也分不开一路的云和雾。[③]

本诗首句“岳雪湖霞斗丽奇”中的“岳雪”一词，曾见于中国诗歌，如：

唐朝怀浦《赠智舟三藏》诗云：“岳雪当禅暝，松声入咒寒。”[④]

唐朝张乔《送郑侍御赴汴州辟命》诗云：“河冰天际白，岳雪眼前明。”[⑤]

宋朝翁卷《送人赴沅州任》诗云：“去程逢岳雪，上事带春阳。”[⑥]

以上诗句中的“岳雪”指山顶的积雪。富士川英郎将其解释为比睿山上的雪。[⑦]由此可见，这里的“岳”，是指从望湖堂上可以望见的比睿山。诗中茶山借用中国诗语的“岳雪”来描写眼前所见的

---

① 垂井宿，中山道六十九宿之一。

② 〔日〕富士川英郎：《菅茶山》（上），福武书店 1990 年版，第 452 页。

③ 黄叶会译注：《菅茶山诗读解报告》（三），《中国文史论丛》（年刊）2011 年 3 月第 151 页。

④ （清）彭定求等主编：《全唐诗》卷 850，第 9623 页。

⑤ （清）彭定求等主编：《全唐诗》卷 638，第 7309 页。

⑥ 北京大学古文献研究所主编：《全宋诗》卷 2673，第 31409 页。

⑦ 〔日〕富士川英郎：《菅茶山》（上），第 452 页。

实景，这种手法在茶山诗中十分常见。

“马首”一词在中国诗歌中一般有如下意义：

马的头：唐朝韩愈《过鸿沟》诗：“谁劝君王回马首，真成一掷赌乾坤。”①

马首所向：明朝张以宁《有感》诗曰：“马首桓州又懿州，朔风秋冷黑貂裘。”②

所骑的马：借以敬称他人。唐朝戴叔伦《奉同汴州李相公勉送郭布殿中出巡》诗：“马首先春至，人心比岁和。”③

“马首”在本诗中是指马的前面，即马首所向的前方道路。可见，茶山诗中的“马首”是借用了中国诗歌中的诗语。

“夕阳时”意为“夕阳西下时分”，这一表示时间的诗语在中国古典诗歌中较为常见，如：

《抵池阳未入关泊於斋山数日因穷岩壑之胜》

宋·戴昺

瘦策相扶上翠微，眼惊奇怪足忘疲。
三十六洞犹昔者，四百余年无牧之。
涨水淼弥春雨后，远山重叠夕阳时。

① （清）彭定求等主编：《全唐诗》卷344，第3855页。

② （清）沈德潜选编：《明诗别裁集》，载沈德潜等编：《历代诗别裁集》，浙江古籍出版社1998年版，第304页。

③ （清）彭定求等主编：《全唐诗》卷274，第3113页。

几多江北江南恨，问着沙鸥总不知。[①]

《白沟河吊二忠祠》

清·金志章

白沟河上夕阳时，下马荒原吊古祠。
北渡中宵悲扼吭，南冠孤愤漫题诗。
鬼谋曹社家同破，龙去崖山事不支。
太息残碑焚野火，六陵荒草共凄其。[②]

以上戴昺诗中描写的是夕阳下远山时重叠的美景，而金志章诗中则是通过描写夕阳下的白沟河烘托出了荒凉悲古的意境。茶山诗中的“望湖堂上夕阳时”所描绘的是登高望远的美景，而形式上与金志章诗的“白沟河上夕阳时”相同，可以说“夕阳时”这一诗语是受到了中国汉诗的影响。

据笔者考察，菅茶山诗中的“湖霞”一词，在中国古典诗歌中尚未发现，而多见“紫霞”、“丹霞”、“碧霞”、“朝霞”等，如：

晋朝陆机《棹歌行》诗：“投纶沈洪川，飞缴入紫霞。”[③]

唐朝李白《早秋赠裴十七仲堪》诗：“南星变大火，热气余

---

① 北京大学古文献研究所主编：《全宋诗》卷3097，第36985页。

②（清）沈德潜、周准合编：《清诗别裁集》，载沈德潜等编：《历代诗别裁集》，第575页。

③ 逯钦立辑校：《先秦汉魏晋南北朝诗》晋诗卷五，中华书局1988年版，第660页。

丹霞。”[①]

唐朝孟郊《贫女词寄从叔先辈简》诗：“仰企碧霞仙，高控沧海云。”[②]

唐朝王勃《林塘怀友》诗：“芳屏画春草，仙杼织朝霞。”[③]

中国汉诗文中多以“紫”、“丹”、“碧”等表示颜色的词和“朝”、“晚”等表示时间的词来修饰“霞”字，而茶山诗中使用了“湖”这个表示场所的字来修饰“霞”，描写了被晚霞染红的湖面和湖面上的晚霞，可以说是一种新的诗语意象。此外，在与菅茶山同时期的日本汉诗人的作品中，也发现了“湖霞”这一诗语的用法。如：

柴野栗山（1736—1807）《题画山水》诗曰：“山月未升湖霞没，波沉琉璃千顷平。”[④]

至于“湖霞”一词是始于茶山的独创，还是在当时的汉诗人中已作为常用诗语使用目前还无法考证，但这一诗语是日本诗人对中国古典汉诗语的创新这一点是毋庸置疑的。

“望湖堂”是江户时代在磨针岭山顶上所建的茶屋，当时的旅人经常在这里稍作休息，欣赏琵琶湖[⑤]的绝美景色。

中国也有将湖边所建观景处取名“望湖”的例子，杭州西湖畔建有望湖楼，并有诗曰：“卷地风来忽吹散，望湖楼下水如天。”

---

① （清）彭定求等主编：《全唐诗》卷168，第1732页。

② （清）彭定求等主编：《全唐诗》卷372，第4181页。

③ （清）彭定求等主编：《全唐诗》卷56，第680页。

④ 黄叶会译注：《菅茶山诗读解报告（三）》，《中国文史论丛》（年刊）2011年版，第150页。

⑤ 琵琶湖：位于滋贺县中部，是日本最大的湖，因湖的形状近似琵琶而得名。古名淡海、近江海、鸊鷉海。

（苏轼《六月二十七日望湖楼醉书》）[1]

“京畿路”一词在《宋史》卷二十中可以见到（丙申，诏京畿路改置转运使、提点刑狱官）[2]，是宋朝设立的行政机构名称。茶山诗中“京畿路”的意思是前往京城，即江户的旅途。

“望湖堂”是磨针岭上的真实地名，通过描写在望湖堂上见到的美丽景色，使人有一种身临其境之感。“京畿路”一词虽然出于中国史书，但菅茶山诗中的意义与中国史书中的本意大不相同，是取其字面意思而来，即前往京城的旅途。“望湖堂”与“京畿路”这两个诗语反映的是茶山东游途中的“风土记”意象。

诗中首句描绘了山顶白雪皑皑、湖上红霞满天的壮丽景色，白雪的白和晚霞的红交相辉映，仿佛在“斗丽奇”一般。这里运用了将景色拟人化的手法。

首句中的景色美丽壮观，而欣赏如此美景的时机和地点就是第二句的“望湖堂上夕阳时”。最佳观景地点为“望湖堂”，茶山行至此处，自然也不会错过如此美景了。而最佳观景时间为“夕阳时”，可以想象，夕阳西下，琵琶湖上满天红霞，远处的比睿山上白雪皑皑，这是何等壮美的景色。

然而，从“春霖数日京畿路”一句可知，茶山一行赶往江户的东游之旅已连续“数日”春雨绵绵了，由上句的“岳雪”可知，此时虽说是春天，但气温仍旧很低，所以，这里的春雨与其说是烟雨蒙蒙的春日细雨，倒不如说是初春的冷雨。在冷雨中艰难行进的茶山，还何谈欣赏美景呢？读到此句，我们才恍然大悟，原来前两句

① 钱锺书：《宋诗选注》，生活·读书·新知三联书店 2008 年版，第 104 页。
② （元）脱脱、阿鲁图等：《宋史》卷 20，中华书局 1977 年版，第 373 页。

所描写的美景并非菅茶山亲眼所见，而是想象中的美景。由此可以推断，菅茶山是向往登上望湖堂在夕阳西下时欣赏琵琶湖美景的，可惜天公不作美，行至此处时恰逢“春霖”绵绵，想象中的美景并未能如愿见到。

前段中说到诗中前两句的美景是菅茶山想象中的美景，而此时菅茶山实际上看到的是什么景象呢？由“马首云烟排不披”一句可知，此时菅茶山的眼前只有寒冷的蒙蒙烟雨，马头前方的路上是拨也拨不开的云雾和烟雨。

这首诗前两句描写夕阳下从望湖堂上远眺琵琶湖的美景，“岳雪”与“湖霞”交相辉映，一个“斗”字，赋予了美景以动感，用拟人化的手法将“岳雪”和“湖霞”写得十分生动。后两句所写则是实际所见景色，是烟雨蒙蒙、云雾不披的前方旅途。前两句想象中的夕阳美景与后两句实际的雨中景色对比强烈，一晴一阴，使人能深刻感受到诗人的惋惜之情。最后一句中的“排”与“披”这两个动词也很生动地写出了前方雨雾迷蒙的景色。

二、《常游杂诗十九首》诗语的中国文化影响及风土意象

文化元年（1804）二月，茶山终于抵达江户。五月，当时在江户小川町福山藩上屋宅邸[①]逗留的茶山为了参观常陆太田瑞龙山[②]的

① 到达江户的菅茶山因旅途疲劳而卧病，住在江户小川町福山藩主宅邸中。

② 瑞龙山，先茨城县常路太田市瑞龙町，位于水户北二十四公里处。

德川光国和朱舜水墓碑，从九日至二十一日，依次游览了镰谷、白井、刀祢（利根川）、荒川（以上均在千叶县）、潮来、青塚、水户、太田、西山、真锅、牛来湖（牛久沼，以上在茨城县）。留有《常游记》一卷（黄叶夕阳文库藏）以及常游杂诗十九首。

常游杂诗十九首系列可以说是东游诗中具有代表性的“风土记”诗作。

《常游杂诗十九首》(二)

荒原百里绿纵横，时睹炊烟树杪生。
东武成都来几岁，近郊看渐入新耕。
（白井）

根据诗后的自注，这首诗是在白井（千叶县印幡郡白井町）所作。

大意是：“百余里宽广的荒野中草木的绿色纵横伸展，时常能见到炊烟升腾到树梢上方。江户成为都城才几百年呢？眼看着这近郊变成了新的耕地。”①

“纵横”是竖和横互相交错杂陈的意思。“绿纵横”一词未见于中国古典汉诗文中，但有相同结构的“水纵横”一词。如：

①〔日〕黑川洋一注：《江户诗人选集——菅茶山·六如》，第61页。

《赠张炼师》

唐·温庭筠

丹溪药尽变金骨，清洛月寒吹玉笙。
他日隐居无访处，碧桃花发水纵横。①

《新晴野步》

宋·陆游

吹尽浮云旋作晴，郊原高下水纵横。
烟芜漫漫如添色，谷鸟关关已变声。
迨酒贱时须痛饮，得人扶处尽闲行。
隔湖遥指兰亭路，邻叟追随羡眼明。②

茶山诗中将表示物体的“水”换成了表示色彩的“绿”，不仅写出了“百里”“荒原”上“纵横”的是树木，也写出了树木的翠绿。虽然受中国诗的影响，但“绿纵横”这一诗语显然是茶山的创新。

第三句中的“东武”原为中国地名，位于现山东省诸城市，西汉初年置县，始称东武。《江户诗人选集——菅茶山·六如》中解

① （唐）温庭筠著，刘学锴校注：《温庭筠全集校注》卷五，中华书局2007年版，第499页。

② （南宋）陆游著，钱仲联校注：《剑南诗稿校注》第五册卷四十二，上海古籍出版社1985年版，第2647—2648页。

释道：“指江户。《东藻会义》中萱园派文人称江户为东武。”[①]“成都”在这里是指成为都城的意思。

茶山赋予了这两个词语新的含义：“东武”指代江户，将“成都”作为动词使用，“东武成都”在本诗中意为“江户成为都城”。

第一句的“荒原百里绿纵横”是从远处观景，诗人将观景的着眼点放在了整个百里荒原上，而第二句则将视点进一步拉近，看到的是“树梢”和“炊烟”，远景与近景相结合，使景色的描写有了层次感。

“东武成都来几岁”用了反问的手法，江户成为都城才几年呢？意指江户作为都城时间并不久远。这样的反问与下句诗中的回答相呼应。

“近郊看渐入新耕”中的“看渐”是“眼看着”的意思，一个“渐”字写出了耕地开垦的速度之快，意指江户作为都城以后扩展迅速，成为繁华的名利场。

这首诗第一句首先从远观的角度写景，眼前所见到的景象是绵延“百里”的“荒原”。茶山从繁华喧嚷的江户行至此处，见到如此开阔而杳无人烟的“荒原”，也许正要感叹此处的荒凉时，却看到了意外的景象。此时大概已临近中午，远远地看到树梢上方升起了袅袅炊烟，原来，这里并非“荒原”啊。从“时睹”一词可知，这里还有不少人家，真不愧是繁华之都江户啊，成为都城才不过几年时间，“近郊”的“荒原”就开垦了新的土地，表明江户发展迅速。这首诗前两句以转折的手法写景，后两句抒发了诗人的感叹，

① 〔日〕黑川洋一注：《江户诗人选集——菅茶山·六如》，第61页。

读来十分生动有趣。

《常游杂诗十九首》（三）

已到江都天尽头，又浮一叶作东游。
橹声搅破乡关梦，摇下总阳十六洲。
（刀祢）

这首诗被选入岛谷真三、北川勇编著《茶山诗五百首——黄叶夕阳村舍诗抄解》（儿岛书店 1975 年）及富士川英郎著《菅茶山》（福武书店 1990 年）。此诗是茶山一行由利根出发，沿利根川顺流而下时所作。

大意为：走到这里已经是江户的天尽头了，乘着小船继续我的东游之旅。在船中打盹时我梦到了故乡，这样的美梦却被橹声打断了。小船晃晃悠悠地顺流而下来到了总阳十六洲。

"总阳十六洲"是日本本土的特定风土意象表现。《茶山诗五百首》中解释道："'总'指上总国和下总国。阳指南面，即利根川沿岸地带。"[①] 上总为日本旧国名之一，地处千叶县中部，属于东海道。下总也是日本旧国名之一，相当于千叶县北部和茨城县西南部。可见，"总阳十六洲"是茶山对上总国和下总国南部利根川沿岸地区的概指，是本诗中带有浓厚地方特色的独创性意象表现。

① 〔日〕岛谷真三、北川勇编著：《茶山诗五百首——黄叶夕阳村舍诗抄解》，儿岛书店 1975 年版，第 234 页。

诗中第一句中的“江都”是指江户，行至利根川，已经要出江户了。关于“尽头”一词，富士川英郎著《菅茶山》中解释为“尽头是事物穷尽的地方。在沿利根川而下的船上，茶山打盹时梦到了故乡，这样的美梦却被橹声打断”[①]。这句诗首先交代了场所为“江都天尽头”，从而引出下句。

第二句的“又浮一叶作东游”是交代动作，即“东游”。“一叶”指小船，一个“浮”字十分契合一叶扁舟顺流而下的情景，十分传神。

第三句写到诗人出游已久，想必是思乡心切吧，在船中小睡时梦到了远在千里外的故乡，然而船橹的摇水声却惊扰了诗人的“乡关梦”，睁开眼来，依然身处异乡。这一句以声音“搅破”梦境的描写方式写思乡之情，更显思乡情切。句中有实有虚，实写“橹声”，虚写“梦”境，虚实结合。

《常游杂诗十九首》（六）

孤篷一夜杙清湾，梦净风荷露荻间。
晨雾微茫迷向背，双尖认得筑波山。
（荒川）

这首诗被选入水田纪久、赖惟勤、直井文子校注的《菅茶山·赖山阳诗集》（岩波书店 1996 年版）。此诗是常游杂诗十九首中的荒

---

① 〔日〕富士川英郎，《菅茶山》（上），第 465 页。

川[①]一首。

诗歌大意为：昨夜孤舟停泊在清澈的河水中，梦见在风中的荷叶和沾满露水的荻草间游玩，醒来晨雾迷茫辨不清方向，终于看到了男体、女体两座山峰并列的筑波山。

“迷向背”意为辨不清方向，“向背”是正面和背面的意思。这一诗语在唐宋诗中均有，如：

唐朝皇甫冉《雨雪》曰：“山川迷向背，氛雾失旌旗。”[②]

宋朝欧阳修《西湖泛舟呈运使学士张掞》曰：“半醉回舟迷向背，楼台高下夕阳中。”[③]

茶山诗中描写了昨夜夜泊舟上，今晨醒来，眼前晨雾迷茫，分不清方向的实感，一个“迷”字生动地写出了在晨雾中看景色的真实感觉，使人如临其境。

由此可见，茶山诗中描写的场景虽与皇甫冉诗中的大漠渺茫以及欧阳修诗中的醉眼荡舟不同，但都写出了迷茫朦胧，不辨东西之感，可以说是受到了中国诗语的影响。

“杙清湾”诗语未见于中国古典汉诗，但与之结构相同的有“抱清湾”、“临清湾”、“俯清湾”等用例。如：

唐朝柳宗元《构法华寺西亭》：“远岫攒众顶，澄江抱清湾。”[④]

宋朝刘子翚《海棠洲》：“煌煌海棠洲，锦树临清湾。”[⑤]

---

① 荒川，现千叶县佐原市佐原二。

② （清）彭定求等主编：《全唐诗》卷250，第2824页。

③ （北宋）欧阳修著，洪本健校笺：《欧阳修诗文集校笺》外集卷六，上海古籍出版社2009年版，第1468页。

④ （清）彭定求等主编：《全唐诗》卷352，第3943页。

⑤ 北京大学古文献研究所主编：《全宋诗》卷1914，第21367页。

茶山诗中“杙清湾”受中国诗语的影响，但同时进行了改造，“杙”是栓系在木桩上的意思，正好与“孤篷”，即船相呼应，这正是菅茶山的创新。

“双尖”这一诗语出自苏轼《雪后书北台壁二首》（其一）：

黄昏犹作雨纤纤，夜静无风势转严。
但觉衾裯如泼水，不知庭院已堆盐。
五更晓色来书幌，半夜寒声落画檐。
试扫北台看马耳，未随埋没有双尖。[①]

苏轼诗中的“双尖”是指位于山东省诸城市西南的马耳山，诗中描写了雪夜所见景色，庭院早已被雪覆盖，而远远望去，只有马耳山的双峰还未被雪埋没。

《菅茶山·赖山阳诗集》中将最后一句“双尖认得筑波山”解释为“终于找到了男体、女体两座山峰并列的筑波山”[②]。筑波山约位于日本茨城县的中央，是以男体山和女体山两山峰为主体的一百多座山的总称，自古有“西有富士、东有筑波”之盛名。诗句中的“双尖”即指男体山和女体山。

茶山诗中借用“双尖”这一诗语表现在晨雾中依稀可以看到的筑波山，同样有着双峰的筑波山与马耳山在形态上极为相似，因此

① （宋）苏轼著，（清）王文诰辑注，孔凡礼点校：《苏轼诗集》卷十二，中华书局1982年版，第604页。

② 〔日〕水田纪久、赖惟勤、直井文子校注：《新日本古典文学大系66——菅茶山·赖山阳诗集》，第88页。

借用“双尖”是十分自然而且形象的。可以说菅茶山借用中国诗歌中的“双尖”表现了东游途中的独特风土意象。

这首诗前两句所写为昨夜的回忆和梦境，后两句则是清晨所见的实际景色，虚景与实景相对比，使写景更加生动和丰富。从时间跨度上来看，昨夜与今晨相对比，时间的过渡十分自然。“迷”和“认”两个动词生动地写出了在晨雾中看景色的真实感觉。

《常游杂诗十九首》(十八)

村妓凝妆漾短桡，问人何处泊船饶。
竹枝一曲东都样，家对潮来十二桥。

这首诗被选入岛谷真三、北川勇编著《茶山诗五百首——黄叶夕阳村舍诗抄解》（儿岛书店1975年版）及富士川英郎著《菅茶山》（福武书店1990年版）。

诗歌大意为：“浓妆艳抹的乡村妓女乘着小船来问哪里的泊船多。她唱了一曲艳歌，却带着一口江户腔。客道‘我家在潮来的十二桥呢’。”[①]

“村妓”这一诗语见于白居易《令公南庄花柳正盛欲偷一赏先寄二篇》。

最忆楼花千万朵，偏怜堤柳两三株。

① 〔日〕岛谷真三、北川勇编著：《茶山诗五百首——黄叶夕阳村舍诗抄解》，第235页。

拟提社酒携村妓，擅入朱门莫怪无。[①]

茶山诗中描写的是“村妓”摇船询问何处船只多的情景，一个“漾”字将“村妓”摇船询问的动作刻画得十分生动。

“竹枝”即竹子的小枝，也指唐教坊曲名。北宋郭茂倩《乐府诗集》云：

> 竹枝本出于巴渝，唐贞元中，刘禹锡在沅、湘，以里歌鄙陋，乃依骚人九歌，作竹枝新调九章，教里中儿歌之。由是盛於贞元元和之间。

唐朝刘禹锡作有《竹枝》一首：

杨柳青青江水平，闻郎江上唱歌声。
东边日出西边雨，道是无晴却有晴。

宋朝周弼《石塘》诗中有“少为盐米计，听彻竹枝歌”[②]。

茶山诗中的“竹枝”是艳歌的意思。

“村妓”与“竹枝”虽取自中国诗歌，但菅茶山诗中表现的却是有日本潮来地区风土特色的意象。《菅茶山》中写道：“潮来在江户时代允许设置妓院，水乡的妓院十分繁荣，宽政年间已经有了俗

---

① （清）彭定求等编：《全唐诗》卷456，第5117页。
② 北京大学古文献研究所主编：《全宋诗》卷3147，第37746页。

话说的‘潮来节’，据传甚至曾流行于江户等地。”[①]

《箱根》

山氛和雨晓冥冥，乱石危桥步且停。

前队已临高峻处，仰看炬火簇如星。

这首诗被选入岛谷真三、北川勇编著《茶山诗五百首——黄叶夕阳村舍诗抄解》（儿岛书店1975年版）及水田纪久、赖惟勤、直井文子校注《菅茶山·赖山阳诗集》（岩波书店1996年版）、富士川英郎著《菅茶山》（福武书店1990年版）。文化元年（1804）冬，在江户与亲朋相会的茶山，于十月十三日陪同福山藩主阿部正精公一道离开江户，踏上归乡之旅。

诗歌大意为："山中凉气飕飕加上天即将下雨，黎明前昏暗的箱根，不管到哪里都看不清东西，一步一步摸索着走过乱石遍地的小道和危险的谷川桥。先行的一队人马已经到达遥远险峻的高处，抬头看来火把犹如星辰般在闪烁。"[②]

《箱根》首句的"山氛"一词是山中的云气、山气的意思，在中国汉诗中用例不多：

唐朝寿阳公之子《杂言送黎六郎》云："河南庭下拜府君，阳城归路山氛氲。"[③]

① 〔日〕富士川英士郎：《菅茶山》（上），第468页。

② 〔日〕岛谷真三、北川勇编著：《茶山诗五百首——黄叶夕阳村舍诗抄解》，第243页。

③ （清）彭定求等编：《全唐诗》卷189，第1932页。

宋朝张耒《和应之细雨》云：“绿连平野稼，翠杂乱山氛。”[①]

菅茶山诗中的“山氛”与这些中国诗中语义相同。

“和雨”原比喻连绵不断的雷雨季节。

唐朝刘皂《长门怨三首》云：“雨滴长门秋夜长，愁心和雨到昭阳。”[②]

宋朝范成大《阴寒终日兀坐》云：“腊浅得春全未煖，雪悭和雨最难晴。”[③]

宋朝辛弃疾《林贵文买牡丹见赠至彭村偶题》云：“宝刀和雨剪流霞，送到彭村刺史家。”[④]

茶山诗中描写了黎明时分，山气加上雨气使天色昏暗模糊的情景。这里的“和雨”意为将要下雨的样子。

“冥冥”是昏暗渺茫的样子。“晓冥冥”这一诗语见于唐朝白居易的《早祭风伯，因怀李十一舍人》：

远郡虽褊陋，时祀奉朝经。
夙兴祭风伯，天气晓冥冥。
导骑与从吏，引我出东垧。
水雾重如雨，山火高于星。
忽忆早朝日，与君趋紫庭。

---

① （宋）张耒著，李逸安、孙通海点校：《张耒集》卷十九，中华书局1990年版，第330页。

② （清）彭定求等编：《全唐诗》卷472，第5358页。

③ （宋）范成大：《范石湖集》卷二十九，上海古籍出版社1981年版，第407页。

④ 北京大学古文献研究所主编：《全宋诗》卷3147，第37746页。

步登龙尾道，却望终南青。
一别身向老，所思心未宁。
至今想在耳，玉音尚玲玲。

菅茶山诗中借用中国诗歌中的“山氛”、“和雨”、“晓冥冥”交代了行进时的天气状况，为下面诗句描述行路艰难做铺垫。

《箱根》第二句中的“乱石”和“危桥”诗语的意象是行进艰难，“步且停”更是对行路艰难的形象描写：天色昏暗，路途险峻，只得小心翼翼，走走停停。“步且停”是沿着岩石底部的陡坡一步一步摸索着攀登。

“步且停”未见于中国古典诗歌，但有“走且顾”、“走且僵”等，如：

唐朝刘禹锡《畲田行》诗：“惊麏走且顾，群雉声咿喔。”①

清朝黄遵宪《喜闻恪靖伯左公至官军收复嘉应贼尽灭》诗：“恢恢天纲四围张，群贼空营走且僵。”②

茶山借用中国诗语的结构创造了“步且停”，描绘了一幅动态的行路图。

“簇如星”一词也未见于中国汉诗，但宋朝周邦彦《青玉案》词中有灯光“簇如豆”这一意象。其词为：

良夜灯光簇如豆。占好事、今宵有。酒罢歌阑人散后。琵

① （清）彭定求等编：《全唐诗》卷354，第3966页。

② （清）黄遵宪著，钱仲联校注：《人境庐诗草校注》卷一，上海古籍出版社1981年版，第21页。

琶轻放，语声低颤，灭烛来相就。玉体偎人情何厚。轻惜轻怜转唧嚠。雨散云收眉儿皱。只愁彰露，那人知后。把我来僝僽。[1]

周邦彦词中描写的灯光“簇如豆”与茶山诗中的炬火“簇如星”可谓有异曲同工之妙。

《箱根》前两句先写天色昏暗，行路艰难，接着写前队人马已遥遥在前，再以落后者的视点写所见的前方之景。虽是写景，但诗句与诗句之间联系紧密，如叙事一般，内容连接十分流畅，衔接自然，易于理解。从写景来看，最后一句的“仰看炬火簇如星”是亮点。“仰看”写出了山路的险峻，与第二句中的“乱石”和“危桥”暗中相呼应。将“炬火”比作“星”的手法虽然常见，但用在此处十分恰当，贴切生动。一个动词“簇”字写出了行进中的“炬火”的动态，犹如群星在闪烁。

综上所述，菅茶山“东游诗”中的诗语首先借用中国诗语表达基本相同的意象，或对其诗意稍有改变，或在中国原有诗语的基础上加入动词或替换名词，表达相近的意象。同时菅茶山诗中在借鉴中国诗语的同时进行了创新，即通过改变中国原有诗语创造新的诗语意象。

总之，菅茶山的东游诗有中国诗语的存在和影子，但表现的都是地道的日本“风土记”意象。

---

① （宋）周邦彦著，孙虹校注，薛瑞生订补：《清真集校注》上册，中华书局 2007 年版，第 215 页。

第十章　菅茶山的史诗式汉诗《开元琴歌》论

《开元琴歌》[①]是一首七言古诗，写作于天明六年（1786）末，共70行490字，一韵到底。

一、《开元琴歌》中日文化交流的时空观

江户中期僧人、汉诗人六如（1734—1801）评《开元琴歌》道："大篇大议论，包括千年，历历叙出，不费力，非才豪学博，则何臻于此。"[②]

的确，这首诗气势磅礴，从"岁修邻好通使船"即630年日本舒明天皇朝以犬上御田锹为大使的首次遣唐使团成行的中日文化交流写起，一直写到"松声断续冬夜阑"即1786年冬夜，也就是说，

---

① 李均洋、赵敏俐、尹小林、〔日〕佐藤利行校点重排：《黄叶夕阳村舍文》（前编），第130—133页。

② 〔日〕菅茶山：《黄叶夕阳村舍诗》，儿岛书店1982年版，第129页。

时间跨越一千多年。与中国古代诗人不同，菅茶山以这一千多年的历史时间为纵线，以中日对比历史观和文明观为横线，构建了一个上至周文王，下至日本光格天皇（1779—1817 年在位）的诗歌意象空间。

诗人满腔热情地歌颂了以遣唐使为代表的中日文化交流：

维昔李唐全盛日，岁修邻好通使船。
沧波浩荡如衽席，生徒留学动百千。
吉备研究卢郑学，朝衡唱酬李杜篇。
此时典籍多越海，岂止服玩与豆笾。

这八句诗的背景是唐王朝盛世时，日本政府在 630 年至 838 年之间，先后有 15 次遣唐使团成行，其中开元五年即日本元正天皇养老元年（717）一次使团人数达 557 人，开元二十一年（733）594 人，天宝十一年（752）220 人。这些成百上千的交流使者乘船途经浩瀚的大海，任凭船只起伏颠簸，冒着生命危险来中国学习交流。这些人中的佼佼者有吉备真备（693—775）、阿倍仲麻吕（中国名朝衡，698—770）等。前者 717 年赴唐留学，735 年返回日本，后作为遣唐副史再次赴长安，为中国文化在日本的传播做出了巨大贡献，官至从二位右大臣，也称吉备大臣；后者也是 717 年来唐留学，在唐 53 年直到病故，诗歌上同李白、王维等互相唱和，官职上历任秘书监（皇室图书馆长）、安南节度使。“卢郑学”是指汉末卢植、郑玄的古今学。“豆笾”也称“笾豆”，即古代祭祀及宴会时常用的两种礼器。也就是说，以遣唐使为代表的中日文化交流，涵盖了典章制度、文学艺术、文物服饰等所有的政治、文化领域，极大地促进了日本的社会文明建设进程。

“开元琴”就是这一中日文化交流的象征。这面琴制于开元十二年（724）（此年为甲子年，诗人误记为乙丑），至诗人写作《开元琴歌》（1786）时已有上千年的历史。“此琴当代称难得”是说这面琴在开元年间就是乐器中的珍物，传到日本后就更成了稀世宝物了。[①]“不意殊域万里外，永锁凤象在荒山。”“殊域”和“凤象”这两个诗语是有其深刻含义的。晋孙绰《喻道论》道：“周之泰伯，远弃骨肉，讬迹殊域，祝发文身，存亡不反。”[②]《说文》载：“凤，神鸟也。天老曰：凤之象也，鸿前麟后、蛇颈鱼尾、鹳颡鸳腮、龙文虎背、燕颔鸡喙，五色备举，出于东方君子之国，翱翔四海之外，过昆仑，饮砥柱，濯羽弱水，暮宿风穴，见则天下大安宁。”[③]就是说，“殊域”和“凤象”形成了一个对比的诗歌意象，即文明欠发达的“殊域”传来了象征国家安宁的吉祥物“凤象”。

“东方君子之国”在哪里呢？《山海经·大荒东经》载：“东海之外大壑，少昊之国……大荒之中，有山名曰合虚，日月所出……有东口之山。有君子之国，其人衣冠带剑。”[④]菅茶山未必认为“君子之国”就是指日本，但“无乃灵物寻灵地，乘桴遥向日东天”的

---

① 据东京国立博物馆编《法隆寺献纳宝物》（便利堂 1975 年版）、东京美术学校编《法隆寺大镜·御物篇》（1934 年版）：七弦琴长 109.8cm，最大宽度 17cm，梧桐材质，通体涂黑漆，十三徽（七弦琴琴面十三个指示音节的标识）处绘有螺钿圆纹，黑漆表面有断纹。

② 转引自陈垣：《中国佛教史籍概论》，上海书店出版社 2005 年版，第 19 页。

③ （东汉）许慎：《说文解字》，中华书局 1963 年版，第 79 页。

④ 袁珂校注：《山海经校注》，巴蜀书社 1993 年版，第 337 页。

“日东”确是日本国的别称，菅茶山的故乡福山南部海岸名胜地鞆（日本造汉字）之浦，有一座江户时代元禄年间（1688—1704）建造的对潮楼，悬挂有朝鲜通信使李邦彦于1711年题写的“日东第一形胜”的匾额。

“殊域”即“日东”（日本），“凤象”即“灵物”开元琴。在诗歌意境中，“殊域”是一个中日文化交流的时空观念，而“凤象”则是一个寄寓着诗人中日政治文化史观的哲学观念。前文说过，开元、天宝年间的三次遣唐使团规模之大是中日文化交流史上所罕见的。何以如此呢？当时正值唐王朝开元、天宝盛世，日本视唐王朝政治文化为“凤象”，即国家强盛、天下安定、人民安居乐业的楷模，所以不惜倾举国之财力派遣使团前去交流学习。

但为什么“永锁凤象在荒山”呢？诗人展开了中日历史的对比叙事：“一朝胡尘塞道路，彼此消息云涛悬。”“胡尘”是指天宝十四年（755）的安史之乱，受此影响，“彼此”即中日之间的交流受到了阻隔。“鸦儿北归郡国裂，白雁南渡衣冠殚。”唐末群雄之一李克用率领的军队穿黑衣，故被称作鸦军，曾受唐僖宗之命打败黄巢农民军，后同朱全忠军团交战，败退到山西北部，唐王朝也随之灭亡。“北归”也有败北灭亡的意思。“白雁”谐音元初武将伯颜，“南渡”是指1276年伯颜率蒙古军攻陷南宋都城临安，虏获宋恭帝；“衣冠殚”典出北宋，历史上称北宋末宋高宗渡江、建都临安为“衣冠南渡”，诗人借用此意，这里指南迁的宋朝覆灭。

无独有偶，日本也在步唐宋战乱的后尘：“我亦王纲一解纽，五云迷乱兵燹烟。”“我亦”这一并列词语强调了诗人心中对中日战乱的意识——我日本国也纲纪废弛，皇宫上方的五色瑞云被战乱的狼烟遮蔽得难以辨认了。“坛浦鱼腹葬剑玺，芳河花草埋锡銮。”“坛浦”是寿永四年（1185）日本两大武士集团源平内战最后决战的古战场，平氏全军覆灭，平宗盛被俘，平氏拥保的安德天皇投海自杀。至此，起始于平安时代（794—1192）末期的源氏和平氏之间的内战告终，日本进入首次由武士集团执掌政权的镰仓幕府时代（1192—1333），首任幕府将军为源赖朝。与“坛浦”相对偶的“芳河”是“吉野川”日语发音的汉字（嘉字）训读表记，“埋锡銮”是指1333年镰仓幕府在将军家臣足利尊氏的武力进攻下灭亡，后醍醐天皇回京亲政，足利尊氏却率兵攻入京都，拥立光严天皇，逃到吉野的后醍醐天皇宣称自己为正统，于是形成北朝（京都光严天皇）和南朝（吉野后醍醐天皇）的对立，史称“南北朝时代（1336—1392）”。“尔来豪右耽争斗，人枕银胄席金鞍。文物灰灭无余尽，钟虡羊存属等闲。”诗人写作这首诗的1786年距平安末期的武士战乱已有六百余年，这期间镰仓幕府被室町幕府武力灭亡，室町幕府又被江户幕府武力取代，战乱“争斗”不已，与“中古教化号隆盛，乐律和协礼仪端”形成鲜明对比，这六百年间的武士割据战乱，使礼乐制度及文化遗产几乎损失殆尽，“钟虡”即以天皇为首的社稷王朝只是徒具形式，任武士幕府将军摆布。需要注意的是“中古”这一时代所指。被认为是“邦家之经纬，王化之鸿基”的日本首部皇家史书《古事记》（成书于712年）分上、中、下三卷，上卷的历史时期为神代，即神话时代，下卷是仁德天皇至推古天皇时代。一般认为，应神天皇时（约公元3世纪左右），儒教从朝鲜半岛的百济国传入日本，应神的继任仁德天皇被称为“圣帝”，下卷从仁德天皇开始，标志着天皇的政治思想观转向儒教的天皇观。

诗人菅茶山是位王道即尊王论者，这里的“中古”是相对“神代”及《古事记》中卷的传说中的天皇时代而言的，指的是《古事记》下卷仁德天皇以下，包括奈良和平安时代。这从诗人哀叹的“雅变风变同一辙，时往事往谁追还”中可以得到佐证。所谓“雅变风变”，即《诗大序》所言的“至于王道衰，礼仪废，政教失，国异政，家殊俗，而变风变雅作矣”[①]。

这两句是诗人在《开元琴歌》中展开的中日政治文化交流时空的归结：“李唐全盛日”和日本“中古”的“乐律和协礼仪端”已成为令人追怀的历史，谁来恢复这理想盛世呢？

二、“愤”——《开元琴歌》诗情的惊骇历史真相

俞樾在《东瀛诗选》中对菅茶山的汉诗及《开元琴歌》给予了很高的评价：“礼卿（菅茶山字）诗各体皆工，而忧时感事之忱，往往流露行间，亦彼中有心人也，其《开元琴》一首，借题抒愤，可想见其怀抱。”[②]

《开元琴歌》的情感基调集中在一个“愤”字上，如“我亦王纲一解纽”的“解纽”，“五云迷乱兵燹烟”的“迷乱”，“坛浦鱼腹葬剑玺”的“葬”，“芳河花草埋锡銮”的“埋”，“祸水有源言之丑”的“祸水”，“尔来豪右耽争斗”的“争斗”，“文物灰灭无余

① 郭绍虞编：《中国历代文论选》，上海古籍出版社 2001 年版，第 30 页。

② 〔日〕高岛要编：《东瀛诗选本文和总索引》，第 122 页。

尽”的“灰灭”，“最恨军府创新式”的“最恨”，“雅变风变同一辙”的“雅变风变”等，都抒发着诗人“愤”的情思。

如前所述，《开元琴歌》创作于天明六年（1786），日本近世史上的“天明年代（1781—1787）”是这么一番景象：以天明三年（1783）浅间山火山喷发为前兆，揭开了天明大饥馑的帷幕。这一持续数年、全国规模的大饥馑“饿死者和因饥馑引起的传染病死者约数十万人，一幅名为《地狱图》的水墨画上描绘着饥饿的人不光吃死人，甚至互相残杀，而吃对方的尸体。幕府（当时的国家最高行政机构即中央政府——引者）及各诸侯藩的处置不力是这一惨状的直接原因，因为饿死者全是乡村百姓和城镇市民，没有一个官吏……1783年，以大阪为开端，接着1787年江户，1788年京都，几年间全国主要城市接连发生了抢粮暴乱，特别是江户的打砸抢暴乱，使整个江户城连续四天陷入无政府状态，这是江户历史上未曾有过的骇人听闻的事件。”[①] 这一时期政治上的特点是“权力集中于一人，行贿受贿盛行，因而造成了失职渎职的混乱局面……当时长崎奉行（职称名，由幕府任命，管理当地的税收、财务及农民的行政及诉讼等）一职的贿赂金额为二千两，目付（监督职责的官吏名）的贿赂金额为一千两，这已成为行贿受贿的市场价格……政治的腐败和堕落正是由于田沼（意次，1772年至1787年任幕府老中，即日本政府总理——引者）对此采取了正当化的态度：‘金银是人的生命难以代替的宝物，有人赠送这一宝物而谋求官职时，表明他有忠诚上司的志向，志向的厚薄从赠送钱物的多少上可表现出

① 〔日〕北岛正元：《江户时代》，岩波书店1958年版，第174—175页。

来……我每天上朝为国家苦劳，一刻也不省心，只有退朝回邸，看到诸家赠送的钱物满满地堆放在长廊下，才足以慰藉我意。'（《江都见闻集》）"①

堂堂的江户幕府的总理大臣，毫不掩饰地表白权钱交易这一政治信念，可见"天明年代"的政治伴随着江户时代商品经济的发展也带上了"商品化"的色彩。

诗人菅茶山的故乡福山藩天明六年（1786）也发生了震撼全日本的农民大暴动。菅茶山作于天明七年（1787）初的七律《穷邻》，深情地昭示了福山藩乡民遭遇水涝蝗灾而衣食无助的凄惨景象：

拟颁斗米赈穷邻，自笑山厨未太贫。
时变欢虞三世治，病深草莽五朝臣。
社前林麓偏含雨，蝗后村闾亦入春。
惭我救荒无异术，半生辜负读书身。②

诗中的"时变欢虞三世治，病深草莽五朝臣"两句具有深刻的寓意。"三世"和"五朝"都不是实数，"三世治"寓指备后国福山藩主阿部家族首任藩主阿部正邦（1710年由丹后国宫津藩主转封为备后国福山藩主）及继任的阿部正福、阿部正右和现任藩主阿部正伦等对福山藩的统治。与此相对，这期间先后有中御门天皇、樱町天皇、桃园天皇、后桃园天皇及光格天皇在位。"欢虞"和"病深"

① 〔日〕北岛正元：《江户时代》，第167—168页。

② 〔日〕菅茶山：《黄叶夕阳村舍诗》，第131页。

形成鲜明的反差意象，即讽喻阿部一族统治福山藩数世，与其说政绩平庸，倒不如说政绩“病深”，使福山藩乡民挨饥受饿，不得已而揭竿而起，社会不得安宁。

从大饥馑、抢粮暴动和农民大暴动及政治腐败等方面看，“天明年代”的日本是一个危机四伏、国家危难的年代，这可以说是《开元琴歌》“借题抒愤”的社会根源。

诗人的“愤”是现实生活郁积而成的诗情，通过“开元琴”这一诗题而汹涌地抒发了出来。《诗经》“诗可以怨”的文化传统在《开元琴歌》中得以继承和发扬，使其具有了史诗的认识价值，因而奠定了这首汉诗在江户汉诗乃至日本汉文学史上的史诗地位。

三、《开元琴歌》“垂无极”的皇统观及俞樾的否定

俞樾赞扬《开元琴歌》的同时，却把下面的诗句删除了：

维吾皇统垂无极，国无异姓仕世官。
中古教化号隆盛，乐律和协礼仪端。
无乃灵物寻灵地，乘桴遥向日东天。
及至骚扰深晦迹，有待时运渐循环。
先生所蓄亦雷样，音其古淡貌其妍。

据日本正史《日本书纪》记载，日本首任天皇神武天皇于公元前660年即位于橿原宫（今奈良县内）。明治维新后，日本政府把

这一年定为天皇纪元元年。《开元琴歌》“借题抒愤”，针砭自平安时代末期以来“源平”武士内战以及镰仓、室町、江户幕府武士集团用武力夺取政权，挟天子以令诸侯的武士政治，悲叹“王道衰，礼仪废”，即“乐律和协礼仪端”的理想盛世已不复存在，但俞樾所点评的诗人的“怀抱”是什么呢？

“维吾皇统垂无极”正是诗人的“怀抱”。与中国的异姓革命、改朝换代形成对比，以天皇为代表的皇统尽管遭受到历代幕府武士政权的挑战，但却庆幸一直被保留了下来。

日本学者黑川洋一指出：“江户时代中期，产生了批判武家政治的言论，认为武士掌握政治大权，不是日本的传统，是反国体的现象。赖山阳[①]的《日本外史》是这一思想的集大成论著。他在卷首写道：通观日本兵制的沿革，便知武士兴起的原因。上古时代，天子君临天下，一旦国家有事，天子亲自劳顿征伐，国民拿起剑戟战斗，战事结束，又返乡从事生产。这就是所谓的全民皆兵制，因而不存在武士的职业，政治大权也不会下移给武家。然而，从平安时代中期开始，藤原氏垄断政权，把军事委托给源平二氏，由此出现了武士职业，最终导致武家掌控政治大权。进入室町时代（1333—1573），随着大名（其把管理的地域私有化，也称作守护大名）的出现，社会性质变为封建制。这也是反国体的体制，不是日本的传统。这一批判武家政治的声音越来越强烈，最终酿成了‘尊王攘夷’的明治维新。《日本外史》在其中做出了很大的贡献。”[②]我们知

① 赖山阳（1780—1832），江户后期的儒学家、政治家。

② 〔日〕黑川洋一：《关于菅茶山的〈开元琴歌〉》，《怀德》第58卷，1989年，第21页。

道，赖山阳的《日本外史》刊行于文政十二年（1829），而他的老师菅茶山的《开元琴歌》创作于天明六年（1786），比前者早40多年。

其实，菅茶山的王道，即尊王思想，源于《论语》的大义名分论："若教清庙陈瑚琏，重见薰风被山川。"[①]"熏风"典出《孔子家语・辩乐解第三十五》："昔者舜弹五弦之琴，造《南风》之诗，其诗曰：'南风之薰兮。可以解吾民之愠兮；南风之时兮，可以阜吾民之财兮。'"[②]

被誉为日本资本主义之父，曾任过江户幕府最后一位将军德川庆喜侍从的涩泽荣一（1840—1931）在其著名的《论语讲义》中对《先进第十一》"季子然问：'仲由冉求，可谓大臣与？'子曰：'吾以子为异之问，曾由与求之问。所谓大臣者，以道事君，不可则止。今由与求也，可谓具臣矣。'曰：'然则从之者与？'子曰：'弑父与君，亦不从也。'"[③]一章讲解道："孔子五十五岁的时候仲由、冉求跟随他到卫国，共同侍奉卫国君主。仲由在孔子六十六岁的时候一度跟随孔子回到鲁国。在这之前，冉求被季子召回到鲁国。在这一章，冉求、仲由一起侍奉季子。四年之后，仲由再次去了卫国。即冉求、仲由一起侍奉季氏正是孔子六十八到七十一岁这段时期。当时是季康子执政，康子的叔父子然忘乎所以，暗自将自

① 《论语・公治长第五》中孔子把子贡比作"瑚琏"，夏朝叫作琏，商朝叫作瑚，周朝叫作簠簋，是用珠玉装饰，宗庙里用来盛放黍稷的贵重祭器。

② 王国轩编：《孔子家语》，中华书局2009年版，第255页。

③ 〔日〕涩泽荣一著，李均洋等译：《日本人读〈论语〉》，中国工人出版社2010年版，第249页。

己比作君主之家，以拥有孔子的高徒仲由、冉求二人为家臣而自负。有一天，子然问孔子：‘可以说仲由、冉求二人已经具备了大臣的资格了吗？’孔子不客气地回答道：‘我以为您要问什么奇异之事，是要问这二个简直不值得一提的人吗？’话语里轻慢二位学生，然后义正词严地说道：‘所谓一国的大臣（暗指季子）是指以正道侍奉君主，让君主根据礼仪行仁政，如果君主不听从大臣的话，不能行道义时，不屈节而顺从君主的意见，马上辞官离职（意思是说不该像季子这样逆反无视君主）。像仲由和冉求这样的家宰，官轻身微，只能说是备位充数的官员，不该称为大臣。’子然听后，心中不快又问：‘那么，他们听从任用他们的人，不敢违背吗？’孔子明确答道：‘这不一定，他们虽是普通的官员，但平生深知君臣大义，因此小事顺从主人的意志，如果是杀父弑君等大逆不道之事，他二人是绝对不会顺从主人的意志的。’孔子以此来抑制季氏的大逆不道。前文说过，季氏在庭院里祭祀采用八佾舞，孔子说：‘是可忍，孰不可忍也。’批判这是越君谋反的大逆不道，是不能容忍的，这里说的是同一个意思。只是《八佾》篇言词委婉，耐人寻味，而这一章言词犀利，意义尽然。这一章主要不是在讲仲由、冉求二人，而是在力挫季氏的逆君邪恶行为……日本水户光国（1628—1700）卿的君臣大义名分论以及赖山阳的尊王史论，实际上正是发挥了本章的主旨，这是不容争辩的。”①

这一段讲义是《开元琴歌》“若教清庙陈瑚琏，重见薰风被山川”，即诗人菅茶山政治“怀抱”的贴切注脚。换句话说，菅茶山

① 〔日〕涩泽荣一著，李均洋等译：《日本人读〈论语〉》，第250页。

在《开元琴歌》中抒发的政治“怀抱”是立足于孔子的王道思想，要结束武士霸权而恢复王政，使天皇所代表的日本“皇统垂无极”，即万世永存，如此就能“薰风被山川”，即政通人和、国泰民安。

俞樾的删除反映出了在王道和霸政这一国体性质认识上的中日政治文化观的异同。

《论语·八佾第三》中孔子说道：“管仲之器小哉！”新近有人注释道：“《论语》中多次提到管仲，孔子对他既有肯定，又有否定，从大处而言还是赞扬的。”[①] 日本的《论语》论者却不这么认为：“管仲是齐桓公的宰相，辅助桓公成就了霸业，被推崇为周公后五百年才出一人的杰出人物，但孔子叹息他才能小。意思是说，管仲虽有辅助诸侯国君成就霸业的才能，但却没有复兴天子王业的大才能……孔子逝世后，孟子根据孔子的评价更加明确地论述了天子王业和诸侯霸业的区别。可以说，是孔子第一次向天下后世提出了辅佐霸业的才能不足称道。因此，这一章的主题是着力教导天子王业与诸侯霸业有天壤之别。赖山阳等学者倡导皇室王道而贬斥幕府霸政，其理论渊源就来自孔子的这一教导。赖山阳等学者的学说被后来的仁人志士具体化为‘勤王论’，成就明治维新王政复古的鸿业，这就是圣人一言九鼎的社会效用。”[②]

也就是说，日本从仁德天皇实施儒教政治以来，史家一直恪守《论语》原典中的王道正统论，即“维吾皇统垂无极”而否认异姓革命。这一王道正统国体准则与中国的异姓革命、改朝换代格格不入，

① 张燕婴译注：《论语》，中华书局2006年版，第36页。

② 〔日〕涩泽荣一著，李均洋等译：《日本人读〈论语〉》，第65页。

甚至是水火不相容的。“若教清庙陈瑚琏，重见薰风被山川。”《毛诗正义·周颂·清庙序》道：“《清庙》，祀文王也。”[①] 前文说过，“薰风”典出舜帝的《南风》诗，是政通人和、国泰民安的意思。《开元琴歌》这两句借用“清庙”和“薰风”这两个中国文化元素，是要表明诗人所憧憬的理想国体和政治是孔子提倡的恢复周王朝礼制的王道国体和以尧、舜、禹及周文王为代表的仁政，即以民为本、仁者爱人的儒教政治。不难看出，《开元琴歌》对“异姓革命”持否定态度。

四、宋诗、明诗的影响及“中日比较”的独特诗歌意境

《锦天山房诗话》道：“自六如诗唱宋诗，茶山继起，诗风一变。”[②] 菅茶山对宋诗明诗情有独钟，他曾写道：“清人王渔洋（王士禛——引者）列举古来七言律诗的名家，其中有宋陆放翁，明崆峒（李梦阳）、沧溟（李攀龙）二李等，可谓平心之词。如今平心而看，宋诗中有明诗，明诗中有宋诗，这是明明白白的事实。”[③] 我们知道，宋诗的一个特点是“学人之诗”，而明诗的一个特点是“创作了大量叙事或兼抒情的长诗、组诗”[④]，菅茶山的《开元琴歌》兼

① 孔颖达疏：《毛诗正义》，上海古籍出版社 1990 年版，第 705 页。

② 转引自〔日〕松下忠著，范建明译：《江户时代的诗风诗论——兼论明清三大诗论及其影响》，学苑出版社 2008 年版，第 82 页。

③ 〔日〕菅茶山：《日本随笔大成·第一卷·笔墨消遣》，吉川弘文馆 1993 年版，第 152 页。

④ 参见周振甫：《诗词例话》，中国青年出版社 1979 年版；杜贵晨选注：《明诗选·前言》，人民文学出版社 2003 年版。

有宋诗和明诗的这两个特点，尤其是结束两句“抚罢怅乎袭绿服，松声断续冬夜阑”，明显地受到吴伟业（1609—1671）《圆圆曲》结束句“为君别唱吴宫曲，汉水日夜东南流”①的影响。但《开元琴歌》又不同于宋诗、明诗，甚至所有的中国诗人的创作，这就是其高远的值得我们重视的“中日比较”的独特诗歌意境。

诗人通过“开元琴”这一中日文化交流的见证，首先展示了一个广阔的中日文化交流的历史空间，把“胡尘”，即安史之乱、唐宋王朝的覆灭同“五云迷乱”，即类似于中国的安史之乱而导致天皇王权失落、国家陷入武士集团内战争权的中日战乱的历史加以比较，杜鹃啼血般地咏唱诗人的沉思和批判：在国家统一的象征——王道即王权的旗帜下进行改革，是圣人儒教的原典学理，是国家安定和前进的正确道路；而霸业即背弃王道靠武力谋取政治权力，致使天下内乱不已的武士政权有悖圣人教诲，不符合东方儒教主义，是“合久必分”的罪魁祸首，是内乱周而复始，进而导致历史倒退、恶性循环的直接动因。

菅茶山论诗道：“所谓真诗，咏唱的是亲身的感受及喜怒哀乐；所谓伪诗，是造作心灵没有感动的事，只是模仿前人的诗，或迎合时流。”②《开元琴歌》是一首史诗式的“真诗”，让读者在诗人中日历史文化时空的对比吟唱中，领会到了中日文化交流的辉煌和中日政治文化的异同，是一首难得的海外汉诗珍品。

---

① 福建师范大学中文系古典文学教研室选注：《清诗选》，人民文学出版社2009年版，第39页。

② 转引自〔日〕今关天彭：《菅茶山·下》，《雅友》第31期，1962年，第12页。

第十一章　中日赖山阳汉诗研究综述

赖山阳（1780—1832），名襄，字子成，号山阳，安永九年（1780）出生于大阪江户堀北二丁目。江户时代后期的儒学家、历史学家、思想家、汉诗人、文人画家。其父赖春水（1746—1816）系安艺（今广岛县境内）豪商之子，求学于大阪，学成后曾先后在大阪、江户开塾授徒，以汉诗闻名于日本，是有名的朱子学者，后任广岛藩儒员，并获士族身份。其母静子（后号梅飔）是大阪的儒医饭冈义斋之女。

山阳的青少年时代在广岛度过。宽政十二年（1800），因脱藩[①]事件，山阳被幽禁四年，后被废嫡。文化六年（1809）前往备后国神边菅茶山私塾任私塾讲师，文化八年闰二月六日离开廉塾，前往京都，五月在京都开设私塾。教书育人的同时写诗著书，有《山阳诗钞》、《山阳遗稿诗》、《日本乐府》、《日本政记》、《日本外史》、《通义》等问世。

早在1882年，清代国学大师俞樾就将赖山阳的汉诗介绍到了

① 脱藩：离开所属的潘国，这在当时是违法事件。

中国。当时俞樾受岸田吟香[①]之托编纂了《东瀛诗选》，在第二十一卷中收录了赖山阳汉诗43首。俞樾在卷首评价道："子成天才警拔而于诗学尤深，杜韩苏诗皆手自抄录，可知其所得力矣，卷首《癸丑岁偶作》诗云'十有三春秋，逝者已如水，天地无始终，人生有终始，安得类古人，千载列青史。'味此诗意，乃三十岁所作而已，有颉颃古人垂名青史之意，宜其造就不凡也。"[②]

我国有关赖山阳研究资料中，中文文章有22篇，内容涉及赖山阳汉诗研究和《日本外史》研究等，其中研究赖山阳汉诗的论文4篇，研究其史学著作的论文6篇，其余文章只是对赖山阳的介绍。

赖山阳诗选著作除上面提到的俞樾的《东瀛诗选》外，程千帆、孙望编著《日本汉诗选评》（江苏古籍出版社1988年版）选入赖山阳汉诗歌5首，马歌东选注《日本汉诗三百首》（世界图书出版公司1994年版）选取了赖山阳汉诗5首，李寅生编著《日本汉诗精品赏析》（中华书局2009年版）选入赖山阳诗歌5首。蔡毅著《日本汉诗论稿》（中华书局2007年版）第五章论述了赖山阳对中国古典诗歌传统的继承和创新。

金荣华在《赖山阳的孝亲诗》（《中日关系史研究》2011年第1期）中，介绍了山阳自日本文政六年（1823）至文政十二年（1829）的33首咏叹母亲、父亲、妹妹、族弟以及叔叔的诗歌，认为一代文豪赖山阳的这些咏叹家人的诗歌体现了其重亲情、敬老爱幼的品格，为后代树立了榜样，并举例说明赖山阳在用词上借鉴了

---

① 岸田吟香（1833—1905），日本著名教育家、实业家、新闻记者，出生于冈山县。

② 高岛要编：《东瀛诗选本文和总索引》，第235页。

中国古典。

李芒在《日本汉诗人赖山阳管窥》(《中日青年交流年鉴》1992年）一文中指出：山阳不仅在绝句、律诗等方面成就卓越，在咏史诗等方面也有着很高的造诣。山阳喜欢读中国诗歌，并从中借鉴，但也有批判——他认为袁枚的作品缺乏写实精神，他肯定杜甫的读书论，否定李商隐的作诗风格，认为他过分使用典故，反而造成诗歌意思不明确。

日本有关赖山阳研究文献中论著约40部，研究论文约44篇。大致可分为以下几个方面：诗集、诗歌选集及注释、诗歌研究论文、诗歌研究论著、相关研究论文论著。

一、赖山阳汉诗与“杜诗”

赖山阳的汉诗创作在很大程度上受到了杜甫诗歌的影响，而山阳本人对杜甫诗歌的评价也很高，他曾自编选集《杜韩苏古诗钞》，这里的“杜”即杜甫。谷口匡《西游中的赖山阳与〈杜韩苏古诗钞〉》(《亚洲游学》第93期，2006年）一文论述了西游中的赖山阳与杜诗、韩诗、苏诗的关系，指出赖山阳认为杜甫是古今第一诗人，自编《韩苏诗钞》就是为了理解杜甫和其他中国诗人的诗。山阳的《论诗绝句》(《山阳遗稿》卷二）曾写道：“评姿群睹宋元肤，论味争收中晚腴。断粉零香合时嗜，问君何苦学韩苏。”意思是说，当时诗歌界的流行趋势是借鉴宋元诗以及中晚唐诗的诗歌形式和美学意识来装点自己的诗歌，而山阳主张自己向韩愈和苏轼学习的立场就是建立在“杜甫第一”这一认识之上。

鹫原具仁子《赖山阳的自然诗——以咏山诗为中心》(《国语国文》第71期，2002年)一文指出：赖山阳整理编辑了《杜诗评钞》、《韩苏诗钞》，其中《杜诗评钞》四卷是以清代沈德潜编选的杜甫诗317首为底本并添加了赖山阳的评语。

诚如德富猪一郎在《赖山阳》(田泽书房1979年版)一书中所指出的：赖山阳自称是杜甫的追随者，只是杜甫生活在动乱年代，赖山阳生活在安定的江户时代，两者诗歌的题材不同；山阳多愁善感，对家人非常温情，其诗歌有很多是描写家人的，但杜诗的精神对赖山阳影响很大。

京都有一座“东山”，北接比睿山，群山连绵，京都人对东山有着非常深厚的感情，山阳也是热爱东山的人士之一。热爱东山的山阳作诗道：

余爱东山秀色，每日行饭上铜驼桥。望之一日，忽得“东山如熟友，数见不相厌”句，归家足之，成十六韵。

东山如熟友，数见不相厌。
晨气喜青澄，暮姿爱紫艳。
端庄含温和，绿玉无微玷。
谁比偃卧颓，吾视前后襜。
晴日其快畅，如醉酒味酽。
雨时是恙疾，似睹眉宇敛。
晴雨俱理笰，帻岸又巾垫。

疎阔生鄙吝，对晤当针砭。
唯恨居城市，离隔每相念。
有时屋宇间，瞥然见半面。
云雨手翻覆，久要独可验。
于我丈人行，俯就真愧忝。
相逢便一笑，欲别又相眷。
吾行山亦行，有如负且剑。
吾来餐秀色，七岁未属餍。
作诗薄相贻，浅语君莫歉。①

鹫原具仁子在《赖山阳的自然诗 —— 以咏山诗为中心》（《国语国文》第 71 期，2002 年）一文中分析道，第二十三句中的“丈人”指的是岳父，“行”是排行的意思。也就是说，“丈人行”的意思是和岳父同辈的人。从句子整体来看，对山阳来说东山就像是岳父或伯父那样的长辈，值得敬重。山阳在《望彦山》（《赖山阳诗集》卷十一，文政元年 /1818）中也用“丈人行”来比喻山：“彦山秀拔露锋芒，空便相迎眉宇张。绍介因君更进谒，苏峰温岳丈人行。”鹫原具仁子指出，用“丈人行”这一诗语来描写山的例子并不多见，但是“丈人”这个词本身和山的关系却很深厚。杜甫有一首名为《丈人山》的诗，其中有“青城为客，青城唾地”的诗句。位于四川省的青城山是道教圣地，青城山被称为“丈人山”，另外，

① 〔日〕中村德助：《山阳诗钞新释》，日进堂书店 1911 年版，第 111—112 页。本章的赖山阳诗均引用于此本。

五岳之尊泰山被称为“丈人峰”。杜甫采用拟人化的手法，称道教圣地青城山为“丈人山”。赖山阳受此影响，也把东山拟人化，称之为“丈人行”（这里的“行”读音为háng），以表达对东山的敬仰之情。

江户时期日本文人不仅要读汉文，还要学会融会贯通。当然这并不是与生俱来的能力，要跟随先生学习汉文，平时接触汉籍，并进行模仿。擅长诗文的赖山阳也不例外。由上文论述可知，山阳在进行汉诗创作的过程中，注意模仿杜甫的诗歌，具体表现在诗语的借鉴方面。“丈人”一词原意本是指岳父，杜甫将四川青城山比喻成“丈人山”，以表达自己对山的尊敬以及自己的谦卑之情，而山阳对京都东山的感情正是如此，因此在诗歌创作的时候受其启发，创造了“丈人行”这一诗语。

赖山阳39岁时（文政元年／1818）因父亲春水去世三周年忌日回到广岛，顺便开始了他的九州游历之行。同年一月从京都出发，二月回到广岛，三月六日离开广岛，经过下关进入九州，依次走访了博多、长崎、熊本、鹿儿岛等地，翌年即文政二年（1819）八月十四日同母亲返回京都。旅行期间创作的诗收录在诗集《山阳诗钞》卷三、卷四的“西游稿”中。西游诗被认为是山阳诗歌中最优秀的诗作。

谷口匡在《西游中的赖山阳与〈杜韩苏古诗钞〉》（《亚洲游学》第93期，2006年）一文中对赖山阳汉诗中“杜诗”影响进行了论述。西游诗《周防道上》写道：“芸薇沿海路纡回，常看予峰云外堆。看到周防青始了，丰山代送黛光来。”（《山阳诗钞》卷三）“芸薇”即芸备，也就是芸州（安芸国，今广岛县西部）和备州。

“予峰”是伊予的山峰，“丰山”是丰前国的群山。山阳于文政元年（1818）三月六日从广岛出发，同月十四日到达下关，这首诗描写的是途中的风景。其中第三句“看到周防青始了”是借鉴了杜甫《望岳》中“岱宗夫如何，齐鲁青未了”的诗句。

谷口匡还列举了山阳的另一首诗《至佐嘉要诸儒会饮，供又鲸肉，用席上得所韵作长句》，其中写道：“巨鬣掀潮喷雪花，万夫攒矛海门哗。肥海捕鲸耳曾熟，何料鲜肉到齿牙。片片肪玉截芳脆，金虀玉脍曷能加。他日所食非真味，盐藏况经运路遐。君不见先候戈铤殪豕蛇，此物戢鬐上铁叉。多士方遭偃武日，取侑文酒爱柔嘉。羡君笔力能掣渠碧海涯，恨吾酒量不如渠吸百川波。”（《山阳诗钞》卷三）这首诗描写的是山阳在佐贺与锅岛藩的藩儒们聚餐，看到餐桌上竟然有鲸鱼肉时的情景。“肥海”指的是肥前国的海，在那里捕到的新鲜鲸鱼被制作成“金虀玉脍”这样的精致美食，“盐藏”指的是腌制的鲸鱼肉，而在“君不见先候戈铤殪豕蛇，此物戢鬐上铁叉”这一诗句中，山阳将用钢叉捕杀鲸鱼的场景比喻成锅岛候的祖先世世代代手拿长矛英勇地击退暴虐的敌人的情景。谷口匡认为，这首诗的末尾两句是根据杜甫《戏为六绝句》其四（《杜工部集》卷十一）中的“未掣鲸鱼碧海中”及《饮中八仙歌》（《杜工部集》卷二）中的“饮如长鲸吸百川”而来。

二、赖山阳汉诗与苏诗

鹫原具仁子在《赖山阳的自然诗——以咏山诗为中心》一文

中，论述了山阳汉诗尤其是咏山诗中的苏轼诗影响，指出山阳的弟子后藤松阴[①]评价《山阳诗钞》中《东山如熟友》这首诗："像苏长公。""苏长公"即苏轼。鹫原具仁子考察了《赖山阳全书》（木崎爱吉、赖成一编，赖山阳先生遗迹显彰会出版，1932年）指出，赖山阳将"杜甫、韩愈、苏轼的古诗选集"重新编集为《杜诗评钞》、《韩苏诗钞》并带在身边，其中《韩苏诗钞》七卷由《韩昌黎诗钞》四卷和《东坡诗钞》三卷组成，分别收录韩愈诗69首，苏轼诗89首。《东坡诗钞》只收录古体诗，《韩昌黎诗钞》里还包括了28首近体诗。

山阳善于模仿运用苏轼诗，这在其西游诗中表现得最为明显。谷口匡在《西游中的赖山阳与〈杜韩苏古诗钞〉》（《亚洲游学》第93期，2006年）一文中对此进行了如下论述。

山阳借鉴苏轼诗的一个典型例子是苏轼的《澄迈驿通潮阁二首》。元符三年（1100）五月，东坡受命移至廉州安置，六月赴廉途中作《澄迈驿通潮阁二首》："倦客愁闻归路遥，眼明飞阁俯长桥。贪看白鹭横秋浦，不觉青林没晚潮。""余生欲老海南村，帝遣巫阳招我魂。杳杳天低鹘没处，青山一发是中原。"[②]《澄迈驿通潮阁二首》表达了苏轼对故乡的思念之情，以及盼望归乡的急切心情。

赖山阳的西游，是其一生中唯一的一次九州游历。在西游之

① 后藤松阴（1797—1864），名机，字世张，通称俊藏，号松阴，江户后期儒学家。出生于美浓（现在的岐阜县）。自幼被称为神童，文化十二年（1815）开始师从于赖山阳。文政元年（1818）跟随赖山阳西游。其著作有《春草诗钞》、《好文字》、《松阴亭集》、《松阴诗稿》、《松阴文稿》等。

② 钱锺书：《宋诗选注》，生活·读书·新知三联书店2002年版，第121页。

前，他曾于文政元年（1818）三月至四月期间，在下关住了1个月，把原定于四月二十二日出发去小仓（今福冈县北九州中部）的日期改在了二十四日。据木崎好尚编写的《赖山阳全传》：原定二十二日前往小仓，延至今日。把挥笔所作“近作十二绝”留赠广江家。所谓的“近作十二绝”是指山阳寄宿在广江家20余天期间创作的12首绝句，离开时山阳将这些诗赠送给了广江氏。“广江”指的是广江殿峰[①]，山阳在下关期间大部分时间都逗留在广江家。《赖山阳全传》中列举了其中一首，内容如下：“萍迹悠悠赤马关，登高聊复饯春还。中原一发青何在，眼尽天低鹘没间。”赤马关即现在的下关。在没有目的的旅途中，赖山阳不远万里来到下关，登上了一座小山丘，举办春日酒宴。谷口匡认为此诗的后两句是模仿苏轼《澄迈驿通潮阁二首》中的第二首“余生欲老南海村，帝遣巫阳招我魂。杳杳天低鹘没处，青山一发是中原”诗句。苏轼的这首诗抒发了被流放到海南岛的诗人得到赦免回到中原时的喜悦之情。

苏轼的律诗《和子由渑池怀旧》对赖山阳诗影响尤深。苏轼写道：“人生到处知何似，应似飞鸿踏雪泥。泥上偶然留趾爪，鸿飞那复计东西。老僧已死成新塔，坏壁无由见旧题。往日崎岖还记否，路长人困蹇驴嘶。”[②]这首诗是苏轼律诗中最为脍炙人口的作品之一，表达了作者对世事无常的感叹，以及对过往人事的追忆。被后世广为流传的前四句的意思是：人生如同旅行，奔波于各地，又

① 广江殿峰（1756—1822），出生于藤井家，后成为以酿造酱油为生的广江家的养子。虽为商人，但精通绘画、篆刻，并与很多文人墨客交好。殿峰家在当时的交通要道下关，因此，经常有文人墨客投宿在此，山阳便是其中的一位。

② 钱锺书：《宋诗选注》，第103页。

像是迁徙中的鹏鸟一样，偶然间在雪泥地里留下爪印又匆匆飞向远方，一旦飞走，便无法知道它的去处。苏轼将人生比喻成一场持续不断的旅行，西游中的赖山阳对此产生了强烈的共鸣，屡次在自己的诗中运用这一典故，如“东海回首廿年余，鸿爪春泥迹有无”（《台道宿上田翁家题谷文晁画芝海图》）。在这首诗中，赖山阳回忆自己年轻时前往江户的经历，并感叹随着时间的流逝，东游的记忆已经渐渐淡去。再如“何图鸿爪迹，复寄鹪枝安”（《僦居五首》之二）。这首诗是山阳逗留在京都友人武元登登庵的住所——富观楼期间所作，“鸿爪迹”指富观楼。山阳感叹道，如同鷦鷯在深林中的树枝上筑巢一样，现今自己逗留在旅途中。“雪泥聊托冥鸿迹，萍水新同振鹭盟”（《熊府辛岛教授招饮先人之友也赋此奉呈并赠在座诸儒》）。这首诗创作于熊本，山阳在此地短暂停留，如同萍水相逢一样，与当地贤达之士结识，建立了友谊，“振鹭盟”指白鹭群聚在一起，洁白一片，比喻结交廉洁的贤达之士。“肥山云雾萨海风，回首游踪总雪鸿”（《赠茶山翁》）。这首诗创作于西游结束后，当时山阳顺道去神边的廉塾，将这首诗赠与老师菅茶山。诗歌大意是：那九州旅行、肥后群山、萨摩碧海，如今回头望去，也不过是过眼云烟。“秋兔痕分画南北，春鸿迹记客西东”（《殿峰翁像赞》）。这首诗是文政五年（1822）赖山阳的崇拜者——下关的广江殿峰去世时，赖山阳写作的缅怀诗，诗意是：聚集在广江家的文人墨客分为南宗和北宗画派两个派别，这些文人墨客在各地留下飘渺足迹。“秋兔”是笔的别称。

前面曾提及，谷口匡在《西游中的赖山阳与〈杜韩苏古诗钞〉》一文中指出《寓广江氏二旬》一诗的创作受到苏轼《澄迈驿通潮阁二首》第一首的影响，而赖山阳代表作《泊天草洋》(《山阳诗钞》卷四）在很大程度上受到了《澄迈驿通潮阁二首》第二首的影响。《泊天草洋》写道："云耶山耶吴耶越，水天髣髴青一发。万里泊舟天草洋，烟横蓬窗日渐没。瞥见大鱼波闲跳，太白当船明似月。"这首诗原本是从长崎诗人吉村迂斋[①]的《大村湾》"三十六湾湾又湾，蜻蜓西尽白云间。洪涛万里岂无国，一发青分吴越山"一诗得到启示，初稿为"眠惊船底响寒潮，天草洋中夜系桡。太白一星光似月，波间照见巨鱼跳"，后改写，其中"水天髣髴青一发"一句，显然这是受到苏轼《澄迈驿通潮阁二首》中"青山一发是中原"的启发。值得一提的是，这句的"青一发"诗语在赖山阳的《壇浦行》中也出现："南望予山青一发。"谷口匡认为《泊天草洋》中脍炙人口的"云耶山耶吴耶越"是受到了苏轼《书王定国所藏烟江叠嶂图》诗中"山耶云耶远莫知"诗句的启发。

熙宁四年（1071）旧历六月，苏轼因与王安石政见不合，遭谢景温诬告，由太常博士直史馆黜为杭州通判。七月沿蔡河舟行东南，经陈州至颍州。时恩师欧阳修居颍，师生见面，免不了共叙离别之情，盘桓月余。十月出颍口入淮水（颍口即颍上东鲁口至正阳一段），后东行至寿州，写下《出颍口，初见淮山，是日至寿州》："我行日夜向江海，枫叶芦花秋兴长。平淮忽迷天远近，青山久与船低昂。寿州已见白石塔，短棹未转黄茅冈。波平风软望不到，故人久立烟苍茫。"[②]

---

① 吉村迂斋（1749—1805），名正隆，通称久右卫门，江户时代最有名的汉诗人之一。
② （宋）苏轼著，（清）王文诰辑注，孔凡礼点校：《苏轼诗集》，第282—283页。

鹫原具仁子《赖山阳的自然诗 —— 以咏山诗为中心》(《国语国文》第71期，2002年）一文指出：山本和义评价苏诗道：通常来说山是静态的，但是如果作者的视线自由变换的话，山的高低也会发生变化。以常识看来原本不应该变化的东西，实际上是变幻的。“青山久与船低昂”一句，通过诗人视线的自由变化，原本不可能变化的“山”也呈现出变幻的姿态。

山阳的咏东山诗中“吾行山亦行”一句表现的也是视线变化后的景致，山阳咏叹的是本来不可能移动的东山变得好像能行动一样。由此可见，山阳诗歌中视线变化的这一特点和苏轼非常相近。山阳诗中经常使用“吾”、“我”这样的字眼。咏叹东山的这首诗中也是如此，除第二十七句的“吾行山亦行”以外，第八句的“吾视前后襜”，第二十三句的“于我丈人行”，第二十九句的“吾来餐秀色”等都体现了山阳以自己所处的不同位置为视点来描述东山。鹫原具仁子还列举了另外三首山阳的汉诗，也是以山阳自身视线的改变呈现出风景的变化：

《下筑后河》(文政元年作)

石東奔湍屈曲流，朝发丰州暮筑州。
两岸相迎频换面，一舟欲进数掉头。[1]

① 〔日〕木崎好尚编：《赖山阳诗集》卷十二，淳风书院1930年版。

《入丰前过耶马溪，遂访云华师，共再游焉，遇雨有记，又得八绝句》（其一，文政元年作）

峰容面面趁看殊，耶马溪山天下无。
安得彩毫如董巨，生缣一丈作横图。[①]

《自岩国上船见故乡》（文政二年作）

菰防夹海路如环，斜取舟程截碧湾。
换面转头难认识，问名尽是惯看山。[②]

第三首描写的是故乡的山，对于山阳来说故乡的山虽然是自己所熟悉的，但是坐在前进的小船上远眺，山也呈现出变幻不同的姿色，与以往自己所见到的样子有所不同。第一首诗和第三首诗中都用到了“换面”这一诗语。通常“改头换面”表示的是虽然表面的样子变了，但是实质没有发生变化，是一个贬义词，但是在山阳的诗中，意思却是根据视线的变化，山的姿态也有所不同，风景在变幻。

山阳《十月二日，逾岭，即夜宿水股駅之深水氏，酒罢就枕》写道：“樱狱在吾后，依依未分携。阿苏在吾面，迎笑如相徯。”鹫原具仁子在《赖山阳的自然诗——以咏山诗为中心》一文中以这首

① 〔日〕水田纪久、赖惟勤、直井文子校注：《新日本古典文学大系 66——菅茶山·赖山阳诗集》，第 210 页。

② 木崎好尚编：《赖山阳诗集》卷十二，淳风书院 1930 年版。

诗为例对赖山阳汉诗所受苏轼诗歌拟人手法的影响进行了论述，指出这首诗采用的是拟人手法，咏叹的是“山”迎接自己的到来。鹫原具仁子援引小川环树论文《自然对人类怀有好意吗 —— 宋诗的拟人法》中的观点：“宋诗中有很多描写自然对人类怀有好感的诗歌，一般情况下，和唐诗相比宋诗给人一种明朗的感觉，这也许是因为受到诗人们的以幸福为基调的人生观的影响。”学习宋诗的日本近世后期的日本诗人中，涌现出很多像宋代诗人那样的描写自然对人类怀有好感的汉诗。山阳汉诗中“阿苏在吾面，迎笑如相徯”两句，写的就是“山”高兴地迎接自己的到来。这显然是受到了宋诗的影响。

鹫原具仁子还列举了山阳另外一首《入京》（《赖山阳诗集》卷十二，文政二年作）：“未睹妻儿面，先望宕睿山。宕睿知何意，自将云雾蔽晓鬟。万里归来为汝在，一笑乃两向我悭。得非太契阔，羞涩未露颜。不然妒我多他意，留连阿苏温仙间。”将京都的爱宕山和比睿山比作女性，爱宕山和比睿山之所以将自己的脸隐藏在云雾之中，是因为自己很久没来，她们嫉妒九州的阿苏山和云仙岳。在《东山如熟友》这首诗中，山阳将东山看作是自己所尊敬的对象，而在此山阳将山比喻成会嫉妒的女性，虽说都是将山拟人化，但是表现手法却不相同。鹫原具仁子指出，以拟人手法对山进行咏叹的时候，有很多将山比喻成女性，诗人（男性）和山相遇的例子。也就是说，大自然对人类的好感等同于女性对男性的爱慕之情。山阳及其同时代诗人的作品中，自然诗的其中一个类型是咏叹自然对人类的好感，鹫原具仁子认为这是受到了宋诗中拟人手法的影响。山阳的《东山如熟友》这首诗同样属于咏叹自然对人类的好感，但是同时代诗人作品的特点是山（女性）期待着诗人（男性）

认出自己，或者说兴奋地迎接着对方的到来，而山阳这首诗中将东山比喻成自己尊敬的长者或者是“熟友”，同其他日本汉诗人的拟人手法有所不同。

赖山阳汉诗中的苏诗影响不仅表现在诗语运用、诗歌形式、表现手法等方面，而且表现在赖山阳在汉诗中直接引用苏轼的诗句。

谷口匡在《西游中的赖山阳与〈杜韩苏古诗钞〉》（《亚洲游学》第93期，2006年）一文中指出，山阳明显借用苏轼诗句的有《壇浦行》开头部分：“几甸之山如龙尾，蜿蜒曳海千余里。直到长门伏复起，隔海丰山呼欲出。”诗意为：从近畿到中国地区的群山，高耸矗立，向西蜿蜒至千里。大海仿佛是潜入了长门下关，隔着关门海峡，可以看见丰前国的群山，海峡之间的距离很近，仿佛呼喊一声就能听见回响一般。最后一句的“隔海丰山呼欲出”是苏轼《望海楼晚景五绝》第三首中“隔岸人家唤欲应”的借用。再如《长崎谣十二解》的第五首：“白榜青尊乘暮天，撑过海船系梳边。请君莫笑银杯小，涵得东西万里船。”意思是：手拿酒杯在傍晚的长崎海边，边划船边饮酒。请不要嘲笑银杯小，这小小杯子可以倒映出驶向万里之外的东吴的船只。“东吴”是指古代中国的吴国。第三句“请君莫笑银杯小”是袭用苏轼《莫笑银杯小答乔太傅》诗中的诗句。

三、赖山阳汉诗与韩愈诗

赖山阳引用韩愈诗的一个典型例子是《过龟岭临眺诸岳，盖肥萨日隅分界处也》(《山阳诗钞》卷四),“龟岭”即龟志岛岭,位于肥后、萨摩、日向、大隈四国的境内。这首诗是山阳从龟志岛岭眺望肥后、萨摩、日向、大隈四国群山时而作:

一岭蟠四国,瞰视万山低。
雄拔者五六,指点自不迷。

诗意是:站在横跨四国境内的山岭之上,向下俯瞰,感觉所有的山都变得很低。要问这中间最雄伟挺拔的是哪一座,毫无疑问就在眼前。

樱岳在吾后,依依未分携。
阿苏在吾面,迎笑如相徯。
温山与雾峤,俯仰东又西。
何图九国秀,攒簇拥马蹄。

樱岛的诸座山峰都退向身后,渐渐远去,前方阿苏山正笑颜相迎。云仙岳和雾岛连峰各自矗立在东西两侧,俯仰相对。就这样,九州的峻秀山峰怀簇拥着我旅途中的马蹄。

肥隅两湾海,渟泓碧玻璃。
列仙森玉立,鉴貌整冠笄。
譬之人躯干,腰尻与復腹。
此岭是脊膂,表里道程齐。

肥后和大隈的海呈现一片墨绿色，如澄清碧波，仙女般的群山在水中倒映出优雅整齐的姿容。如果把群山比喻为人身体的腰臀、腹脐，那么龟岭就可以说是背脊，连接着表（腹脐）和里（腰臀）。

吾今上其顶，右挈又左提。
灵秘无遁隐，何异照水犀。
厚福享可愧，宁无诗句题。
恨吾无杰语，空吐气如霓。

今天我终于竭尽全力登上山顶，水中倒映着的灵峰清晰可见，如同燃烧着的犀牛角在水中的倒影一样。能欣赏到如此美景，我深感幸运，必须作诗一首，可遗憾的是我却找不到合适的词语能形容此等绝景。

天风吹衣袂，我马亦长嘶。
欲笑一衡岳，当时狂昌黎。

谷口匡指出末尾两句“欲笑一衡岳，当时狂昌黎”是一个应当注意的问题点。“衡岳”即衡山，中国的五岳之一，也称南岳。“昌黎”毫无疑问指的是韩愈，韩愈登上华山后，惊于华山之险，不敢下山，情绪崩溃的故事在李肇[①]的《唐国史补》（卷中）中有所记

① 李肇：唐朝人，字里居，生卒年均不详，约唐宪宗元和中 813 年在世。累官尚书左司郎中，迁左补阙，入翰林为学士。著有《翰林志》一卷，《唐国史补》三卷，《新唐书志》及《宋史志》。

载[①]。三宅樅台在《山阳诗钞集注》中对“衡岳”做了解释，并引用了韩愈《谒衡岳庙遂宿岳寺题门楼》中“我来正逢秋雨节，阴气晦昧无清风。潜心默祷若有应，岂非正直能感通。须臾静扫众峰出，仰见突兀撑青空”[②]这六句诗。这首诗描写的是韩愈登上衡岳山顶时，正逢秋雨时节，空气潮湿且无风，静心祈祷时，雾气散去，众山峰清晰呈现在眼前的景象。谷口匡认为《谒衡岳庙遂宿岳寺题门楼》中的衡山和韩愈登华山情绪崩溃之事没有任何关系，但山阳可能把韩愈登华山的故事搞错了，而把它与衡岳结合在了一起。

所以说，山阳在创作《过龟岭临眺诸岳，盖肥萨日隅分界处也》时，可能联想到了韩愈的同类作品《谒衡岳庙遂宿岳寺题门楼》，也许山阳在想到《谒衡岳庙遂宿岳寺题门楼》一诗的时候，把韩愈在衡山发生的事与在华山因惊吓而情绪失控的故事联系到了一起，从而形成了诗的题材。尽管如此，山阳此诗受韩诗的影响是毫无疑问的。

对诗歌意境的借鉴可以说是日本汉诗人模仿中国汉诗时不可避免的一个层面，赖山阳亦如此。诗歌意境包含着诗人的主观感情，与诗人的个人经历以及思维方式相关，因此诗人在模仿前人进行诗歌创作时，如果不能有所创新，就会沦为平庸，甚至有抄袭之嫌。山阳在借鉴上注意到了这一问题。如赖山阳《九重岭》（进入

---

① 韩愈曾携友人同登华山，上山之时并未觉得恐慌，等到了山巅，发现四周险峻异常，望去令人头晕目眩，惊恐万分的韩愈认为自己这一辈子就要被困在华山上了，当即情绪崩溃，发狂般号哭，并且写信与家人诀别，陪客仆从怎么劝阻都无济于事。事情被报到华阴县衙，县令派人花了好大的力气，才把韩愈从山上救下来。

② （清）彭定求等主编：《全唐诗》卷338，第3789页。

丰后国后所作）中有这样的诗句："吾来东北际，北风轿欲飏。譬如上龙脊，冷然凌大荒。"旧历的十月已经进入了秋冬交替时节，凛冽的北风呼啸而过，乘坐的轿子都好像要飞起来。宛如坐在龙的脊背上，飞翔在天空中。"大荒"指空中。谷口匡在《西游中的赖山阳与〈杜韩苏古诗钞〉》一文中，把这首诗与韩诗进行了比较分析，指出韩愈有首《杂诗》描写的是以世间凡夫的心境，登上昆仑之巅，可人世间好像已过了亿万年的天外奇想，末尾两句是"翩然下大荒，被发骑麒麟"[①]，描写的是披头散发乘着麒麟从空中降落的景象。谷口匡认为山阳的"譬如上龙脊，冷然凌大荒"很明显受到了"翩然下大荒，被发骑麒麟"的影响，只不过作者把"麒麟"改成了"龙脊"，"翩然"改为"冷然"。值得一提的是，苏轼有一篇赞颂韩愈的碑文《潮州韩文公庙碑》，其中有句名句"翩然被发下大荒"，也是受到了上文中"翩然下大荒，被发骑麒麟"的影响。

四、赖山阳汉诗与杜牧诗

日野龙夫在《赖山阳的游荡和文学的关系》（《国文学——解释和教材研究》第 27 卷第 8 期，1982 年 6 月）一文中认为，赖山阳的老师菅茶山《子成将东行》诗中有"谁伴樊川作水嬉"（见菅茶山诗集《黄叶夕阳村舍诗》后编卷三）一句。十年后山阳曾就这首诗写道：赠不辱已十年，一觉梦惊，鬓系禅榻，非复旧小杜。

① （清）彭定求等主编：《全唐诗》卷 340，第 3816 页。

“一觉梦惊”是根据杜牧诗歌《遣怀》中的“十年一觉扬州梦”而来，“鬓系禅榻”也是引用了杜牧的诗歌《醉后题僧院》中的“今日鬓丝禅榻畔，茶烟轻扬落花风”。[①]十年后的山阳并没有因为老师茶山把自己比喻成杜牧而有什么反感的情绪，反而觉得很怀念茶山的这一比喻，感慨曾经年少放荡的自己已有所改变。

在茶山学塾担任讲师期间，山阳编纂了《唐诗选》，根据卷首的自序此书于文化七年（1810）八月编纂完成，其中收录唐诗206首。最多的是杜牧的诗，有15首，李白11首，刘禹锡和李商隐各9首。文化四年（1807）山阳写的七绝《怀仲父丈人在九州》中承上启下的一句“淅淅潇潇鸣彻晓”，其中“淅淅潇潇”毫无疑问是借用了杜牧七绝《秋浦途中》中的“萧萧山路穷秋雨，淅淅溪风一岸蒲”。“十年一觉扬州梦”[②]也被赖山阳借用在诗歌《鸭子川头・春若何》中。日野龙夫认为：山阳崇拜杜牧的动机可以归结为山阳将自己的出游比喻成杜牧的出游，山阳一面为自己的孤寂而烦恼，一面将自己比喻为青楼的薄情才子，以求得到释怀；茶山在送别诗《子成将东行》中将山阳比喻为杜牧，并没有什么不满讽刺的意思，而是对山阳诗人才能的一种前瞻性的肯定。

本章结论如下：

日本的赖山阳汉诗研究，其优点体现在几个方面：首先，从研究方法上来说注重文献的调查，注重追根溯源。如对赖山阳汉诗创作中的中国文人影响研究，论者对赖山阳汉诗与中国汉诗进行对比

---

① （清）彭定求等主编：《全唐诗》卷522，第5974页。

② （清）彭定求等主编：《全唐诗》卷523，第5980页。

研究的时候都考察了大量的文献资料，分析的切入点细致入微。其次，从研究角度而言，日本的赖山阳汉诗文研究涉及各个方面。如赖山阳汉诗中的中国诗文化影响层面，涉及杜甫、苏轼、韩愈、杜牧等，具体来说，这些研究不仅比较诗语的影响和典故的引用，还从表现手法的借鉴及诗歌意境的模仿等各个层次进行细致入微的分析。

日本的赖山阳汉诗研究还存在以下不足：首先是大部分论文侧重于生平和文本介绍。其次是在赖山阳汉诗文与中国诗文化影响的比较研究上，没有深刻分析赖山阳在接受影响后的日本文化性格。这是今后赖山阳汉诗中中国文化影响研究的深层问题，值得进一步拓展研究。

第十二章　赖山阳西游诗研究

文政元年（1818）二月五日，赖山阳为了父亲春水的三周年忌回至广岛家中，二十九日服丧过后，三月六日由广岛出发开始了九州之旅，十二月下旬返回下关，翌年二月回到广岛，三月归京。赖山阳在文政元年至文政二年（1819）即赖山阳39岁至40岁在九州游历期间创作的汉诗，被称为“西游诗”，收录在《山阳诗钞》卷三、卷四“西游稿”中。

赖山阳为期一年的九州游历的路径是：下关、筑前国（福冈）、长崎、肥后国（熊本）、萨摩国（鹿儿岛）、大隅国（鹿儿岛西）、肥后国（熊本）、丰后国（大分）、丰前国（大分北部），最后又回到下关。

本章所引赖山阳西游诗除特别注明出处外，其余皆以中村德助《山阳诗钞新释》（日进堂，1911年）中的西游诗为文本。晚清俞樾（1821—1907）编著的《东瀛诗选》（1883年）里收录了赖山阳汉诗43首，其中西游诗13首；水田纪久、赖惟勤、直井文子校注《菅茶山·赖山阳诗集》（岩波书店，1996年7月第一版）里收录了赖山阳汉诗300首，其中149首选自《山阳诗钞》，137首选自《山阳遗稿》，14 首选自《山阳乐府》，西游诗 39 首；安藤英男译注《赖山阳诗集》里收录了 156 首，其中乐府诗 12 首，西游诗 25 首；马歌东选注《日本汉诗三百首》收录赖山阳汉诗 13 首，其中西游诗 2 首；李寅生编著《日本汉诗精品赏析》收录赖山阳汉诗 10 首，其中西游诗 3 首。

涉及西游诗的论述有蔡毅的《日本汉诗论稿》，其中写道："赖山阳的山水风土之作，如一幅幅色泽丰润、气象万千的画轴，展示了东瀛列岛独具的风姿情韵，令人神往。"[①]

一、赖山阳西游诗中的日外历史人物形象

1. "太白钟精眼碧光"——拿破仑形象

《佛郎王歌》

佛郎王，王起何处大西洋。
太白钟精眼碧光，天付韬略铸其肠。
蚕食欧逻东拓疆，誓以昆仑为中央。
国内游手收编行，兵无妻子武趪趪。
缩梃为铳伸为枪，铳退枪进互撞搪。

① 蔡毅：《试论赖山阳对中国古典诗歌传统的继承和创新》，载《日本汉诗论稿》，中华书局 2007 年版，第 85 页。

所向无前血玄黄，独有鄂罗相颉颃。
潜遣谍贼怀剑铓，王觉故与之翱翔。
能刺刺我不能亡，汝主何不旗鼓当。
遣客即发阵堂堂，绒旗蔽天日无芒。
五战及国我武扬，鄂罗如鱼泣釜汤。
何料大雪平地一丈强，王马八千冻且僵。
运路梗塞不可望，马肉方寸日充粮。
王曰天不祐佛郎，我活吾众降何妨。
单骑降敌敌不戕，放之阿墨君臣庆。
戊寅岁吾游埼阳，遭逢蛮医闻其详。
自言在阵疗金创，食马免死今不忘。
君不见何国蔑有贪如狼，勇夫重闭贵预防。
又不见祸福如绳何可常，穷兵黩武每自殃。
方今五洲休夺攘，何知杀运被西荒。
作诗记异伝故乡，犹觉杀气迸奚囊。[①]

此诗乃赖山阳于文政元年（1818）五月二十三日至八月二十三日，在长崎停留期间所作，被选入晚清俞樾编《东瀛诗选》及安藤英男译注《赖山阳诗集》。

诗中的“佛郎王”即拿破仑（1769—1821），法兰西第一共和国执政、法兰西第一帝国皇帝，出生在法国科西嘉岛。他执政期间

① 俞樾编，曹昇之、归青点校：《东瀛诗选》中册，中华书局2016年版，第648—649页。

多次对外扩张，形成了庞大的帝国体系，创造了一系列军事奇迹。1812 年其兵败俄罗斯，元气大伤，1814 年他被反法联军赶下台。1815 年复辟，随后在滑铁卢之战中失败，被流放到圣赫勒拿岛。1821 年病逝，1840 年其尸骨被迎回巴黎隆重安葬在塞纳河畔。

诗歌大意为佛郎王生于遥远的西方，像吸取了太白星的精气一样，有双碧眼。天生谋略，铸其秉性。犹如蚕食桑叶，向欧洲扩大疆土。誓以昆仑为中央，向东进军。把国内闲置之人编成队伍，他们没有妻子，是天生的战士。武器是一长棍，缩短时变为枪，近距离战斗时又变为长矛。向前用矛，向后用枪，相互配合。军队所向无敌，所到之处血流成河。只有鄂罗侯（指俄罗斯）能与之抗衡，鄂罗侯派刺客到佛郎王处，趁其不备欲杀之。佛郎王察觉后，与刺客周旋。“如果你能杀了我，就杀吧。但即使把我杀了，也不能消灭我的国家。”“你的主人何不与我鸣鼓开战？”于是佛郎王出发与鄂罗侯开战，经过五次战斗，大获全胜。鄂罗侯如锅中鱼绝望哭泣，岂料天公突降大雪，平地积雪一丈有余。王兵马八千，皆冻僵倒下。补给粮草的道路被阻塞。于是把冻死的马肉分给士兵们充饥，佛郎王曰“天不保佑佛郎”。如能让大家活下来，我去投降又如何。独自一人投降，鄂罗侯反而没有杀他，将其放逐到阿墨（今美国），鄂罗侯及其臣下举杯欢庆。我在戊寅年（文政元年，即 1818 年）游长崎，遇见西方来的军医，详细询问了佛郎王的事迹。医师说：“佛郎王和鄂罗侯打仗时，我在佛郎王军中给士兵治伤。当时食马充饥，幸而生存，至今不能忘。”君不见世间鲜有国家不像狼一样贪婪，要想不被外寇灭亡，勇士应该坚守国境，重视防御。但还是老子说得好——祸福无常，肆意发动战争反而自受其害。现在的世界看似和平，但随时可能起杀机，如同法国和俄罗斯的战争。作此诗来记述当时的战争情景，把诗作收入囊中，犹觉杀气从口袋中迸发出来。

安藤英男在《赖山阳诗集》中认为此诗是山阳在长崎逗留期间根据听闻的拿破仑事迹而作的一首诗，故有听错、误解的可能，诗中只是记述了大概的战争情节，不必拘泥于字句。[①] 诗中“单骑降敌敌不戕，放之阿墨君臣庆”一句中的“阿墨”指美国，这句指拿破仑战败后被流放到美国，为明显的错误。1812 年的莫斯科远征，1813 年的莱比锡战役中普鲁士、俄国、奥地利的反法联军在莱比锡战胜拿破仑军队，1814 年拿破仑退位，被流放到厄尔巴岛。1815 年的滑铁卢战役，拿破仑率领的法国军队被英国和普鲁士联军战胜，之后被流放到圣赫勒拿岛，1821 年拿破仑去世。

山阳作此诗时是拿破仑被流放到圣赫勒拿岛的第三年，距莫斯科远征已过 6 年，虽为时不久，但传闻总难免与史实不符。

“蚕食欧逻东拓疆，誓以昆仑为中央”一句指拿破仑平定整个欧洲，还要向东扩展版图。众所周知，昆仑是指中国道教传说中的仙山昆仑山，赖山阳运用这一山名，一方面是要表明拿破仑野心极大，另一方面有意无意地在批判拿破仑的穷兵黩武对“仙境”（和平）的践踏。“所向无前血玄黄，独有鄂罗相颉颃”一句表明了拿破仑率领的军队所向披靡一路胜利，只有俄罗斯能与之抗衡。其中的“血玄黄”从侧面反映出战争的异常惨烈，典出《易・坤》：“龙

---

① 〔日〕安藤英男选注：《赖山阳诗集》，白川书院 1977 年版，第 82 页。

战于野，其血玄黄。”[①] 后“玄黄”亦指“血”。“五战及国我武扬，鄂罗如鱼泣釜汤”两句，指拿破仑向俄罗斯共发动5次战争，威名远扬，俄罗斯如同煎锅中的鱼只能哭泣。“何料大雪平地一丈强，王马八千冻且僵。运路梗塞不可望，马肉方寸日充粮”是指突降大雪，天气寒冷，马匹冻僵，道路堵塞，军队只能靠些许马肉充饥。“戊寅岁吾游埼阳，遭逢蛮医闻其详。自言在阵疗金创，食马免死今不忘”几句指赖山阳于文政元年（1818）来到长崎，遇到了经历当时战争的荷兰军医，听军医详细描述当时战争的场景，军医自言在拿破仑的军队中治疗伤患，食用马肉才幸而生存下来。“君不见何国蔑有贪如狼，勇夫重闭贵预防。又不见祸福如绳何可常，穷兵黩武每自殃”几句是这首诗的诗眼，是对以拿破仑为象征的靠武力强权侵凌他国的国际形势的天才预示，同时又告诫人们要习武备战，随时准备迎战。与前面的“昆仑”诗语相呼应，这里又援用了《老子》中“祸兮福之所倚，福兮祸之所伏”[②] 的典故，辩证地道破“穷兵黩武必自殃”，即靠武力强权反而会自取灭亡。从这首诗的辩证哲学意义及对国际形势的深刻警示上说，《佛郎王歌》可被称为汉诗中的史诗，诗人赖山阳堪称具有国际视野的哲理诗人。

2. “拥护龙种同生死”——菊池武光形象

安藤英男在《明治维新的晓钟——赖山阳及其志业》中认为：“作为诗人的山阳倾注于咏史诗的心血更甚咏物诗，对以史家自居，

---

① 古籍编辑室编：《白文十三经》，第2页。

② 〔日〕福永光司注释：《老子》下，朝日文库1978年版，第112页。

以宣扬大义为职责的山阳来说，咏史更是理所当然，诚如田能村竹田[①]评价赖山阳‘有史才者无诗才，有诗才者无史才，山阳兼有两者’。”[②]山阳众多咏史诗中尤为出色的当属以南朝忠战为题材的咏史诗。

山阳在九州游历期间在筑后河处写下的《下筑后河过菊池正观公战处感而有作》气势雄大，是山阳咏史诗的代表之作。[③]全诗如下：

《下筑后河过菊池正观公战处感而有作》

文政之元十一月，吾下筑水僦舟筏。
水流如箭万雷吼，过之使人竖毛发。
居民何记正平际，行客长思己亥岁。
当时国贼擅鸱张，七道望风助豺狼。
勤王诸将前后没，西陲仅存臣武光。
遗诏哀痛犹在耳，拥护龙种同生死。
大举来犯彼何人，誓剪灭之报天子。
河乱军声代衔枚，刀戟相摩八千师。
马伤胄破气益奋，斩敌取胄夺马骑。

---

① 田能村竹田（1777—1835），丰后竹田人，名孝宪，字君彝，通称竹藏。江户后期文人画家，出身藩医之家，早年攻儒学，作品有《竹田庄诗话》、《填词图谱》等。

② 〔日〕安藤英男：《明治维新的晓钟——赖山阳及其志业》，东洋经济新报社1972年版，第120页。

③ 〔日〕中村德助：《山阳诗钞新释》，日进堂书店1911年版，第245—247页。本章后引赖山阳诗均引用自此本。

被箭如猬目眦裂，六万贼军终挫折。
归来河水笑洗刀，血迸奔湍喷红雪。
四世全节谁俦侣，九国逡巡征西府。
棣萼未肯向北风，殉国剑传自乃父。
尝却明使壮本朝，岂与恭献同日语。
丈夫要贵知顺逆，少贰大友何狗鼠。
河流滔滔去不还，遥望肥岭向南云。
千载奸党骨亦朽，独有苦节传芳芬。
聊吊鬼雄歌长句，犹觉河声激余怒。

菅茶山评价此诗“秋玉山[①]笔力，当时罕匹。而此等好题目，遗而不及，何哉。此诗写出苦战不屈状。何等壮快。李北地石将军歌[②]，称霸于明代。此恐不甘为属国”。菊池五山[③]评此诗“便是正观公传，已作此佳作，千斛米不足惜”[④]。

山阳于文政元年（1818）十一月中旬，从日田出发来到久留米。乘舟渡筑后川，两岸群山耸立险峻，是难得一见的好风景。筑后川的中游乃南北朝时期菊池武光攻打足利氏部将少贰赖尚，使其

① 秋山玉山（1702—1764），名仪，字子羽，熊本藩儒。

② 即明代诗人李梦阳《石将军战场歌》，因诗中有“追北归来血洗刀”故称“李北地石将军歌”。李梦阳（1472—1530），明代中期文学家，工书法，得颜真卿笔法，精于古文词，复古派前七子的领袖人物。此诗具有鲜明的讽喻色彩，抨击了封建官场的黑暗，体现了李梦阳反宦官、反权贵、刚直耿介的可贵精神。

③ 菊池五山（1769—1849），江户后期汉诗人，名孙桐，字无弦，通称左太夫，号五山，生于高松潘儒者之家，作品《五山堂诗话》。

④ 〔日〕水田纪久、赖惟勤、直井文子校注：《新日本古典文学大系66——菅茶山·赖山阳诗集》，第210页。

实力减弱并降服的地方。山阳时经此处胸中涌现诗情，感慨而作。

诗歌大意为：文政元年十一月，我乘着租赁的船只，来到筑后川。水流快速犹如离弦之箭，水声犹如万雷齐响，使经过的人竖起毛发。当地人怎么会知道正平年间的事呢？自己一直在想象着己亥年（正平十四年）的事。当时国贼遍布全国，七道全都向贼人妥协。天皇的将领先后战死，只剩下九州地方的武光。武光谨记后醍醐天皇的遗言，拥护怀良天王，为之效忠。少贰氏父子举兵前来，武光发誓要歼灭他们报效天王。河水代替了衔枚使军中无声，武光率领八千士兵迎战，激战中武光的战马受伤，盔甲破裂，但气势更勇。斩杀敌军取其战马夺其盔甲，中箭多者犹如刺猬，眼角裂开，终于把六万敌军歼灭。得胜归来大笑，在河水中洗刀，奔流的水花如飘落的白雪被染红。菊池氏四代全为忠臣有谁能比，在九州地方设立了征西府。武光一族不肯归顺北朝，殉国的剑是祖上传下来的。明太祖曾经派使者前来征西府，武光见其书信中言辞不礼貌而拒收，委屈接收了明使书信而死后被谥号为“恭献”的足利义满怎能与其同日而语。大丈夫应做忠臣而不做逆贼，怎能像乱臣贼子少贰大友那样品行卑劣。滔滔河水一去不返，向着南去的云朵遥望肥后国群山。历史上的奸臣其骨已腐烂，唯有忠节传后世。仅以此古诗凭吊英雄，仿佛感到河水声中全是愤怒。

首句“文政之元十一月，吾下筑水僦舟筏”交代了这首诗的背景、时间及地点，筑水即筑后河，发源于熊本县阿苏山，流经九州地方，由久留米市西部横跨福冈和佐贺，注入有明海。“水流如箭万雷吼，过之使人竖毛发”两句描写了水流湍急，使经过的人毛发竖立。“居民何记正平际，行客长思己亥岁”两句指出追忆年份，即正平十四年己亥岁（1359）。“当时国贼擅鸱张，七道望风助豺狼”中“国贼”指足利氏，“七道”指除了畿内之外的日本全国，“豺狼”亦指足利氏。“勤王诸将前后没，西陲仅存臣武光”两句指忠于天皇的诸将领先后阵亡，只剩下西陲（九州）的菊池武光。“遗诏哀痛犹在耳，拥护龙种同生死”中的“遗诏”指后醍醐天皇的遗言，“龙种”指怀良亲王。“大举来犯彼何人，誓剪灭之报天子”两句指少贰氏父子犯上作乱，武光发誓歼灭此逆贼以报天子。“河乱军声代衔枚，刀戟相摩八千师。马伤胄破气益奋，斩敌取胄夺马骑。”“衔枚”指横衔枚于口中，以防喧哗或叫喊。“马伤胄破气益奋”描写了战况的惨烈及武光的英勇无畏。“被箭如猬目眦裂，六万贼军终挫折。归来河水笑洗刀，血迸奔湍喷红雪”四句描写战争终于取得胜利，“红雪”指飞迸的水花犹如飘散的白雪，被血水染红。

“四世全节谁俦侣，九国逡巡征西府”中“四世”指武时、武光、武政、武朝皆是忠臣，“九国”指西海道的筑前国、筑后国、肥前国、肥后国、丰前国、丰后国、日向国、大隅国、萨摩国九国的总称，即九州地方。“征西府”指正平十六年（1361）怀良亲王在熊本县设立了征西府来掌控九州地方的政权。“棣萼未肯向北风，殉国剑传自乃父”中“棣萼”指兄弟。此句指武光一族不肯归顺非正规的北朝而忠于正统的南朝，殉国的剑是祖辈相传的。“尝却明使壮本朝，岂与恭献同日语。丈夫要贵知顺逆，少贰大友何狗鼠”中的“明使”指明太祖的使者。相传明朝派来使者至征西府，武光不满使者所持书信上的言辞，不接收其书信。于是让足利义满来接待明使，后者接受了使者书信。足利义满死后，明朝赐其谥号“恭献王”。

全诗歌颂菊池武光拥护天皇、誓死效忠的气节，“拥护龙种同生死”、“独有苦节传芳芬”两句为这首诗的诗魂，充分表达了赖山阳的“尊王”一统的天皇观。

二、咏山诗的艺术表现手法——拟人手法和视觉转换景色描写

《大隅道上》(一)

两山南北峙遥青，各有儿孙绕膝横。
锐首丰颐酷相肖，海门是弟雾洲兄。

此诗是赖山阳于文政元年（1818）十月初离开萨摩，去往肥后国途中经过大隅国时所作。诗中描写了海门岳和雾岛山南北相对耸入云天，群山纵横环绕，山顶险峻，山颈极其相似，如同两兄弟。

诗中对山的描写运用了拟人手法，“两山南北峙遥青，各有儿孙绕膝横”中“两山”指海门岳（又名开闻岳，位于日本鹿儿岛县萨摩半岛南端的火山）和雾岛山（位于日本宫崎县和鹿儿岛县）。“峙”即高耸、伫立之意。“遥青”即遥距青天之意，典出唐朝王维《华岳》中“百里遥青冥”[①]一句。“儿孙绕膝横”指群山环绕其下，把群山比喻成“儿孙”，把群山围绕比喻成儿孙绕膝。

---

① （唐）王维著，陈铁民校注：《王维集校注》卷一，中华书局1997年版，第86页。

《过龟岭临眺诸岳，盖肥萨日隅分界处也》

一岭蟠四国，瞰视万山低。
雄拔者五六，指点自不迷。
樱岳在吾后，依依未分携。
阿苏在吾面，迎笑如相徯。
温山与雾峤，俯仰东又西。
何图九国秀，攒簇拥马蹄。
肥隅两湾海，渟泓碧玻璃。
列仙森玉立，鉴貌整冠笄。
譬之人躯干，腰尻与腹脐。
此岭是脊膂，表里道程齐。
吾今上其顶，右挈又左提。
灵秘无遁隐，何异照水犀。
厚福享可愧，宁无诗句题。
恨吾无杰语，空吐气如霓。
天风吹衣袂，我马亦长嘶。
欲笑一衡岳，当时狂昌黎。

赖山阳于文政元年（1818）十月初再次来到熊本城，过龟岭卡时站在龟岭上眺望肥后、萨摩、日向、大隅四国，观赏四周风光，写下了这首诗。

诗歌大意为：龟岭山盘踞四国，向下俯视群山矮小。这里雄伟挺拔的山峰很多，可一一指点出来。樱岛山在我身后，还未分别就依依不舍。阿苏山迎面而来，笑脸相迎互仰望。云仙岳和雾岛连峰，各自矗立在东西两侧俯仰相望。九州如此秀美，拥住我前行的马蹄。肥后和大隅的海湾，澄清犹如玻璃。群山仿佛诸仙排列着，亭亭玉立，在水中倒映出整齐的姿容。如果把群山比喻为人体的腰臀和腹脐，那么龟岭就可以说是背脊，连接着腹脐和腰臀。今天我登上山顶，左拉右拽费尽全力。其奥妙再无隐藏，如同燃犀角照水怪般清晰可见。悔恨我没有佳句，只能空叹息。风吹着衣襟，马儿亦长啸。此时的我如同当年的大文豪韩愈登上壮美的衡山，窘自己无法用笔墨描述而发狂一样，于是我又禁不住发笑。

诗中“龟岭”即龟岭卡，位于日本熊本县。“樱岳在吾后，依依未分携。阿苏在吾面，迎笑如相徯”两句运用拟人手法，樱岳（即樱岛）在我后面，依依不舍未离别，阿苏山在我面前，笑脸相迎。鹫原具仁子指出小川环树在《自然对人类怀有好意吗——宋诗的拟人法》一文中认为“宋诗中有很多表明自然对人类怀有好感的诗歌，和唐诗相比，一般情况下，宋诗给人一种明朗的感觉，这也许是因为受到诗人们的以幸福为基调的人生观的影响”。学习宋诗的日本近世后期的诗人中，涌现出很多像小川氏所指的描写自然对人类怀有好感的诗人。所以赖山阳的诗句“阿苏在吾面，迎笑如相徯”正如小川氏所指，也是受到了宋诗的影响。根据拟人手法对山进行咏叹的时候，将山比喻成女性，诗人（男性）和山相遇，也就是说，人类对大自然的好感，等同于男性对女性的爱慕之情。[①]

---

① 〔日〕鹫原具仁子:《赖山阳自然咏——以咏山诗为例》,《国语国文》第71期,2002年。

随着山阳的视线转移，由前后转换到左右，“温山与雾峤，俯仰东又西”这两句描写温山和雾峤分别在龟岭左右，俯仰相对。温山即云仙岳，位于日本长崎县岛原半岛中部。雾峤即雾岛山，是位于日本九州南部的鹿儿岛县和宫崎县交界处的火山群总称，也称为雾岛连山、雾岛连峰。“列仙森玉立，鉴貌整冠笄”两句也是拟人手法，把群山耸立比喻为“列仙”亭亭玉立，把群山倒映在水中的姿态比喻为“列仙”、“鉴貌整冠笄”。“譬之人躯干，腰尻与腹脐。此岭是脊膂，表里道程齐”意为如果把群山比喻为人身体的腰臀、腹脐，那么龟岭就可以说是背脊，连接着表（腹脐）和里（腰臀）。“灵秘无遁隐，何异照水犀”两句指山阳登上龟岭山顶，可以清晰地观赏到隐蔽的灵峰。这里运用了《晋书》（卷六十七·温峤传）“燃犀”的典故：“借资蓄，具器用以备京邑……峤旋于武昌。至牛渚矶，水深不可测，世云其下多怪物，峤遂毁犀角而照之。须臾，见水族覆火，奇形异状，或乘马车著赤衣者。”[①] 后以“燃犀”为烛照水下鳞介之怪的典实。

诗中最后两句“欲笑一衡岳，当时狂昌黎”，指山阳登上山顶时想起韩愈当年登上衡山而发狂的趣事。“衡岳”即衡山，中国的五岳之一，也称南岳。谷口匡在《西游中的赖山阳与〈杜韩苏古诗抄〉》一文中提到三宅樅台在《山阳诗钞集注》注释了“衡岳”，并引用了韩愈的《谒衡岳庙遂宿岳寺题门楼》中“我来正逢秋雨节，阴气晦昧无清风。潜心默祷若有应，岂非正直能感通。须臾静扫众峰出，仰见突兀撑青空”的诗句，认为这是描写韩愈登上衡岳山顶

① （唐）房玄龄等撰：《晋书》卷六十七，中华书局1974年版，第1795页。

时，正逢秋雨时节，空气潮湿且无风，静心祈祷时，雾气散去，众山峰清晰呈现在眼前。但山阳可能把李肇《唐国史补》中韩愈登上华山而为险峻感到害怕、不敢下山的记载张冠李戴，把两者混淆在了一起。[①]

《过坂黎岭望阿苏山》

路绕阿苏腰，不见阿苏首。
今朝雨霁云又开，日照三峰睹皴皱。
一峰尊严是丈人，一峰肩随在其右。
别有一峰似锯牙，竦立其左争雄秀。
粲然要我为快覯，唯恨一笑辄背走。
岐路高低频回看，鬟髻出没犹在后。

山阳在文政元年（1818）十月七日，再次回到肥后国，十月二十一日从熊本出发去往丰后国（大分县）竹田，途中过坂梨岭时有感而作。坂梨岭即宫町坂梨的山岭，位于熊本县阿苏市，阿苏山是位于熊本县的活火山。

诗歌大意为：小路缠绕阿苏山山腰，看不见阿苏山山顶。今早雨停天晴，阳光照射下的三座山峰起伏如老人褶皱一般。一座山峰崇高庄严像是丈人，另一座山峰并肩在其右。还有一座山峰宛如锯

① 〔日〕谷口匡：《西游中的赖山阳与〈杜韩苏古诗抄〉》，《亚洲游学》第93期，2006年。

齿般的锐牙，矗立其左一展雄秀之姿。仿佛笑着让我快些观赏，我也只能遗憾一笑向相反方向走去。小路高低不平我再三回头看，山峰宛如妇女的发髻在我身后出没。

“今朝雨霁云又开，日照三峰睹皴皱”两句指清晨雨晴云开，阳光照射在三座山峰上，山势起伏犹如老人的皴皱。“一峰尊严是丈人，一峰肩随在其右”两句意指一座山峰犹如“丈人”让人肃然起敬，另一座山峰肩随其右，这里表现了山阳对山的崇敬之意。山阳作品中还有“丈人行”这一诗语，“丈人”指老丈人，“行”是排行。

“粲然要我为快靓，唯恨一笑辄背走”两句则运用拟人手法，指群山对我微笑，让我快些观赏，我只能遗憾回笑往相反方向走去。最后一句“岐路高低频回看，鬟髻出没犹在后”运用比喻手法，我回头望群山，仿佛看见妇人的发髻在我身后出没。这里山阳把山比作女性，把山顶比喻为妇人的发髻，将山和诗人的相遇比喻成女性和男性的邂逅。值得一提的是，山阳在《入丰前过耶马溪，遂访云华师，共再游焉，遇雨有记，又得八绝句》其三中写道：“群仙顾盻各多姿，石作肌肤树作衣。平昔评山如品色，唯怜清瘦不怜肥。”山阳把耶马溪群山比喻为“群仙”顾盼多姿，欣赏山姿如同欣赏女子的美貌，偏爱清瘦不好丰满。后藤松阴评价此诗“使环燕读此，应当一矜一妒”[①]。“环”指杨贵妃，“燕”指前汉的赵飞燕。也就是说，赖山阳对山有种特殊的感情，多用拟人手法表现其秀美可爱。

---

① 〔日〕水田纪久、赖惟勤、直井文子校注：《新日本古典文学大系66——菅茶山·赖山阳诗集》，第211页。

《九重岭》

山脉东北来，隐然如巨防。
丰肥其左右，连山划封疆。
苏岳尤隆起，散漫余势长。
地高无草木，弥望唯黄茅。
居民食蜀黍，行客避封狼。
名向九重岭，风力四时狂。
吾来秋冬际，北风轿欲飏。
譬如上龙脊，冷然凌大荒。
久客连山右，如在天一方。
今日踰而左，中原觉可望。
下瞰濛濛际，如见一发苍。
风狂还可喜，犹来自故乡。

这首诗写于文政元年（1818）十月二十二日，背景是赖山阳从熊本出发去往竹田，途中翻过坂梨岭，再翻越九重高原。九重岭即九重山，又称九重连山，位于大分县的火山群，最高峰中岳是九州本土的最高峰。

诗歌大意为：山脉从东北方而来，隐约犹如巨大的屏障。丰后和肥后在其左右，九重岭划做边界。它比阿苏山还要挺拔矗立，山势雄伟蔓延。地势高而无绿色草木，只有满眼的黄茅草。居民食用高粱，行客躲避野狼。名曰九重岭，一年四季风力强劲。我来时正值秋冬之际，北风吹得轿子要飞起来一般。犹如坐在龙的脊背上，轻妙地在空中飞翔。此前一直停留在九重岭的右边，今天来到了山的左侧，可以看见原野的中央。俯看苍茫一片，犹如看见一头白发。风力虽狂劲我却很高兴，仿佛它是从故乡吹来。

“山脉东北来，隐然如巨防。丰肥其左右，连山划封疆。苏岳尤隆起，散漫余势长。”诗一开篇便向人们展现了一幅气势磅礴、连绵起伏、环绕群山、蔓延山谷的群山图。其中“来”表明九重岭的起点，山脉从东北方蔓延而来，隐隐约约宛如巨大的屏障。“余势长”表示九重岭的气势宏伟，绵延不绝。以阿苏山为对象，阿苏山在其面前就像隆起的山包，这里不仅咏叹山的走势绵延不绝，还凸显了九重岭的雄伟高大。

接着视线一转，由远及近，看到了“地高无草木，弥望唯黄茅”，山上地势高无草木，只有满眼的黄茅草。接着笔锋一转，咏叹“吾来秋冬际，北风轿欲飏。譬如上龙脊，冷然凌大荒”。“大荒”指空中，时值十月秋冬交替之际，凛冽的北风吹过，乘坐的轿子都好像要飞起来。宛如坐在龙的脊背上，在天空中飞翔。此处有韩愈《杂诗》“翩然下大荒，被发骑麒麟”两句的影响痕迹。①

三、西游诗中“能言风土”的创新

菅茶山评赖山阳西游诗之一《所见》道：“子成能言风土，使

---

① 〔日〕谷口匡：《西游中的赖山阳与〈杜韩苏古诗抄〉》，《亚洲游学》第93期，2006年。

人宛见其境，从前诗家所不必用意。”[①] 指出了山阳西游诗所具有的“风土”特性及在日本汉诗史上的创新意义。

蔡毅认为，在日本诗人中赖山阳也许是民族意识最强的一位，这种民族自强的雄心，使赖山阳在汉诗内容上一反唯中国马首是瞻的旧习，大量的引用日本历史、风物、人情入诗，为日本汉诗开拓了一片盛开民族之花的沃土丰原。[②]

《泊天草洋》

云耶山耶吴耶越，水天髣髴青一发。
万里泊舟天草洋，烟横逢窗日渐没。
瞥见大鱼波间跳，太白当船明似月。

此诗乃赖山阳传世名作，背景为文政元年（1818）八月二十四日，赖山阳从千千石村再次出发，渡过天草诸岛的天草滩时所作。菅茶山评价此诗“北条子让[③] 以此诗为西游第一”，菊池五山评价此诗“子让眼高，余亦曾取，置诗话中，实为绝唱”[④]。这首诗原本受到长崎诗人吉村迂斋的《大村湾》诗“三十六湾湾又湾，蜻蜓西

① 〔日〕水田纪久、赖惟勤、直井文子校注：《新日本古典文学大系66——菅茶山·赖山阳诗集》，第200页。

② 蔡毅：《试论赖山阳对中国古典诗歌传统的继承和创新》，载《日本汉诗论稿》，第83页。

③ 北条子让（1780—1823），通称让四郎，号霞亭，福山藩儒。

④ 〔日〕水田纪久、赖惟勤、直井文子校注：《新日本古典文学大系66——菅茶山·赖山阳诗集》，第195页。

尽白云间。洪涛万里岂无国，一发青分吴越山”一诗启发，原稿为“眠惊船底响寒潮，天草洋中夜系桡。太白一星光似月，波间照见巨鱼跳”，经过大的改动，成为现在的样子。[①]

其中脍炙人口的首句“云耶山耶吴耶越，水天髣髴青一发”，是受到了苏轼《书王定国所藏烟江叠嶂图》[②]诗中“山耶云耶远莫知，烟空云散山依然”和“杳杳天低鹘没处，青山一发是中原”两句的启发，但描写的却是地道的岛国景色，海上风光，展现了东瀛列岛的风土特性。正如蔡毅在《超越大海的想象力——日本汉诗中的中国诗歌意象》一文中指出的：山阳描写日本风土的作品，堪称想象之妙，《泊天草洋》中的“水天一发”、“太白当船”等虽是中国诗歌意象，传达的却是“大鱼波间跳”的岛国风情。[③]

山阳游历萨摩国时所作《萨摩词八首》对萨摩的山水、风俗、偶遇僧人等进行了描述。其中“家家多种淡婆姑”、“言语牙牙杂汉蛮”、“儿家要压鬓鬖髿”等诗句洋溢着浓郁的地方风情。筱崎小竹评“长崎谣，首首皆婉。萨摩词，首首皆壮。其风俗自尔”[④]。

---

① 〔日〕水田纪久、赖惟勤、直井文子校注：《新日本古典文学大系66——菅茶山·赖山阳诗集》，第195页。

② （宋）苏轼著，（清）王文诰辑注，孔凡礼点校：《苏轼文集》卷三十，第1607页。

③ 蔡毅：《超越大海的想象力——日本汉诗中的中国诗歌意象》，载《日本汉诗论稿》，第154页。

④ 〔日〕水田纪久、赖惟勤、直井文子校注：《新日本古典文学大系66——菅茶山·赖山阳诗集》，第200页。

《萨摩词八首》(一)

乡兵团结百余区，带箭人交荷锸夫。
茅舍槿篱差整肃，家家多种淡婆姑。

诗歌大意为：战略要地萨摩国的地方民兵丁壮组织里有带箭的有扛着锄头的。这一带的茅屋和篱笆不怎么整齐，家家户户多种植烟草。

首句中的“乡兵团结”这一诗语是借汉语中“乡兵”、“团结”的意思，指代萨州即萨摩国一带的地方民兵丁壮组织及士兵。《宋史·兵志四》：“乡兵者，选自户籍，或土民应募，在所团结训练，以为防守之兵也。”[①]《资治通鉴·唐代宗大历十二年》载：“又定诸州兵，皆有常数，其召募给家粮春冬衣者，谓之‘官健’；差点土人，春夏归农，秋冬追集，给身粮酱菜者，谓之‘团结’。”[②]“百余区”典出《资治通鉴》第一百五十六卷《高祖本纪》：“侠曰：‘宇文泰为三军所推，居百二之地，所谓己操戈矛，宁肯授人以柄！虽欲投之，恐无异避汤入火也。’”[③]赖山阳把这一典故加以改造，称萨州为“百余区”，即战略要害之地。“带箭人交荷锸夫”指队伍中有带箭的有扛着锄头的。“家家多种淡婆姑”即家家户户种植烟草，

---

① （元）脱脱、阿鲁图等：《宋史》卷190，第4705页。

② （宋）司马光编著，（宋元）胡三省音注，“标点资治通鉴小组”校点：《资治通鉴》卷225，中华书局1976年版，第7245页。

③ （宋）司马光编著，（宋元）胡三省音注，“标点资治通鉴小组”校点：《资治通鉴》卷156，第4847页。

描写了萨摩国特有的地方风貌。“淡婆姑”为万叶假名表记，即借助汉字的音表记日语词汇，用现代日语表记为“たばこ”，即烟草的意思。

（二）

路遇朝鲜俘获孙，窑陶为活别成村。
可怜埴得扶桑土，造出当年高丽盆。

诗歌大意为路途遇到朝鲜俘虏的后代，他们以烧制陶器为生计，形成了专门的陶器村落。令人佩服的是，这些技工们用日本的黏土造出了往昔高丽时代的精美陶器。最后一句中的“高丽盆”指高丽王朝的陶器。高丽，朝鲜历史上的王朝（918—1392），高丽瓷器是高丽王朝时期烧制的、朝鲜珍贵的物质文化财富之一。

这首诗也描绘出了萨摩国独特的风景，即烧陶。现在的萨摩烧也是日本著名的代表性瓷器。文禄、庆长之役期间，日本从朝鲜掠夺了大量陶工和陶瓷器，九州南部萨摩藩为发展当地的陶瓷工艺从朝鲜掠来大量的陶瓷匠，命令其建窑烧瓷，成为萨摩御庭烧的开端。在日本的朝鲜陶工及其后裔们为萨摩烧的产生发展发挥了巨大作用。

（三）

相逢南客市廛间，言语牙牙杂汉蛮。
御墨京毫谙价值，自称两度入燕山。

诗歌大意为：在街道店铺遇见了寄居在这里的琉球王国僧人，他的话语中汉语和琉球国语混用。他熟知御用墨锭和京城毛笔的价钱，因为他曾两次去过清朝京城。

“相逢南客市廛间，言语牙牙杂汉蛮”两句中的“相逢南客”指与寄居在志布志大慈禅寺的琉球王国僧人相遇。琉球王国，地理位置在中国台湾省和日本之间，1429年中山王巴志将山南、中山、山北三国统一称为琉球王国。1430年明宣宗赐琉球王姓为尚氏，史称“第一尚氏王朝”。根据琉球与明王朝的藩属关系，琉球每一代国王都需要接受来自明王朝的册封。1879年3月30日，日本兼并琉球王朝，琉球国灭亡。大部分国土改设为冲绳县，北部诸岛则划入鹿儿岛县。这首诗是琉球王国僧人在萨摩活动及能交替使用汉语和琉球方言的宝贵史料。

（四）

樱山突立海湾间，一碧琉璃擎髻鬟。
鹿子城中家几万，无窗不纳紫孱颜。

诗歌大意为：樱山突立在鹿儿岛海湾间，就像是青绿色的琉璃高擎着女子的圆形发髻。鹿儿岛城中几万户人家，家家户户都能从窗户看见海天一色的樱山美姿。

“樱山突立海湾间，一碧琉璃擎髻鬟”一句中的樱山即位于鹿儿岛县的樱岛火山，将其比作女子，将倒映在海面上的山影喻为女子的发髻，鹿子城即鹿儿岛城，城中的家家户户都能看到海天交映下樱山的身姿。

（五）

海门山外矫轻鸥，鸥背长天一色秋。
忆得刘郎旧诗句，烟波深处是琉球。

诗歌大意为：海门山外海鸥灵巧高飞，它背负着的辽阔天空一片金黄色。套用唐代大诗人刘禹锡“烟波浩淼鱼鸟情，东去三千三百里”[①]诗句——“烟波深处是琉球”。

“海门山外矫轻鸥，鸥背长天一色秋”一句描绘出一幅鹿儿岛宁静辽阔的画面，海门山位于鹿儿岛南部，海门山那边的海鸥灵巧高飞，背后辽阔的天空一片金黄色。“忆得刘郎旧诗句，烟波深处是琉球”一句说的是烟雾苍茫的水面那边应该是琉球王国。

（六）

一枕仙游万斛珠，赚他王子伴华胥。
中山应有龙阳泣，唯爱扶桑五色鱼。

诗歌大意为我梦见自己游于仙界，拥有了万斛珠宝，成了王子享受着荣华安乐。这场梦宛如喝中山酒家的酒醉死复醒一般，但却

① （清）彭定求等主编：《全唐诗》卷356，第4006页。

让我悟出了一个道理，金银财宝、王位享乐也会有失去的时候，唯有家乡的五色金线鱼才是我的最爱。

“一枕仙游万斛珠，赚他王子伴华胥”句中的“伴华胥”指在梦境中享受安乐。华胥，指理想的安乐和平之境，或作梦境的代称。典出《列子・黄帝篇》：“昼寝而梦，游于华胥氏之国。华胥氏之国在弇州之西，台州之北，不知斯齐国几千万里，盖非舟车足力之所及，神游而已。”[①] 宋朝王安石《书定林院窗》诗之一：“竹鸡呼我出华胥，起灭篝灯拥燎炉。”[②]

“中山应有龙阳泣”中的“中山”是美酒的代称。出自晋朝张华《博物志》卷五：“昔刘玄石于中山酒家酤酒，酒家与千日酒，忘言其节度。归至家当醉，而家人不知，以为死也，权葬之。酒家计千日满，乃忆玄石前来酤酒，醉向醒耳。往视之，云：玄石亡来三年，已葬。于是开棺，醉始醒。”[③] 初唐骆宾王《咏云酒》云：“无复中山赏，空吟吴会篇。”[④] “龙阳泣”喻失宠。《战国策・魏策四》载：“魏王与龙阳君共船而钓，龙阳君得十余鱼而涕下。王曰：有所不安乎？如是，何不相告也？对曰：臣无敢不安也。王曰：然则何为涕出？曰：臣为王之所得鱼也。王曰：何谓也？对曰：臣之始得鱼也，臣甚喜，后得又益大，今臣直欲弃臣前之所得矣。今以臣凶恶，而得为王拂枕席。今臣爵至人君，走人于庭，辟人于途。四海之内，美人亦甚多矣，闻臣之得幸于王也，必褰裳而趋王。臣亦

---

① （战国）列子著，景中译注：《列子・黄帝篇》，中华书局 2007 年版，第 33 页。

② （宋）王安石：《临川先生文集》卷二十九，中华书局 1959 年版，第 326 页。

③ （晋）张华撰，范宁校证：《博物志校证》卷十，中华书局 1980 年版，第 110 页。

④ （清）彭定求等主编：《全唐诗》卷 78，第 849 页。

犹曩臣之前所得之鱼也。臣亦将弃矣，臣安能无涕出乎？”[①]这首诗把中国典故同“扶桑”即日本风土巧妙地融合在一起，既哲理深邃又风土味十足。

（七）

南客醒颜北客红，几杯琉酒太醇浓。
更惊下物尤难获，十月盘飧见箨龙。

诗歌大意为：南来的琉球国的客僧酒醒过来，而我却酒醉朦胧了。琉球国的烧酒浓烈甘美，更令人惊奇的是这下酒菜，十月时节的菜盘中竟是满满的竹笋。

“南客醒颜北客红”中的“南客”指上文中提到的琉球王国僧人，“北客”指赖山阳。“更惊下物尤难获，十月盘飧见箨龙”两句反映出萨摩国独特的民俗风貌，十月时节，餐桌上竟然还有满满的竹笋。

（八）

螺青阔画两脩蛾，六拍齐讴白水歌。
谁谓银簪学时样，儿家要压鬓鬖髿。

① （西汉）刘向集录：《战国策·魏策四》卷二十五，第917页。

诗歌大意为：用染料把眉毛画长，用六调唱当地出水市的歌谣。谁说头饰银簪是为了追赶时尚，那是女儿家要用它来绾住凌乱的头发。

“螺青阔画两脩蛾”一句中的螺青是一种化妆用的染料，“阔画”是把眉毛画长，“两脩蛾”即像蛾的触角一样细长又漂亮的眉毛，比喻美人。《诗经・卫风・硕人》：“螓首蛾眉，巧笑倩兮。”[1]“六拍齐讴白水歌”一句赖山阳自注道：“萨有泉谣六调子者，三四用谣词”，“白水歌”这里指出水市的歌谣。“出水”的日语读音为yizimi，即汉字“泉”的读音，这里诗人把“泉”字分解写为“白水”。“谁谓银簪学时样，儿家要压鬒鬖髿”两句表现了萨摩国女子独特的风俗，头带银簪并不是为了追赶时尚，而是女儿家要用它来绾住凌乱的头发。

四、“孤影”写照的诗歌美学及“鸣鸦已报晨”的诗化奋进观

《中秋》

风动微云暑未收，一尊待月且登楼。
瓦光明灭海山影，旗色依稀吴越舟。
长铗短衣成久客，蛮烟蜑雨又中秋。
天涯醒醉同今夜，谁念飘零独此州。

---

① 王秀梅译注：《诗经》，中华书局2006年版，第77页。

此诗写于文政元年（1818），赖山阳时年39岁，背景为他在长崎游历。此诗大意为：风吹动微云，暑气还未消，举一杯美酒登楼待月。瓦片折射的忽明忽暗的光亮中，我看着大海和青山的影子，根据旗子的颜色依稀可以辨别是中国的船只。长剑短衣的我已成为久居外乡的人，看着海上的暴雨又到了中秋。天涯醒醉今夜共同度过，谁会想到我漂泊流落到此处。

诗中的“长铗短衣”指长剑短装。“铗”见“弹铗”，典出《战国策·齐策四》：“齐人有冯谖者，贫乏不能自存，使人属孟尝君，愿寄食门下。孟尝君曰：‘客何好？’曰：‘客无好也。’曰：‘客何能？’曰：‘客无能也。’孟尝君笑而受之曰：‘诺。’左右以君贱之也，食以草具。居有顷，倚柱弹其剑，歌曰：‘长铗归来乎！食无鱼。’左右以告。孟尝君曰：‘食之，比门下之客。’居有顷，复弹其铗，歌曰：‘长铗归来乎！出无车。’左右皆笑之，以告。孟尝君曰：‘为之驾，比门下之车客。’于是乘其车，揭其剑，过其友曰：‘孟尝君客我。’后有顷，复弹其剑铗，歌曰：‘长铗归来乎！无以为家。’左右皆恶之，以为贪而不知足。孟尝君问：‘冯公有亲乎？’对曰：‘有老母。’孟尝君使人给其食用，无使乏。于是冯谖不复歌。”[①] 后以“弹铗”谓处境窘困而又欲有所干求。

“长铗短衣成久客，蛮烟蜑雨又中秋”指山阳长居外乡已成客人，漂泊不定，旅途中又逢中秋。“天涯醒醉同今夜，谁念飘零独此州”两句刻画出了山阳客居他乡，飘零孤寂的形象。今夜是中秋之夜，大家都饮酒相祝，有谁会知道我独自飘零在此处呢？呈现出

① （西汉）刘向集录：《战国策·齐策四》卷八，第395—396页。

一幅诗人独自一人举杯邀月的孤独画面。

《舟过千皱洋，遇大风浪，殆覆得上岛原，宿渔户赋此志惩》

赖子发埼港，八月日念六。
便道赴东肥，临岸买艒艒。
说是千皱洋，波纹如细縠。
解缆未半时，云行稍捷速。
指点温岳巅，黑气如盖笠。
须臾海水立，盲风撼坤轴。
柁工强谈笑，护短讳败衄。
风力愈狂骄，鲸鼍交怒蹴。
涛势吴越来，万里一沓蹙。
舟为之掀翻，系泊欲向孰。
舟人腕欲脱，摇橹达岛隩。
叩门恳吏胥，僦丁负囊簏。
崎岖逾矶礁，蒙茸过朴樕。
漫白见崩沙，深黑瞰绝谷。
照昏有炬火，救饥无饘粥。
勉旃度羊肠，犹胜葬鱼腹。
远火认宿所，弛担渔人屋。
爊汤洗脚跟，下饭烧腒鳙。
惊定方成笑，痛觉却欲哭。
远道胡为来，非官非贩鬻。

汗漫自取苦，反顾真悚恧。
作诗抽囊笔，鲸灯伴单独。

此诗是赖山阳于文政元年（1818）八月二十三日从长崎的茂木港出发去往肥后国，在千皱洋（位于长崎县千千石村）遇大风浪，投宿在岛原市（位于长崎县岛原半岛）的渔家，回想这些日的经历有感而作。

大意为：山阳从长崎港出发，今天是二十六日。顺便去肥后国，在岸边买了艘大船。虽说叫千皱洋，波纹却如丝绸一般。开船刚片刻，像云行般快捷。指着温仙岳，黑云如盖笠一般，不一会海水像站立起来一样，疾风像是要撼动了地轴。掌舵的人勉强谈笑，护短忌讳着翻船。风力愈加强劲，鲸鳖相继发怒翻滚。波涛从东边来，交汇在一处。船要被掀翻了，暂且停靠在某处吧。行船的人即将不能掌舵，划桨到了岛屿的海湾处。敲门恳请村吏，雇人背行囊。跨过崎岖的礁石，经过杂乱的低木丛。看见了一望无际的白沙，俯瞰深黑的峡谷。虽有照亮的火把，却没有救饥的稀饭。努力走过狭窄的小路，总好过葬身大海。趁火光认出了住处，把行李卸在渔户的屋子里。烧热水洗脚，在饭里放入鱼干。镇定之后才笑起来，但却疼得想哭。远道为何而来，不做官也非贩卖物品。没有目的自找苦吃，回头想想真是害怕。拿出囊中的笔作诗，只有烛灯相伴。

诗中结尾处的“惊定方成笑，痛觉却欲哭。远道胡为来，非官非贩鬻。汗漫自取苦，反顾真悚恧。作诗抽囊笔，鲸灯伴单独”表明山阳经历大风浪险些遇难后的心情起伏，远道而来不为做官也不为做生意，实为自找苦吃。“鲸灯伴单独”呈现出了山阳路途艰险之中孤独的身影，只有寒灯相伴，给人一种荒凉孤寂之感。

《宿仙代河》

晚宿逆旅卸担簦，满室歌呼酒如渑。
言是重阳正会客，不顾孤旅守寒灯。
吾自有酒远提挈，独酌微吟酬佳节。
琼津友贶是琼浆，汝酒似否此芳烈。
缺月窥檐影婆娑，今夜琼津定如何。

这首诗的背景是山阳于文政元年（1818）九月九日夜晚投宿在仙代河的旅舍，仙代河即川内川，流经熊本县南部、宫崎县西南部、鹿儿岛县西北部，是九州地区仅次于筑后川的第二大河流。

此诗大意为：夜晚投宿在旅舍，满屋高歌酒水充足。正值重阳之日大家都在宴请宾客，此时我却一人在外独守寒灯，只能自己小酌低吟过重阳。长崎友人赠与我美酒，你们的酒水是否如我的一般醇烈？残月透过房檐影子婆娑，今夜的长崎又如何呢？

首联“晚宿逆旅卸担簦，满室歌呼酒如渑”指作者夜晚投宿旅舍停止奔波，旅舍里欢歌一片酒水充足。“卸担簦”指卸下背着的伞，谓停止奔走跋涉。“酒如渑”指酒水充足如同渑水。渑，古水名，源出今山东省淄博市东北，西北流至博兴县东南入时水。唐代杜甫《赠特进汝阳王二十韵》有“且持蠡测海，况挹酒如渑”[①]句。

---

① （唐）杜甫著，（清）仇兆鳌注：《杜诗详注》卷一，中华书局1999年版，第64页。

“言是重阳正会客，不顾孤旅守寒灯。吾自有酒远提挈，独酌微吟酬佳节”四句描写了山阳孤旅中独自微醺的寂寥心境。正赶上重阳节会客旅舍才如此热闹，没有人顾及自己在孤旅中独守着寒灯，喝着自己带来的酒，独自微醺过佳节。众人欢乐高歌与诗人寒灯下独酌相对比，旅舍内酒水充足与诗人带来的小酒相对比，一幅幅画面呈现在眼前，更给人一种心酸寂寥之感。

《途上》

寒螿唧唧杂鸣蛙，村驿秋风马影斜。
节过重阳菊未发，却看瓜架著黄花。

这首诗的背景是诗人于文政元年（1818）九月上旬去往鹿儿岛途中，大意为寒蝉唧唧的叫声中夹杂着青蛙的叫声，秋风中的村驿，夕阳下斜斜的马影。过了九月的重阳节，这里的菊花还没有开，反而瓜果开出了黄色的小花。

诗中的“寒螿唧唧杂鸣蛙”一句描写了深秋寒蝉鸣叫声中夹杂着哇鸣声，更突显了路途中寂寥的心境，“村驿秋风马影斜”描写了村舍伫立在秋风中和夕阳下的马影倾斜，描绘出一幅秋风瑟瑟中的村庄和途中只有倾斜的马影相伴的画面，给人一种寂寥的空旷感，更衬托出诗人的“孤影”形象。

诗人通过“谁念飘零独此州”、“鲸灯伴单独”、“孤旅守寒灯”、“独酌微吟酬佳节”、“村驿秋风马影斜”等诗句的描写，仿佛一幅幅画面，将“孤影”形象刻画得深入人心。

《入萨界遇雨》

秋雨来不已，秋风吹倒人。
程长苦日短，前路问频频。
已逾肥岭坂，还缘萨海滨。
冥色生墟落，道上少蹄轮。
笠纠舞离首，蓑袂湿透身。
拔脚泥淖里，又遭石齿龂。
暗行至关下，关吏肆呵嗔。
乞宿野人屋，双膝屈不伸。
破灶无烟气，松肪照积尘。
僵卧不可寐，起坐独吟呻。
离国几亭驿，举目有谁驯。
桑弧从素愿，不必说苦辛。
耿耿每萦念，北堂有老亲。
屈指持我返，愆期已廿旬。
汗漫竟何事，我鬓亦欲银。
宁能可中止，势与骑虎均。
路难吾已分，何为自逡巡。
勉起里吾足，鸣鸦已报晨。

这首诗的背景是赖山阳于文政元年（1818）九月七日，从熊本出发去往鹿儿岛途中，冒着风雨，到达萨摩境内，在过野间原（鹿儿岛县出水市）的关卡时，因是异藩国人入境检查时没能通过，后投宿在一农家，听着风雨声写下此诗。

全诗大意为：秋雨夹杂着狂风下个不停十分可怕，我行走的路程已经很远了，白昼的时间却越来越短，我不停询问前方的路，知道已经过了肥后国的关卡，临近萨摩国的海岸。暮色笼罩着村落，路上的车马渐少。斗笠的绳带在头前飞舞，蓑衣下全身湿透。刚把脚从淤泥里拔出来，又踩到尖锐的石头。我偷偷到了萨摩国的关卡处，却遭到官吏的斥责。借宿在农夫的茅屋，茅屋狭小双脚都伸不开。简陋的锅灶已久久没有使用，松脂光亮下尽是尘土。躺着不得入睡，坐起来独自呻吟。离开家乡已经好远，这里没有亲近的人。志在四方得偿所愿，就不要提辛苦。心神不安总是牵挂家中的老母，母亲在苦苦等待我归来，我却在外漂泊了20年。毫无边际不知何年何月，我的头发也变白了。就这样中止行程吗？我骑虎难下。我知道前程艰难，但何必再迟疑。勉励自己起来穿好鞋袜，乌鸦报晓声催我出发。

此诗前半部分“笠纠舞离首，蓑袂湿透身。拔脚泥淖里，又遭石齿龂。暗行至关下，关吏肆呵嗔。乞宿野人屋，双膝屈不伸”描写了山阳旅途中的艰难险阻，但后半部分“桑弧从素愿，不必说苦辛”一句指男儿应志在四方，实现志愿，不要提辛苦。其中“桑弧”典出《礼记·内则》：“国君世子生，告于君，接以大牢，宰掌具，三日，卜士负之，吉者宿齐，朝服寝门外，诗负之，射人以桑弧蓬矢六，射天地四方。”郑玄注：“桑弧蓬矢本大古也，天地四方男子所有事也。”[①] 古时男子出生，以桑木作弓，蓬草为矢，射天地

① 王文锦译解：《礼记译解》，中华书局2001年版，第391页。

四方，象征男儿应有志于四方。后用作勉励人应有大志之辞。诗中末尾处“宁能可中止，势与骑虎均。路难吾已分，何为自逡巡”表明了山阳的意志，旅途岂能因艰难险阻而中止。“勉起里吾足，鸣鸦已报晨”结句表明诗人勉励自己克服困难，准备前行的心志。

《麑洲逆旅歌》

蛟蜃气蒸万家烟，对岸岳影压城阗。
京货蛮琛列肆鬻，贾舶中杂琉球船。
吾来津楼卸行李，九月葛衣暑未已。
豚肉竹笋旅饭腥，寄身侧肩累迹里。
举止便儇认摄商，语言娇软知京妓。
踧踖自怜一书生，食时争席出争履。
万里谁迫为此行，逆境未可说不平。
闲启行箧抽书续，堆薪撑檐尺五明。

此诗的背景是赖山阳于文政元年（1818）九月上旬去往鹿儿岛，住宿在麑岛（即鹿儿岛）的旅舍。

全诗大意为：水汽笼罩着千家万户，对岸的山影映到了城郭上。商铺贩卖着京城和荒远之地的珍宝，商船中夹杂着琉球的船只。我登上楼台卸下行李，九月穿着夏衣还是很热。街道人群拥挤，行动轻便的是摄津国的商人，语言轻柔的是京城的歌妓。没有人迫使我来到了万里之外的此处，不顺的境遇也不要自怨自艾。闲时打开行箧拿出书本继续阅读，堆上薪柴高高撑起窗檐，屋子变得明亮起来。

“蛟蜃气蒸万家烟，对岸岳影压城闉。京货蛮琛列肆鬻，贾舶中杂琉球船”四句描绘出鹿儿岛村庄笼罩在水汽中，对岸的山影倾倒在城郭上。“京货蛮琛列肆鬻，贾舶中杂琉球船”描写了鹿儿岛的异国风情，即到处开设商铺贩卖京城货物和荒远之地的珍宝，商船中夹杂着琉球国的船只。“豚肉竹笋旅饭腥，寄身侧肩累迹里”两句描写诗人到此处不适应当地的饭菜，与当地人格格不入。“踧踖自怜一书生，食时争席出争履”指诗人一介书生，旅途生计艰辛。“万里谁迫为此行，逆境未可说不平”是诗人在自我安慰，没有人强迫自己这样旅居生活，遇到困难不要自怨自艾。最后一句“闲启行筐抽书续，堆薪撑檐尺五明”指诗人打开行筐抽出纸笔继续写作，堆起的薪柴高高撑起窗檐，屋内变得明亮，也照亮了诗人的内心，他再次充满希望继续前进。

本章结论如下：

《佛郎王歌》刻画了战神拿破仑的形象，有两重思想意义：警醒性，即“勇夫重闭贵预防”——加强国防以防御外敌入侵；“穷兵黩武每自殃”——即使像拿破仑这样骁勇善战的战神，如果“穷兵黩武”，也必招致失败的惨局。《下筑后河过菊池正观公战处感而有作》刻画了菊池武光这一历史人物形象，赞颂菊池武光拥护天皇，誓死效忠的气节，“拥护龙种同生死”、“独有苦节传芳芬”两句为这首诗的诗魂，体现了赖山阳“尊王”一统的天皇观，这是这首诗思想深意所在，赖山阳是明治维新“尊王攘夷”思想的先驱者。

《大隅道上》（其一）、《过龟岭临眺诸岳盖肥萨日隅分界处也》、

《过坂黎岭望阿苏山》这三首诗歌通过拟人手法，或将群山环绕喻为儿孙绕膝，或将山与诗人的相遇比喻成女性和男性的邂逅，或将山喻为“丈人”来表达自己对山峰的特殊情感。《九重岭》一诗通过视觉转换来描写景色，“山脉东北来，隐然如巨防。丰肥其左右，连山划封疆。苏岳尤隆起，散漫余势长”，视线由远及近，向人们展现了一幅气势磅礴、连绵起伏、群山环绕的咏山图。这四首咏山诗通过独特的视角及艺术表现手法，充分展示了赖山阳汉诗的艺术性创新。

赖山阳的汉诗在思想性和艺术性上具有高度的统一性。如受到高度评价的“日本风土诗”《泊天草洋》中的“水天一发”、“太白当船”等词语虽是中国诗歌中的意象，传达的却是“大鱼波间跳”的岛国风情；《萨摩词八首》中的“家家多种淡婆姑”、“窑陶为活别成村”、“言语牙牙杂汉蛮”、“十月盘飧见箨龙”、“儿家要压鬓鬖髿”等诗句都洋溢着萨摩浓郁的地方风情。山阳的风土诗描写细腻、情感充沛，根据旅途中的所见所闻以及当地的风土人情将日本的风姿神韵写入诗中，具有浓厚的日本民族特色，诗歌将岛国风情与异国景色描写得绘声绘色。山阳将自己对祖国山川的眷恋之情深深融入于诗歌的表达中，从这些诗中我们既可以感受到山阳深厚的爱国情怀，又能鉴赏到其诗歌的独特艺术表达形式。

赖山阳的诗歌不仅具有深刻的爱国情怀和艺术创新精神，还呈现出独特的美学意境和诗人不惧艰险、乐观向上的精神。诗句“谁念飘零独此州”、“鲸灯伴单独”、“孤旅守寒灯”、“独酌微吟酬佳节”、“村驿秋风马影斜”让人们身临其境，深切地感受到一种孤独和寂寥之情，营造出一种悲伤的画面感，将“孤影”形象刻画得深入人心。而《入萨界遇雨》、《麑洲逆旅歌》两首诗则表达了诗人在历经种种困境和艰辛后，仍然保持不气不馁、奋发向上的人生态度。诗中的“勉起里吾足，鸣鸦已报晨”表达了诗人内心充满希望，向着光明继续前行的高远心志。

第十三章　赖山阳汉诗的中日共识思想及独特魅力

本章采取中日对比的研究方法，围绕中日编选者共选的5首汉诗和仅《山阳诗钞新释》选入的5首汉诗进行分析研究，试图探求赖山阳汉诗为何会受到中日不同时代编选者的青睐，以及赖山阳汉诗对中国古典诗歌的继承与日本文化式的中国魅力。

一、体现中日共识思想文化观念的赖山阳汉诗

在现有的7个中日选本和注释本中，晚清国学大师俞樾选编的《东瀛诗选》是第一部中国学者选编的日本汉诗选集，理所当然地代表了当时中国学者对日本汉诗的评判标准。与之相对，《新日本古典文学大系66——菅茶山·赖山阳诗集》是日本选本中最新、注释最详细的选本，具有一定的权威性。

在笔者所研究的赖山阳55首汉诗中，被《东瀛诗选》、《菅茶山·赖山阳诗集》和《赖山阳诗集》同时选入的有3首，分别是

《余到艺，留数旬，将归京寓，遂奉母偕行，作侍舆歌》、《倪文正公真迹引》和《中秋无月侍母》；被《东瀛诗选》和《菅茶山·赖山阳诗集》同时选中的有《游山鼻》和《得春风叔书依其除夕韵却寄》两首，其中《游山鼻》还同时被《日本汉诗选评》和《日本汉诗精品赏析》选入。那么这5首诗究竟有何魅力，能够超越时间和国界的限制，使得中日不同时代的编选者都对这5首诗情有独钟呢？笔者按照这5首诗的内容分为“咏母诗”、“乡情诗”、“咏史诗”和“纪游诗”四类，分别对其进行分析。

1. 咏母诗

赖山阳与母亲梅飔的感情十分深厚，在其父亲去世后他更是尽心尽力侍奉母亲，四次将母亲从广岛接到京都游玩。因此，在赖山阳的汉诗中有许多以其母亲为题材的“咏母诗”。《余到艺，留数旬，将归京寓，遂奉母偕行，作侍舆歌》[①]和《中秋无月侍母》[②]则是他众多“咏母诗”中最具代表性的两首，备受关注。

这两首“咏母诗”的特点之一即情感的质朴与真实。首先看《余到艺，留数旬，将归京寓，遂奉母偕行，作侍舆歌》：

舆行吾亦行，舆止吾亦止。
舆中道上语不辍，历指某山与某水。
有时俯理袜结解，母呼儿前儿曰唯。

---

① 〔日〕中村德助:《山阳诗钞新释》，日进堂书店1911年版，第268页。

② 〔日〕中村德助:《山阳诗钞新释》，第335页。

山阳一路十往还，省乡每计瞬息里。
二毛侍舆敢言劳，山驿水程皆乡里。
于儿熟路母生路，双眸常向母所视。

这首诗作于文政二年（1819）春，赖山阳结束了长达一年的九州游历，回到广岛家中，随后陪同母亲梅飔（时年60岁）一同前往京都游玩，这是梅飔的第一次京都之行。诗的大意是：轿子走我也走，轿子停我也停。路上不停地向母亲介绍途中山水风景。有时停下来俯身替母亲整理松开的鞋带，所有事情都听母亲吩咐。自我离开家乡后在此山阳道上往返过十余次，但每次回家探望时间都很短。如今我虽已到了有白发的年龄，但侍奉母亲从来不感到辛劳，山阳道上漫长的山驿水路也让母亲感到像在家乡。这段旅途对我来说已经非常熟悉了，但于母亲来说还是第一次，一路上我始终关注着母亲的心绪和兴趣。

筱崎小竹评价此诗"似读古乐府"①。乐府本是秦代设置的政府机构，是执掌音乐的部门，西汉的乐府负责组织文人制作歌诗，采集各地民谣加工制作成朝廷朝会、祭祀等各种礼仪活动所用的音乐。东汉虽没有乐府机构，但人们仍习惯将采集的歌诗称为乐府。魏晋南北朝文人用乐府题所作的诗也称为乐府。唐代不用旧乐府题而自创新题所作的乐府诗称为"新乐府"，与其相对，之前的乐府诗则被称为"古乐府"。乐府诗原是配合音乐来演唱的，故而在音

① 〔日〕水田纪久、赖惟勤、直井文子校注：《新日本古典文学大系66——菅茶山·赖山阳诗集》，第214页。筱崎小竹（1781—1851），日本江户后期儒学者，曾师从尾藤二洲、古贺静里修朱子学。

律上有音乐的特点，而它取自民间，故语言平民化，内容也多与平民的生活和思想感情相关。班固在《汉书·艺文志》中指出乐府诗“皆感于哀乐，缘事而发”[①]，是对现实社会的一种真实反映。[②]古乐府诗善于选取典型的生活片段，通过言行举止和心理描写等刻画人物形象和表现主题。因此“古乐府”三个字点明了赖山阳这首诗的特点：语言明白晓畅，韵律十足，读起来朗朗上口，而且是生活的真实反映。这首汉诗描述了诗人陪同母亲从广岛前往神边途中的实际情景，通过一系列的动作和话语表达了对母亲的孝敬和尊爱。例如，从“舆行吾亦行，舆止吾亦止”和“有时俯理袜结解，母呼儿前儿曰唯”的描述中，我们看到了作者对母亲的恭敬和顺从，而“舆中道上语不辍，历指某山与某水”和“于儿熟路母生路，双眸常向母所视”的诗句则体现了作者与母亲相处时的愉悦心情和与母亲心心相印的赤子之心。[③]通俗的语言，直白的展示，字里行间乃浓浓的温情，诗人的孝子情怀跃然纸上。

《中秋无月侍母》采用了短小而精悍的绝句形式，与上首诗通过动作来表达情感稍显不同，这首诗重在心理描写，但同样是用明白晓畅的语言来表达内心质朴真实的感情。

不同此夜十三回，重得秋风奉一卮。
不恨尊前无月色，免看儿子鬓边丝。

---

① （东汉）班固：《汉书》，中华书局1975年版，第1045页。

② 参见周建忠编：《中国古代文学史》上，南京大学出版社2003年版。

③ 〔日〕赖多万：《赖山阳的“咏母诗”》（上），《中国中世文学研究》第50期，2006年。

这首七绝作于文政七年（1824）八月十五夜，赖山阳和自己的学生为来到京都的母亲举办了一个小型宴会，这是赖山阳母亲的第二次京都之行。诗的大意是：已经有十三年没有像今夜一样和母亲共度中秋了，和着秋风向母亲敬上一杯酒。幸亏今晚酒筵缺少了明月照耀，否则我会因看到母亲的缕缕白发而伤悲。

菅茶山评价道："子成小作皆成趣，不外求不用工而足。今时少对局者。"[①]"不外求"一词出自西汉韩婴的《韩诗外传》卷一："安命养性者，不待委积而富，名号传乎世者，不待势位而显，德义畅乎中而无外求也。"[②]意思是蕴含其中而不求之于外。"用工"一词出自宋朝严羽《沧浪诗话·诗辨》："诗之品有九……其用工有三：曰起结，曰句法，曰字眼。……国初之诗尚沿袭唐人……至东坡山谷始自出己意以为诗，唐人之风变矣。山谷用工尤为深刻，其后法席盛行，海内称为江西宗派。"[③]意思是在诗的言语和构造上下功夫。从菅茶山的评价可以看出，赖山阳这首汉诗的魅力不在于语言和外在形式，而在于其中的"趣"，这一"趣"应该就是诗中的情真意切。"不同此夜十三回"，诗人开篇就感慨十三年来都没能向母亲敬上一杯酒，愧疚之情溢于言表。而如此难得的中秋之夜却没有月亮，本是应该遗憾的事情，但诗人却"不恨"，因为这样就不

---

① 〔日〕水田纪久、赖惟勤、直井文子校注：《新日本古典文学大系66——菅茶山·赖山阳诗集》，第247页。

② （西汉）韩婴撰，许维遹校释：《韩诗外传集释》卷一，中华书局1980年版，第15页。

③ （南宋）严羽著，郭绍虞校释：《沧浪诗话校释》，人民文学出版社1983年版，第7—27页。

会看到母亲鬓边的白发。最后这一句的心理描写将“月色”和“鬓边丝”联系在一起，使整首诗的情感得到了升华，让人更加体会到诗人无法侍奉母亲于左右的内疚之心。短短四句，展现出来的是一颗赤子之心，传达给读者的是对母亲深深的愧与爱，而这种发自心底的真实情感正是这首诗的灵魂。

关于《中秋无月侍母》最后一句“免看儿子鬓边丝”，《山阳诗钞新释》和《赖山阳诗集》的理解稍有不同。《山阳诗钞新释》的解题中写道：“反而会看到母亲鬓角间因年老而泛起的白发而倍感心酸。”[①] 而《赖山阳诗集》中则解释为：“幸运的是母亲不会看到自己的白发。”[②] 赖多万在《赖山阳的“咏母诗”》（上）中也认为“这首《中秋无月侍母》诗，与之前表现了独占母亲的喜悦之情的诗稍有不同。‘不恨尊前无月色，免看儿子鬓边丝’，意思是难得的中秋之夜却看不到月亮，这反倒好，自己鬓边的白发就不会被母亲发现。如果母亲看到儿子正在老去，会很悲伤。这是山阳第一次站在母亲的立场上来咏唱母爱。”[③] 可见，赖多万与《赖山阳诗集》中的解释是相同的。那么到底是谁看到了谁鬓角的白发？笔者认为这里运用了“错位修辞”的手法。“错位修辞”的运用有时是为了适合格律的要求，有时是为了强调诗中的某些意象，抑或增强语言的弹性和张力。[④] 错位句的运用在中国诗歌中十分常见，而于杜甫诗中

---

① 〔日〕中村德助：《山阳诗钞新释》，第 335 页。

② 〔日〕水田纪久、赖惟勤、直井文子校注：《新日本古典文学大系 66——菅茶山·赖山阳诗集》，第 247 页。

③ 赖多万：《赖山阳的“咏母诗”》（上），《中国中世文学研究》第 50 期，2006 年。

④ 参见韩晓光：《杜甫律诗中的错位现象》，《杜甫研究学刊》总第 107 期，2011 年。

更甚。明代文学家王世贞曾指出："句法有直下者，有倒插者，倒插最难，非老杜不能也。"[①] 这里的"倒插"即指错位现象。如杜甫的《倦夜》诗中"暗飞萤自照，水宿鸟相呼"[②] 一句的语序本应为"萤暗飞自照，鸟水宿相呼"；《秦州杂诗》中"抱夜寒蝉静，归山独鸟迟"[③] 的原本语序应为"寒蝉抱夜静，独鸟归山迟"。在赖山阳的这句诗中，为了使"免看"一词与前句的"不恨"在词性上对照，且突出"免看"这个动作所蕴含的感情，运用了"谓语错位"的手法，将主谓位置互换，将本应是"儿子免看鬓边丝"变成"免看儿子鬓边丝"，使得结构更加齐整，语言更具张力。因此笔者认为《山阳诗钞新释》的解释更加合理，而这首《中秋无月侍母》仍是一篇站在自己的立场上来作的"咏母"诗。

笔者通过研读发现，赖山阳的"咏母诗"大都是站在自己的立场上，通过直接描写自己为母亲所做的事或自己的心情来表现对母亲的敬爱以及与母亲相处时的喜悦之情。从这些"咏母诗"中，我们对其母亲的形象看得并不清晰，更多看到的是一个尊母、爱母的孝子形象，可以说这是一种"以诗人为本位"[④] 的咏母。这与中国以母亲为主题的诗歌有所不同。在中国的古典诗歌中有不少以母亲、母爱为题材的作品。我国第一部诗歌总集《诗经》中就有赞扬

---

① 王世贞：《艺苑卮言》，转引自韩晓光：《杜甫律诗中的错位现象》，《杜甫研究学刊》总第107期，2011年。

② （唐）杜甫著，（清）仇兆鳌注：《杜诗详注》卷十四，中华书局1999年版，第1176页。

③ （唐）杜甫著，（清）仇兆鳌注：《杜诗详注》卷七，第575页。

④ 〔日〕赖多万：《赖山阳的"咏母诗"》（上），《中国中世文学研究》第50期，2006年。

母亲辛勤善良的《邶风·凯风》:“凯风自南，吹彼棘心。棘心夭夭，母氏劬劳。凯风自南，吹彼棘薪。母氏圣善，我无令人。爰有寒泉？在浚之下。有子七人，母氏劳苦。睍睆黄鸟，载好其音。有子七人，莫慰母心。”[①] 唐代孟郊的《游子吟》——“慈母手中线，游子身上衣。临行密密缝，意恐迟迟归。谁言寸草心，报得三春晖。”[②]——更是妇孺皆知的名作。但笔者发现，中国古代的“咏母诗”大多是通过对母亲形象的描述来表现母亲的勤劳伟大以及对子女的挂念，也就是说其视点是放在“母亲”形象上的，与赖山阳“诗人本位”的咏母诗截然不同。

日本学者入谷仙介在《江户诗人选集》第八卷《赖山阳·梁川星严》中认为：在中国随意将父母作为诗歌题材是不允许的，虽然孟郊的《游子吟》歌咏了母爱，但也只是一种客观的描述，而不是对作者自己母亲的歌咏。龚自珍虽然有歌咏自己母亲的诗，也仅是对母亲慈爱的追忆，而不是对眼前健在的母亲的吟咏。因此，赖山阳的这类赤裸裸地表达对母亲情感的汉诗是其诗歌创作上的一种创新。[③]

尽管在表达方式上有“含蓄”和“直白”之分，但赖山阳的这两首“咏母诗”中所体现的“孝”则是中日共通的传统道德观念。“孝”是中国传统的伦理道德之一，作为儒家经典的《孝经》在《开宗明义章第一》中就提到:“夫孝，德之本也，教之所由生

① 周振甫译注:《诗经译注·邶风·凯风》，中华书局2002年版，第46页。
② （清）彭定求等主编:《全唐诗》卷25，第333页。
③ 〔日〕鹫原具仁子:《赖山阳的咏母诗》，《国语国文》第72期，2003年。

也。”[①] 随着公元5世纪中国儒学传入日本，儒家的孝道观也一步步渗透到日本社会，逐渐被民众所接受，也成为日本伦理道德的重要组成部分。虽然儒家的孝道在传入日本后逐渐本土化，但是无论是在中国还是在日本，无论是以前还是现在，人们对于“孝”的崇尚是没有改变的，以孝侍亲的传统是没有改变的。无论是对母亲的恭敬与顺从，还是对不能侍奉母亲于左右的愧疚之情，无一不是赖山阳对孝道观的一种实践。因此，对赖山阳“咏母诗”中孝子形象和“孝”思想的认可就成为中日学者在选编赖山阳汉诗时一个默契的共识。

从以上分析可以看出，这两首受到中日历代学者青睐而屡屡被选注的“孝母诗”有着以下特点：一是注重写实，情感直白浓厚；二是将自我介入诗中，开创了与中国含蓄的“咏母诗”不同的直白“咏母诗”类型；三是体现了中日传统文化的“孝道”情操。

2. 乡情诗

思乡之情自古以来都是诗歌的表现主题之一，尤其是在交通和通讯都不发达的古代，一旦背井离乡，前路漫漫，关山重重，远在异地他乡的诗人常常触景生情，遥思远忆。“举头望明月，低头思故乡”[②]，“烽火连三月，家书抵万金”[③]，这些诗句能够流传于世世代代，是因为这种乡情是不论年代、不论国界而共通的情感。赖山阳的

---

① 胡平生译注：《孝经译注》，中华书局1996年版，第1页。
② （清）彭定求等主编：《全唐诗》卷165，第1709页。
③ （清）彭定求等主编：《全唐诗》卷224，第2407页。

《得春风叔书依其除夕韵却寄》[①]就是一首能引起人们共鸣的乡情诗：

一出家园十岁除，都门桂玉计何如。
敝衣颠倒裁儿褓，故纸纵横挍父书。
桑梓丈人犹矍铄，雁鱼尺牍未稀疏。
殷勤包裹传乡味，为助儒餐意有余。

此诗作于文政四年（1821）。文政三年（1820）除夕，住在竹原的叔父赖春风作诗赠山阳，赖山阳以此诗作答。诗的大意是：离开家乡已十余年，都城物价昂贵、生活拮据，只能用破旧的衣服改作婴儿的襁褓，但我仍然坚持整理校对父亲遗留的书稿。家中的母亲和叔父依然精神健旺，经常给我来信。母亲更是给我寄来了家乡的丰美食物，给我的粗茶淡饭增添了不少味道。

赖山阳的这首七言律诗中运用了不少中国典故。前四句中“桂玉”一词典出《战国策·楚策三》：“楚国之食贵于玉，薪贵于桂。”[②]后以“桂玉”比喻昂贵的柴米，例如唐朝李群玉《登宜春醉宿景星寺寄郑判官兼简空上人》诗曰：“粮薪极桂玉，大道生榛刺。”[③]而这一诗语也是赖山阳形容京城物价高、生活困难的惯用诗语，如《迎母》中有“十岁甘桂玉，不敢累故乡”[④]。“敝衣颠倒”出

① 〔日〕中村德助：《山阳诗钞新释》，第310页。
② （西汉）刘向集录：《战国策·楚策三》，第538页。
③ （清）彭定求等主编：《全唐诗》卷568，第6575页。
④ 〔日〕水田纪久、赖惟勤、直井文子校注：《新日本古典文学大系66——菅茶山·赖山阳诗集》，第216页。

自唐朝杜甫《北征》中的“天吴及紫凤，颠倒在裋褐”[①]，形容生活困苦，旧衣服缝缝补补。这些典故的融合，向我们描绘了一幅暗淡的生活画面。后四句中，“桑梓”一词出自《诗经・小雅》中的“维桑与梓，必恭敬止”[②]，后用来借指故乡或乡亲父老。“丈人”是古时对老人的尊称，如唐朝韩愈《芍药歌》诗中有“一尊春酒甘若饴，丈人此乐无人知”[③]。“雁鱼尺牍”指书信，源自我国古代“飞雁传书”和“鲤鱼传书”的典故，如《汉书・李广苏建传》中有“（常惠）教使者谓单于，言天子射上林中，得雁，足有系帛书，言武等在荒泽中”[④]，即将书信绑在大雁的脚上，而《文选・乐府上・饮马长城窟行》诗曰：“客从远方来，遗我双鲤鱼，呼儿烹鲤鱼，中有尺素书。”[⑤]即将写有书信的尺素放在两块木板拼成的木质鲤鱼中。而在纸张被发明之前，古人在尺牍上书写，故尺牍也代指书信，如《史记・扁鹊仓公列传》中有“缇萦通尺牍，父得以后宁”[⑥]。“儒餐”一词出自唐朝杜甫《有客》中“竟日淹留佳客坐，百年粗粝腐儒餐”[⑦]一句，比喻穷人的粗茶淡饭。与前四句相比，这些诗语营造了情意浓浓的氛围，一扫前面的压抑之感，亲人间的挂念使人心生温暖，尤其是“乡味”和“儒餐”的对比，鲜明生动地表

① （清）彭定求等主编：《全唐诗》卷 217，第 2275 页。

② 周振甫译注：《诗经译注・小雅・小弁》，第 314 页。

③ （清）彭定求等主编：《全唐诗》卷 345，第 3869 页。

④ （东汉）班固撰，（唐）颜师古注：《汉书》卷五十四，中华书局 1983 年版，第 2466 页。

⑤ （南朝・陈）徐陵编，（清）吴兆宜注，（清）程琰删补，穆克宏点校：《玉台新咏笺释》卷一，中华书局 1985 年版，第 34 页。

⑥ （西汉）司马迁：《史记》卷 105，中华书局 1963 年版，第 2817 页。

⑦ （清）彭定求等主编：《全唐诗》卷 226，第 2432 页。

现了诗人思乡之切的拳拳情意。

菅茶山评价此诗道："情话即成好诗。"[①] 东晋诗人陶渊明的名篇《归去来辞》中有"悦亲戚之情话，乐琴书以消忧"[②] 的句子，这里的"情话"指亲朋情意浓浓的知心话。菅茶山评语中的"情话"这一关键词之意与之相同，一语道破了赖山阳这首诗的魅力之处，即源自内心的浓浓亲情。赖山阳文化六年（1809）离开广岛家中，至此已有 11 年之久，虽说赖山阳生性放荡不羁，而脱离广岛藩国来到更广阔的京都结交文人诗友、四处游历也是其志向所使，但毕竟这样的生活流离不安，又逢佳节将近之时叔父寄来书信，怎会不勾起游子的思亲思乡之情呢？全诗看似只是在叙述平常生活中的一件件琐碎之事，有如闲话家常，但也正因为如此才让人倍感真实，尤其是后四句中关于"雁鱼尺牍"和"殷勤包裹"的描述，温情中浸透着淡淡的乡愁，真情的流露深深地触动了读者的情怀。

俞樾在《东瀛诗选例言》中提到："拟古之诗大家所有，东国诗人多喜为之。盖学诗之初，先摹仿各家，然后乃自成一家也。刻集之时，往往置之卷首，以壮观瞻。余则谓，此言人之言而非自言其言也。诗主性情，似不在此。"[③] 由此可见"诗主性情"、"自言其言"是俞樾编选《东瀛诗选》时的宗旨之一，这一宗旨也间接地反映出了俞樾对《东瀛诗选》中所选汉诗的评价。俞樾是否看到过菅茶山对此诗的评价虽不得而知，但他们对此诗情感表达的认同是如

① 〔日〕水田纪久、赖惟勤、直井文子校注：《新日本古典文学大系 66——菅茶山 · 赖山阳诗集》，第 227 页。

② （东晋）陶渊明著，逯钦立校注：《陶渊明集》卷五，中华书局 1979 年版，第 158 页。

③ 俞樾编，曹昇之、归青点校：《东瀛诗选》上册，第 3 页。

出一辙的，对诗歌创作本质的认识是相同的。诗的本质是表达诗人的喜怒哀乐，情真意切地表达出自己内心最真实的感受才是一首好诗的真谛。赖山阳这首诗的魅力就在于引用中国典故拓展了诗歌意境，同时以“情话”，即“真情”，表达了对家乡亲人的思念，使读者为之动容。

3. 咏史诗

赖山阳的好友田能村竹田评价赖山阳道：“有史才者无诗才，有诗才者无史才。山阳兼有两者。”[①] 的确如此，赖山阳是日本第一史学家，而作为诗人，又以长篇古诗见长，擅从史中取材，是古今绝群的史诗作者。试看他的《倪文正公真迹引》：

赖襄之家徒四壁，仅置破砚与蠹籍。
却藏条幅长九尺，有明倪文正公迹。
五言八句字拳大，墨色如漆入绢理。
绢尾煌煌两巨章，曰倪元璐太史氏。
其诗赠石齐，书之示仲谋。
石齐是姓黄，仲谋定名流。
一幅聚三贤，每展正襟拜不休。
忆昔大珰据国善类空，屠杨戮袁还磔熊。
人亡国瘁固其所，才能枝梧有数公。
思庙用公恨已晚，国势一去难可返。

① 〔日〕德富猪一郎：《赖山阳》，民友社 1926 年版，第 272 页。

亲疾濒死宁不药，陈力就列空蹇蹇。
四面黄云压城来，烽火烛天天下垂。
五堵一卒尽鸟散，御衣血诏万古悲。
起整衣冠拜北阙，几上大书绝命词。
南都可为死吾分，聊志我痛勿敛尸。
其书想与此幅似，笔画老劲无媚姿。
渡海东来有意否，海若呵护辟蛟螭。
裹也一见倒囊橐，夺来万目徒盼睖。
钱谦益张瑞图，非不善诗，非不善书。
纳媚阉竖籍逆案，卖降仇雠曳长裾。
吾怪世人珍手迹，金躞犀轴视琳瑜。
吁嗟哉何如我家四十字，字字忠魂毅魄之所寄。[①]

此诗作于文政三年（1820）。“引”源自汉魏乐府，后成为古代诗歌中的一种体裁，音节、格律自由，形式多采用五言、七言和杂言。倪文正公（1593—1644），名元璐，字玉汝，号鸿宝，谥文正，是明末为国捐躯的忠臣、书法家，其书奇倔刚毅，以气骨见长。倪文正公曾听闻黄石齐[②]遍游名山后赋诗二首，诗中所咏真迹的内容为其中之一，是赠予彭孙贻[③]的。

① 〔日〕中村德助：《山阳诗钞新释》，第306页。

② 即黄道周（1585—1646），明末学者、书画家、抗清英雄。字幼平，号石齐。其与倪元璐同为天启二年进士，深得考官袁可立赏识，历官翰林院修撰，南明隆武时，任吏部兼兵部尚书、武英殿大学士。抗清失败，被俘殉国，谥忠烈。

③ 彭孙贻（1615—1673），明末清初学者。字仲谋，号茗斋，著有《茗斋集》等。

这首诗的大意是：我家徒四壁，仅有破旧的砚台和古旧的书籍。但是却收藏有一幅九尺长的诗卷，为明朝倪文正公所书。诗共五言八句，字如拳头般大小，墨色如漆，融入绢布的纹理之中。尾部盖有两枚醒目的印章，内容分别是倪元璐和太史氏。诗是写给石齐的，而这幅诗卷是赠给仲谋的。石齐姓黄，即黄道周，仲谋也定是名士之辈。一幅书卷竟聚集了三位贤德之士，我每次展开观赏都正襟膜拜。想当初，宦官魏忠贤专断国政，排除异己，对杨涟和袁化中等的联名弹劾怀恨在心，诬陷他们受熊廷弼贿赂，使三人蒙冤而死。在其残害之下，能保卫国家、抵挡敌军的有德之士已所剩无几。崇祯帝用人不善，听信谗言而罢归忠心耿耿的倪文正公。但是“父母有疾，虽不可为，无不下药之理”，文正公在听闻清兵入京后，毅然尽鬻家产以征兵，募得死士数百人，驰赴北京，并向思宗陈述制敌之法。然而即使崇祯帝悔不当初，重新重用倪文正公，即使倪文正公恪尽职守、鞠躬尽瘁，无奈明朝大势已去，已无回天之力。李自成的贼军从四面逼进，烽火烛天，而城内五堵一卒，溃不成军。崇祯帝只得手书血诏藏入衣襟内，自缢身亡。倪元璐听闻后整衣冠拜北阙，在几案上写下绝命词，曰：“以死谢国，乃分内之事。死后勿葬，必暴我尸于外，聊表内心之哀痛。”想必当时所书应与此幅真迹一样笔画老劲、毫无媚姿。这幅字迹在海神的庇护下飘洋过海来到东瀛，我一见到就被其气势所震慑，倾尽所有将其收藏，所有人都欣羡不已。钱谦益并非不善作诗，张瑞图也并非不善书法，只是他们一个党附宦官，最终获罪罢归，一个丧失气节，两朝为官。世人皆以华丽的装裱来显示对珍贵书画的重视，对此我甚感奇怪。我所收藏的这幅字卷，每个字都彰显书写者的忠魂毅魄，这才是其珍贵之处。

菅茶山称赞此诗道："起手揭出姓名为尊崇文正。为下出正大议论地。用意不苟。结处顾五言八句。"[①]即开篇点题，为下文议论奠定基础，结尾处又不忘呼应，可谓是结构严谨。他还说："萱翁[②]称南郭[③]诗为寡二，使睹此篇不知下何评。"[④]可见，菅茶山认为此诗是可以与服部南郭的诗相媲美的，甚至是独一无二的。的确，赖山阳的长篇古体诗在当时崇尚纤巧之风的日本诗坛可谓是雄峰独峙。赖山阳认为"唯有古风一体，可以拓裂尺幅，纵横自快"[⑤]。这种不受拘束且可以使他纵情发挥的形式再加上历史性的题材，更是具有杜甫的雄浑壮烈之风。江户时代著名的汉诗人大洼诗佛[⑥]就引用了杜甫的名句，给予此诗极高的评价："此等之作，行辈无以奉赞。但举老杜二句，曰：'毫发无遗憾，波澜独老成。'"[⑦]"毫发无遗憾，波澜独老成"一句出自杜甫诗《敬赠郑谏议十韵》："谏官非不达，诗义早知名。破的由来事，先锋孰敢争。思飘云物动，律中鬼神惊。毫发无遗憾，波澜独老成。野人宁得所，天意薄浮生。多病休儒服，冥搜信客旌。筑居仙飘渺，旅食岁峥嵘。使者求颜阖，诸公厌祢横。将期一诺

---

① 〔日〕水田纪久、赖惟勤、直井文子校注：《新日本古典文学大系 66——菅茶山・赖山阳诗集》，第 226 页。

② 即荻生徂徕（1666—1728）。

③ 即服部南郭（1683—1759）。

④ 〔日〕后藤松荫校：《山阳诗钞》，东云堂 1893 年版，第 101 页。

⑤ 赖山阳先生遗迹显彰会：《赖山阳全书》，1931 年版，第 367 页。

⑥ 大洼诗佛（1767—1837），日本江户后期汉诗人，在江户开设诗圣堂，亦擅长书画，著有《诗圣堂诗集》。

⑦ 〔日〕水田纪久、赖惟勤、直井文子校注：《新日本古典文学大系 66——菅茶山・赖山阳诗集》，第 226 页。

重，歘使寸心倾。君见途穷哭，宜忧阮步兵。”[1] 本是形容郑谏议的诗用字斟酌，遣词精确，无丝毫之遗憾，行文老成，结构严密，波澜层出不穷，后人也常用这两句来形容杜甫的诗作。而大洼诗佛以此来评价赖山阳的这首诗，可见这首诗有杜甫诗的神韵，同时也一语道出了这首诗的精华所在，即结构严整而又不失变化，波澜迭起。

这首诗前四句点明所咏之物，接下来四句描写这幅真迹的样子，之后又交代了真迹的背景，并表明自己对真迹的崇拜与喜爱。既然是咏真迹，一般会认为后面要针对这幅字的好坏进行描述和评价，但是赖山阳突然话锋一转，“忆昔”一词引出了崇祯年间的历史，洋洋洒洒十六句叙述了明朝灭亡的过程，气势奔放，情节紧凑，让读者仿佛置身于那段昏暗压抑的历史中。“四面黄云”以下几句句句出自史实，可谓是“无一字无来处”，足见其深厚的中国历史文化底蕴。至倪文正公殉国之处，全诗达到了高潮，此时作者又将读者的思绪拉回到现实，写倪文正公的绝命词一定同眼前这幅真迹一样刚毅老劲、毫无媚姿。再通过钱谦益和张瑞图两人的对比，进一步彰显倪文正公的忠烈。最后以一句“忠魂毅魄”点题，似乎仍是在说字，但其实是在说人——这幅真迹的珍贵之处在于书写者的忠贞气节。全诗以真迹为线索贯穿到底，以文为诗，行文不拘一格，夹叙夹议，气势奔放，感情炽烈，爱憎分明，貌似咏物，实为咏史，而又能前后呼应，收放自如。如此波澜壮阔且感情充沛的写实作品，确实无愧于两位大师的称赞，能得到中日选编者的重视也在情理之中。

---

① （清）彭定求等主编：《全唐诗》卷 224，第 2389 页。

这首诗的思想价值也是值得关注的。从诗最后一句中的“忠魂毅魄”四个字，我们不难看出赖山阳对忠贞义士的崇敬与赞扬。倪文正公因崇祯帝重宦官轻忠臣而被罢免，但在国家生死存亡关头仍是毅然决然地驰骋入京，献计献策，最后殉国以示忠诚，这种壮举非忠烈之士不可为。中国传统的忠君爱国思想在他身上体现得十分透彻。日本古代的志士也大都受到中国这种传统的“忠君”思想的影响，在国家遇到危难时都能挺身而出、舍生取义。赖山阳笔下的楠木正成[①]也是这样一位英雄。赖山阳曾在汉诗《谒楠河州坟有作》[②]中写到楠木正成虽因后醍醐天皇赏罚不公而“出将入相位末班”，但依然能够和其兄弟在足利氏起兵时殊死拼搏，为能够七生报国互刺而死，表达了对楠木正成忠君护国、誓死捍卫皇权行为的敬仰。楠木正成与倪文正公作为忠义护主的功臣，赖山阳予以讴歌。这一中日同源的忠君爱国思想在其名作《日本外史》中得到了充分的阐述，这就是为日本近代的“明治维新”提供了思想武器的“尊王”思想。这是赖山阳对日本近代化的重大贡献。

4. 纪游诗

诗人多爱游历，中日诗人在这一点上是共通的，所谓“读万卷书，行万里路”。诗人融入自然，寄情于山水，于游历中陶冶情操、丰富情感，从而赋予诗作鲜活的生命感。西游经历使得赖山阳创作出了许多脍炙人口的好诗，而其在日常的交友游玩中所作之诗也不

---

① 楠木正成（1294—1336），日本南北朝时代武将，效力于后醍醐天皇，对抗幕府势力。1336年其在摄津国凑川迎击举兵的足利尊氏，战败自杀。

② 〔日〕中村德助：《山阳诗钞新释》，第13页。

乏优秀之作。《游山鼻》[①]就是一首受到中日学者及选注者好评的纪游诗：

隔水霜林密又疏，理笻恰及小春初。
野桥分路行穿竹，村店临流唤买鱼。
醉后索茶何待熟，谈余得句不须书。
联吟忘却归途远，点点红灯已市闾。

文政三年（1820年）十月上旬，赖山阳同友人在洛北（山城国爱宕郡）的山端村（现京都市左京区）游玩时创作了此诗。诗的大意是：十月初和友人一同游玩，河水对岸是密密疏疏的竹林。跨过一座野桥，有一条小路穿过竹林。在河边的鱼店买一条鱼下酒。醉酒后向店家索要茶水，也不必等待茶水煮好，闲谈之余偶得佳句，也不须像李贺一样立刻写下放入锦囊。就这样随性地和友人一起作诗，竟忘记了回家，直到傍晚时分，街道上已出现了点点灯火。

菅茶山评价这首诗是“行步间所得，如此者罕，使人如塌其地”[②]。而孙望先生在《日本汉诗点评》中也评价道：“自出游、所历、所见、所事以至归程，步骤井然。”[③]中日评者都不约而同地将注意力放在了诗中所体现出的空间移动。纵观全诗，就像赖山阳一边走着一边向我们描述，跟随着他的脚步，我们似乎看见了秋日

① 〔日〕中村德助：《山阳诗钞新释》，第305页。

② 〔日〕水田纪久、赖惟勤、直井文子校注：《新日本古典文学大系66——菅茶山·赖山阳诗集》，第223页。

③ 程千帆、孙望选评：《日本汉诗选评》，江苏古籍出版社1988年版，第210页。

阳光下流淌的河水和静谧的竹林，然后跨过一座小桥，沿着弯弯小路穿过密密疏疏的竹林，来到河边一家村店买上一条鱼，之后到酒馆和朋友畅饮作诗，最后到暮色降临，家家户户都点上了灯火时，才恋恋不舍地踏上归途。如此描述，不仅具有空间感，最后一句“点点红灯已市闾”也让人体会到时间上的变化，有身临其境的感觉。这正是“如塌其地”的写实诗风的魅力所在。诗中的动静对比运用得也十分巧妙，开始是安静祥和的景色，然后渐渐转入买鱼、喝酒、作诗的热闹欢乐场面，一静一动之间，转换自然，传递给读者的是清新明媚的乡村风光与诗人轻松愉悦的心情，且两者相得益彰。

程千帆先生评价此诗“似放翁晚岁之作”[①]。“陆游的诗歌创作道路与其生平经历相适应，可分为少工藻绘、中务宏大、晚造平淡三个时期。”[②]陆游晚年归居家乡山阴，其诗多描写山村疏懒幽静之趣以及乡居饮酒之乐，诗风逐渐趋于平淡闲适，而在他一生的上万首诗中，这一时期的作品数量最多，佳作也最多，这些表现其闲情逸致的诗作，往往在细微之处透着隽永的滋味。例如《临安春雨初霁》中的“小楼一夜听风雨，深巷明朝卖杏花。矮纸斜行闲作草，晴窗细乳戏分茶”[③]，《游山西村》中的“山重水复疑无路，柳暗花明又一村”[④]等，都是广为传诵的佳句。赖山阳的这首描写山村自然风

① 程千帆、孙望选评：《日本汉诗选评》，第210页。

② 周建忠编：《中国古代文学史》下，南京大学出版社2003年版，第101页。

③ （南宋）陆游著，钱仲联校注：《剑南诗稿校注》卷十七，上海古籍出版社1985年版，第1347页。

④ （南宋）陆游著，钱仲联校注：《剑南诗稿校注》卷一，上海古籍出版社1985年版，第102页。

光和饮酒之乐的汉诗笔调清新自然，风格平淡恬静、晴朗纯明，正如孙望先生所说——“吐语自然，意兴洒脱”[①]。尤其是“醉后索茶何待熟，谈余得句不须书”一句，反用李贺出游，每得佳句即写下投入锦囊的典故[②]来表现自己的不拘小节和随性而为，与陆游《月下野步》中的“敲门索酒太华前，飞渡黄河不须船”[③]一句，无论是在形式上还是在所表露出的豪放洒脱之气上，都有相同之处。陆游的田园诗是日本当时诗坛诗人们纷纷效仿的“热门”，赖山阳虽不满其流弊模拟，但对陆游的诗还是很钦佩的，这从他的其他一些汉诗中就可得知，如《发尾道》其二中有“筐中抽得剑南集，阅到松滋晚泊诗”诗句，“剑南集”指陆游的诗集《剑南诗稿》，“松滋晚泊诗”指陆游的诗《晚泊松滋渡口二首》；而《溯秦水》中“山弯疑到水穷处，岸豁还逢人住乡”[④]诗句则似由陆游的“山重水复疑无路，柳暗花明又一村”脱胎而出。

陆游是一位爱国诗人，一颗赤诚之心只求能为国效力尽忠，临终之时还不忘作诗告诫儿子“王师北定中原日，家祭无忘告乃翁”。赖山阳对于此类忠贞爱国之士向来是赞赏有加，因此他曾作《放翁

---

① 程千帆、孙望选评：《日本汉诗选评》，第210页。

② 李商隐作《李长吉小传》云：“恒从小奚奴，骑距驴，背一古破锦囊，遇有所得，即书投囊中。及暮归，太夫人使婢受囊出之，见所书多，辄曰：‘是儿要当呕出心乃已尔！’上灯，与食，长吉从婢取书，研墨叠纸足成之，投他囊中。非大醉及吊丧日，率如此，过亦不复省。”

③（南宋）陆游著，钱仲联校注：《剑南诗稿校注》卷二十一，上海古籍出版社1985年版，第1615页。

④ 赖山阳《发尾道》、《溯秦水》两首诗均引自〔日〕中村德助：《山阳诗钞新释》，日进堂1911年版。

赞》[①]，在其中写到“中州英灵谁主张，漫使范杨伍此老”，感叹陆游志在杀敌，却只有诗名流播于世，而壮怀未酬。最后一句“恨不使君横槊大河北，仆役李汾与刘迎”称赞他若能战斗于河北，定能压倒金代士人。诗句尽显其对陆游诗作熟悉程度之深，且颂美之中力仿其笔致，程千帆先生评价“磊砢英多，短章促节。知山阳于龟堂寝馈甚深也”[②]，孙望先生也赞扬道：“如此赞放翁，乃得其真。”[③]由此可见，赖山阳的汉诗在一定程度上确实受到陆游诗作的很大影响。

二、《山阳诗钞新释》中的中国诗歌影响及日本式个性

在笔者所研究的55首诗中，共有25首是仅《山阳诗钞新释》选入，而其他选本没有收入的。这些诗虽然并未受到过多的关注，但笔者通过注释发现，这其中也不乏优秀的作品，它们从不同方面体现了赖山阳对中国诗风的继承与其独具一格的个性。笔者选取了其中比较具有代表性的5首，试析如下。

1. 极肖坡翁

赖山阳是一名集大成者，正如程千帆先生所说：“扶桑诗人多

① 程千帆、孙望选评：《日本汉诗选评》，第210页。
② 程千帆、孙望选评：《日本汉诗选评》，第210页。
③ 程千帆、孙望选评：《日本汉诗选评》，第210页。

宗唐，至山阳而兼宗历代。”[①] 除了前章所提到的杜甫和陆游外，苏轼也是对赖山阳影响颇深的诗人。蔡毅在《试论赖山阳对中国古典诗歌传统的继承和创新》一文中指出“在日本汉诗人中，赖山阳是最近似苏轼的一位。他诗、书、画俱佳，是苏轼式的全才……在于学大而化之、不求甚解，于世洒脱纵放、不拘物累的个性层面上，赖山阳似得苏轼嫡传”[②]。谷口匡也在《西游中的赖山阳和〈杜韩苏古诗钞〉》一文中提到，赖山阳的西游诗受苏轼诗的影响很深。其实，不仅仅是西游诗，在笔者研究的赖山阳西游之后的汉诗中，也不乏苏轼之风的诗作。《谢月峰师赠梅》[③] 就是其中之一：

看梅如评字，瘦哽[④] 乃可贵。
肥条将繁葩，何与桃李异。
昨就远公乞，欣然手剪贻。
口谢腹未餍，为花少佳致。
归家插且看，安排不惬意。
拈杖拟再索，不忍重相累。
何料君割爱，寄至更拭眦。
其枝何槎牙，清癯见妩媚。
枝老著花疏，珊瑚缀鲛泪。
信手簪瓶中，天然好位置。

---

① 程千帆、孙望选评：《日本汉诗选评》，第213页。
② 蔡毅：《日本汉诗论稿》，第77—78页。
③ 〔日〕中村德助：《山阳诗钞新释》，第279页。
④ 此处应为“硬”，《山阳诗钞新释》中为误字。

不烦改向背，恐触蓓蕾坠。
当吾缺望时，何曾形眼鼻。
君心如镜明，照脏无遁避。
世念吾已灰，百美总屏弃。
独梅存夙因，贪爱如名利。
看之已累花，剪之更肆恣。
爱缘成怨业，刀锯断其臂。
忏罪古先生，引接君家事。
并度梅与吾，来生同佛地。

这首诗作于文政二年（1819）。题目中的月峰师（1760—1839）为江户中期的画僧，名辰亮，号菊涧，是京都东山双林寺第34世主持。诗的大意是：赏梅就如同评字，清瘦硬朗的才可贵。枝条粗壮确实可以开出繁盛的花朵，但这样又和桃树、李树有何区别？昨天向月峰师讨要梅花，大师欣然答应，亲自剪下一枝赠与我。我虽嘴上表示感谢，内心却感到不满足，因为这花缺少典雅的情趣。回家把它插起来，怎么放置都不合心意。打算前往再向月峰大师索要一枝，却不忍再次劳烦大师。谁料大师割爱，再寄予我一枝，更让我感激涕零。这枝梅花的枝杈歧出，清瘦却更显妩媚。枝干虽老，开花很少，但却像珊瑚上缀着珍珠一样。信手将其插在瓶中，不加修饰就恰到好处。也不用麻烦地改变花的方向，多余的动作恐怕只会碰掉花蕾。我未曾表露过内心的不满足，但大师的心却如方镜一样，洞悉了我内心的一切，让我无处躲避。对于尘世之念我已心灰意冷，摒弃世间所有美物，唯独对梅花似乎有前世因缘一样，我对它的贪恋就像世人对待名利一样。单是欣赏对梅花来说已是平添了许多烦扰，又怎能放纵嗜好让大师动手剪它呢？用刀砍花的枝条，使得我对它的爱恋变成了冤业。因此向佛祖忏悔自己的罪行，希望佛祖指引我通往净土，一同超度我和这梅花，使我们来世一起到达超脱生死、灭绝烦恼的境界。

赖山阳的好友田能村竹田评价此诗“极肖坡翁”[①]，原因之一即他所评价的“文情相生，笔随意到”[②]。苏轼的诗运思巧妙、挥洒自如，不拘于陈规，给人圆熟自然、浑然天成的感觉。赖山阳的汉诗以写实为特色，虽不似苏轼般想象力纵横驰骋，但也是涉笔成趣。所谓“缀文者情动而辞发”[③]，由情生文，情至而笔成，笔成而情现，这是此诗的特点，也是赖山阳汉诗的一贯风格。凡举生活中的一景一物，只要触动心弦，便按照自己的意趣，涉笔成趣。在这首诗中，赖山阳就梅花说起，前半篇写月峰大师洞晓其心赠与梅花，后半篇则写因执着于对花的爱恋反而使其受断臂之灾，故而向佛祖忏悔，均由眼前之物、所经之事有感而发，自然而成。

“极肖坡翁”的原因之二是诗中比喻手法的运用。苏轼诗歌的一大特色就是善于运用比喻的手法，明喻、暗语、借喻、曲喻等或分用或结合，使得语意明朗生动，主题深化，具有强烈的艺术感。赖山阳在这首诗中取苏轼这一创作精华，“枝老著花疏，珊瑚缀鲛泪”两句将梅花的枝桠和花朵分别比喻为珊瑚和鲛泪（神话传说中

---

① 〔日〕后藤松荫校：《山阳诗钞》，第 90 页。

② 〔日〕后藤松荫校：《山阳诗钞》，第 90 页。

③ （南朝·梁）刘勰著，詹锳义证：《文心雕龙义证》，上海古籍出版社 1985 年版，第 1855 页。

鲛人的眼泪可化成珍珠），取珊瑚的硬朗和鲛泪的圆润珍贵，形象生动，给人一种明朗的美感，更加印证了第二句的“瘦硬乃可贵”；“君心如镜明，照脏无遁避”两句则使用了晋代葛洪《西京杂记》中的典故：

> 高祖初入咸阳宫，周行库府，金玉珍宝，不可称言。其尤惊异者……有方镜，广四尺，高五尺九寸，表里通明。人直来照之，影则倒见。以手扪心而来，则见肠胃五脏，历然无碍。人有疾病在内，则掩心而照之，知病之所在。又，女子有邪心，则胆张心动。秦始皇常以照宫人，胆张心动者则杀之。[①]

其意在说明月峰的心就如同秦始皇的方镜一样可以照映诗人的内心，知晓其心中之所想，奇特而形象；“独梅存夙因，贪爱如名利”将自己对梅花的痴迷与世人对名利的痴迷相比，既体现出程度之深，又暗示自己对名利的淡泊。

除比喻手法之外，这首诗的另一大特点就是以佛语入诗，这也是与苏轼诗相似的一点。赖山阳与月峰、云华上人等禅师交好，常有书信、诗文往来，对佛语了然于心，而这首诗又是写给佛家之人，因而诗中运用了大量的佛语，如“独梅存夙因”中的“夙因”，指前世因缘；“爱缘成怨业”中的“怨业”同“冤业”，指因造恶业而招致的冤报；“忏罪古先生，引接君家事”中“忏罪”一词指

---

① （晋）葛洪辑，成林、程章灿译注：《西京杂记全译》，贵州人民出版社 1993 年版，第 102 页。

向佛祖忏悔自己的罪孽，“古先生”一词源自东汉末老子入夷狄为浮屠的传说。谓老子西游化胡成佛，并以佛为其弟子，自号为“古先生”，因此后世以“古先生”借称佛及佛像，如唐朝王维《过乘如禅师萧居士嵩丘兰若》诗云：“深洞长松何所有，俨然天竺古先生。”[①]“引接”意为接引救度众生往生西方净土；最后一句“来生同佛地”中的“佛地”一词则指超脱生死、灭绝烦恼的境界。佛语的运用使全诗蕴含佛理——只有摆脱爱恨、生死，才能超越一切，从凡尘俗世中得以解脱，达到灭绝烦恼的境界。众所周知，苏轼中年以后经历坎坷，对佛学有深刻的研究，且僧中多知交，受佛家思想影响颇深。这一点也体现在苏轼的诗文中，如《和子由渑池怀旧》中的名句“人生到处知何似，应似飞鸿踏雪泥。泥上偶然留指爪，鸿飞那复计东西”[②]就被认为与禅宗的“雁过长空，影沉寒水。雁无遗迹之意，水无留影之心”[③]有关；而苏轼《百步洪》诗则是前半写景，后半谈佛家观，其中的“我生乘化日夜逝，坐觉一念逾新罗”、“但应此心无所住，造物虽驶如吾何”等诗句化用佛家语，表达了“人生有限，宇宙无穷，人应超脱旷达，不为外物所奴役”[④]的观点。可见，赖山阳这首汉诗的佛意大有苏诗之风。

赖山阳这首诗使用了更利于情感表达的古体诗形式，虽篇幅很长，却句句精炼，从索梅到月峰赠梅，再到顿悟，行文流畅有如一气呵成，毫无多余之笔，可谓达到了老成练达的诗歌境地。

---

① （清）彭定求等主编：《全唐诗》卷128，第1299页。

② （宋）苏轼著，（清）王文诰辑注，孔凡礼点校：《苏轼诗集》卷三，第96页。

③ （宋）释普济著，苏渊雷点校：《五灯会元》卷十四，中华书局1984年版，第911页。

④ 缪钺等撰：《宋诗鉴赏辞典》，上海辞书出版社1987年版，第393页。

2. 戏谑之风

宋代戏谑之风盛行，这一风尚培养了文人善谑的性格。将生活化的诙谐调笑以诗的形式表达出来，语言接近口语，体式不拘一格，形成了一种轻松幽默的戏谑诗风，欧阳修、苏轼等是宋代谐谑诗作的代表人物。诗人幽默的性格、敏捷的才思，自嘲、讥谑、滑稽等手法的运用，使得诗歌呈现出一种特殊的审美效果。赖山阳亲手选编的《杜韩苏古诗钞》中收录的苏轼诗就有这类戏谑之作，他对苏轼的这种“士大夫的善谑”[①]很是赞赏。受此影响，赖山阳汉诗中也有一部分诗作诙谐风趣，反映出他幽默狂放的性格。试看《病间》：

谁道病可忧，病景殊不恶。
支体虽有疚，此中未昏眊。
夜长醒每早，窗白闻冻雀。
家人报粥成，疗饥腹犹绰。
拥褥坐读书，会心可充药。
不恨故人疏，尚友慰落莫。
修短已天定，坚脆岂人作。
一知独无涯，不受造物缚。[②]

① 参见〔日〕谷口匡：《西游中的赖山阳与〈杜韩苏古诗钞〉》，《亚洲游学》第93期，2006年。

② 〔日〕中村德助：《山阳诗钞新释》，第330页。

这首诗作于文政六年（1823），为赖山阳病中所作。诗的大意是：谁说得病就该忧愁，我生病时的光景就挺不错的。虽然身体有疾，但眼睛还未昏花。夜晚漫长醒得很早，天微亮时可以听到屋外寒雀的叫声。家人做好粥给我端来，我的食欲很好，以此充饥，肚子还有富余。坐在床上抱着被褥看书，读到会心之处心情甚好，连药都可以省掉了。不埋怨朋友在我病间疏于探望，我以古人书籍为友来慰藉寂寞之心。生命的长短由天注定，不是个人可以主宰的。唯独知识无限博深，不受造物束缚。

菅茶山评此诗“打乖吟”[①]。乖吟即机变、耍花招。其实，这是赖山阳自嘲式的幽默。对于疾病缠身的现状，赖山阳并没有感到忧愁悲伤，而是用一种轻松的态度来看待，认为病中的生活也挺好的，有书看、有饭吃，即使没有朋友来探望也不觉得寂寞，因为有古人的书籍陪伴，看到会心之处，心情愉悦，还能缓解病情。他能用一种调侃的语言来描述在别人看来苦闷不堪的病中生活，足见其豁达乐观的性格。

在与现实病苦对抗之中，用自嘲来淡化因病苦而产生的悲哀，其阔达的心态之外还有一份坚定的意志在支撑。诗中“修短”以下两句是对生死由天的感叹，而“一知独无涯”则典出《庄子》中的“吾生也有涯，而知也无涯”[②]，从中不难看出赖山阳顺应天命的道家观念。需要说明的是，庄子的“吾生也有涯，而知也无涯”是为了告诫人们“以有涯随无涯，殆已”，即用有限的生命去追求无止境

---

① 〔日〕后藤松荫校：《山阳诗钞》，第 142 页。

② （战国）庄子著，曹础基注：《庄子浅注》，第 41 页。

的学问是徒劳的，不要被过多的追求所束缚。与此不同，赖山阳诗中的“一知独无涯，不受造物缚”则是对世间只有知识是不受拘束而永久存在的肯定，蕴含着他求知治学的坚定信心，展现出来的是一个谈笑于生死之际、于知识中寻求解脱的诗人形象。经历了生活中的种种坎坷挫折，赖山阳已经可以用一种旷达的心态来看待生命中的得失，也正是因为存有这份坚定的人生态度，赖山阳才有了治史的伟业，才会在诗文界获得辉煌的地位。

赖山阳的幽默不仅存在于自嘲当中，在他与友人的交往中也可见其诙谐风趣。试看《锦城叟来访，待以所藏伊丹酒》一诗：

待君斗酒一开缄，不比京醪如密[①]甘。
胸里九经成垒块，浇余勿惜发新谈。[②]

这首诗作于文政三年（1820）。锦城叟指太田锦城（1765—1825），他是日本江户后期的儒学家，善经学，是考证学派的大家。伊丹酒产于日本兵库县东南部的伊丹，江户初期至中期被誉为最上等的酒，赖山阳对此酒甚是喜好。诗的大意是：打开我所珍藏的伊丹酒来招待您，这酒虽不比京酿甘甜如蜜，但希望可以化解您胸中郁积成块的经学知识，并使您借此迸发出更多新奇的言论。

菅茶山说：“以经为谈资，宜不免主人之讽。”[③]锦城是有名的经学家，在与赖山阳交往之中想必会常以经学为话题侃侃而谈，赖

① 此处应为“蜜”，《山阳诗钞新释》中为误字。
② 〔日〕中村德助：《山阳诗钞新释》，第293页。
③ 〔日〕后藤松荫校：《山阳诗钞》，第94页。

山阳对这些老生常谈不以为然。因此，赖山阳便借用了阮籍酒浇块垒的典故，调侃锦城的这类老生常谈没有新见。《世说新语・任诞》中有“阮籍胸中垒块，故须酒浇之”[①]，是说阮籍心怀不平之气，须借酒浇愁。之后诗人常用“块垒”比喻心中郁郁难解之气，并以此典故来感叹生不逢时，赖山阳用“垒块”来比喻“九经”，即指锦城的著作《九经谈》[②]，希望锦城能用自己的伊丹酒将其浇平，并趁着酒兴发表出一些新的言论。诗人用轻松幽默的语言，形象地刻画出了锦城老学究的形象，并非有意讥讽，只不过是诙谐生性使然，对锦城的情态进行了调侃戏谑，形象却又不失幽默。正如筱崎小竹所说：“所谓笑谑骂詈，皆成文章韵语，山阳在焉。”[③]也就是说，赖山阳的这一戏谑诗风同宋诗，尤其是苏轼的“善谑”诗有一脉相承之处。

另一方面，从这首诗中赖山阳对锦城老生常谈、毫无新意的戏谑也反衬出赖山阳的创新思想及其不墨守成规，追求创新的秉性。这一性格也体现在了前述反用《庄子》语句这一创新上。

3. 日本特色

赖山阳的汉诗深受中国诗歌影响，他有意学习苏轼、杜甫等大家的风范，但他能在众多日本汉诗人中脱颖而出，受到大家的喜爱和追捧，最重要的原因还在于他善于用汉诗的形式和语言特点来吟

① （南朝・宋）刘义庆著，张万起、刘尚慈译注：《世说新语译注》，中华书局 1998 年版，第 757 页。

② 指关于《易》、《书》、《诗》、《左传春秋》、《大学》、《论语》、《孝经》、《中庸》、《孟子》等九经的论著。

③ 转引自蔡毅：《试论赖山阳对中国古典诗歌传统的继承和创新》，载《日本汉诗论稿》，第 78 页。

咏具有日本文化特色的人和事，因此他被誉为“国民诗人”[①]，他的诗被称为“国民的汉诗”[②]。请看其汉诗《赠茶山翁》：

肥山云雾萨海风，回首游踪总雪鸿。
当时每思向君语，如今半堕恍惚中。
剪尽春烛余焰在，忆起阿苏烟腾空。[③]

此诗为文政二年（1819）赖山阳拜访菅茶山廉塾时所作。诗的大意是：肥后国山上云雾缭绕，萨摩国海上海风习习，回首往昔这些游踪，简直如同雪泥鸿爪，成了美好的记忆。当时总想向您讲述这些旅途见闻，而如今连我自己都已经恍惚不清了。和老师您秉烛畅谈，直至烛芯剪完，残留的烛焰让我想起了阿苏火山上腾空的火焰。

这首诗中既有脍炙人口的苏轼诗“雪鸿”的出典，又有唐朝诗人李商隐诗《夜雨寄北》中“何当共剪西窗烛，却话巴山夜雨时”[④]的影响，但最令人注目的还是这首诗中的日本特色。第一句“肥山云雾萨海风”中的“肥山”和“萨海”分别是指肥后国（日本旧国名，位于今熊本县）的山和萨州（日本旧时的萨摩国，位于今鹿儿岛县西部和甑岛列岛）的海，赖山阳按照汉语的表达习惯略称其为“肥山”和“萨海”。最后一句“忆起阿苏烟腾空”中的“阿苏”则

① 〔日〕德富猪一郎：《赖山阳》，第264页。
② 〔日〕德富猪一郎：《赖山阳》，第264页。
③ 〔日〕中村德助：《山阳诗钞新释》，第270页。
④ （清）彭定求等主编：《全唐诗》卷539，第6151页。

指位于日本九州熊本县东北部的活火山阿苏山。将“肥山”、“萨海”、“阿苏”这种汉语中没有的但体现日本风情的词语运用到汉诗创作之中的现象被称为“和习”。基于日本与中国不同的语言和文化背景，日本汉诗人在创作汉诗的过程中难免会出现音韵不谐、语序颠倒，或将日语特色的词语写进诗中等现象，而由于这些现象不符合汉诗的创作规则，他们以此为不雅而视之为禁忌，极力避免。但是，随着日本封建政治制度的逐步完善和文学主体意识的逐渐加强，平安时期的日本诗人开始有意识地将“和习”带入汉诗中，菅原道真甚至还提出了“和魂汉才”的主张，以彰显本国文化特色。赖山阳这首汉诗的本土化不但体现在写日本的风物上，还体现在将“阿苏山”这一日本特色的意象与中国诗歌中的传统意象“春烛”和“余焰”结合在一起，用眼前“春烛”的“余焰”比喻菅茶山令人意犹未尽的谆谆教诲，继而又由“余焰”联想到阿苏山上腾空的火焰，由小及大，由实转虚，表达了赖山阳对菅茶山的崇敬之情。赖山阳的叔父杏坪评价说“结处奇事”[①]，道出了这首诗结尾的奇妙之处，即融合和跳跃般的想象力。

日本汉诗源自中国，因此以中国诗人为楷模，模仿其优秀的诗句也是日本汉诗发展的必经之路，无可厚非。即使是中国的诗歌，也是在不断地模仿前人作品的基础之上发展起来的。因此，诗人模仿水平的高低在一定程度上也反映出了其诗歌文化底蕴及素养。然而，再惟妙惟肖的模仿，如果没有自己的思想和艺术个性，也就只能蜷曲于前人的光辉之下，而无法有所超越。因此，应在对前人的学习之中寻

① 〔日〕后藤松荫校：《山阳诗钞》，第 82 页。

求独具自身特色的发展，这也正是赖山阳汉诗的成功之处。

4. 未经人道

赖山阳汉诗的创新之处还在于其独到的眼光，敢言他人未言之事。试看《开春初三日雪诸友来访遂相携游东山》一诗：

其一

追客屐痕初印处，及吾酒力未消时。
自嘲狂态老依旧，逢雪已狂花可知。

其二

东楼赏雪未昏鸦，拟向山房乞椀茶。
折竹碍人过不得，横寻别路到君家。[①]

如果说在《赠茶山翁》中还能看到模仿中国诗歌的痕迹，那么这两首汉诗则完全体现出了赖山阳的独到之处。

这两首诗作于文政三年（1820）新春，记录了与来访诸友到东山赏雪的情景。“东山”指京都东部的山，也称为“东山三十六峰”，一般指北从比睿山（京都市左京区、滋贺县大津市），南到稻荷山（京都市伏见区）的山。当时，赖山阳的寓所位于木屋町二

① 〔日〕中村德助：《山阳诗钞新释》，第289页。

条，与东山隔鸭川相望。

自古以来，诗人对雪和花都有种特殊的情感，常以这两种意象入诗，来寄托自己对世间美好事物的向往，暗语自己内心的纯净和脱俗的气质。第一首诗描写了初到东山时的情景，一个“追”字表现出诗人登山赏雪时的急迫心情，而“酒力未消”则表明了诗人的兴奋状态，在两种状态的结合之下，后文的狂态就显得理所当然了。“自嘲狂态老依旧，逢雪已狂花可知”，按时间来看，这里的花应该指梅花。中国诗人常以傲雪寒梅为题材，描写梅花不畏严寒独自开放的姿态，表达对梅花清高脱俗品质的敬佩与喜爱。而赖山阳的这首诗则避开雪和梅花的姿态不谈，而直接从自己的感情入手，以“狂”字作为诗眼，将自己对雪和梅花的喜爱表露无遗，可以说是一种独特的视角。同时“狂”字也是对赖山阳自身狂放不羁性格的真实写照，使其与梅花一样不受世俗束缚、倔强傲岸的形象跃然纸上。

第二首诗是对赏雪之后情景的描述：赏雪之后意犹未尽，趁着天色尚早，想向山中的寺宇讨碗茶喝，但是折断的竹子挡住了去路，便另寻他路到贵处。这里的“山房”和“君家”应指月峰大师所在的东山双林寺。这首诗所描写的只是一个再普通不过的小场景，但赖山阳通过细致入微的描写，于细小之处创造出了一种别样的情趣，让读者体会到其不拘小节、旷达开阔的心境。菅茶山对此诗的评价是“眼前事未经人道”[1]。诚然，断竹挡住去路便另寻他路这样一个理所当然的小细节，恐怕很少有诗人拿来写入诗，但赖山

① 〔日〕后藤松荫校：《山阳诗钞》，第93页。

阳却凭借敏锐的观察力、独特的感悟力和高度的语言概括力，用心直视眼前之景，将人人可见却又不为入诗的情景通过真实而细致的语言表达了出来，颇有新意。

本章结论如下：

赖山阳是日本江户时代独树一帜的汉诗人，其所作汉诗不仅在日本汉诗诗坛有着举足轻重的地位，在中国也受到了俞樾等大师的青睐和重视。笔者通过分析中日选编者共选的5首赖山阳汉诗发现，赖山阳的汉诗之所以可以超越时间与国界受到中日选编者的欢迎，其一就在于这些诗中体现的“忠孝”思想、思乡情怀等是中日共同的传统思想文化观念，是中日两国在历史积淀中形成的宝贵精神财富。其二，这些诗很好地把握住中日共同的诗歌创作本质——“诗主性情”。赖山阳的这五首诗中有孝子之心、思乡之情，也有忠烈情怀和山水游兴，每一首都体现出了其诗歌的重要特色——真情实意。其三，这些诗受到杜甫、陆游等诗风的影响，也有自己的创新，尤其是他的“咏母诗”，以其独特的视角，大胆直白地吟咏对母亲的感情，开创了诗歌中的一片新天地。

而通过分析仅《山阳诗钞新释》选录的赖山阳汉诗又可发现，赖山阳汉诗中运用比喻、佛语入诗的写作方法以及其幽默诙谐的写作风格均受到中国诗风的影响，但同时又能将自己的思想感情融入诗中，活用典故，使诗的内容更加鲜活。而且，作为“国民诗人”，赖山阳既能有意识地使用“和习”，将独具日本特色的意象带入诗中，又能凭借自己独到的眼光，将“未经人道”的事物描绘入诗，创造出一种崭新的诗歌意境，真正做到了“用彼之言语以叙我之性情”。

因此，我们可以看出：赖山阳汉诗体现出的中日共识思想及其对中国诗歌的继承，使得赖山阳汉诗成为中日文化交流的一座桥梁。同时，赖山阳敢于打破陈规、言人所未言的创新精神则使其汉诗独具特色，在异域汉诗及中日诗歌比较研究中有着重要的地位。

主要参考文献

程千帆、孙望选评：《日本汉诗选评》，江苏古籍出版社，1988年。

肖瑞峰：《日本汉诗发展史》（第一卷），吉林大学出版社，1992年。

马歌东选注：《日本汉诗三百首》，世界图书出版公司，1994年。

马歌东：《日本汉诗溯源比较研究》，中国社会科学出版社，2004年。

严明：《花鸟风月的绝唱——日本汉诗中的四季歌咏》，宁夏人民出版社，2006年。

蔡毅：《日本汉诗论稿》，中华书局，2007年。

松下忠著，范建明译：《江户时代的诗风诗论——兼论明清三大诗论及其影响》，学苑出版社，2008年。

李寅生编著：《日本汉诗精品赏析》，中华书局，2009年。

李均洋、赵敏俐、尹小林、佐藤利行校点重排：《黄叶夕阳村舍诗》，中国国学出版社，2011年。

肖瑞峰：《中国古典诗歌在东瀛的衍生与流变研究》，浙江大学出版社，2012年。

俞樾编，曹昇之、归青点校：《东瀛诗选》，中华书局，2016年。

李均洋、佐藤利行编著：《菅茶山汉诗研究・全编》，东京・白帝社，2016年。

中村徳助：『山陽詩鈔新釈』，日進堂書店，1911年。

徳富猪一郎：『頼山陽』，東京民友社，1926年。

伊藤靄谿註釈：『山陽遺稿詩注釈』，山陽詩注刊行会（山口），1938年。

島谷真三編：『茶山詩三百首』，広島県深安郡神辺町川南茶山会，1958年。

『岩波講座日本文学史』第16巻『〈日本の漢文学〉とは何か』，岩波書店，1959年。

富士川英郎：『江戸後期の詩人たち』，麦書房，1966年。

富士川英郎：『茶山と頼山陽』，平凡社，1971年。

中村真一郎：『頼山陽とその時代』，中央公論社，1971年。

安藤英男：『明治維新の暁鐘　頼山陽－その人と志業』，東洋経済新報社，1972年。

安藤英男編：『頼山陽詩集』，白川書院，1977年。

猪口篤志：『日本漢詩鑑賞辞典』，角川書店，1980年。

安藤英男編：『頼山陽文集』，近藤出版社，1981年。

『黄葉夕陽村舎詩』（复刊），皇都書林・汲古堂梓，文化九歳（1812）鐫，児島書店，1981年。

島谷真三、北川勇編著：『茶山詩五百首』，児島書店，1982年。

富士川英郎：『菅茶山』，福武書店，1990年。

黑川洋一注：『菅茶山・六如』（江户詩人選集第四巻），岩波書店，1990 年。

入谷仙介注：『頼山陽・梁川星巌』（江户詩人選集第八巻），岩波書店，1990 年。

水田紀久等校注：『菅茶山・頼山陽詩集』（新日本古典文学大系 66），岩波書店，1996 年。

高岛要編：『東瀛詩選本文及總索引』（本文篇），勉诚出版，2007 年。

菅茶山関係書籍発行委員会編：『菅茶山の世界 —— 黄葉夕陽文庫から』，文芸社， 2009 年。

西原千代：『菅茶山』，白帝社，2010 年。

附　录

菅茶山研究相关论文

一、总论、书简、日记、访问、版本以及传记研究

1. 西田直二郎:「茶山片影」,『史林』第5期第2卷，1920年。

2. 今関天彭:「菅茶山・上」,『雅友』(雅友社）第30期，1961年。

3. 今関天彭:「菅茶山・下」,『雅友』(雅友社）第31期，1962年。

4. 頼祺一:「菅茶山の安永九年『北上日記』」,『広島大学文学部紀要』第32期第1卷，1973年。

5. 頼祺一:「菅茶山の荒木商山宅訪問（資料）」,『近世文芸稿』第19期，1974年。

6. 富士川英郎:「菅茶山『筆のすさび』」,『日本随筆大成（第一期）・附録1』，1975年。

7. 徳田武:「菅茶山」,『近世の文学』，1977年。

8. 富士川英郎:「祝『黄葉夕陽村舎詩』復刊」,『黄葉夕陽村

舎詩・全集』，1981年。

10. 柴田光彦、田中善信：「近世文学者書簡（十）——『茶山翁手翰』」，『近世文芸稿　研究と評論』第22期，1982年。

11. 富士川英郎：「菅茶山」，『近世の漢詩』，1986年。

12. 菅波寛：「菅茶山書簡」，『書簡研究』第6期，1993年。

13. 谷本圭司：「菅茶山『白沙翠竹村舎集』校勘記稿」（上），『中国学論集』（安田女子大学中国文学研究会）第9期，1994年。

14. 谷本圭司：「菅茶山『白沙翠竹村舎集』」（下），『中国学論集』（安田女子大学中国文学研究会）第10期，1995年。

15. 菅波寛：「菅茶山書簡」，『書簡研究』第7期，1996年。

16. 柏崎順子：「菅茶山遺稿 —— 伊沢蘭軒旧蔵伊沢柏軒外三名手写伊沢榛軒手校和田万吉手識本」，『一橋論叢』（言語社会研究科号）第121期第3卷，1999年。

17. 頼祺一：「『菅茶山の行状』について」，『内海文化研究紀要』（広島大学文学部内海文化研究施設）第29期，2001年。

18. 生咲恭仁彦：「ふるさと文化探訪 —— 史話・瀬戸内の文化人（68）菅茶山」，『岡山経済』（岡山経済研究所）第24期第286卷，2001年。

19. 村岡功：「チャザン？サザン？」，『鴎外』（森鴎外記念会）第70期，2000年。

20. 花本哲志：「菅茶山宛道光上人書状 —— 黄葉夕陽文庫の菅茶山宛文人書状」（1），『広島県立歴史博物館研究紀要』第6期，2002年。

21. 菅波哲郎：「資料紹介　菅茶山著『ひたちみちの記』（草

稿本)」,『広島県立歴史博物館研究紀要』第6期,2002年。

22. 花本哲志:「菅茶山宛小寺清先書状 —— 黄葉夕陽文庫の菅茶山宛文人書状」(3),『広島県立歴史博物館研究紀要』第7期,2003年。

23. 西原千代:「修学期の茶山」,『安田女子大学大学院文学研究科紀要』第8期,2003年。

24. 西原千代:「茶山修学期の交遊 —— 第二『北上日記』を中心に」,『安田女子大学大学院文学研究科紀要』第9期,2004年。

25. 西原千代:「菅茶山研究 —— 黄葉夕陽村舎の時期」,『中国学論集』(安田女子大学中国文学研究会)第37期,2004年。

26. 花本哲志:「菅茶山宛姫井桃源書状 —— 黄葉夕陽文庫の菅茶山宛文人書状」(3),『広島県立歴史博物館研究紀要』第8期,2005年。

27. 林田愼之助:「日本漢詩人紀行(5)—— 茶山の黄葉夕陽村舎」,『創文』(創文社)第475期,2005年。

28. 西原千代:「菅茶山研究 ——『黄葉夕陽村舎』から『廉塾』へ」,『国語国文論集』(安田女子大学日本文学会)第35期,2005年。

29. 西原千代:「廉塾 —— 学習と生活」,『安田女子大学大学院文学研究科紀要』第10期,2005年。

30. 花本哲志「菅茶山宛岡本花亭書状 —— 黄葉夕陽文庫の菅茶山宛文人書状」(4),《広島県立歴史博物館研究紀要》第9期,2007年。

31. 堀川貴司:「『寛政名家手簡』翻刻と解題第三回」,『太平詩文』，第36期，2007年。

32. 小財陽平：「『黄葉夕陽村舎詩』前編巻一の編纂事情——『忌諱に触れる』作品をめぐって」，《近世文芸》第87期，2008年。

二、译注及注释

1. 吉田澄夫：「黄葉夕陽村舎詩菅茶山——近世詩抄2」，『学苑』（昭和女子大学近代文化研究所），1954年。

2. 西原千代：「菅茶山詩訳註」（1），『中国学論集』（安田女子大学中国文学研究会）第24期，1999年。

3. 西原千代：「菅茶山詩訳注」（2），『中国学論集』（安田女子大学中国文学研究会）第25期，2000年。

4. 黄葉会：「訳注　菅茶山詩読解報告」，『中国文史論叢』第5巻，2009年。

5. 黄葉会：「訳注　菅茶山詩読解報告（2）」，『中国文史論叢』第6巻，2010年。

三、游历诗研究

1. 石岡久夫：「茶山最後の大和遊歴と詩」，『国学院雑誌』第37期，1931年。

2. 石岡久夫：「茶山最後の大和遊歴と詩」，『国学院雑誌第』38期，1931年。

3. 富士川英郎：「菅茶山の東遊」，『中央公論』第86期第5巻，1971年。

4. 富士川英郎:「菅茶山の東遊」,『中央公論』第86期第8卷，1971年。

5. 山口旬:「菅茶山『北遊』詩群の趣向」,『成蹊国文』第41期，2008年。

四、仁政观和政治论及政治批判诗研究

1. 頼祺一:「菅茶山の仁政観と政治論」(一),『高校通信東書国語』第252期，1985年。

2. 頼祺一:「菅茶山の仁政観と政治論」(二),『高校通信東書国語』第255期，1985年。

3. 黒川洋一:「菅茶山詩雑記2——上巳、大猪水を渉りての作」,『同朋』第121期，1988年。

4. 黒川洋一:「菅茶山の『開元の琴』について」,『懐徳』第58期，1988年。

5. 頼祺一:「菅茶山『逸詩』による福山藩天明一揆の記録」,『中国地域と対外関係』(山川出版社)，2003年。

6. 小財陽平:「茶山詠石詩試解」,『近世文芸 研究と評論』第68期，2005年。

7. 西原千代:「菅茶山と政治批判詩」,『中国学論集』(安田女子大学中国文学研究会)第46期，2007年。

8. 西原千代:「菅茶山の政治批判詩について」,『国中世文学研究』第52期，2008年。

五、“异界”——超越儒教价值观的菅茶山汉诗研究

1. 德田武:「菅茶山における『老い』の意識とその詩化」,『日本の美学』第22期,1994年。

2. 加藤国安:「菅茶山の寂寥と明朗と——詩は王公に勝る」,『東洋古典学研究』(広島大学東洋古典学研究会)第10期,2000年。

3. 池澤一郎:「菅茶山の漢詩における『異界』」,『日本文学』(日本文学協会)第50期第10卷,2001年。

4. 加藤国安:「菅茶山の質朴の人生および写生詩について——『真率』『実事』なるものの探求」,『東洋古典学研究』(広島大学東洋古典学研究会)第14期,2002年。

六、田园风景诗研究

1. 加藤国安:「菅茶山の田園風景——賢者の栖」,『東洋古典学研究』(広島大学東洋古典学研究会)第12期,2001年。

2. 西原千代:「菅茶山の田園詩」,『中国学論集』(安田女子大学中国文学研究会)第31期,2002年。

3. 西原千代:「菅茶山の風景詩——子どものいる風景」,『中国学論集』(安田女子大学中国文学研究会)第40期,2005年。

4. 新稲法子:「松を抱く大月について」,『混沌』(大阪芸文研究)第29期,2005年。

5. 山口旬:「『梅花七首』菅茶山絶句連作の試み」,『成蹊国文』第39期,2006年。

6. 西原千代:「茶山の農村詩」,『安田女子大学大学院文学研

究科紀要』第 11 期，2006 年。

7．西原千代：「菅茶山の農村詩 ——子どものいる風景詩」，『広島女子大国文』（広島女子大学国文学会）第 22 期，2007 年。

七、诗风、诗论研究

1．福島理子：「茶山風の形成 ——混沌社社友と菅茶山」，『近世文芸』（日本近世文学会）第 51 期，1989 年。

2．朱秋而：「菅茶山の詩論 ——蛍詠を中心として」，『国語国文』（京都大学国文学会）第 64 期第 11 巻，1995 年。

3．高木重俊：「蠣崎波響漢詩論 -1- 詩的交遊（1）六如・茶山を中心に」，『人文論究』（北海道教育大学函館人文学会）第 61 期，1996 年。

4．小財陽平：「茶山詩風の転換」，『近世文芸 研究と評論』第 69 期，2005 年。

5．西原千代：「菅茶山の詩論」，『中国学論集』（安田女子大学中国文学研究会）第 47 期，2007 年。

八、比较研究

1．富士川英郎：「菅茶山と大田南畝」，『大田南畝全集』月報 3，1986 年。

2．山岡萬謙、谷本圭司：「初期茶山詩における『文選』の影響について」，『岡山理科大学紀要』（人文・社会科学）第 90 期，1994 年。

3．片岡俊郎：「菅茶山と北條霞亭 ——広島県深安郡神辺町に

ついて」(2),『福山大学経済学論集』第20期第1卷,1996年。

4. 黒川修一:「文人と同時代絵画 —— 菅茶山と南画・写生画」,『江戸文学』(ぺりかん社)第18期,1997年。

5. 朱秋而:「菅茶山の漢詩と俳諧 ——『綿弓』『栗毬』『菜花』を手がかりとして」,『国語国文』(京都大学国文学会)第66期第11卷,1997年。

6. 高橋博巳:「巨椋湖から隅田川まで —— 近世後期の詩と絵画」,『金城学院大学論集』(国文学編)第41期,1999年。

7. 朱秋而:「菅茶山の漢詩と和歌 —— 梅雨詩に描かれる水鶏を中心に」,『国語国文』(京都大学国文学会)第68期第3卷,1999年。

8. 濱久雄:「牧野黙庵とその師 —— 菅茶山を中心として」,《東洋研究》(大東文化大学東洋研究所)第137期,2000年。

9. 朱秋而:「菅茶山の漢詩に表れた俳諧性 —— 日中の『物売り』像の比較を通して」,『和漢比較文学』(和漢比較文学会)第25期,2000年。

10. 朱秋而:「菅茶山の秋蛩詩 —『鈴虫』との関わりをめぐって」,『国語国文』(京都大学国文学会)第72期第3卷,2003年。

11. 頼多万:「山陽詩研究 —— 山陽と茶山」,『安田女子大学大学院文学研究科紀要』第10期,2005年。

12. 朱秋而:「茶山における和習の意味 —— 范大成との比較を通して」,『国語国文』(京都大学国文学会)第74期第5卷,2005年。

13. 西原千代:「菅茶山と頼山陽」,『中国学論集』(安田女子大学中国文学研究会）第 42 期，2006 年。

14. 西原千代：「茶山と春水」，『中国学論集』（安田女子大学中国文学研究会）第 43 期，2006 年。

15. 小財陽平：「茶山『道上詩』考 —— 茶山詩の俳諧性と『狂痴』について」，『近世文芸　研究と評論』第 71 期，2006 年。

16. 郭頴：「『東瀛詩選』に見られる俞樾の修改ー菅茶山の『黄葉夕陽村舎詩』との比較を通して」，『中国中世文学研究』第 51 期，2007 年。

17. 西原千代：「菅茶山と門田朴齋」，『中国学論集』（安田女子大学中国文学研究会）第 44 期，2007 年。

18. 西原千代：「菅茶山と西山拙齋」，『中国学論集』（安田女子大学中国文学研究会）第 45 期，2007 年。

19. 西原千代：「菅茶山と頼山陽」，『安田女子大学大学院文学研究科紀要』第 12 期，2007 年。

20. 西原千代：「菅茶山と頼山陽 —— 茶山の不興」，『中国中世文学研究』第 51 期，2007 年。

21. 西原千代：「菅茶山の『花月吟』について」，『安田女子大学大学院文学研究科紀要』第 13 期，2008 年。

22. 徳田武：「上田秋成と菅茶山」（特集　上田秋成の漢文学），『江戸風雅』第 2 巻，2010 年。

23. 胡聪：《菅茶山咏楠诗研究》，首都师范大学 2011 年（硕士论文）。

24. 曾苗苗：《菅茶山汉诗的诗语研究 —— 以〈黄叶夕阳村舍诗〉第五、六卷为文本》，首都师范大学 2011 年（硕士论文）。

25. 张漫：《菅茶山题画诗诗语的道家属性 —— 从中日语言文化比较研究的角度》，首都师范大学 2011 年（硕士论文）。

26. 李均洋：《中日文化交流的辉煌和中日政治文化的异同 —— 论菅茶山的史诗式汉诗《开元琴歌》》，西北大学学报（哲学社会科学版）2012 年第 5 期。

27. 李均洋、胡聪：《菅茶山汉诗选注本探究》，《中国诗歌研究动态》2013 年第 2 期。

九、作为教材的菅茶山汉诗研究

1. 石川忠久：「岳堂詩話（24）—— 勉学の詩」，『学鐙』第 99 期第 3 卷，2002 年。

2. 小金澤豊：「漢文教材としての菅茶山 ——『宿生田』『冬夜読書』教材化の背景」，『二松学舎大学人文論叢』第 78 期，2007 年。

3. 岡本恵子：「今、教室で、日本漢詩を読む —— 菅茶山『冬夜読書』詩の場合」，『漢文教育』（中国中世文学会），2007 年。

4. 小松英生：「教材にしてみたい日本漢詩 —— 菅茶山・釈六如・館柳湾」，『漢文教育』（中国中世文学会）第 32 期，2007 年。

十、书评

1. 前田愛：「富士川英郎『菅茶山』」，『海』第 13 期第 9 卷，1981 年。

2. 神田孝夫：「菅茶山（上下）富士川英郎」，『比較文学』（日本比較文学会）第 33 期，1990 年。

3. 清水茂：「『頼山陽・梁川星巌』，入谷仙介注（江戸詩人選集

第 8 卷）·『菅茶山・六如』黒川洋一注（江戸詩人選集 第 4 巻）·『市川寛斎・大窪詩仏』揖斐高注（江戸詩人選集 第 5 巻）」，『中国文学報』（京都大学文学部中国語中国文学研究室）第 43 期，1991 年。

菅茶山研究相关著述

1. 吉川弘文館編：『百家説林 正編上（筆のすさび 他）』，吉川弘文館，1905 年。

2. 浜野知三郎：『菅茶山先生』，飽薇同好社，1926 年。

3. 塚本哲三：『名家随筆集・下（有朋堂文庫）（筆のすさび 他）』，有朋堂，1926 年。

4. 池田四郎次郎他：『日本芸林叢書』第 4 巻（大和行日記 他），六合館，1927 年。

5. 関儀一郎：『日本儒林叢書』第 6 冊（冬の日影 他），東洋図書刊行会，1927 年。

6. 日本随筆大成編輯部：『日本随筆大成』第 1 巻（筆のすさび 他），吉川弘文館，1927 年。

7. 和田英松：『芸備の学者 —— 黒川道祐、佐藤直方、永田養庵、菅茶山につき』，明治書院，1929 年。

8. 島谷真三：『茶山詩三百首 —— 重政黄山先生講述』，茶山会，1958 年。

9. 古川哲史他：『古典日本文学全集』第 35 巻『江戸随想集（筆のすさび 他）』，筑摩書房，1961 年。

10. 亀山聿三：『近代先哲碑文集』第1巻『菅茶山先生碑文集・頼杏坪先生碑文集』，夢硯堂，1963年。

11. 富士川英郎：『江戸後期の詩人たち』，麦書房，1966年。

12. 奈良本辰也：『日本の私塾（廉塾 —— 菅茶山 他）』，淡交社，1969年。

13. 富士川英郎：『菅茶山と頼山陽』（東洋文庫195），平凡社，1971年。

14. 見附市図書館編：『茶山日記』，福山市教育委員会，1972年。

15. 島谷真三、北川勇：『茶山詩五百首－黄葉夕陽村舎詩抄解』，児島書店，1975年。

16. 日本随筆大成編輯部：『日本随筆大成（復刊）』第1期1『筆のすさび 他』，吉川弘文館，1975年。

17. 神辺郷土史研究会編：『菅茶山とその弟子たち』（神辺の歴史と文化 第4号），神辺郷土史研究会，1976年。

18. 富士川英郎：『菅茶山（上・下）』，福武書店，1980年。

19. 富士川英郎：『菅茶山・日本詩人選30』，筑摩書房，1981年。

20. 藤井猛：『菅茶山』，1981年。

21. 藤井猛：『菅茶山』（増訂2版），1981年。

22. 富士川英郎他：『詩集日本漢詩』第9巻『黄葉夕陽村舎詩花月吟他』，汲古書院，1985年。

23. 黒川洋一：『菅茶山・六如』（江戸詩人選集第4集），岩波書店，1990年。

24. 富士川英郎、佐野正巳：『紀行日本漢詩』第2巻『遊芸日記他』，汲古書院，1991年。

25. 菅茶山記念館：『菅茶山が交わった画人たち』（菅茶山記念館第 1 回特別展図録），菅茶山記念館，1993 年。

26. 菅茶山記念館：『菅茶山の師と弟子たち』（菅茶山記念館第 2 回特別展図録），菅茶山記念館，1994 年。

27. 広島県立歴史博物館：『菅茶山とその世界 —— 黄葉夕陽文庫を中心に』（広島県立歴史博物館図録 第 14 冊），広島県立歴史博物館，1995 年。

28. 菅茶山記念館：『北条霞亭の生涯と恒心社友』（菅茶山記念館第 3 回特別展図録），菅茶山記念館，1995 年。

29. 水田紀久、頼惟勤、直井文子：『菅茶山頼山陽詩集』（新日本古典文学大系 66），岩波書店，1996 年。

30. 菅波寛：『菅茶山の詠歌』，葦陽文化研究会，1996 年。

31. 菅茶山記念館：『菅茶山と頼家の人々』（菅茶山記念館第 4 回特別展図録），菅茶山記念館，1996 年。

32. 北川勇述，茶山詩話編集委員会編：『茶山詩話 – 北川勇講演録』，菅茶山先生遺芳顕彰会，1997 年。

33. 菅茶山記念館：『菅茶山四季をうたう』（菅茶山記念館第 5 回特別展図録），菅茶山記念館，1997 年。

34. 広島県立歴史博物館：『菅茶山とその世界 2—— 黄葉夕陽文庫の概要』（広島県立歴史博物館展示図録 第 22 冊），広島県立歴史博物館，1998 年。

35. 菅茶山生誕二百五十年祭実行委員会：『菅茶山遺墨集』（菅茶山生誕二百五十年祭記念），菅茶山生誕二百五十年祭実行委員会，1998 年。

36. 菅茶山記念館:『菅茶山略年表(草稿)』(菅茶山生誕二百五十年祭記念),菅茶山記念館,1998 年。

37. 菅茶山記念館:『教育者菅茶山』(菅茶山記念館第 7 回特別展図録),菅茶山記念館,2000 年。

38. 菅茶山記念館:『菅茶山の東西紀行』(菅茶山記念館第 8 回特別展図録),菅茶山記念館,2001 年。

39. 菅茶山記念館:『菅茶山とゆかりの人々ー郷里の足跡をたずねて』(菅茶山記念館第 9 回特別展図録),菅茶山記念館,2002 年。

40. 菅茶山記念館:『菅茶山記念館開館十周年記念誌』,菅茶山記念館,2002 年。

41. ふくやま芸術文化振興財団福山城博物館:『茶山・朴斎・鰐水 ——福山藩の儒者たち』(2003 年度秋季特別展),ふくやま芸術文化振興財団福山城博物館,2003 年。

42.『筆のすさび』現代語訳註委員会訳註:「現代文菅茶山翁『筆のすさび』」,菅茶山先生遺芳顕彰会,2003 年。

43. 菅茶山記念館:『書画へのいざないー菅茶山ゆかりの文人たち』(菅茶山記念館第 12 回特別展図録),2004 年。

44. 菅茶山記念館:「『葛原家資料』にみる偉人たち」(菅茶山記念館第 11 回特別展図録),菅茶山記念館,2004 年。

45. 松浦正明:『菅茶山の面影を訪ねて訪ねて』,2004 年。

46. 広島県立歴史博物館:『黄葉夕陽村舎に憩う』(広島県立歴史博物館展示図録 第 34 冊),広島県立歴史博物館,2005 年。

47. 菅茶山記念館:「『近世の学び舎』寺子屋～私塾～藩校へ」(菅茶山記念館第 13 回特別展図録),菅茶山記念館,2005 年。

48. 菅茶山記念館：『菅茶山と黄葉夕陽村舎を訪れた人々』（菅茶山記念館第 14 回特別展図録），菅茶山記念館，2006 年。

49. 菅茶山記念館：『菅茶山自然へのまなざし』（菅茶山記念館第 15 回特別展図録），菅茶山記念館，2007 年。

50. 菅茶山関係書籍発行委員会：『菅茶山の世界　黄葉夕陽文庫から』，文芸社，2009 年。

51. 西原千代：『菅茶山』，白帝社，2010 年。

赖山阳汉诗研究相关论文

1. 竹村则行：《袁枚论诗绝句与赖山阳论诗绝句》，《中国典籍与文化》第 2 期，1992 年。

2. 李芒：《日本汉诗人赖山阳管窥》，《中日青年交流年鉴》，1992 年。

3. 李芒：《俳句和汉俳》，《解放军外语学院学报》第 2 期，1996 年。

4. 王英志：《性灵派之袁、赵对日本诗坛的影响》，《江淮论坛》第 2 期，1997 年。

5. 曾枣庄：《评日本赖山阳〈东坡诗钞〉》，四川大学学报 (哲学社会科学版) 第 1 期，1999 年。

6. 王振忠：《日本人的竹枝词》，《寻根》第 1 期，2000 年。

7. 吴雨平：《日本汉诗与古代东亚各国的文化交流》，《社会科学战线》第 6 期，2007 年。

8. 李寅生：《从汉诗看中国节日习俗对日本的影响》，《长江学术》第 4 期，2009 年。

9. 蔡毅：《日本汉诗在中国》，《华东师范大学学报》(哲学社会科学版) 第 4 期，2011 年。

10. 金荣华：《赖山阳的孝亲诗》，《中日关系史研究》第 1 期，2011 年。

11. 毛翰：《只觉枯肠充锦绣，岂知风骨化神仙 —— 日本历代汉诗概览 (3)》，《安徽理工大学学报》（社会科学版）第 3 期，2011 年。

12. 曾枣庄、池泽滋子：《“屈于生而伸于死” —— 中日苏轼研究比较的对话》，《文艺研究》第 1 期，2011 年。

13. 水沢利忠：「頼山陽の詠史詩にみえる詠嘆」（赖山阳咏史诗的咏叹），『詩歌にあらわれた思想 特集 季刊日本思想史（21）』（诗歌中的思想・特集），1983 年。

14. 德田武：「頼山陽と野本猖庵—新出『万春遺稿』の検討を通して」（赖山阳和野本猖庵—以〈万春遗稿〉为文本），『國語と國文学』[0387-3110] 卷：76，号：6，1999 年。

15. 谷口匡：「頼山陽『西遊詩巻』訳注（1）」（赖山阳《西游诗卷》译注（1）），『下関市立大学論集 42（3）』，1999 年。

16. 谷口匡：「頼山陽『西遊詩巻』訳注（2）」（赖山阳《西游诗卷》译注（2），『下関市立大学論集 43（1）』，1999 年。

17. 谷口匡：「頼山陽『西遊詩巻』訳注（3）」（赖山阳《西游诗卷》译注（3），『下関市立大学論集 43（2）』，1999 年。

18. 直井文子：「頼山陽の女性観と『十二媛絶句』」（赖山阳的女性观和《十二媛绝句》），『日本中國学会報』[0387-3196] 卷：

51，1999 年。

19. 進藤多万：「頼山陽の『妻を詠ふ詩』」（赖山阳的咏妻诗），『安田女子大学大学院文学研究科紀要合冊 8』，2002 年。

20. 鷲原具仁子；「頼山陽の自然詠 —— 特に山について」（赖山阳的自然诗 —— 以咏山诗为中心），『国語国文 71（12）』，2002 年。

21. 鷲原具仁子：「頼山陽の母を詠ふ詩について」（赖山阳的咏母诗），『国語国文 72（3）』，2003 年。

22. 頼多万：「頼山陽の『子を詠ふ詩』—— 聿庵を中心に」（赖山阳的《咏子诗》—— 以聿庵为中心），『安田女子大学大学院文学研究科紀要 合冊 9』，2003 年。

23. 直井文子：「頼山陽の詩社と漁りの歌」（赖山阳的诗社和咏渔歌），『新しい漢字漢文教育（36）』，2003 年。

24. 賴多萬：「賴山陽的詠史詩 —— 逆說的詠史詩」（赖山阳的咏史诗 —— 逆说的咏史诗），『哲学与人文科学・世界文学』，2004 年。

25. 頼多万：「頼山陽『二叔を詠ふ詩』—— 春風と杏坪」（赖山阳的《咏叔诗》—— 春风和杏坪），『中國學論集（37）』，2004 年。

26. 頼多万：「頼山陽の『唐絶新選』」（赖山阳的《唐绝新选》），『中国中世文学研究（47）』，2005 年。

27. 頼多万：「頼山陽の廉塾生活 —— 廉塾雜詩を中心に」（赖山阳的廉塾生活 —— 以廉塾杂诗为中心），『中國學論集（40）』，2005 年。

28. 谷口匡：「西遊する頼山陽と『杜韓蘇古詩鈔』」（特集漢籍と日本人）—（江戸）（西遊时的赖山阳和《杜韩苏古诗抄》），『アジア遊学（93）』（《亚洲游学》），2006年。

29. 頼多万：「頼山陽の『母を詠ふ詩』（上）」（赖山阳的《咏母诗》上），『中国中世文学研究（50）』，2006年。

30. 石川美穂子：「頼山陽の書」（赖山阳的书法），『卒業研究集録・書道学科平成19年度』，2008年。

31. 小財陽平：「頼山陽の茶山詩理解 —— 六如批判を通じて（特集 古典文学の精髄としての漢詩文 —— 中世・近世・近代）」（赖山阳的茶山诗理解 —— 以六如诗评为对象（特集・古典文学的精髓 —— 汉诗文 —— 中世・近世・近代）），『国文学：解釈と鑑賞 73(10)』，2008年。

32. 島岡成治：「頼山陽の耶馬渓における理想的山水（自然）について」（歴史・意匠）（赖山阳的耶马溪中所体现的理想化山水），『日本建築学会研究報告．九州支部 3 計画系（48）』，2009年。

33. 池澤一郎：「頼山陽の古典引用に見る才気」（特集近世散文における引用と挿絵）（赖山阳的古典引用中所体现的才气［特集・近世散文中的引用和插画］），『国文学：解釈と鑑賞 75（8）』，2010年。

后　记

小时候雨天在家看母亲织布，一梭一梭左右穿梭，脚下一上一下地踏动织机，心中油然对母亲产生一种崇敬之情：真伟大，这样一梭一梭竟然能织成数丈棉布，过年给我们缝新衣裳。

这部《菅茶山·赖山阳汉诗研究》书稿就要付梓了，从项目立项、结项到编辑提出修改意见加以修订，真有点像儿时看土机织布的感觉。

感谢教育部人文社会科学重点研究基地重大项目“日本汉诗研究”立项及结项评审专家的支持，感谢《光明日报》“国学版”编辑梁枢先生对项目的重视及热情，感谢日本道家学院校长早岛妙听先生提供珍贵的研究资料并耐心细致地回复咨询，感谢日本福山通运涩谷育英会小丸法之会长、福山通运小丸成洋社长对本项目研究的关切和期待，感谢日本福山市教育委员会及福山市市民积极参与在福山市多次举办的“中日日本汉诗研讨会”及汉诗吟诵活动，感谢日本广岛大学图书馆给予的支持，感谢首都师范大学中国诗歌研究中心马富丽老师一贯热心的支持，感谢首都师范大学电子文献所尹小林所长的一贯大力支持。

首都师范大学硕士研究生龚新宇为本书的引文及参考文献进行了细致的核对补充，首都师范大学日语系张锦同学为最后修订做了很多工作。

感谢商务印书馆韦爽、张双龙和李强编辑为本书出版所付出的辛劳。

中日文化影响交流源远流长，已故京都大学教授、著名学者上田正昭先生曾指出：“整个日本列岛文字的使用和发展，不仅关系到列岛内部的信息传达，还在外交和外贸中发挥着重要的作用。汉字同日本民族的形成和国家的成立、发展有着密切的联系。”（见《古代日本和渡来文化》，东京·学生社1997年初版，第24页）同样，汉诗这一日本列岛的外来文学形式，是在日本列岛内部文字和文化的自觉追求中落地生长起来的，是日本列岛和民族及日本国家形成过程中的标志性成果。从这个意义上说，本书也是中日文化影响交流的标志性成果之一。今年恰逢中日邦交正常化45周年，明年是中日友好条约签订（1978年缔约）40周年。谨以此书予以祝贺和纪念。

李均洋

2017丁酉年金秋吉日

于首都师范大学

中国诗歌研究中心

外国诗歌研究室

图书在版编目（CIP）数据

菅茶山·赖山阳汉诗研究 / 李均洋，赵敏俐，(日)佐藤利行主编. — 北京：商务印书馆，2018
（日本汉诗名家研究）
ISBN 978-7-100-15292-1

Ⅰ. ①菅… Ⅱ. ①李…②赵…③佐… Ⅲ. ①汉诗—诗歌研究—日本 Ⅳ. ①I313.072

中国版本图书馆CIP数据核字（2017）第221145号

日本汉诗名家研究
菅茶山·赖山阳汉诗研究
李均洋　赵敏俐　〔日〕佐藤利行　主编

商务印书馆出版
（北京王府井大街36号　邮政编码 100710）
商务印书馆发行
三河市尚艺印装有限公司印刷
ISBN 978-7-100-15292-1

2018年2月第1版　　开本 880×1230　1/32
2018年2月第1次印刷　　印张 12 3/8

定价：50.00元